El hijo del asesino

PABLO ALAÑA

El hijo del asesino

Grijalbo

Papel certificado por el Forest Stewardship Council®

MIXTO
Papel | Apoyando la silvicultura responsable
FSC® C117695

Penguin Random House Grupo Editorial

Primera edición: enero de 2025

Printed in Spain – Impreso en España

ISBN: 978-84-253-6936-0
Depósito legal: B-19336-2024

Compuesto en Llibresimes

Impreso en Black Print CPI Ibérica
Sant Andreu de la Barca (Barcelona)

GR 6 9 3 6 0

A mi familia, siempre

Y así porfiamos, barcas contra la corriente, devueltos incesantemente hacia el pasado.

F. Scott Fitzgerald
El gran Gatsby

Detonación

Reinosa, martes 2 de septiembre de 1975. 2.35 h

La mujer irrumpió en el recibidor de la casona con el camisón manchado de sangre y el rostro contraído por el espanto. Sin perder un segundo, se abalanzó sobre el teléfono que reposaba en la cómoda y comenzó a marcar.

Jadeaba. Aunque había dejado abierta la puerta principal, desde su posición no podía ver lo que ocurría fuera y temía que en cualquier momento se produjera una nueva detonación. Se estremeció al pensar en el cadáver del señor Orduña, en la bala que le había atravesado el pecho. A él ya no podrían salvarlo, pero a los demás...

Uno, dos, tres. Los tonos se sucedían sin que nadie descolgara. Miró a su alrededor con desesperación y empezó a gritar. Necesitaba ayuda. Ya.

Al fin, una voz masculina y ligeramente somnolienta se elevó al otro lado de la línea:

—Guardia Civil de...

—¡Han matado a Lorenzo Orduña! ¡Lo han matado! —chilló la mujer.

—Perdone, ¿qué...?

—¡Le han disparado! ¡Aquí, en la casona! Soy Mercedes, la cocinera.

Se oyó un respingo y, después, el estrépito de una silla al ser arrastrada.

—¡Rápido! Dígame qué ha pasado —le ordenó el hombre.

—Ha sido Somoza —gimió ella—. Le ha pegado un tiro...

—¿Guillermo Somoza?

—¡Sí, tiene un revólver! ¡Dense prisa, por favor!

—Entonces ¿sigue allí? ¿Somoza sigue allí?

La mujer tragó saliva.

—Sí, está en los jardines, herido... Se ha caído al escalar el muro. Y hay otro hombre... —musitó angustiada.

—¿Con él?

—No, en la calle. ¡Lo he visto en el portón! ¡Vengan ya, por Dios!

—¿Se encuentra a salvo?

—Yo sí, pero mis compañeros... Ellos están fuera. Con Somoza.

—No se mueva de ahí.

PRIMERA PARTE

1

La chica

Madrid, mañana del viernes 23 de noviembre de 2007
Treinta y dos años después del crimen

Seis minutos. Ese era el tiempo que Daniel llevaba mirando a la chica que dormía en su cama. Desquiciado, con los puños apretados y las uñas perforándole la palma de las manos, a duras penas lograba contener el grito de rabia que le subía por la garganta. Ya había revisado varias veces las mesillas de noche, había peinado cada centímetro de la habitación e incluso había ido a la cocina a comprobar el contenido del cubo de la basura, sin resultado. Sabía que debía despertarla, que solo así podría despejar la duda que lo atormentaba, y sin embargo…

Miedo. Eso era lo que lo paralizaba. Miedo a la muchacha y al riesgo que suponía, porque si esa desconocida confirmaba lo que parecía evidente, su vida podría dar un vuelco, el vuelco que tanto había procurado evitar y que no estaba dispuesto a aceptar.

Sacudió la cabeza, asqueado de sí mismo, y la observó una vez más. Iluminada por los rayos de sol que se filtraban por las persianas entreabiertas, respiraba de forma plácida y una leve sonrisa presidía sus sueños. Tenía el pelo oscuro y la nariz afilada, y en su rostro no se adivinaba arruga alguna. A juzgar por su aspecto, no debía de superar los veinticinco años. Y estaba desnuda.

Desvió la vista al suelo. Al pie de la cama descansaba la ropa de la chica y, en lo alto del montón, un sujetador negro de encaje y un tanga a juego acapararon toda su atención. El cuerpo le tembló al tragarse un resoplido de frustración. ¿Por qué no se limitó a tomarse una copa en aquel local de mala muerte y luego se marchó a casa?

En realidad, apenas conseguía evocar lo sucedido la noche anterior. En la memoria conservaba imágenes difusas que lo situaban acodado en la barra de un bar de Malasaña. Recordaba haber estado de charla con uno de los camareros y que, animado por el alcohol, incluso se atrevió a hablarle de todo el sufrimiento que le había legado su padre, de aquella herencia envenenada que recibió cuando tan solo era un niño. Sin embargo, a partir de ahí la secuencia de la velada se desvanecía en su mente entre una neblina densa e impenetrable, como el humo de un antiguo expreso.

Se pasó la mano por la frente con una fuerza excesiva, casi arañándose, y dirigió la mirada a su derecha, al armario empotrado donde Marta guardaba antes sus vestidos. La puerta corredera de madera ocultaba el interior, pero era consciente de que, si la desplazara, dentro solo hallaría una barra metálica, aire y polvo en suspensión; ni una sola prenda.

Marta se lo había llevado todo hacía dos semanas, cuando lo abandonó. Aquel día, a la hora de comer, él se vio obligado a confesarle la mentira que llevaba sosteniendo durante años y, por la tarde, al volver del trabajo, se la encontró esperándolo en el vestíbulo, con las maletas preparadas. No hubo manera de hacerle cambiar de opinión. Entre gritos, Marta le dejó claro que ya no tenían nada más que hablar, que no quería volver a verlo en la vida, y se marchó. «Para siempre». Esas fueron sus palabras al despedirse, y eso era lo que a él más le dolía: que no hubiera dejado resquicio alguno para la reconciliación. Nada. Desde la ruptura, la había telefoneado más de seis veces, pero Marta había rechazado todas y cada una de las llamadas, sin piedad. No había vuelto a saber nada de ella.

Inspiró hondo. Era verdad que Marta no se merecía el trato que le había dado y que, en cierto modo, la había utilizado. Eso no podía negarlo. Y, sin embargo, estaba plenamente convencido de que, de haber sido sincero con ella desde el principio, también la habría perdido, del mismo modo que ahora, para siempre.

No ignoraba que era difícil ponerse en su lugar. Al fin y al cabo, nadie más tenía que lidiar con recuerdos como los suyos; nadie más tenía que comprender lo que significaban, ni lo que pesaban, pero aun así...

«Asesino».

Esa palabra lo había marcado para el resto de sus días.

Nada había vuelto a ser igual desde la madrugada del 2 de septiembre de 1975, cuando, sin que pudiera sospecharlo, su mundo saltó por los aires.

2

Un accidente

Reinosa, madrugada del martes 2 de septiembre de 1975
Una hora y media después del crimen

Pasaban unos minutos de las cuatro cuando un fuerte estrépito, como de algo que acabara de romperse en mil pedazos, lo despertó.

Desorientado, se incorporó de golpe. El resplandor de las farolas que se colaba en la habitación indicaba que aún era de noche, y en la calle el vendaval que se había levantado esa tarde seguía soplando con ímpetu. Aguardó unos segundos sentado en la cama, expectante, pero no percibió nada más. Se dijo que tal vez el ruido que lo había sobresaltado no fuese más que el aullido del viento, o quizá algo que se había caído fuera, y comenzó a deslizarse de nuevo entre las sábanas. Justo entonces oyó un lamento a lo lejos, dentro del piso, y alzó la cabeza de la almohada, atento. Se le ocurrió que quizá se tratara de sus padres. Hacía varios meses que se peleaban a menudo, aunque casi nunca en mitad de la noche. Arrastrado por la incertidumbre, se calzó las pantuflas y salió a investigar.

En el pasillo las luces estaban apagadas, pero al dar unos pasos logró distinguir al fondo una figura de aproximadamente metro y medio que parecía estar escuchando a hurtadillas, con la cabeza pegada a la puerta de la cocina. Dedujo que se trataba de su hermano, un chico regordete, con el rostro redondo y sonrosado y el pelo castaño y cortado al estilo casco. Tenía nueve años, uno más que Daniel.

—Ramón, ¿qué haces? —siseó mientras se aproximaba a él con cautela.

Del susto, a Ramón se le escapó un chillido. La puerta se abrió de inmediato, y el abuelo Julián se asomó con semblante de preocupación. Era un hombre de sesenta años, cuerpo raquítico, nariz puntiaguda y cabellos ralos. Detrás apareció la abuela Amparo, de la misma edad, bajita, de facciones suaves y con melena negra y rizada, quien, nada más verlos, se llevó las manos a la boca.

—Dios mío. ¿Cuánto lleváis ahí?

Daniel los observó sorprendido, sin entender qué hacían allí a esas horas.

—¿Por qué? ¿Pasa algo?

Ninguno contestó, aunque intercambiaron una mirada de inquietud que al niño le extrañó. Se disponía a insistir en sus preguntas cuando, de pronto, creyó oír a su madre llorar en el interior de la cocina. Sin pensárselo dos veces, esquivó a sus abuelos y entró, seguido de su hermano. La encontraron derrumbada sobre una silla, con los brazos cruzados sobre la mesa y el rostro enterrado en ellos. El cuerpo le temblaba bajo el camisón y la cabeza le daba sacudidas. A sus pies una taza se había hecho añicos, y los niños tuvieron que sortearlos para llegar hasta ella. Aunque la abrazaron con intensidad, tardó un mundo en reaccionar, como si le faltaran las fuerzas.

—Mamá... —murmuró Daniel, y le acarició un mechón castaño y húmedo.

Al fin, ella irguió el mentón. Lo hizo con lentitud y los miró desolada. Aquellos ojos color miel que siempre transmitían viveza habían perdido todo su brillo, como si una nube negra los hubiera velado, y Daniel, que con el tiempo había aprendido a leer en ellos los estados de ánimo de su madre, tuvo la certeza de que algo iba mal, muy mal.

—Mamá, ¿qué le ha sucedido al señor Orduña? —preguntó de pronto Ramón.

Al escuchar a su hermano, Daniel frunció el ceño. ¿A qué venía eso? Estudió el rictus de su madre. Vio que ella palidecía y comenzaba a mover los labios sin emitir ningún sonido, como si las palabras se le hubieran atascado en la garganta y la estuvieran ahogando.

—Ha habido... ha habido un accidente —intervino la abuela Amparo, a su espalda, con voz trémula.

Daniel se volvió hacia ella al instante.

—¿Un accidente? ¿Cuándo? ¿Dónde?

—En la casona... Hace un rato.

—¿Y está bien? —inquirió él con un asomo de temor—. ¿El señor Orduña está bien?

La abuela respiró hondo. Después se agachó y, cuando estuvo a su altura, le tomó la mano con delicadeza.

—Ha fallecido, cariño.

Daniel se quedó sin aliento y retiró la mano a toda prisa, como si hubiera recibido una descarga. Aquello... aquello era imposible. ¿Cómo iba a haber muerto el señor Orduña?

—¿Y el revólver? —dijo entonces Ramón.

—¿Qué revólver, cielo? —acertó a preguntar la abuela, aunque su tono revelaba que sabía perfectamente a qué se refería su nieto.

Ramón se encogió de hombros.

—No sé. Hace un momento hablabais de eso. Y de un disparo... —Hizo una pausa para mirar a su alrededor y añadió—: ¿Y papá? ¿Dónde está papá?

3

Miedos y obsesiones

Madrid, mañana del viernes 23 de noviembre de 2007

La vibración de un teléfono en alguna parte de la habitación lo sacó de sus pensamientos. Agitado, lanzó una ojeada a la chica y, tras comprobar que seguía dormida, emprendió la búsqueda. No tardó demasiado en dar con la fuente del sonido: era su propio móvil. Lo encontró en uno de los bolsillos de los pantalones que llevaba la noche anterior y que descubrió tirados sobre un pequeño sillón. La pantalla todavía estaba encendida cuando lo cogió, pero el zumbido ya se había detenido.

Un mensaje indicaba que lo acababa de llamar Álex Gómez, uno de sus mejores amigos, además de compañero en Aldaya Abogados, un famoso bufete integrado por más de ochenta letrados y situado en pleno paseo de la Castellana. Ambos trabajaban en el departamento de derecho mercantil y se encargaban de asesorar a empresas y grandes patrimonios bajo la batuta de Javier Aldaya, quien, además de ser uno de los socios del área, era el director del despacho.

Al leer el nombre de Álex, Daniel cayó en la cuenta del motivo de la llamada y murmuró un exabrupto. Esa mañana estaba previsto que los dos dirigieran una importante reunión con varios ejecutivos de una multinacional tecnológica que pretendía absorber a una pujante sociedad española dedicada a la fabricación de microchips. Estaba fijada a las nueve de la mañana, y el despertador que había sobre la mesilla de noche marcaba ya las once y media. Se llevó la mano al rostro. ¿Cómo se le había podido pasar? Sabía que aquella inasistencia le acarrearía problemas, y no era el primer error que cometía en los últimos días, ni mucho menos.

—¿Daniel?

La voz, que procedía de la cama, le hizo dar un salto.

Se giró despacio, temeroso de enfrentarse a la realidad.

Descubrió que la chica se había sentado con la espalda pegada al cabecero y que, tapada con la sábana hasta el escote, lo observaba con aire de contrariedad.

Daniel, que no acertaba a entender la causa de aquel semblante de desdén, quiso formularle la pregunta que tanto lo inquietaba y salir por fin de dudas, pero en su lugar, dominado por la ansiedad, acabó farfullando un par de incoherencias. Se sintió ridículo.

—Tranquilo, no hicimos nada —dijo ella con tono aséptico.

De repente, una oleada de alivio lo atravesó, y la congoja que lo había invadido al considerar que podía existir riesgo de embarazo comenzó a desvanecerse. Por eso no había conseguido encontrar ningún preservativo usado pese a haber revuelto toda la casa. No habían hecho nada. Eso era lo que ella acababa de decir, de forma tajante, con contundencia: nada.

Exhaló un profundo suspiro. No estaba seguro de si a lo largo de la noche le habló a la chica de sus miedos y obsesiones, como los denominó despectivamente Marta antes de dejarlo, pero él jamás traería hijos al mundo. Eso lo tenía clarísimo. Sabía de sobra que, por más que se esforzara, aislarlos de la desgracia que había caído sobre su familia hacía treinta y dos años sería una tarea imposible. Tarde o temprano debería contarles la verdad, o puede que la averiguaran por sí mismos, y entonces, en cualquiera de los dos casos, terminarían sufriendo por un pasado que, aunque les fuera ajeno, les resultaría odiosamente próximo, casi propio. Y para evitar eso, la mejor solución era no tenerlos. Se reservaría para sí todo el dolor, para llevárselo a la tumba, donde se extinguiría como una llama que se apaga bajo tierra.

De hecho, esa negativa a ser padre era precisamente lo que le había llevado a perder a Marta. Bueno, eso y, sobre todo, haberle ocultado durante tantos años su decisión, que era incompatible con la ilusión de ella por formar una familia. Tendría que habérselo contado mucho antes, en lugar de darle largas y hacerle promesas falsas, sí, pero no había sido capaz.

Se esforzó por centrar su atención en la joven, que acababa de doblar las rodillas por debajo de las sábanas. De pronto, se percató de que la versión de la chica no encajaba con el estado de desnudez en que ambos habían amanecido.

—Oye, ¿cómo puede ser que no hiciéramos nada? —preguntó él, notando que los temores volvían a crecer en su interior.

Ella puso los ojos en blanco y le hizo un resumen de la noche anterior. Según dijo, alrededor de las doce había ido con una amiga a una de las primeras fiestas universitarias del curso y, cuando la discoteca cerró, las dos decidieron tomarse la última copa en un bar de Malasaña. Allí fue donde se toparon con él, que en ese momento se encontraba hablando con un camarero. Ella sintió curiosidad y enseguida entablaron conversación. Estuvieron charlando hasta que el sitio echó la persiana. Para entonces su amiga ya se había marchado y, como ella vivía en una residencia de estudiantes que a esas horas ya no estaba abierta, él le ofreció pasar la noche en su casa.

—Por el camino nos besamos, y aquí, en la cama... —se detuvo unos segundos y torció los labios—, me llamaste Marta. Como tu ex, ¿no? —Soltó un resoplido y negó con la cabeza—. Es verdad que me pediste disculpas, pero luego te pusiste a hablar de ella, y así, pues, obviamente... En fin, que no me marché porque no tenía a dónde ir y estaba reventada, pero vamos, que ahora mismo me visto.

En otras circunstancias, Daniel se habría sentido avergonzado, pero en esa ocasión su falta de delicadeza la noche anterior era lo que menos le importaba. Ahora sabía que, por suerte, la situación no se le había ido por completo de las manos, y solo quería que la chica se esfumara, que desapareciera de su vida, como si nunca hubiera existido.

—Fui una tonta al liarme contigo. Ya me lo dijo mi amiga: que me fuera con ella —escupió la muchacha entre dientes mientras se ponía los pantalones—. Por cierto, me llamo Raquel. Seguro que ni te acordabas...

No, al despertar no recordaba su nombre, pero no iba a reconocerlo.

—Ya estoy —anunció ella unos segundos después, tras calzarse los zapatos.

—Bien, te acompaño.

Daniel la precedió hasta la puerta.

—Lo siento —musitó cuando ella franqueaba el umbral.

La chica no respondió. Tampoco esperó a tomar el ascensor; fue directa a las escaleras y comenzó a bajar los peldaños enseguida, sin ni siquiera despedirse.

Daniel suspiró y cerró la puerta con lentitud. Pensó en Marta. Aunque ya no estuvieran juntos, haberse llevado a otra mujer a la misma cama que hasta hacía unos días compartían le hacía sentirse un miserable, como si la hubiera traicionado. Todavía más... Desde que se conocieron en aquel concierto de jazz, Marta siempre había sido su mayor sostén, su faro en aquel mundo de sombras por el que llevaba transitando desde los ochos años, cuando su vida se derrumbó, y ahora...

Afligido, cruzó el piso y salió al balcón para tomar el aire. Tenía la esperanza de que eso lo ayudara a reducir el terrible dolor de cabeza con el que se había levantado.

Iba a apoyarse en la barandilla cuando el móvil empezó a zumbarle en el pantalón de pijama. Supuso que se trataría de nuevo de Álex, preocupado por la falta de respuesta, y soltó un bufido. ¿Es que no podían concederle un respiro?

Sin embargo, cuando lo sacó del bolsillo se quedó atónito. En la pantalla destellaba el nombre de otra persona, alguien de quien llevaba demasiado tiempo sin saber nada: su hermano.

Apartó los ojos del teléfono y miró al horizonte con inquietud. ¿Por qué lo llamaba ahora Ramón?

Mientras cavilaba sin decidirse a descolgar, distinguió a Raquel en la lontananza. La chica caminaba a buen paso por la calle Príncipe de Vergara en dirección a la boca de metro. Daniel se dijo que probablemente no volverían a cruzarse. Al fin y al cabo, los dos pertenecían a mundos diferentes. Aunque ¿cuál era su mundo? En los últimos días había perdido toda referencia. ¿Lo que había construido durante años era real o solo se trataba de un disfraz, de una forma de esconder una constante huida hacia delante, como le reprochó Marta antes de abandonarlo?

Observó una vez más el teléfono, que seguía vibrando.

Ramón...

Por un instante le rondó la idea de que tal vez esa llamada fuera lo mejor que podía pasarle en esas circunstancias, cuando todo volvía a desmoronarse a su alrededor. Treinta y dos años atrás tuvo la ocasión de confiar en Ramón y no lo hizo. Desde entonces siempre se había preguntado si, de haberle revelado lo que sentía y lo que se proponía hacer, su hermano habría conseguido disuadirlo o incluso lo habría detenido a la fuerza. De haber sucedido así, no se habría ahorrado todo el sufrimiento que le sobrevino después, pero sí los gritos, el dolor de los puñetazos y el sabor de la sangre que aún lo acompañaban. Cada día.

4

Asesino

Reinosa, mañana del martes 2 de septiembre de 1975
Unas horas después del crimen

Aquella madrugada los mayores se negaron a profundizar más sobre lo ocurrido en la casona y, mientras Beatriz se quedaba sollozando en la cocina, los abuelos condujeron a los niños de vuelta a la cama. Sin embargo, por más que lo intentaba, Daniel no lograba conciliar el sueño. No entendía qué podía haberle sucedido al pobre señor Orduña, que siempre lo había tratado con cariño cuando él iba a jugar a la casona con su amigo David.

Daniel había conocido a David Bárcena, el sobrino de Lorenzo Orduña, hacía cinco meses, durante un partido de fútbol que se improvisó en la calle, y desde entonces no habían dejado de compartir aventuras. Aunque David vivía en Burgos, su familia solía pasar muchos fines de semana en la casona de los Orduña, y eso había permitido que ambos se viesen a menudo durante el último tramo del curso. No obstante, cuando los dos se habían vuelto verdaderamente inseparables había sido a lo largo de esas vacaciones de verano, que David estaba disfrutando casi en su totalidad en Reinosa, en compañía de sus primas y sus tíos. Durante aquellas semanas inolvidables, el portón de la elegante vivienda había estado abierto de par en par para Daniel, y él no había parado de jugar, correr y reír con su amigo por aquel inmenso lugar.

Hasta el domingo anterior.

El maldito domingo.

Daniel no había olvidado lo ocurrido aquella tarde; tampoco las palabras que Ángeles, la mujer de Lorenzo Orduña, pronunció al despedirse de él.

Sin embargo, le parecía que, si lo que habían dicho los abuelos era cierto, no había nada de malo en que unas horas después se acercara a la casona a ver a su amigo. David idolatraba a su tío, casi más que a su propio padre, y estaba seguro de que su muerte lo habría dejado muy triste.

Lo meditó un instante más.

Sí, por la mañana iría a la casona para estar con David. Y, de paso, intentaría averiguar qué había sucedido con ese misterioso revólver al que se había referido Ramón.

Al filo de las seis de la mañana cayó rendido y, cuando se despertó, descubrió que el reloj marcaba ya las nueve y media. Sin perder tiempo, fue en busca de su hermano, y poco después ambos enfilaron el pasillo. Al pasar junto al dormitorio de sus padres, Daniel se asomó y advirtió que no había nadie. Luego siguieron hacia el salón, donde encontraron a la abuela Amparo. Estaba cosiendo con expresión de zozobra, sentada en el sofá, sola, con la misma ropa que le habían visto hacía unas horas, como si hubiera pasado la noche allí.

—Hola, abuela —la saludó Ramón en un susurro tímido.

La mujer alzó la vista. En la mano sostenía la aguja, con pulso irregular, y los ojos, vidriosos, le brillaban a la luz de la lamparita. No sonrió y, en lugar de darles los buenos días, emitió un sonido ininteligible, una especie de gorjeo.

—¿Dónde está mamá? —se atrevió a preguntar Daniel.

Ella apretó los labios y demoró unos segundos la respuesta.

—Con el abuelo. Se han ido.

—¿A la librería?

Amparo negó con la cabeza y devolvió su atención a la falda que estaba arreglando, sin añadir nada.

—¿Y papá? —quiso saber Ramón—. En la habitación no hay nadie.

La mujer, que parecía a punto de echarse a llorar, dejó la aguja a un lado y se incorporó con brusquedad.

—Bueno, ¡ya está bien! A desayunar.

Ninguno rechistó, y fueron tras ella.

Daniel comió en silencio el bizcocho y, tras apurar el vaso de leche, le preguntó a su abuela si más tarde podría acompañarlo a la casona de los Orduña. También se ofreció a ir él solo, aunque en esa opción, en realidad, no tenía depositada mucha fe. En mayo, dos niños habían muerto arrollados por el ferrocarril cuando cruzaban el paso a nivel que comunicaba su mismo barrio con el resto de Reinosa, y desde ese momento todo había cambiado para él: ahora los mayores ya no le permitían que atravesara las vías del tren sin vigilancia, como antes, y, cuando iba o volvía de la casona de los Orduña, solían acompañarlo.

Lo que no se imaginaba era que ella le contestara del modo en que lo hizo:

—No, hoy no saldremos de aquí. Nos quedaremos en casa.

Daniel la miró con estupor.

—¿Todo el día?

—Sí, todo el día.

—¡Pero yo quiero ir! —replicó indignado, y comenzó a bracear—. Quiero ver a David. Él...

Fue inútil. La abuela Amparo no cedió un milímetro, y además se negó en redondo a justificar su decisión. Incluso lo amenazó con darle un sopapo si no se callaba. Impotente ante lo que consideraba una injusticia, Daniel concluyó que la única solución pasaba por escaparse. Nunca había hecho algo así, pero no estaba dispuesto a permanecer encerrado entre esas cuatro paredes; no esa mañana. Él quería salir, estar con su amigo y averiguar lo que había pasado. ¿Cómo iba a quedarse allí tantas horas?

Ya en su habitación, dudó si debía contarle a Ramón su plan de fuga e incluso si le convenía pedirle ayuda para distraer a la abuela. Se fiaba de él, pero en esa ocasión se trataba de desobedecer una orden. No estaba seguro de que fuera a apoyarlo ni tampoco de que le guardase el secreto, y si se chivaba lo echaría todo a perder. Al final, decidió callárselo.

Una hora más tarde, cuando vio que la abuela Amparo retomaba la costura en el salón, se puso en marcha. Avanzó por el pasillo, pasó de puntillas por delante del cuarto de Ramón y llegó hasta la puerta. La llave no estaba echada. Conteniendo el aliento, accionó la manecilla y salió al rellano. Después cerró con suavidad.

Daniel vivía con su hermano y sus padres en un bloque de pisos enclavado en la avenida La Naval, en una zona obrera situada entre las vías del tren y el polígono industrial, y para ir hasta la casona de los Orduña debía caminar durante algo más de un cuarto de hora. En la calle, pese a ser verano, el viento soplaba con fuerza, pero no le importó; no iba a dar media vuelta por eso. Tampoco le importaron las extrañas miradas que le dedicaron algunas personas con las que se cruzó, como de recelo.

Al fin, divisó el hogar de los Orduña, una enorme casona montañesa de dos alturas, construida en piedra y orientada al sureste. En la fachada principal destacaban una amplia solera con balaustrada y un elegante pórtico de triple arcada. Delante se extendían una gran piscina en la que Daniel no había dejado de nadar aquel verano y unos inmensos jardines por los que discurría un sendero que desembocaba en un portón de barrotes negros. Al este se alzaba una extensa arboleda de sauces, y al oeste se avistaban un huerto y un invernadero. Detrás de la casa, dando al norte, Daniel sabía que había un patio con dos pistas de tenis y, adosada al edificio, una escalera exterior de anchos escalones y descansillo que los Orduña llamaban «patín» y que conectaba directamente con la planta superior de la vivienda. Todo el perímetro se hallaba protegido por un alto muro de piedra, que en su último tramo se convertía en una verja metálica terminada en punta de lanza.

El muchacho se aproximó al portón con cautela.

A unos metros, en los jardines, distinguió a Ángeles Miranda, la esposa de Lorenzo Orduña. Era una mujer muy alta, que superaría el metro ochenta, delgada, con una melena oscura cortada a la altura de los hombros y unos ojos verdosos de aspecto felino que siempre lo habían inquietado. Junto a ella se encontraba su hermana, Susana Miranda, la madre de David. En ese instante ambas hablaban con dos agentes uniformados de la Guardia Civil y parecían muy nerviosas. Muy cerca de ellas, en el sendero, una cinta policial adherida a unos pivotes delimitaba un espacio cuadrangular con una gran mancha reseca de color marrón. Daniel sintió un escalofrío. ¿Aquello era sangre?

El portón se encontraba abierto, pero no se atrevía a pasar. Aquellos dos hombres uniformados le inspiraban temor. Había visto a la Guardia Civil disparando al aire y dando palos en más de una ocasión, en mitad de las manifestaciones y los altercados que cada vez eran más frecuentes, y sus padres siempre le decían que se mantuviera alejado de los agentes.

Indeciso, dirigió la mirada hacia la fachada. Se alegró al atisbar el rostro de su amigo pegado a uno de los ventanales de la biblioteca, sobre la balaustrada. Debido a la distancia, no fue capaz de apreciar su expresión, pero tuvo la impresión de que lo estaba observando, y lo saludó con la mano. En ese momento, el sobrino de Lorenzo Orduña se echó hacia atrás y desapareció. Daniel sonrió. Suponía que David saldría a su encuentro en cuestión de minutos y que simplemente debía esperar. Por ello, se apartó unos metros del portón e, imitando a su padre, se puso a caminar en círculos.

Mientras aguardaba, le vino a la mente el triste recuerdo del incidente que se había producido allí mismo el domingo anterior. Ese día, alrededor de las tres de la tarde, casi un centenar de personas se congregaron sin previo aviso a la entrada de la casona para protestar por el reciente fallecimiento de Jesús Posadas, uno de los empleados más queridos de Aceros Campoo, la empresa metalúrgica que Lorenzo Orduña dirigía junto con su hermano pequeño, Marcos, y en la que el padre de Daniel trabajaba como peón. Según se comentaba, el accidente se había debido a un inaceptable fallo de seguridad, el enésimo motivado por la falta de inversión. Al parecer, cuando Jesús se encontraba manipulando una pieza voluminosa, la barandilla en la que se había apoyado, sobre cuya inestabilidad Lorenzo Orduña ya estaba advertido, se vino abajo, y el hombre cayó desde una altura de varios metros. Ese fue el motivo de que la muchedumbre, furiosa por la pérdida, se presentara en la casona a voz en grito para boicotear el festejo que se celebraba en honor a los novios. Y él, que contaba con el privilegio de asistir al evento gracias a su estrecha amistad con David, tuvo que ver cómo todo se iba al traste. Todo.

Estaba pensando en ello cuando, de pronto, el sonido de unos pasos apresurados y un grito atroz lo devolvieron al presente.

—¡Aaah! ¡Asesinooo! ¡Asesinooo! ¡Tu padre es un asesinooo!

Cuando alzó la mirada, ya era tarde. Un niño robusto, rubio y de ojos grises rebasó el portón a toda velocidad, se abalanzó sobre él con el puño en alto y se lo descargó en la nariz con brutalidad. Era David, que tenía el rostro deformado por la cólera, y en su carrera había dejado atrás a sus familiares y a los dos guardias.

Daniel encajó el golpe estupefacto. Al instante, lo inundó un dolor agudo y penetrante y notó que la sangre comenzaba a correrle por la cara. Después, incapaz de reaccionar, recibió un puñetazo todavía más fuerte en la sien derecha, y luego otro en la izquierda, y a continuación uno más a la altura de la mandíbula. Chilló y le suplicó a su amigo que parara, pero David se había tumbado sobre él para inmovilizarlo y parecía poseído por un ansia animal. Se oían voces de personas que se aproximaban, aunque Daniel comprendió que no podía esperar más para defenderse. Asustado, hizo acopio de todas sus fuerzas, logró flexionar la rodilla e impactó con la rótula en el estómago de David, que soltó un alarido y se llevó las manos a la tripa. Daniel sintió que el muchacho se retorcía encima de él y temió que, cuando se repusiera, contraatacase con mayor violencia. Por eso trató de alejarlo de sí empujándolo con los brazos. David, que no debía de esperarse aquello, salió despedido hacia atrás y cayó de espaldas, a plomo, con un ruido sordo. Después, su cuerpo quedó quieto, inerte, con la mirada perdida en las nubes, y a lo lejos alguien aulló de pánico.

Daniel quiso acercarse para comprobar el estado de su amigo, pero ni las piernas ni los brazos le respondieron, como si el escalofrío que le acababa de erizar la piel también le hubiera congelado los nervios.

Fue entonces cuando los guardias y las dos mujeres llegaron a su altura.

—David, por favor, por favor… —gimió Susana mientras se arrodillaba junto a su hijo y le cogía el rostro con las manos.

Tras unos segundos angustiosos, David movió el cuello y soltó una tos ronca.

—Mamá...

Daniel aspiró una larga bocanada de aire. Sin darse cuenta, había dejado de respirar de puro miedo. Se puso en pie con dificultad, se secó con la manga de la chaqueta la sangre que le bañaba la cara y, tras comprobar por última vez que David estaba vivo, echó a correr, con los ojos llenos de lágrimas.

Oyó que alguien se dirigía a él en tono autoritario, pero no se volvió. En su lugar, lloró sin consuelo y vagó por los alrededores hasta que, en un callejón desierto, se dejó caer de rodillas. Entre estertores, admitió la terrible verdad, la que había pronunciado David, la que daba sentido a todo lo sucedido en las últimas horas: su padre había matado al señor Orduña. No había sido ningún accidente. Por eso los abuelos habían aparecido en su casa en plena madrugada, y por eso Ramón y él se habían encontrado a su madre en la cocina envuelta en lágrimas.

Temblaba de los pies a la cabeza, y la garganta se le contraía con las arcadas que le subían del esternón. Llegó un momento en que no pudo contener el vómito y vació el estómago en el suelo. Las entrañas le ardían. ¿Cómo podía haber sucedido algo así?

Estrelló los puños contra el pavimento una y otra vez hasta desgarrarse los nudillos. Después estalló en un chillido ensordecedor que reventó el aire.

Cuando ya no fue capaz de sostener más la voz, se hizo un ovillo, como un animal apaleado, y dejó que las horas pasaran.

5

Silencio

Madrid, mañana del viernes 23 de noviembre de 2007

El móvil había dejado de vibrar hacía rato. Extraviado en sus recuerdos, Daniel no había llegado a descolgar, y su hermano ya había cortado la comunicación.

Miró la pantalla fijamente, con el pulgar posado sobre el botón verde, y volvió a lamentar no haber confiado en Ramón aquella mañana de 1975, antes de escaparse. Se preguntó si ahora no sería buena idea apoyarse en él, desahogarse y contarle lo de Marta, compartir el pánico que lo invadía al sentir que se asomaba al abismo por segunda vez. Creía que sí, que eso lo ayudaría, pero el abrupto modo en que rompieron toda relación hacía algo más de un año se lo impedía. O quizá fuera el orgullo, no lo sabía.

Llevaban sin dirigirse la palabra desde mayo de 2006, desde el día en que Ramón le comunicó que había cambiado de residencia a la abuela Amparo. Ella había comenzado a presentar signos de demencia cuatro años atrás, y en su momento ambos acordaron que ingresara en una residencia de Aguilar de Campoo, no de Reinosa. De ese modo, Daniel se garantizaba no poner un pie en aquella localidad a la que había jurado no regresar, y Ramón, sacrificándose por él, asumía el engorro de hacer treinta kilómetros en coche cada vez que iba a verla. Sin embargo, Daniel no cumplió su parte: no la visitó tan a menudo como había prometido, y al final su hermano, harto de recorrer una y otra vez la carretera, la trasladó a la residencia La Gloria, en Reinosa, sin consultárselo siquiera. Furibundo, Daniel le recriminó que eso era tanto como condenarlo a no verla, pero su protesta no sirvió de nada; Ramón se limitó a decirle que ya era hora de que pasara página, y la discusión concluyó con un silencio que se había mantenido a lo largo de todo ese tiempo.

Al ver la llamada perdida una vez más, no pudo evitar que lo asaltaran los remordimientos. Había pasado ya más de un año y medio alejado de los suyos, un año y medio sin saber prácticamente nada de ellos, ni siquiera de la pequeña Isabel, su sobrina, con quien solo había hablado para felicitarle el cumpleaños. Y ahora tampoco tenía a Marta...

Regresó al dormitorio, se sentó en la cama y decidió llamarlo. Sonaron tres tonos. Ya no había vuelta atrás.

—¿Daniel?

La voz de su hermano le pareció dura, distante.

—Eh, hola, Ramón —dijo, e hizo una breve pausa—. Me has llamado, ¿no?

—Sí, porque tú lo hiciste ayer. A las tres de la mañana.

Daniel enarcó las cejas.

—¿Yo? ¿A las tres?

Enseguida lo comprendió: debió de hacerlo en aquel bar, en el punto álgido de la borrachera. Quizá antes de conocer a la chica.

—Yo... lo siento. No lo recordaba... —balbuceó, y maldijo para sus adentros.

—No te preocupes. No me despertaste —repuso Ramón con tono adusto—. ¿Ha pasado algo?

Daniel titubeó. Se dijo que aquello no tenía sentido, que era mejor colgar. Al fin y al cabo, lo de Marta era problema suyo, y Ramón no lo había llamado por iniciativa propia, sino porque él lo hizo la noche anterior empujado por el alcohol.

Además, recurrir a su hermano tan solo en un momento de necesidad como ese le hacía quedar como un egoísta, como un aprovechado que, en otras circunstancias, jamás se habría puesto en contacto.

—Eh..., nada, no era nada —mintió—. Disculpa que te molestara.

Ramón soltó un gruñido.

—No empieces con eso de que no es nada. Algo habrá ocurrido si me llamaste a esas horas, ¿no? ¿Es todo lo que piensas decirme después de más de un año?

Daniel chasqueó la lengua y, con esfuerzo, se tragó la respuesta colérica que, por un instante, le ascendió por la garganta. ¿Quién se creía que era para hablarle así? Trató de serenarse y encendió un cigarrillo. En realidad, se dijo mientras se lo llevaba a los labios y aspiraba el humo, ¿qué perdía contándole la verdad a Ramón? En el fondo ya no tenía nada que perder. Con nadie.

—Es por Marta —admitió al fin—. Me ha dejado.

—Joder, ¿cuándo?

—Hace dos semanas.

Oyó a su hermano suspirar.

—Dios. Lo siento mucho. ¿Cómo estás?

Un elocuente silencio se aposentó entre ambos y, al cabo de unos segundos, Ramón agregó:

—Bueno, ya me imagino cómo estás. Qué tontería. —Tomó aire—. Mira, sé que hemos tenido problemas, pero igual deberías venirte aquí unos días. No es bueno que pases un trago como este tú solo, Dani, en Madrid...

Él compuso una mueca despectiva.

—¿Que vaya a Reinosa? Gracias, pero no. Es lo que me faltaba.

Su hermano resopló.

—No vuelvas a lo mismo de siempre, por favor. Ha llovido mucho desde entonces. Ven a ver a la abuela. Y a Isabel. Se alegrarán mucho. Te ayudaremos.

Daniel clavó la vista en el cuadro que colgaba en la pared de enfrente. Valoraba que, después de tanto tiempo enfrentados, Ramón no hubiera dudado a la hora de dejar a un lado las rencillas y ofrecerle su apoyo, pero viajar a Reinosa sería lo último que haría.

—No puedo, lo siento —sentenció, y dio una calada al cigarrillo.

—¡Por Dios, Dani! Que papá matara a ese hombre no nos

convierte en asesinos. ¿Es que treinta y dos años después aún no te has dado cuenta? Nosotros no hicimos nada y, de ser algo, somos víctimas. Métetelo en la cabeza. Aquí nadie te juzgará por eso. Ya no.

Daniel sacudió el pitillo en el cenicero que había sobre la mesita de noche y rememoró fugazmente sus últimos años de escuela, su paso por el instituto, el drástico cambio que dio su vida tras la muerte de Lorenzo Orduña. Incluso lo ocurrido en la iglesia hacía tan solo siete años... No, no tenía intención de regresar. Y menos en ese momento.

—Es imposible, Ramón. No volveré a pisar aquello.

—Pero ¡qué cabezón eres! Ven unos días, haz el favor. Además, la abuela está cada vez peor. No he querido decirte nada para no asustarte, y, bueno, porque no hablábamos, pero está perdiendo la cabeza. Definitivamente...

La mención del estado de salud de Amparo le hizo vacilar. Sabía que no estaba actuando como un buen nieto, que ella lo estaría echando en falta y le quedaba poco tiempo, pero se dijo que no era culpa suya. Fue su hermano quien decidió alejarla de él y ponerle obstáculos que para él eran insalvables.

—Lo siento —repitió—. Si quieres, podéis traerla aquí o quedamos en un punto intermedio. Pero yo no voy a ir.

—Por el amor de Dios, Dani. Ella no está para eso, y a ti te vendrá bien estar aquí.

—No puedo hacer más, Ramón —zanjó él—. Me alegro de saber de ti, de veras. Da recuerdos, por favor.

—¿Y lo de Marta? ¿Qué vas a hacer?

—No lo sé —reconoció Daniel con voz lúgubre—. Cuídate, Ramón.

6
Estallar

La conversación que acababa de mantener con su hermano todavía le daba vueltas en la cabeza y lo único que le apetecía era tumbarse en la cama y dejar correr el tiempo. Sin embargo, dentro del caos que lo asolaba, comprendió que debía ir sin demora al despacho. Ya había cometido suficientes errores y no tenía la seguridad de que le fueran a tolerar muchos más. Aquel trabajo y su amigo Álex eran de lo poco, por no decir lo único, que se mantenía en pie en su mundo, y estaba tentando demasiado a la suerte.

Consultó el reloj. Las doce. Corrió a ponerse una camisa blanca, un traje gris marengo y una corbata a juego. Luego bajó al garaje, se montó en su Audi A8 negro y puso rumbo al despacho.

Aprovechó cuando se detuvo en un semáforo para mirarse en el retrovisor interior y hacerse la raya a un lado. Ni siquiera había tenido tiempo de asearse. El espejo le devolvió una mirada verde y cansada, subrayada por unas profundas ojeras. Se acordó entonces de lo que la gente les decía a Ramón y a él de niños: que habían heredado los ojos de su padre, que eran idénticos. Sacudió la cabeza. Menudos ingenuos habían sido cada vez que sonreían orgullosos al oír aquello. Eso, naturalmente, fue antes de que lo perdieran todo por su culpa, antes de que su padre decidiera convertirse en un asesino y la vida les cambiara por completo. Y es que, a pesar de la discutible gestión que Lorenzo Orduña había hecho de Aceros Campoo y del terrible accidente que había sufrido Jesús Posadas aquel verano, en Reinosa nadie se alegró del asesinato del empresario. En general, todo el mundo se lanzó a condenar el crimen con firmeza, y él, que no tenía más que ocho años y no era quien había apretado el gatillo, de la noche a la mañana perdió a la mayoría de sus amigos, tan solo por ser hijo de quien era. De repente, los demás niños se alejaron de él y comenzaron a insultarlo, e incluso hubo algunos, los más crueles de la escuela, que tuvieron la ocurrencia de llamarle «el Balas», en referencia al disparo efectuado por su padre. Pero él no se quedó quieto. Se encargó muy pronto de cortar de raíz ese apodo tan gracioso y dar un escarmiento a quien sintiera la tentación de repetirlo, y algunos empezaron a temerlo.

No fue hasta unos años más tarde cuando se dio cuenta de la fama de chico colérico y problemático que se había ganado como consecuencia de sus continuas peleas y de esa espiral de rabia y violencia en la que se había sumido, pero no le importó. ¿Qué más daba, llegados a ese punto? Podían irse todos al infierno.

A Ramón el asesinato también lo afectó, aunque, por algún motivo, lo hizo en menor medida; logró sobreponerse a la situación e incluso se quedó a vivir en Reinosa, donde se hizo cargo de la Librería Marqués, el negocio familiar.

Sin embargo, él no se vio capaz de seguir allí. Cuando tenía solo diecisiete años, su madre y su abuelo fallecieron en un grave accidente de tráfico al volver de un evento para libreros, y él, a pesar de contar con su abuela y con su hermano, se sintió más solo que nunca. Unos meses después, decidió emplear el dinero de la herencia en estudiar, lo que siempre se le había dado bien, y, resuelto a poner tierra de por medio, se mudó a un colegio mayor de Madrid.

Hubo momentos en que los recuerdos estuvieron a punto de aplastarlo, pero logró encontrar en la carrera de Derecho y en el posterior trabajo en Aldaya Abogados una forma de sobrevivir, una válvula de escape. Tras el traslado a Madrid, solo regresó a Reinosa en ocasiones muy contadas. Uno de esos regresos excepcionales, el último, había sido hacía casi siete años, con motivo del bautizo de Isabel.

Ese día ocurrió algo que lo alejó definitivamente de allí. Durante la ceremonia, divisó entre los asistentes a un antiguo compañero de la escuela que, según supo después, había asistido al evento por ser el marido de una amiga de Silvia, la mujer de Ramón. La mirada de refilón que le dedicó aquel tipo y el modo en que luego le susurró algo a su esposa, al oído y sin dejar de observarlo, lo alteraron sobremanera. Se figuró que aquel hombre le estaba contando a su mujer la historia del Balas y no pudo contenerse: al término del bautizo, poseído por una ira irrefrenable, se abalanzó sobre él y le asestó varios puñetazos allí mismo, en pleno pórtico. Después salió corriendo con una avergonzada Marta a su lado, y se juró no volver.

Como cabía esperar, Ramón se desplazó unos días más tarde a Madrid para recriminarle su actitud y, al mismo tiempo, sugerirle que acudiera a un especialista, pero él se negó en redondo y se reafirmó en que no regresaría jamás. Desde entonces, Marta y él solo se vieron con Ramón y el resto de la familia en Madrid o en algún punto a mitad de camino; nunca en Reinosa.

Y así siguieron hasta que, en mayo de 2006, Ramón decidió sacar a la abuela Amparo de la residencia de Aguilar de Campoo y llevársela a La Gloria. En ese instante todo cambió y, por primera vez en su vida, los dos se distanciaron y no hubo más encuentros.

Marta sufrió lo indecible a causa de esos problemas familiares, y no fueron pocas las ocasiones en que discutió con él por el modo en que se estaba comportando. Hasta que todo estalló dos semanas atrás, cuando ella se refirió por enésima vez a su deseo de quedarse embarazada, algo que, por su edad, ya no podía posponer mucho más, y él, harto del tema, acabó escupiendo lo que le había ocultado durante años: que él nunca querría tener hijos. Y esa fue la gota que colmó el vaso.

El semáforo se puso en verde y Daniel pisó el acelerador. Pensó una vez más en Marta, en todo lo que ella había tenido que soportar a lo largo de sus años de convivencia y en lo mucho que lo había ayudado. Y él se lo había agradecido engañándola, haciéndole creer que, tarde o temprano, tendrían descendencia...

Diez minutos más tarde, se obligó a olvidarse del asunto y atravesó el vestíbulo del lujoso edificio en el que se encontraba la sede de Aldaya Abogados.

En cuanto puso un pie en la cuarta planta, su amigo Álex, un hombre de porte atlético, barba recortada, nariz chata y ojos azules, le salió al paso. Lo hizo con expresión de disgusto y no vaciló a la hora de ordenarle que lo acompañara a su despacho. Daniel, cabizbajo, fue tras él.

Una vez dentro, su compañero cerró la puerta con un golpe seco y se situó al otro lado del escritorio. Acto seguido, apoyó las manos en la mesa y, alzando el mentón, le espetó sin contemplaciones si se había vuelto gilipollas.

—¿Quieres perder el trabajo o qué? ¿Dónde coño te habías metido? —añadió iracundo.

Daniel guardó silencio, sin saber bien qué decir. Era consciente de que lo había decepcionado.

—Hoy teníamos la reunión con la tecnológica. Los clientes me han preguntado por ti, y no he sabido qué diablos decirles. Y la parte de la que te encargabas tú se ha quedado sin analizar, claro. ¿Te das cuenta de lo que has hecho? ¡Han venido desde Londres! No sé si nos echarán...

Por un instante, Daniel se planteó inventarse una excusa, pero enseguida lo descartó: a Álex no podría engañarlo.

—Apestas a alcohol, macho, y pareces un muerto. ¿Qué demonios has estado haciendo? ¿Por qué no me cogías el teléfono? Ha sido por lo de Marta, ¿no?

Daniel se dejó caer sobre una silla con pesadez y miró al suelo.

—No es solo lo de Marta, Álex. Es todo...

Su amigo soltó un improperio.

—¿Todo? —Se detuvo un instante y negó con la cabeza—. Dani, esto se te está yendo de las manos. Lo de tu padre, lo de Marta... Sé que es duro, pero la vida sigue. No puedes estar así. No es normal. Han pasado muchos años desde lo del asesinato.

Daniel levantó la vista herido en su orgullo. No iba a consentir que su amigo le hablara como si no estuviera en sus cabales.

—¿Y quién decide lo que es normal? ¿Tú?

—No te pongas en plan bravucón, ¿eh? Sabes que siempre he intentado ayudarte. No me vengas con esas.

Tuvo que morderse la lengua. Era cierto que Álex siempre había sido uno de sus mayores apoyos, que jamás lo había dejado tirado.

—Mira, Dani —dijo su compañero al tiempo que relajaba los hombros—, he hecho lo que he podido, pero...

Daniel entornó los ojos.

—¿Qué? ¿Qué ocurre?

Álex se pasó la mano por la frente y retuvo la explicación unos instantes.

—Ocurre que Aldaya quiere verte. Se ha enterado de lo de esta mañana y se ha puesto como una fiera. Además, el otro día parece ser que llamó un cliente para quejarse de un error que cometiste en la redacción de un contrato. Dijo que perderán varios miles de euros por tu negligencia, Dani, y que van a demandar al despacho —farfulló mientras se ponía en pie—. Venga, tienes que acompañarme.

Daniel, todavía sentado, notó que la garganta se le secaba. Aquello no podía estar pasándole.

—Por favor —le insistió Álex, y le hizo un ademán con la mano—. Si Aldaya se entera de que no te he llevado nada más llegar... No me busques más problemas.

Daniel entendió que no habría manera de negarse y, alicaído, se arrastró tras él.

Cuando llegaron al despacho del socio, Álex abrió la puerta y lo invitó a pasar con una seña.

—Siéntate —ordenó Aldaya con tono autoritario cuando Daniel traspasó el umbral. El hombre, calvo, rollizo y de rostro completamente rasurado, ocupaba una gran butaca de cuero tras un inmenso escritorio de anticuario, al fondo de un opulento despacho revestido de madera.

Daniel asintió y tomó asiento al otro lado de la mesa. Mientras lo hacía, oyó que la puerta se cerraba a su espalda y dedujo que Álex los había dejado solos.

Durante unos instantes, todo quedó suspendido en un denso silencio, hasta que Aldaya, taladrándolo con la mirada, masculló:

—Esto no puede seguir así. ¿Qué coño te pasa?

Daniel bajó los ojos. Aldaya le había hecho esa misma pregunta la semana anterior, pero él se había negado a contestarla. No se sentía capaz de hablarle de sus problemas. Lo conocía y sabía que no lo entendería.

La ausencia de respuesta pareció irritar aún más a su jefe, que se inclinó hacia él y dio un fuerte golpe con el dedo índice en el escritorio.

—Ya veo que todo te importa un bledo. Pues verás, aquí, lo sabes de sobra, siempre hemos valorado a la gente comprometida, formal, que sepa dónde está su lugar y lo que se espera de ella, más allá de su brillantez. Y lo que no voy a tolerar de ningún modo, por respeto a tus compañeros y a nuestros clientes, es que de repente te creas que puedes permitirte cualquier cosa, hacer lo que te dé la puta gana. Saltarte reuniones, aparecer por el despacho cuando te sale de los huevos, no entregar documentos en plazo, sacarlos de cualquier manera, con errores de primero de carrera... ¿Se puede saber qué pretendes? A qué juegas, ¿eh?

En otras circunstancias, Daniel se habría revuelto y quizá hasta se habría estirado para agarrarlo de la pechera. No soportaba que le hablaran con ese tono intimidatorio, como si le perdonaran la vida; bastante lo pisotearon de niño. Sin embargo, en esa ocasión sabía que se lo merecía, que llevaba dos semanas con la mente más ocupada en Marta y en el pasado que en el bufete. Durante ese periodo había llegado tarde casi todos los días y, una vez allí, había sido incapaz de concentrarse, de prestar atención a lo que desfilaba ante sus ojos, incluso de mostrar el menor interés. Y esas eran las consecuencias. Aldaya tenía razón: gracias a los méritos acumulados a lo largo de su trayectoria había llegado a creerse que aquello no le pasaría factura, y ahora, de pronto, descubría que lo había tirado todo por la borda.

—Nuestros clientes no se merecen algo así —continuó Aldaya con rabia contenida—. No nos pagan por hacer chapuzas o por abogados que los dejen tirados. Tenemos una reputación que mantener, ¿comprendes? Y, te pase lo que te pase, no vas a hundirnos contigo, eso ya te lo digo yo —añadió, apuntándolo con el dedo—. Llevo más de diez días escuchando quejas de ti. Si tan mal estás, no sé por qué coño no te has cogido la baja. Pero no, en vez de eso, no te presentas a trabajar, condenas a nuestros clientes con cláusulas absurdas... Bueno, no voy a repetirme. —De repente, Aldaya abrió un cajón de su escritorio y sacó un sobre. Con aire de gravedad, se lo tendió a Daniel, que contuvo el aliento—. Es una suspensión de empleo y sueldo —le informó con tono gélido—. Por falta muy grave. La primera que apruebo en mi vida. Se supone que tienes derecho a decir algo. ¿Quieres hacerlo, o lo dejamos en que te das por enterado?

Daniel cogió el sobre con dedos temblorosos y, sin abrirlo siquiera, negó con la cabeza.

—Bien. Firma aquí, en el recibí. Te irás a casa un mes. Y a la vuelta, ya veremos —lo amenazó. Después se reclinó en su asiento—. Márchate. Tengo mucho que hacer.

7

Pedazos

Devastado, Daniel abandonó el despacho de Aldaya y se arrastró por el pasillo hasta donde lo esperaba Álex.

—Podrás darle la vuelta, Dani —trató de consolarlo su compañero, que ya debía de estar al corriente de que, al menos, no se trataba de un despido—. Pero esto tiene que cambiar...

Daniel se pasó la mano por el nudo de la corbata. No dijo nada.

—Vete a casa, anda —le aconsejó Álex—. Te vendrá bien dormir un rato.

Daniel asintió y se mordió los labios.

—Estoy aquí para lo que necesites —agregó su amigo, mirándolo a los ojos—. De verdad, cuenta conmigo. Hoy saldré tarde, pero igual me da tiempo a ir a cenar...

—No lo sé, Álex, ahora no puedo pensar...

—Bueno, pero no te quedes solo todo el día, por favor. Llámame, ¿vale?

Daniel cabeceó y suspiró. No lo habían echado a la calle, pero no se le ocultaba que, de seguir así, ese sería el siguiente paso. Por otro lado, aunque pudiera mantener el puesto, su vida allí ya nunca volvería a ser la misma. El recuerdo de aquellos días quedaría presente en la memoria de todos, sobre todo de Aldaya. Le pesaría como una losa atada a la espalda y ya no le permitiría salir a flote. Y de su objetivo de llegar algún día a socio..., de eso era mejor olvidarse.

Álex se despidió de él con un abrazo, y Daniel se dirigió a la salida apesadumbrado. Caminaba con la cabeza gacha, pero al llegar al recibidor de la cuarta planta percibió de soslayo la mirada furtiva que le lanzó la secretaria, una chica que se había incorporado hacía un par de meses. Tuvo la impresión de que la joven ya se encontraba al tanto de su situación y se sintió ridículo, grotesco, el blanco perfecto de todas las críticas. No eran pocos los que allí le tenían envidia o aversión, o ambas cosas. Sin duda, se cobrarían su venganza, aunque fuera a base de murmullos y cuchicheos.

Durante una fracción de segundo, se apoderó de él el impulso de gritar a pleno pulmón, de abandonarse a su dolor y descargar toda su furia y su frustración en aquel ambiente de calma aparente. Logró contenerse a tiempo, consciente de que algo así, en vez de ayudarlo, lo pondría aún más contra las cuerdas y alimentaría toda clase de especulaciones sobre su estado mental, y eso sería su sentencia de muerte en ese bufete. Ahogó un resoplido y, tras murmurar entre dientes una despedida, salió al rellano.

Cuando, un cuarto de hora más tarde, entró en su piso, el peso de aquel torrente de emociones cayó sobre él y le hizo desplomarse en la cama con el traje puesto, como si un rayo lo hubiera fulminado. Al dar con la cabeza en la almohada, le pareció que el perfume de Raquel todavía impregnaba las sábanas, y eso lo hundió aún más. Marta, Álex, el bufete... ¿Qué quedaba de ese mundo sobre el que había reflexionado unas horas atrás, cuando vio a Raquel andando hacia la boca de metro?

Dejó pasar los minutos con los ojos prendidos del techo. Se resistía a llorar. Hacía ya mucho tiempo que se prometió no derramar una lágrima más, por nada ni por nadie. Ya lloró bastante cuando no tenía más que ocho años, cuando su padre le arrancó la infancia de cuajo.

Su padre... En el fondo, todo era por su culpa, se dijo. Él era el responsable último de todas las cosas que había perdido a lo largo de su existencia.

Estaba maldiciéndolo para sus adentros cuando el móvil comenzó a vibrar en el bolsillo de su chaqueta. Lo cogió y, sin levantarse de la cama, miró la pantalla.

Ramón. Otra vez Ramón.

Se apoyó el teléfono en el pecho. De repente se veía tan solo, tan acabado, tan perdido en su propio laberinto, con la vida hecha trizas, pedazos...

Reinosa. Por primera vez en años sentía la urgencia de estar con su familia, de estrechar a su hermano entre sus brazos, de hacer reír a su sobrina, de ver a su abuela antes de que se convirtiera en una sombra, si es que no lo era ya, pero los Orduña, los vecinos, el fantasma de los días pasados... No se veía capaz de transitar por aquellas frías calles, de soportar las miradas, los comentarios, el peso de los recuerdos, y sin embargo... La voz de Marta penetró en su mente como si estuviera tumbada a su lado. Dejar de huir, dejar de correr...

La vibración del teléfono cesó, y Daniel comprobó que su hermano acababa de colgar. Instantes después, el móvil emitió un sonido. Era un mensaje de texto: «Por favor, Dani, nos gustaría verte. Llámame».

Lo releyó en tres ocasiones y se pasó la mano por el pelo, meditabundo.

Era cierto que en Madrid tenía a Álex para desahogarse, pero, siendo franco, sabía que apenas podrían verse. En el bufete, de lunes a viernes las jornadas eran frenéticas y agotadoras, hasta altas horas de la noche, y los sábados, pese a que en teoría se libraba, los abogados solían aprovechar para avanzar en los asuntos más complejos, sabedores de que no sufrirían las constantes interrupciones del teléfono. Además, Álex estaba inmerso en una gran operación y encima tendría que cargar con su ausencia; era evidente que no dispondría de tiempo para él. Por otro lado, su compañero tenía una mujer y dos hijos a los que prestar atención, con quienes, si no recordaba mal, iba a pasar parte del fin de semana en Segovia. Y mientras tanto, ¿qué haría él? ¿Adónde iría? No tenía muchos más amigos; a lo sumo, conocidos, gente a la que jamás se atrevería a hablarle de lo que lo atormentaba.

Volvió a leer el mensaje de Ramón y sintió que los ojos se le humedecían. La respiración se le entrecortó, y desvió la vista hacia el armario donde guardaba la maleta. Regresar, reencontrarse con los suyos...

Suspiró y se puso en pie. Después, con paso titubeante, caminó hacia el armario y, con el rostro desencajado, desplazó la puerta corredera.

8

Vuelta a casa

El sol ya declinaba cuando Daniel giró el volante con el cigarrillo entre los dedos y tomó el desvío hacia Reinosa. En el habitáculo flotaban el humo del tabaco y las notas del piano de Bill Evans. Había necesitado algo más de una hora para terminar de convencerse de que no podía continuar así, descendiendo en soledad por el precipicio, y, al fin, tras unas cuantas idas y venidas, había reunido el valor suficiente para subirse al coche y echarse a la carretera. A lo lejos, las montañas ya estaban cubiertas de nieve y en el cielo las nubes se habían tornado cárdenas en una seria amenaza de tormenta. El termómetro del coche marcaba tan solo cuatro grados.

Al rebasar una rotonda, vio un cartel que señalizaba la entrada a esa pequeña ciudad a la que casi todos sus habitantes se referían como «el pueblo». Suspiró. Sabía que, para llegar al casco urbano, antes tendría que bordear el polígono industrial de La Vega, donde se encontraba Aceros Campoo, la fábrica de los Orduña. Se obligó a pensar en su hermano, en su cuñada y en Isabel. Los necesitaba. No podía dar media vuelta.

Tras asentir para sí mismo como insuflándose ánimos, dio una calada a su pitillo, hundió el pie en el acelerador y se adentró con decisión en ese lugar que le había robado la niñez.

En realidad, de lo acontecido la madrugada del 2 de septiembre de 1975 Daniel no sabía demasiado. En su casa, su madre y sus abuelos siempre se esforzaron por ocultarles toda la información posible y, cuando creció, él prefirió mantenerse al margen. Sin embargo, a veces la ignorancia y la distancia no son escudo suficiente, y, sin pretenderlo, terminó haciéndose una composición de los hechos, aunque muy general.

Según se comentaba, aquella noche, alrededor de las dos y media, su padre había escalado el muro que rodeaba la propiedad de los Orduña y se había internado en la finca, sin importarle el vendaval que venía del noroeste y que sacudía toda la localidad. Por alguna extraña razón que nunca se consiguió aclarar, a esas horas Lorenzo Orduña también estaba allí, en los jardines de la casa, vestido con el pijama, y, sin causa aparente, acabó recibiendo en el pecho un balazo que le arrancó la vida.

El cuerpo lo encontraron unos minutos después la criada, la cocinera y el jardinero de los Orduña, cuando salieron a investigar el origen del ruido y distinguieron algo tendido en el sendero, muy cerca del portón e iluminado parcialmente por uno de los farolillos. Corrieron hacia allí y, al llegar a su altura, descubrieron con horror que se trataba de Lorenzo Orduña. Y que estaba muerto. Justo en ese momento, con ellos inclinados sobre el cadáver, un hombre se precipitó desde lo alto del muro que cercaba la propiedad, a unos diez metros del lugar donde se hallaban, y profirió un grito desgarrador. Era Guillermo, que en su intento de huida se había trastabillado y al impactar contra el suelo se había roto la pierna. En cuanto hicieron amago de acercarse a él, el hombre se arrastró por la hierba y cogió un revólver que tenía a escasos centímetros, aunque no llegó a amenazarlos. Según se contaba, ni siquiera impidió que la cocinera escapara hacia la casa y diera la voz de alarma. La Guardia Civil no tardó en aparecer y lo detuvo sin que opusiera resistencia. Unos días más tarde confesó el crimen y, aunque su explicación de los hechos sorprendió a muchos, esa fue la versión que se convirtió en verdad, a falta de otra mejor.

Daniel aminoró la velocidad para trazar una curva y se concentró en lo que le iba a decir a su familia cuando llegara. Lo había ensayado a lo largo del viaje, pero aun así quería estar preparado, asegurarse, en la medida de lo posible, de que todo saliera bien. Por suerte, había comenzado a caer una fina lluvia y apenas había gente por la calle, por lo que el riesgo de cruzarse con algún conocido cuando se bajara del coche se reducía.

Al aproximarse al polígono industrial, notó que se le formaba un nudo en el estómago; desde el punto donde se encontraba se intuía la silueta de Aceros Campoo. No pudo evitar que los gritos de David le resonaran en los oídos. Sintió el impacto de sus puñetazos, el sabor a sangre en la boca, el miedo. Por un instante se planteó de nuevo si su retorno no sería una completa equivocación. Pero no, no podía dudar más. Ya estaba allí. En Madrid solo lo aguardaban la soledad y la pena.

Al fin, divisó los bloques de pisos grises que tan bien conocía y giró a la izquierda para introducirse en la avenida La Naval.

Aparcó en batería y, tras aplastar el cigarrillo en el cenicero, salió del coche. De inmediato lo recibió un aire gélido que le golpeó el rostro. Apretó los dientes para contener un estremecimiento y se apresuró a sacar el equipaje del maletero. Luego se acercó al portero automático y apretó el botón del antiguo piso familiar, que ahora pertenecía a su hermano.

No quiso mirar a su alrededor.

—¿Sí?

Daniel reconoció la voz rasgada de Silvia, la esposa de Ramón.

—Hola. Soy... soy Daniel. ¿Puedo subir?

Tras unos segundos de silencio, el mecanismo de apertura se activó y emitió un pitido. La ausencia de respuesta por parte de su cuñada presagiaba un recibimiento frío, quizá el que se merecía. Empujó la puerta y comenzó a subir las escaleras. Seguía sin haber ascensor.

En el rellano de la segunda planta lo esperaba Silvia, una mujer esbelta, de cabello negro y ondulado y labios finos. Tenía los brazos cruzados y los ojos entornados.

—Ramón me había dicho que no vendrías —murmuró ella, sin saludarlo ni hacer ademán de besarlo en las mejillas.

—Perdona, yo... lo decidí más tarde, y no sabía si cambiaría de opinión en el último momento... Por eso no os avisé... Lo siento.

Ella meneó la cabeza en señal de desaprobación y, sin añadir nada, lo invitó a pasar.

Al traspasar el umbral de la puerta, los recuerdos lo asaltaron.

Se vio a sí mismo correteando por aquel pasillo en compañía de sus padres y su hermano, y casi pudo oler el aroma de las galletas que solía cocinar su madre cuando no tenía que trabajar en la librería. A menudo echaba de menos aquel tiempo, cuando era un niño inocente, feliz, hasta que la oscuridad lo nubló todo.

—Vamos al salón —le indicó Silvia.

La estancia apenas había cambiado con el paso de los años. Los muebles, la decoración, la pared de gotelé…, casi todo estaba tal cual lo dejó su madre al morir. El sofá no era el mismo, pero se asemejaba mucho al que había en su día. Al contemplarlo, Daniel no pudo evitar que le viniera a la memoria la mañana en que se escapó, cuando dejó a la abuela enfrascada en sus labores de costura. Todavía podía recordar la falda que estaba arreglando, con la aguja temblándole en la mano.

Tragó saliva. No sabía por dónde empezar. Se había representado la escena de su llegada varias veces a lo largo del viaje, pero no se le ocurrió que fuese a recibirlo Silvia. Ni siquiera había previsto que Ramón pudiera encontrarse fuera.

—Silvia, yo…

Ella alzó la mano.

—No hace falta que me des explicaciones. Con quien debes hablar es con tu hermano. Sois vosotros los que habéis tenido el problema. Siéntate, por favor —le pidió, y señaló el sofá—. Mira, yo no me quiero meter. Sabes perfectamente que a mí tampoco me gustó cómo actuaste, pero eso es algo que tenéis que solucionar vosotros. Es vuestra abuela, no la mía. Y vuestro pasado.

La forma de hablar de su cuñada le molestó, pero se esforzó por no exteriorizarlo. No quería una pelea nada más llegar. En silencio, se acomodó en uno de los extremos del sofá.

—Ramón lo ha pasado muy mal, ¿sabes? —dijo ella mientras se colocaba a su lado, si bien guardando cierta distancia—. No creas que le ha dado igual.

—Bueno, para mí tampoco ha sido fácil —no pudo evitar defenderse.

—Esto no va de quién ha sufrido más, Daniel. Si has venido con ganas de discutir, te has equivocado de lugar.

—Bueno, has sido tú la que...

—Me gustaría que hicierais las paces —lo cortó en seco Silvia—. No es normal que Isabel no vea a su tío desde hace año y pico, ¿no te parece?

Él asintió.

—Bien. Me alegro de que lo entiendas —resolvió ella, en apariencia satisfecha, al tiempo que la tirantez de su rostro se relajaba un poco. Se levantó la manga unos centímetros y consultó su reloj—. Ahora están en la librería. No creo que vuelvan antes de las ocho. A Isabel le encanta estar allí mientras trabajamos. Adora los libros.

Daniel se permitió esbozar una ligera sonrisa al evocar a su sobrina jugando entre las estanterías.

—Yo me he quedado en casa con la facturación —aclaró la mujer, y apuntó con el mentón hacia la mesa del comedor, que estaba repleta de documentos—. Estas cosas se me dan mejor a mí.

Hacía doce años que Silvia había cambiado su puesto de profesora de Economía en un instituto de Suances por el de librera en Reinosa, con Ramón. Juntos habían conseguido que, a pesar de la crisis lectora que atravesaba el país, la Librería Marqués marchara a toda máquina. Habrían sido el orgullo del abuelo Julián, su fundador.

—Iré a verlos enseguida —repuso Daniel—. Y a la abuela también.

Ella lo miró con acritud.

—Amparo está mal. Muy mal, de hecho. Sigue en la residencia, esperando a que te dignes a visitarla. Aunque ya no sé si será capaz de reconocerte: va camino de los noventa y tres, y cada vez está más desorientada.

Él bajó la vista.

—Siento no haberos ayudado, de verdad. El año pasado tuve mucho trabajo, y después, cuando la trajisteis aquí...

Su cuñada torció el gesto.

—Como comprenderás, no íbamos a estar toda la vida yendo y viniendo de Aguilar mientras tú estabas tan ocupado en Madrid. Pero bueno, no voy a insistir en eso. Ya te lo he dicho: habla con

Ramón. —Se detuvo unos instantes, como si buscara la manera de continuar—. Por cierto, esta mañana tu hermano me ha contado lo de Marta. ¿Qué ha pasado?

Daniel percibió que Silvia suavizaba el tono al interesarse por su situación. Entendió que no tenía sentido ocultar sus sentimientos. Por eso había ido hasta allí, para abrirse ante ellos, para buscar ayuda.

Tras llenarse de aire los pulmones, comenzó a hablar. Tardó unos quince minutos en explicarle todo lo que le había ocurrido en los últimos días. E intentó ser lo más objetivo y preciso posible pese a que ciertos hechos lo dejaran en mal lugar.

Cuando concluyó, ella negó con la cabeza.

—Sé que no es lo que quieres oír —dijo al tiempo que lo observaba con una mezcla de indignación y lástima—, pero no me extraña que Marta te mandara a paseo. Qué valor, Daniel...

Él se mordió los labios.

—Yo... Me gustaría estar unos días aquí con vosotros, Silvia —murmuró con un ligero temblor en la voz—. Si os parece bien. Necesito...

No logró terminar la frase. Ella lo miró fijamente unos instantes, como si lo estuviera calibrando. Al fin, respondió en apenas un susurro:

—Por supuesto que puedes quedarte, Daniel. Bienvenido a casa.

Él trató de sonreírle, pero no consiguió componer más que una mueca.

—Gracias.

—No me las des. Me alegra que estés aquí, que hayas vuelto. Y seguro que a Ramón y a Isabel también —dijo mientras le apretaba la mano. Después se levantó y agregó—: Si quieres, puedes dejar las cosas en tu habitación. Tómate todo el tiempo que necesites.

Daniel asintió y, tras agradecérselo de nuevo, cogió la maleta y enfiló el pasillo, iluminado por la menguante luz de la tarde. Su antiguo cuarto emergió ante él tal y como lo recordaba, con su pequeña cama pegada a la pared, la alfombra azul en la que solía jugar con Ramón a las canicas, el escritorio en el que hacía los deberes, el armario en el que pegaba los pósters que traían los periódicos que compraban sus padres…

Posó la maleta en el suelo mientras contenía la emoción; la única diferencia era que ahora había un ordenador de sobremesa. Se veía a sí mismo jugando entre aquellas cuatro paredes, disfrutando, muriéndose de la risa en aquella camita, pero también se veía con la cabeza enterrada en la almohada, llorando con desconsuelo, convencido de que su vida jamás volvería a ser la que había sido, que ya nadie querría ser su amigo. En aquel dormitorio había vivido un niño feliz, pero también un niño desgraciado, hecho jirones.

Suspiró y, en un intento por ahuyentar aquellos fantasmas que se cernían sobre él, se aproximó a la ventana y se asomó. Era algo que siempre le había gustado hacer de pequeño: curiosear la calle desde allí, contemplar el discurrir de los transeúntes. A través del cristal se percibía el aguacero impactando con furia sobre los alféizares del edificio de enfrente, donde ya se habían encendido algunas luces. En la calzada divisó a varios chiquillos muy abrigados que se salpicaban los unos a los otros entre carcajadas, y se acordó de cuando él era como ellos, un niño despreocupado y risueño. Hasta que, una tarde igual de tormentosa que aquella, todo se acabó, y su inocencia se esfumó para siempre.

9

La confesión

Tarde del viernes 5 de septiembre de 1975
Tres días después del crimen

Apoyado en el alféizar de la ventana de su habitación, Daniel observaba con desazón la lluvia que se desparramaba sobre Reinosa. Le habría gustado estar ahí fuera, notar las gotas calándole el pelo, correr sobre los charcos, pero no le dejaban salir. La mañana del martes, la abuela Amparo y Ramón lo habían encontrado enroscado sobre sí mismo en un callejón próximo a la casona de los Orduña, cubierto de sangre y vómito, y desde entonces ni su hermano ni él habían podido pisar la calle. Los mayores se lo habían prohibido terminantemente y los tenían sometidos a una intensa vigilancia. No es que él deseara jugar con ningún amigo, y mucho menos con David, pero ansiaba recuperar la libertad. Le costaba un mundo aguantar tanto tiempo encerrado en ese piso diminuto, envuelto en esa atmósfera asfixiante. Su madre y los abuelos le habían asegurado en varias ocasiones que lo que le había gritado David antes de golpearlo era producto de un malentendido que pronto se aclararía, pero los días pasaban y la situación en casa no mejoraba. Además, desde la cena del lunes no había vuelto a ver a su padre, y eso sí que resultaba raro. Según les habían dicho, el motivo era que la madrugada del martes su padre tuvo que acudir a la fábrica por una emergencia y que, una vez allí, sufrió un golpe desafortunado y estaba hospitalizado. No se encontraba bien, y a eso se debía supuestamente el estado de ansiedad y nerviosismo que mostraban.

Daniel no sabía qué pensar. Había preguntado más de una vez si ese accidente era el mismo que había sufrido Lorenzo Orduña, pero nadie le había querido responder; ni siquiera sus abuelos paternos, que habían viajado ese fin de semana a Reinosa desde León y ya se habían marchado, también desolados.

De repente, el sonido del timbre lo sobresaltó. Extrañado, miró a Ramón, que estaba tirado en la alfombra jugando a las canicas. No podía tratarse de los abuelos; ellos habían ido a hacer la compra, pero disponían de un juego de llaves.

Sin necesidad de hablar, se dirigieron juntos al pasillo. Lo hicieron a tiempo de ver cómo su madre abría la puerta de forma atropellada.

Un hombre alto, de mandíbula pronunciada y bigote poblado apareció en el umbral y entró en el piso sin siquiera saludar. Vestía el uniforme de la Guardia Civil, y Daniel sintió un escalofrío al verlo. Sabía quién era: el cabo Ramiro Losada. Detrás de él se encontraba su compañero Francisco Alcalá, de unos veinticinco años, entrado en carnes y con el cabello fino y de color pajizo. Los dos habían estado allí el martes por la tarde, gritando y poniéndolo todo patas arribas con ayuda de otros agentes.

—¡Al salón! —le ordenó Losada a la madre de los niños—. Venga.

Beatriz asintió con torpeza. Al girarse, sus ojos se cruzaron con los de Daniel.

—A vuestro cuarto, por favor —siseó con voz entrecortada.

Ellos la obedecieron con docilidad, pero apenas aguantaron unos instantes recluidos en la habitación. Aunque temblaban de los pies a la cabeza, necesitaban saber qué estaba pasando. ¿Y si su madre corría peligro?

—Vamos —le susurró Daniel a su hermano.

Cruzaron el pasillo con cuidado de no hacer ruido y pegaron la oreja a la puerta.

—Mire, señora, vamos a serle francos —oyeron que decía en ese momento Losada, con tono marcial—. Su marido lo mató. Ha confesado. Disparó a Lorenzo Orduña.

—¿Cómo... cómo dice? —gimió ella.

Al escucharlos, Daniel sintió que la vista se le nublaba. Tuvo que apoyarse en la manecilla para no perder el equilibrio.

—Lo ha confesado todo —repitió el cabo, terminante.

Los jadeos de Beatriz traspasaron la puerta.

—No..., no puede ser. ¡Es imposible! Guillermo es inocente. —Se hizo un breve silencio y entonces ella chilló—: Lo han obligado, ¿verdad? ¡Se lo han sacado a golpes! ¡Lo han torturado! ¡Quiero verlo!

Se oyó un forcejeo dentro del salón, y luego el cabo escupió:

—Como vuelva a decir algo así, me la llevo detenida, ¿lo ha entendido?

Beatriz no respondió, y Daniel notó que el vello se le erizaba.

—¿Lo ha entendido? —insistió el hombre.

—Sí, sí...

—Bien, así mejor, ¿verdad, Alcalá? —se felicitó Losada, dirigiéndose a su compañero.

Este no dijo nada, y Daniel se lo imaginó asintiendo con la cabeza.

—Bueno, como le explicaba —prosiguió el cabo—, su marido nos lo ha contado todo, pero, aun así, necesitamos hablar con usted. Solo para contrastar algunos datos —precisó, como si quisiera asegurarse de que no le daba pie a que se formara falsas esperanzas.

—Pero ¿cómo iba él...? ¡Habrá sido un error! ¡Un accidente!

—No, no fue ningún accidente —atajó Losada con impaciencia—. Discutieron, se pelearon y la cosa se le fue de las manos.

Beatriz profirió una serie de sonidos ininteligibles y luego se quedó callada. Daniel se mordió los labios para reprimir las lágrimas y miró a Ramón, que estaba haciendo lo mismo.

—Veamos, ¿usted sabía lo del despido? ¿Estaba enterada de que unas horas antes, por la mañana, Lorenzo Orduña lo había echado de la empresa?

—Sí, sí, pero ¿qué tiene eso que ver con...?

—¿Conoce el motivo del despido?

Beatriz guardó silencio, aunque el cabo pareció tomárselo como una afirmación, pues no insistió en ello.

—Mire, según tenemos entendido, su marido participó el domingo en una protesta por la muerte de Jesús Posadas, un compañero de trabajo. ¿Sabe si eran muy amigos? Jesús y él, quiero decir.

La madre de los niños tardó un tiempo en contestar.

—Bueno, se conocían, aunque mi marido siempre se ha tratado más con Ernesto, el hermano de Jesús. Y también con Arturo, Arturo Vallejo.

—Ya. ¿Y cómo se tomó la muerte de Jesús, a pesar de no ser muy amigos?

—Mal. ¿Cómo quiere que se lo tomara? Todos sentimos lo que pasó. Fue una desgracia.

—¿Y cómo reaccionó su marido cuando Lorenzo Orduña lo echó? ¿Diría que estaba furioso?

—¡Pues claro que lo estaba! ¡Y yo también! Pero de ahí a... —Rompió a llorar—. Él no es así, ¿entienden? Tiene principios. ¿Qué les ha dicho? ¿No se supone que ha confesado?

—Que estaba cabreado por la situación. Y que no podía dormir. Eso ha dicho —respondió Losada—. Por eso, sobre las dos de la madrugada, se levantó de la cama y salió de casa para despejarse. ¿Usted no lo oyó irse?

—No, yo estaba dormida. Ya se lo dije el otro día. ¿Pero a santo de qué iba a ir él hasta la casona a esas horas? ¿A matarlo? ¡Es absurdo! —gritó con voz temblorosa.

—En realidad no fue exactamente así —matizó Francisco Alcalá—. Según la versión de su marido, tan solo estaba dando un paseo. Y cuando pasaba por delante de la casona lo vio. En los jardines.

—¿Y qué es lo que se supone que hizo? ¿Ir a hablar con él de su despido? ¿En plena noche?

—Exactamente —confirmó Losada, sin alterarse pese al tono sarcástico empleado por Beatriz—. Saltó el muro y le pidió que lo readmitiera. Es más, asegura que usted le había exigido que hiciera todo lo necesario para arreglar la situación cuanto antes, y que eso fue lo que hizo.

Ella soltó una risotada histriónica.

—¿Me está tomando el pelo? Se lo dije, sí, pero evidentemente no me refería a eso. ¿Cómo iba a pretender algo así? Esto es un sinsentido. ¿Es que no se dan cuenta? Además, si quería hablar con él, ¿qué lógica tiene que saltara el muro? ¿No podría haberlo llamado a gritos para que le abriera el portón?

—Es lo que él ha declarado.

—Ya, pues se lo repito: no tiene ni pies ni cabeza. Además, el otro día ustedes me dijeron que mi marido llevaba un revólver, y él no ha tenido uno en su vida. A ver, ¿de dónde lo sacó, si se puede saber? —inquirió envalentonada.

—Eso era lo que veníamos a aclarar con usted, entre otras cosas. Según él, lo consiguió en el mercado negro, a través de un amigo. Para protegerse. ¿Sabe quién pudo dárselo?

—¿Protegerse? —exclamó Beatriz—. ¿Protegerse de qué?

—De nosotros, claro está —respondió el cabo con mordacidad—. Nos han comentado que últimamente era muy dado a participar en actos que podrían calificarse de... ¿cómo decirlo? Subversivos, sediciosos, contrarios al orden público, como esa concentración no autorizada del domingo. ¿Entiende a lo que me refiero?

Beatriz hizo caso omiso de esa última pregunta, como si no la hubiera escuchado, y afirmó que ella no tenía la menor idea de quién le había proporcionado el revólver a su marido.

—¿Está segura? —preguntó Losada con aire amenazante—. Piénselo bien.

—De lo contrario se lo diría, créame, porque estoy convencida de que todo esto es mentira. Una enorme mentira.

—¿Y por qué iba a querer engañarnos su marido? Dígame.

—Pues no lo sé. No entiendo nada...

—Ya. ¿Y sabe si alguien pudo ayudarlo esa noche?

—¿Ayudarlo? ¿Por qué dice eso?

Por el modo en que habló, Daniel comprendió que su madre no tenía noticia de algo así.

—Nos han llegado ciertos... rumores —repuso el cabo, enfatizando la última palabra—. Verá, hay quien afirma que su marido pertenece a una organización clandestina, a uno de esos sindicatos ilegales que pretenden infiltrarse en el sistema y echar abajo el Régimen. ¿Está usted al tanto de eso?

La interrogación quedó suspendida en el aire y a Daniel lo recorrió un escalofrío. No comprendía con exactitud a qué se refería ese hombre, ni tenía la menor idea de si su padre quería echar abajo nada, pero sí sabía que ese verano se estaba ausentando muy a menudo de casa, y no siempre para ir a trabajar.

—No sé de qué me habla —respondió al fin Beatriz con aspereza—. Mi marido no tiene nada en contra del generalísimo ni de la Guardia Civil. Y no pertenece a ninguna organización ni sindicato.

—Ya, pues hay quien afirma lo contrario.

Ella guardó silencio.

—Una última pregunta: ¿cómo se enteró usted del asesinato?

La mujer suspiró.

—Por mis padres. Tienen un amigo que vive cerca de los Orduña y oyó las sirenas. Los llamó en cuanto se enteró de lo que pasaba. Luego ellos vinieron aquí, a avisarme.

—Bien. De momento, con esto es suficiente.

10

El billete de tren

Tarde del viernes 23 de noviembre de 2007

En la calle, la oscuridad había caído y los niños habían desaparecido. Ya nadie chapoteaba. Daniel se retiró de la ventana y se acuclilló junto a su maleta con intención de deshacer el equipaje antes de dirigirse a la librería.

Lo primero que sacó fueron las deportivas que utilizaba para correr casi todas las mañanas por Madrid. Era una rutina que había descuidado en los últimos días y se dijo que no le vendría mal retomarla en Reinosa. Aunque, a la vez, se dio cuenta de que aquello incrementaría las posibilidades de encontrarse con la gente del pueblo, incluidos los Orduña, y eso era lo último que quería en ese momento.

No sabía si terminaría utilizándolas, pero se acercó al armario empotrado que había en el otro extremo de la habitación y se agachó para colocarlas al fondo.

Fue entonces cuando, alineadas contra la pared, vio tres cajas de cartón rectangulares, todas con la misma palabra escrita con la caligrafía de su madre, en mayúsculas y con rotulador rojo: «GUILLERMO».

Frunció el ceño. Debían de ser las cosas que su madre empaquetó hacía más de treinta años. Recordaba el episodio con nitidez: los abuelos Julián y Amparo de pie y con los brazos en jarras, mientras intentaban persuadirla de que lo tirara todo, de que ese hombre le había arruinado la vida y no merecía ninguna consideración, y ella introduciendo las pertenencias en las cajas. Impávida. En silencio. Maquinalmente. Como si las palabras de sus padres no la afectaran. Y es que, a fin de cuentas, pensó Daniel, su madre nunca fue capaz de asumir lo sucedido. Siempre defendió que todo había sido un gran error, un error que jamás logró aclarar.

Se quedó observando las cajas y se debatió entre cogerlas y examinar su contenido o fingir que no había reparado en ellas. No estaba seguro de querer revivir el pasado de una manera tan tangible. Al final, tras soltar un suspiro, las sacó una a una del armario y las colocó sobre la cama.

Cuando se enfrentó a la primera, advirtió que en las tapas había restos de cinta aislante arrancada. Miró las demás y constató que presentaban un aspecto similar. Alguien las había desprecintado. Supuso que habría sido Ramón.

Se encogió de hombros y abrió la que tenía delante.

Lo primero con lo que se topó lo dejó desconcertado. En la cúspide de la montaña de objetos y prendas descansaba lo que parecía un billete de tren. Se fijó en los datos que figuraban en el papel:

> Salida: Reinosa. 2 de septiembre de 1975, 10.30 horas.
> Destino: Santander.

Lo releyó varias veces.

—Dos de septiembre del setenta y cinco… —murmuró para sí. El día del asesinato.

Hizo el cálculo. Lorenzo Orduña había fallecido esa madrugada sobre las dos y media, así que el pasaje era para ocho horas después del crimen.

La mente comenzó a bullirle y las dudas afloraron con la misma intensidad con que la lluvia restallaba contra la ventana.

Lo examinó una vez más sin alcanzar a comprender lo que tenía ante sí. «Destino: Santander»…

Estaba intacto, lo que en cierto modo resultaba lógico, puesto que aquella noche detuvieron a su padre y lo encerraron en los calabozos. Era imposible que llegara a utilizarlo. Además, según recordaba Daniel, él no solía desplazarse en tren, sino que, cuando lo precisaba, hacía uso de la furgoneta que el abuelo Julián había comprado para la librería. Pero, entonces ¿qué hacía ese billete ahí? ¿Para qué demonios lo quiso su padre? ¿Y por qué lo guardó su madre en esa caja?

—Perdona, no me di cuenta de quitar esos trastos... —murmuró de pronto Silvia detrás de él—. Creo que lo mejor habría sido tirarlo todo.

Daniel se volvió hacia ella. Por algún motivo, parecía inquieta.

—¿Era de mi padre? —inquirió él, y le mostró el billete.

—Estaba entre sus cosas, sí —respondió ella con aparente desinterés.

—Ya, pero ¿sabes si era de él?

—Sí. Nos lo dijo la abuela una tarde, en la residencia.

—¿Se lo preguntasteis? —se sorprendió Daniel.

—Sí. Ramón abrió las cajas hace tiempo y se puso muy nervioso cuando lo vio. No entendía por qué estaba ahí y quiso hablar con ella.

—Normal. Es que es absurdo —masculló él—. ¿Qué pensaba mi padre? ¿Pegarle un tiro a Lorenzo Orduña y unas horas después coger un tren a Santander, tan tranquilo?

Silvia cruzó los brazos antes de contestar.

—Daniel, te digo lo mismo que a tu hermano: este billete no supone nada. Vuestro padre no sabía que esa noche iba a matar a Orduña. Fue eso lo que él le dijo a la Guardia Civil, ¿no?

—Sí.

—Entonces no veo dónde está el problema. Tenía planeado ir a Santander al día siguiente, y punto. No tiene por qué estar relacionado con lo que pasó. ¿No crees?

—Pero él nunca iba a Santander —objetó Daniel.

—Pues ese día sí.

Daniel hizo oscilar la cabeza. Esa respuesta no lo había convencido.

—¿Y qué más os contó la abuela?

Ella se pasó la lengua por el filo de los incisivos.

—Nada importante. Tan solo que, unos meses después del crimen, vuestra madre lo encontró por casualidad en el fondo de un cajón.

—¿Nada más?

—No. Y cuando vayas a verla, no le saques el tema, por favor. Bastante suerte tendrás si te reconoce.

Él clavó la mirada en el suelo.

—Tal vez en la estación os podrían haber aclarado algo —musitó—. ¿Fuisteis a preguntar?

Silvia dio un paso al frente y se quedó a escasos centímetros de él.

—Daniel, hay algo que quiero que comprendas: han pasado ya treinta y dos años y, por suerte, las cosas se han ido olvidando. Aunque tú pienses lo contrario, aquí ya nadie se dedica a hablar de vosotros ni de vuestro padre. Así que déjalo estar, por favor te lo pido.

Él quiso replicar, pero su cuñada lo detuvo con un gesto de la mano.

—No, no, me da igual lo que digas: si te dedicas a hablar por ahí del tema, la gente empezará a recordar. Yo llegué aquí hace mucho y todavía se oían murmullos. Pero ahora es diferente, y así debe seguir siendo. Tu hermano lo entendió. Espero que tú hagas lo mismo.

Daniel sopesó durante unos segundos sus palabras.

—Está bien... —claudicó.

Ella asintió muy seria y le dio las gracias. Luego se giró y se dirigió al pasillo.

Una vez a solas de nuevo, Daniel lanzó una mirada a las cajas que reposaban sobre la cama. Después de hablar con Silvia, ya no deseaba seguir adentrándose en los recuerdos de su padre. Concluyó que lo mejor sería devolverlas a su lugar, con el billete dentro, y olvidarse de ellas.

Se dispuso a levantar las tapas para introducir el pasaje, pero en el último instante algo lo retuvo. Abrió la palma de la mano y, mientras comprimía los labios, lo contempló una vez más. «Salida: Reinosa. Destino: Santander»...

Movido por un impulso súbito, se lo guardó en el bolsillo trasero del pantalón y, acto seguido, depositó la caja en el armario.

—Luego vengo, Silvia.

11

Tiempos difíciles

Daniel salió del portal con lentitud y abrió su paraguas. Ya no llovía con tanta intensidad, aunque en la avenida La Naval y sus alrededores seguía sin haber casi gente.

En un primer vistazo, Daniel no divisó ningún rostro familiar, pero eso no lo libró de la tensión que le contrajo los pulmones al echar a andar. Era consciente de que ese desasosiego, esa presión en el estómago, era algo irracional, algo que hundía sus raíces en un pasado lejano y podrido. Sin embargo, se sentía incapaz de dominarlo, y no lograba acallar el eco de los gritos de David, que de nuevo se abría paso en su cabeza.

Al llegar al cruce con la avenida Puente de Carlos III, una de las principales arterias de esa localidad en retroceso que por aquel entonces apenas superaba los diez mil habitantes, percibió el rumor de unas risas. Aguzó la vista. A lo lejos advirtió a un grupo de cinco mujeres. Caminaban apretujadas entre sí y en dirección opuesta a la suya, cobijadas bajo tres paraguas negros que no lograban cubrirlas a todas. Al principio no pudo distinguir la cara de ninguna, pero, cuando estuvieron más cerca, oyó una voz que lo inquietó, una voz aguda y rasgada que, pese al tiempo transcurrido, no había olvidado. Pertenecía a María Güemes, que había sido la criada de los Orduña hacía treinta y dos años y que probablemente aún lo siguiera siendo. En el pasado, mientras jugaba con David en la casona, Daniel coincidió con ella en muchísimas ocasiones y siempre se mostraba amable y simpática. Sin embargo, tras el crimen, María empezó a evitarlo y, si se cruzaban, las conversaciones quedaban reducidas a la mínima expresión, hasta que él, por propia iniciativa, dejó de detenerse para hablar con ella.

Cuando las mujeres pasaron a su lado, Daniel se fijó en que alzaban unos centímetros el paraguas y lo observaban con curiosidad contenida. No se paró a saludarlas. Apretó el paso y se alejó chapoteando. Detrás le pareció oír algunos murmullos, y entonces se acordó de Silvia. Ella le había asegurado que ya nadie cuchicheaba sobre el asesinato de Lorenzo Orduña, y quizá fuera así, pero su cuñada se había olvidado de un detalle: la presencia de él en Reinosa era una novedad, y, tras años de ausencia, provocaría comentarios, por narices. Supuso que, al verlo, habría quien se acordaría del crimen, pero también de su pelea con David, de los continuos conflictos que había tenido en la escuela, de la agresión a aquel hombre tras el bautizo de Isabel... Sabía que algunos lo consideraban un tipo violento; tal vez incluso un perturbado. Posiblemente, un digno heredero de su padre. Por eso no le cabía duda de que su retorno no pasaría inadvertido.

Al llegar al parque de Cupido, junto al que se encontraba la Librería Marqués, la vista se le desvió hacia la calle Casimiro Sainz, que conducía a la estación de ferrocarril.

Dejó de caminar y se palpó el bolsillo trasero del pantalón. Dudó. No había olvidado la conversación que había tenido con Silvia hacía un rato, pero el misterio de ese billete de tren lo intrigaba. En realidad, se dijo, si se limitaba a hacer un par de preguntas no tendría por qué llamar la atención. ¿Qué importancia tenía?

Sin meditarlo más, se dirigió hacia allí.

Cuando entró en el alargado edificio de fachada verde que albergaba la estación, un joven de unos veinticinco años lo saludó con cordialidad desde la ventanilla.

—Hola —respondió Daniel mientras miraba en torno para cerciorarse de que no había nadie conocido—. Mmm..., verá, estoy buscando información sobre este billete —le explicó, y se lo tendió—. No sé si habrá alguien que pueda ayudarme.

El dependiente cogió el pasaje y se tomó unos segundos para estudiarlo.

—¿Del setenta y cinco? ¡Uf, han pasado mil años! Fíjese, yo ni siquiera había nacido... No sé, igual puede echarle una mano mi compañero Roberto... Es un carcamal. Quizá ya trabajara aquí en esa época. Ahora mismo está en la oficina.

—¿Se refiere a Roberto Gutiérrez?

—Sí. ¿Lo conoce?

Antes de contestar, Daniel se planteó si realmente deseaba ver a ese hombre. En el pasado apenas había tenido trato con él e ignoraba cómo lo recibiría, si es que accedía a ello. No tardó demasiado en convencerse de que no le quedaba otro remedio que conversar con él si quería averiguar todo lo relativo a ese billete.

—Sí, lo conozco. Si fuera tan amable, me gustaría hablar con él, gracias.

—Claro. Voy a consultárselo.

Después de devolverle el pasaje, el empleado se levantó de la silla, salió del habitáculo y abrió una puerta al otro extremo de la sala. Daniel le vio perderse por un largo pasillo.

Un par de minutos más tarde, el chico regresó y le hizo un gesto con la mano.

—Sígame, por favor.

En silencio, lo guio hasta un despacho con aspecto de no haber sido reformado en muchos años. Había dos escritorios en el centro, con sendos ordenadores de sobremesa. Uno de los puestos lo ocupaba un señor corpulento, calvo y con gafas ovaladas de montura plateada que se había repantigado con escaso decoro delante del monitor. El otro estaba vacío.

—Mi compañero Roberto —anunció el chico al tiempo que lo señalaba—. Les dejo solos.

Una vez que el joven hubo cerrado la puerta, Roberto Gutiérrez apartó los ojos del ordenador, dejó que las gafas resbalaran hasta la punta de la nariz y observó a Daniel por encima de ellas.

—Vaya. ¿Usted no es...?

Daniel inclinó la cabeza y arrugó el rostro, aguardando las siguientes palabras. Roberto apoyó los codos sobre la mesa y se llevó la mano derecha al mentón.

—Claro, ahora entiendo lo del billete ese del setenta y cinco del que me hablaba mi compañero. No es una casualidad, desde luego. Siéntese, por favor.

Pese al cariz de sus comentarios, Daniel no detectó maldad en su semblante y se acomodó en la silla que le indicaba, al otro lado del escritorio. Después le mostró el pasaje. Roberto lo examinó con interés y se reclinó en su butaca.

—Sí, lo recuerdo bien. No es usted el primero que me lo trae.

—Ah, ¿no? —se sorprendió Daniel.

—Su madre también estuvo aquí hace muchos años. ¿No lo sabía?

—No...

—Pues sí. Fue en el setenta y seis. No recuerdo la fecha. Me dijo que lo había encontrado en casa y que no entendía nada. Quería información. Saber de dónde había salido.

—¿Y qué le contó usted?

Roberto abrió los brazos.

—Pues la verdad. Que su marido lo había comprado aquí el uno de septiembre del setenta y cinco. Por la tarde, unas horas antes del asesinato de Orduña. ¿Cómo olvidarlo, después de lo que pasó?

—Entonces ¿usted se lo vendió a mi padre?

—Sí.

—¿Y él le llegó a decir para qué lo quería?

—Hombre, pues digo yo que para viajar a Santander, ¿no? Con su amigo, imagino.

—¿Qué amigo? —preguntó Daniel, frunciendo el ceño.

—¿Pues quién va a ser? Ese con el que iba a todas partes. Su compañero de Aceros Campoo.

—¿Se refiere a Arturo Vallejo? ¿El que vivía enfrente de nuestra casa?

—Sí, ese. Vinieron juntos aquella tarde. Yo no los conocía demasiado, pero todo el pueblo sabía que estaban muy unidos. Se comentaba que andaban metidos en el mundillo sindical, con los hermanos Posadas y esa gente, aunque no lo admitieran, por supuesto —dijo, y alzó las manos—. Eran tiempos difíciles. Todas esas reuniones tenían que hacerlas a escondidas para que no los cogieran. También yo creía en eso de la lucha de clases, y sigo creyendo, pero de ahí a asesinar a Orduña para vengarse... —Soltó una bocanada de aire, como si se preparara para dictar sentencia—. Eso fue una salvajada.

—Entonces ¿compraron dos billetes? —quiso saber Daniel, que hizo caso omiso de la última observación del ferroviario.

—Claro. Bueno, los compró Guillermo —se corrigió—. En realidad, aquel día Arturo no llegó a entrar aquí, aunque justo antes los oí discutir en la calle. No suelo estar pendiente de conversaciones ajenas, pero, en fin, esa tarde no había ni un alma en la estación y... Ya me entiende, no pude hacer nada por evitarlo.

Por el tono que empleó, Daniel no tuvo dudas de que Roberto era un cotilla y que disfrutaba enterándose de cosas así. No obstante, se guardó para sí cualquier comentario.

—¿Y qué escuchó?

—Pues no lo entendí muy bien, si he de ser sincero. Arturo hablaba de echarse atrás de algo y Guillermo le decía que ni hablar, que tenían que ser valientes, que era ahora o nunca. Después Guillermo entró a toda prisa y compró los billetes, sin más. Y no volví a saber nada de él hasta la mañana siguiente, cuando me enteré del asesinato...

Daniel se rascó la frente mientras analizaba aquellas enigmáticas palabras.

—¿Usted sabe a qué se referían? Mi padre y Arturo, quiero decir.

—Ni idea. Beatriz también me lo preguntó.

—¿Y todo esto se lo dijo usted a la Guardia Civil en su día?

—¿Yo? Ah, no, no. Yo no me meto en la vida de los demás, y mucho menos me dedico a sembrar dudas.

Daniel se tragó un resoplido de reproche. Aquello, a su juicio, no hubiera sido sembrar dudas, sino simplemente facilitar el trabajo de los investigadores.

—Una cosa. ¿Sabe si ese día había algún tren antes de las diez y media?

El hombre negó con la cabeza.

—En aquella época ese era el primero a Santander. Venía de Madrid, como ahora.

—Vale, entonces, si lo que buscaba mi padre era una vía de escape —dijo Daniel, pensando en voz alta—, solo podría haberlo hecho viajando en ese tren, ¿no?

Roberto lo estudió durante unos segundos.

—No creo que el billete tuviera nada que ver con el crimen, joven. Ni tampoco que lo sacara para huir a ninguna parte. Ya se lo expliqué a Beatriz: ¿para qué iba a querer Guillermo escapar a Santander, si está a menos de ochenta kilómetros de aquí? Pues menuda huida de mierda, con perdón. Varias horas de espera y encima para coger ese tren, que siempre ha sido lentísimo. Más de una hora tardaba en llegar. Si hubiera sido para eso, se habría ido en coche, ¿no le parece?

—Mmm..., sí. Aunque nosotros no teníamos coche. Es verdad que estaba la furgoneta de mi abuelo, pero mis padres solo la cogían cuando él no la necesitaba. Y en aquellos tiempos no paró de usarla. Quería abrir una sección de material de oficina en la librería y buscaba proveedores. De hecho, ese día iba a viajar a Palencia.

—Ah, supongo que por eso Guillermo vino aquel verano varias veces a comprar billetes para Torrelavega —apuntó Roberto—. Su suegro andaría por ahí con la furgoneta.

Daniel entornó los ojos.

—No sabía que mi padre hubiese salido de Reinosa aquel verano.

—Pues sí, hizo varios viajes. Desde finales de julio. Iría a algunas de esas reuniones clandestinas del sindicato, imagino. En general, creo que solían verse a escondidas aquí, en Reinosa, aunque en otros sitios había más gente como ellos, ¿sabe? De otras fábricas. Es posible que durante un tiempo se vieran fuera del pueblo, para no llamar la atención. Ese año las cosas se estaban poniendo muy mal y todo estaba muy revuelto —dijo, y miró al techo con semblante evocador—. De todos modos, en el fondo no tengo ni idea. Nunca lo pregunté. Y tampoco me lo habrían dicho, claro. Lo que sí sé es que, hasta el uno de septiembre del setenta y cinco,

Guillermo jamás había comprado un billete con destino a Santander. Esa fue la primera vez.

Daniel se frotó el mentón, algo no encajaba. El dato sobre los supuestos viajes de su padre aquel verano le había sorprendido. Hasta donde tenía entendido, él jamás llegó a mencionarlo en casa.

—Una cosa. ¿Sabe usted si Arturo todavía vive en el pueblo?

Roberto lo contempló con disgusto.

—Sí, aquí sigue, pero ya es tarde para todo esto, joven. Ha llovido mucho desde entonces. Haría bien en olvidarlo.

Daniel no respondió al consejo del ferroviario. En su lugar, se levantó, le dio las gracias por su tiempo y le estrechó la mano.

Después, con las palabras del hombre todavía girando en su cabeza, volvió sobre sus pasos, se despidió del chico de la ventanilla y salió a la calle.

Aunque ya no llovía, el tiempo seguía siendo desagradable, y se detuvo bajo la cornisa de la estación para encender un cigarrillo mientras pensaba en su padre y en aquel halo de misterio que siempre lo envolvió, en lo cobarde que fue al abandonarlos a su suerte.

12
Perdón

Mañana del sábado 6 de septiembre de 1975
Cuatro días después del crimen

Al día siguiente de la confesión, sobre las once de la mañana, el cabo Losada y el guardia Alcalá los visitaron de nuevo.

En la casa el ambiente era irrespirable, como si el aire estuviera plagado de esquirlas, y los abuelos prácticamente se habían trasladado a vivir allí. Seguían encargándose de hacer los recados, y la Librería Marqués no había vuelto a abrir sus puertas. En teoría, la madre de los niños seguía aferrada a la esperanza de que todo fuera un malentendido, pero actuaba como si ya hubiera asumido el fatal veredicto. Después de que Guillermo hubiera reconocido los hechos, era ciertamente difícil negar la evidencia, y en el corazón de Daniel el miedo y la vergüenza lo anegaban todo.

La expresión de los agentes era de completo hermetismo. Beatriz y los abuelos los siguieron al salón con semblante de pesadumbre, como espectros. Por su parte, Daniel y Ramón, como en la ocasión anterior, fingieron que se metían en su habitación. Sin embargo, en cuanto la puerta del salón se hubo cerrado, salieron al pasillo y se acercaron a toda prisa a escuchar.

—¿Qué ocurre? —oyeron que preguntaba su madre con un hilo de voz.

El cabo demoró la respuesta. Al fin, con tono frío, anunció:

—Guillermo se ha ahorcado. Lo hemos encontrado muerto esta mañana en su celda.

Daniel se quedó petrificado, con la mano aferrando la manecilla de la puerta. Por un instante, se resistió a creer las palabras de aquel hombre. ¿Cómo iba a haberse ahorcado su padre? Miró a Ramón y vio que se le saltaban las lágrimas. Comprendió entonces que la Guardia Civil no bromeaba con esas cosas, que el cabo Losada estaba diciendo la verdad, y el mundo se le vino encima. Se le escapó un gemido ahogado y se echó a los brazos de su hermano.

—¿Qué está diciendo? —chilló Beatriz, y soltó un alarido.

—No puede ser —murmuró entonces el abuelo Julián—. ¿Por qué iba a hacer eso? ¿Por qué...?

—La gente actúa así cuando está acorralada, cuando tiene remordimientos —informó el cabo, sin revelar ninguna emoción—. No es el primero, ni mucho menos.

La madre de los niños rompió a llorar, y Daniel tuvo que apretarse contra el cuerpo de Ramón para contener el impulso de abrir la puerta y correr hacia ella.

De repente, oyó lo que parecía el ruido de un papel que se desdoblaba.

—¿Ha dejado... ha dejado algo? —gimoteó Beatriz.

—Sí. Una nota manuscrita —confirmó Losada—. Estaba a sus pies.

Nadie habló durante unos instantes, y después el guardia Francisco Alcalá pronunció aquellas crípticas palabras de despedida que Daniel jamás olvidaría:

—«Todo ha sido un error. Perdón».

13

Elena

Tarde del viernes 23 de noviembre de 2007

Daniel dio las últimas caladas apoyado en la fachada de la estación.

«Todo ha sido un error. Perdón», repitió para sus adentros. Nunca había logrado comprender qué demonios pretendió decirles su padre con aquella estúpida nota. ¿Por qué pedía perdón? ¿Porque había matado a Lorenzo Orduña? ¿Porque iba a quitarse la vida? ¿Tal vez por ambas cosas? ¿Y cuál era ese error al que aludía?

Desvió la vista hacia la puerta. Según Roberto Gutiérrez, el 1 de septiembre de 1975 su padre había estado allí mismo, discutiendo con Arturo. «Tenemos que ser valientes, es ahora o nunca». Algo por el estilo le había oído el ferroviario desde la ventanilla. ¿Qué podía significar? ¿Se refería al hecho de comprar los billetes? Al parecer, su padre había pronunciado aquella frase justo antes de adquirirlos. Sin embargo, ¿qué tenía eso de valiente? ¿Acaso estaba aludiendo a que ese sería el medio de transporte que pensaba utilizar para huir tras la muerte de Lorenzo Orduña?

Se le escapaba la lógica de todo aquello, pero desde que había salido de la estación no dejaba de hacerse una pregunta: ¿y si la Guardia Civil pasó algo por alto en 1975? En realidad, eso era lo que siempre sostuvo su madre, y ahora, de repente, la entendía.

Malhumorado, tiró la colilla al suelo, se recreó en pisotearla y echó a andar hacia la Librería Marqués sin dejar de darle vueltas a lo que había descubierto. Absorto en sus pensamientos, ya estaba sorteando la estatua situada en el centro del parque de Cupido cuando, sin querer, se chocó de frente con una chica de pelo castaño, bajita y de tez clara que caminaba con un libro abierto.

—¡Ay! —protestó ella.

Como consecuencia del golpe, el libro se le escurrió de los dedos y fue a parar a un charco. Daniel pronunció una disculpa rápida y se apresuró a rescatarlo del agua, pero ya era tarde. Al darle la vuelta vio que se trataba de *El gran Gatsby*, una de las obras preferidas de su madre, y que estaba empapado. La tinta de algunas líneas se había corrido y, cuando las páginas se secaran, el papel adquiriría un tacto rugoso y desagradable.

—Lo siento mucho —farfulló mientras se lo entregaba—. No la he visto venir...

La joven lanzó un resoplido de disgusto al constatar el estado en que había quedado la novela.

—¡Qué rabia! —masculló—. Nada, no te preocupes... Yo tampoco iba pendiente. Esto me pasa por no esperar a llegar a casa para empezarlo. Y no me trates de usted, por favor. Me haces sentir mayor.

Mientras ella agitaba el libro en un vano intento por sacudirle el agua, Daniel reconstruyó la trayectoria que la chica debía de haber seguido.

—Venías de la Librería Marqués, ¿no?

Ella se lo confirmó.

—O sea, que acababas de comprarlo —se lamentó él.

—Sí.

—Puf, se te va a quedar hecho una pena. Acompáñame y te regalo uno nuevo. No puedes quedarte con este.

La chica movió la cabeza de un lado a otro.

—No, no. Te lo agradezco, pero no hace falta. No ha sido culpa de nadie.

—De verdad, me sabe mal no hacerlo. Acabo de volver a Reinosa después de mucho tiempo y quiero empezar con buen pie. Por favor. —Estuvo a punto de revelarle que su hermano era el propietario de la librería. Sin embargo, en el último momento decidió omitir cualquier dato que lo relacionara con la familia Somoza.

—Bueno, está bien —cedió ella, y sonrió—. Te lo agradezco. Pero otro día. Ahora tengo un poco de prisa.

—¿Vives aquí?

—Sí.

—¿Te viene bien que te lo dé mañana?

Ella lo escrutó durante unos instantes, como si buscara intenciones ocultas bajo aquella capa de amabilidad.

—Mmm…, vale —contestó al fin, y se encogió de hombros—. ¿Cómo te llamas?

—Daniel.

—Yo Elena. ¿A las doce en Casa Vejo? ¿Sabes dónde está?

—Sí, perfecto.

—Bien. Entonces hasta mañana.

Se despidieron con una sonrisa y, mientras la veía alejarse, Daniel se sorprendió de haberse aventurado a entablar conversación con una desconocida en Reinosa a las primeras de cambio. De haber estado allí, Marta lo habría felicitado.

Eso sí, no había tenido el valor de desvelar su apellido, y había jugado con la ventaja de la edad de la chica, a quien no echaba más de veinticinco años.

Con toda seguridad, ella ni siquiera había nacido cuando Lorenzo Orduña perdió la vida.

14

Vivir así

En ese mismo momento, en la cafetería Casa Vejo, una de las históricas de Reinosa, Arturo Vallejo se llevaba con impaciencia una taza de café a los labios. Tenía el periódico del día desplegado sobre la mesa y ansiaba concluir el crucigrama antes de marcharse al Teatro Principal, donde iban a proyectar la película que tanto tiempo llevaba esperando. Le resultaba difícil concentrarse; cinco mujeres se habían sentado a un par de metros y no dejaban de parlotear en voz muy alta. Cuatro de ellas le resultaban familiares, y a una la conocía bien. Era María Güemes, la criada de los Orduña, que no parecía haber reparado en él. El hombre había intentado ignorar la cháchara, pero era imposible. En ese momento estaban hablando de alguien con quien, según decían, se habían cruzado antes de llegar al local.

—Qué raro, después de tanto tiempo, que ese ande por aquí, ¿no? —comentaba una con marcado desdén.

—La verdad es que sí... Creo que nadie lo había visto desde la pelea en la iglesia. ¿Te acuerdas? —dijo otra—. Yo no estuve allí, pero por lo que me contaron fue tremendo. El párroco no daba crédito.

—Pues ya ha llovido, maja —intervino una tercera—. Más de seis años, creo. Sí, seis y pico. A ver, siempre fue un chico peligroso, raro. En realidad, cuanto más lejos del pueblo, mejor. No causaba más que problemas.

—No digas tonterías, Nieves, por el amor de Dios. No tiene nada de peligroso. Lo que pasa es que ha sufrido mucho. Con todo lo de su padre...

—¿Que no es peligroso? ¡Ja! Ya sabes lo que dicen: de tal palo... Que se vaya a Madrid. Allí está mucho mejor.

—Y si fuera tu nieto, ¿qué?

Las mujeres se enzarzaron en una discusión y el semblante de Arturo se ensombreció; no cabía duda de que se referían a Daniel Somoza, el hijo de Guillermo. Entonces ¿había regresado a Reinosa?

Dejó el bolígrafo sobre la mesa y las observó con disimulo. Todas parecían fascinadas, entregadas al chismorreo, salvo María Güemes, que mostraba una expresión forzadamente hermética, como si estuviera deseando cortarlas o salir corriendo.

Al acordarse de lo que vio la madrugada del 2 de septiembre de 1975, y de todo lo que permitió y calló a lo largo de los días siguientes, las manos del hombre comenzaron a temblar. Si hubiera confesado, si hubiera dicho la verdad desde el principio, ¿habría servido de algo? Siempre se lo había preguntado. En su día estaba convencido de que tomaba la decisión correcta, de que no tenía más remedio que respetar aquel juramento, pero ahora... En realidad, hacía ya bastante tiempo que lamentaba el modo en que actuó aquella noche. Había estado a punto de hablar en varias ocasiones, de plantarse en el cuartel y contarlo todo, hasta el mínimo detalle. Sin embargo, a última hora no había sido capaz.

Sintió que los pulmones comenzaban a insuflarle oxígeno podrido y se apresuró a beber. Al sorber, se atragantó y prorrumpió en una tos incontrolable. Patricia Cartagena, la hija de los antiguos dueños del negocio, que ya se habían jubilado, se acercó a él con un rictus de preocupación.

—Arturo, ¿estás bien?

El hombre asintió con la cabeza y se disculpó mientras contemplaba el estropicio que había causado en el periódico, que ahora presentaba varios lamparones.

—No tiene importancia. A estas horas ya nadie más querrá leerlo —le dijo Patricia—. Si necesitas algo, avísame.

—Gracias —musitó él, y volvió a mirar a las mujeres, que habían detenido la cháchara. Todas lo observaban. También María Güemes.

Se levantó alterado y, tras dirigirse a la barra intentando aparentar indiferencia, pagó la cuenta.

Mientras Patricia le daba el cambio, se dijo que estaba harto de vivir así, con ese peso alojado en la espalda. Lo iba a hacer, esta vez sí confesaría.

Miró el enorme reloj de agujas de la cafetería. Las ocho menos cuarto.

Se merecía una sesión de buen cine en el Teatro Principal antes de que la calma que se respiraba en Reinosa reventara.

15

La nieta de Lorenzo Orduña

Cuando Daniel abrió la puerta de la librería, una niña delgadita, de cara redonda, ojos verdes y cabellos rubios y encrespados corrió hacia él y se le echó encima.

—¡Tío Dani!

Él abrazó a su sobrina y la levantó del suelo con ímpetu. Isabel rio y, mientras ella lo cubría de besos, Daniel observó más allá, hacia el fondo de la tienda. Su hermano estaba de pie, con los codos apoyados en el mostrador, y lo miraba con una mezcla de severidad y alborozo. Llevaba el pelo un tanto descuidado, con algunos mechones que se montaban sobre las orejas y el flequillo tumbado sobre las cejas. Nunca había llegado a deshacerse de su peinado al estilo casco.

—Podrías haberme avisado esta mañana, ¿no? Contestarme al mensaje.

Pese a la brusquedad de sus palabras, el tono no resultó cortante.

—Lo siento, Ramón —respondió Daniel mientras devolvía a Isabel al suelo—. Lo decidí luego y…

La pequeña, entusiasmada, le tiró de la mano y lo interrumpió. Quería enseñarle un cuento.

—Isabel, por favor, ve a la trastienda a jugar —le pidió Ramón con voz dulce—. Necesito hablar con tu tío un momento.

Ella hizo un mohín y abrió la boca para replicar, pero el gesto serio de su padre la disuadió y acabó obedeciendo.

Cuando el sonido de las pisadas de la niña se perdió, Daniel se aproximó a su hermano con cautela, sin saber bien cómo actuar.

—Perdóname. Tendría que haber venido hace mucho. Yo...

Ramón rodeó el mostrador, se detuvo a unos centímetros de él para mirarle a los ojos y, a continuación, lo abrazó.

—Me alegro de que estés aquí, Dani. No sabes cuánto.

Daniel soltó un suspiro y lo estrechó con fuerza en un intento por descargar todo el dolor que lo asfixiaba, todo el sufrimiento que lo había llevado hasta allí.

—Yo también, Ramón, yo también —dijo, y tragó saliva.

Permanecieron así por espacio de medio minuto y, cuando se separaron, los dos se disculparon por aquel estúpido silencio que habían sostenido durante demasiado tiempo. La reconciliación fue mucho más sencilla y natural de lo que Daniel esperaba, y entonces se dio cuenta del error que había cometido al alejarse tanto de su familia. Marta siempre había tenido razón.

A lo lejos, oyeron cantar y corretear a Isabel.

—Está como loca —sonrió Ramón.

—Y muy mayor.

—Sí, no para de crecer. Y adora los libros. Incluso intenta venderlos ella. Siempre quiere estar aquí, con nosotros. Es una suerte de hija, la verdad.

—Ya me ha contado Silvia. He estado antes en casa con ella, dejando las cosas.

El rostro de su hermano se tensó.

—¿Todo bien?

—Sí, sí, muy bien —respondió Daniel con convicción—. No te preocupes por eso. Por cierto, hace un momento me he cruzado con una chica que había comprado aquí *El gran Gatsby*. Nos hemos chocado y se le ha caído en un charco...

Ramón lo miró con un extraño brillo en los ojos.

—¿Qué pasa? —quiso saber Daniel.

—Esa chica ¿te ha dicho quién era?

—Mmm... Elena. Sin más.

—Ya. Pues es Elena Suárez.

Daniel dio un respingo y, por unos instantes, se quedó sin habla.

—¿La nieta de Lorenzo? —logró balbucear.

—Sí. La hija de Héctor y Laura.

—¿Y vive aquí?

—Estuvo una temporada en Londres estudiando Empresariales y ahora lleva un tiempo en Reinosa, sí. Quiere ser escritora. Creo que le costó bastante convencer a sus padres, pero al final se ha salido con la suya y está escribiendo algo. Ellos, sobre todo su padre, querían que empezara a trabajar en la empresa. Aunque la verdad es que no parece el mejor momento para entrar ahí. Bueno, o sí, quién sabe.

Daniel comprendió a qué se refería su hermano. Lo había leído en la prensa económica unos días atrás: la familia de la chica acababa de vender la fábrica a una multinacional brasileña. Aceros Campoo, la compañía erigida por don Romualdo Orduña, el bisabuelo de la joven, había cambiado de manos.

Don Romualdo, burgalés de origen, la había fundado en 1920 con ayuda de su padre, que en su juventud había hecho fortuna en Sudamérica. Al enterarse de que la Sociedad Española de Construcción Naval estaba levantando en Reinosa una factoría siderúrgica destinada a la reconstrucción de la flota de la Armada española y a la producción de armamento, intuyó que allí había negocio y no le tembló el pulso: con tan solo veinticinco años, se lanzó a crear una acería que prestaría servicios auxiliares a ese nuevo gigante de la industria que iba a denominarse La Naval. Acertó de pleno, puesto que La Naval pronto se vio desbordada por los pedidos y Aceros Campoo asumió muchos encargos. El hombre murió con la satisfacción de ver consumado su éxito, y en 1960 sus dos hijos, Lorenzo y Marcos Orduña, de veintinueve y veintitrés años, respectivamente, heredaron la empresa. Quien recibió más acciones y se encargó de dirigirla fue Lorenzo, como primogénito. Marcos aceptó un papel residual, más centrado en el área comercial y de relaciones públicas, aunque él siempre aseguró que eso no le suponía ningún problema. Aun así, pronto se produjeron algunos enfrentamientos entre los hermanos en los que, según todo Reinosa sabía, tuvo que mediar su madre para poner paz. Sin embargo, en 1962 la mujer falleció, y a partir de entonces los roces entre ambos se hicieron constantes, sobre todo cuando la situación de crisis que atravesaba el sector se acentuó.

En 1975 Lorenzo fue asesinado y, con ello, los problemas entre hermanos se acabaron. Sin embargo, tan solo unos meses después, Laura Orduña, la hija mayor de Lorenzo y Ángeles, contrajo matrimonio con Héctor Suárez, el heredero de una rica familia del mundo de la minería. Él era cinco años mayor que ella y enseguida pretendió hacerse con las riendas de Aceros Campoo. De hecho, entre él y Laura compraron las acciones de Lucía, la hija menor de Lorenzo, y así consiguieron una amplia mayoría sobre Marcos, que tuvo que resignarse de nuevo a su papel de segundón. En Reinosa todos auguraron otra gran crisis familiar, pero, según se comprobó después, la relación entre Héctor y Marcos no fue tan mala como se había previsto e incluso llegaron a entenderse y a tomar muchas decisiones de mutuo acuerdo. Eso era lo que se comentaba y lo que había llegado siempre a oídos de Daniel, a pesar de vivir fuera.

Era cierto que Aceros Campoo se había ido abriendo poco a poco a otros proyectos y que había explorado nuevas posibilidades, especializándose, entre otros, en procesos de galvanizado, pero no había logrado recuperar su fortaleza inicial, y ese año, al recibir una oferta tentadora por parte del grupo brasileño, los Suárez y los Orduña habían terminado de convencerse de que vender era la mejor opción. Según las cifras que Daniel había visto en el periódico, el acuerdo no había sido malo.

—Héctor y Marcos permanecerán en la empresa como directivos —dijo Ramón—. Parece mentira, pero a sus setenta años el vejestorio de Marcos sigue ahí trabajando. Y eso que en su día decían que era un vago... Además, los brasileños también se han comprometido a que Elena siempre tenga la puerta abierta. Por si no triunfa en el mundo de la literatura, que es lo que piensa su padre.

—¿Y Laura?

—Está volcada en su hija. Se dedica en cuerpo y alma a ella y la apoya muchísimo con la novela.

—¿Y la hermana de Laura, Lucía? ¿Sigue en ese bufete de Barcelona?

Ramón asintió y le dijo que apenas se dejaba ver por Reinosa.

—¿Y cómo ha recibido la gente del pueblo la noticia? —preguntó Daniel—. Lo de la venta, quiero decir.

—En general, bien. Esos brasileños quieren meter pasta, hacer inversiones y mantener la plantilla, así que los sindicatos están contentos. De hecho, por lo que he oído, la semana que viene empezarán a cambiar todo el sistema de producción, de seguridad y demás. Y eso solo es el principio. Los Suárez y los Orduña también están satisfechos, así que todo perfecto. El domingo montarán una comida en la casona para celebrarlo. Pero solo para ellos y sus amigos.

Por la mente de Daniel desfilaron las imágenes del banquete celebrado el 31 de agosto de 1975. Prefirió cambiar de tema.

—Y Elena, la nieta de Lorenzo, ¿suele venir mucho por aquí? Me extraña que su familia lo vea con buenos ojos.

Ramón ladeó la cabeza.

—Viene bastante a comprar libros, sí, aunque es cierto que sobre todo a su padre y a su abuela no les hace ninguna gracia. Son de las pocas personas que aún nos guardan rencor. —Hizo una pausa y lo escrutó—. ¿Le has dicho quién eras?

Daniel clavó la vista en el suelo.

—No, solo mi nombre. Hemos quedado mañana a las doce en Casa Vejo. Le llevaré otro ejemplar de la novela.

Al escucharlo, Ramón fue hasta una estantería que había a la derecha y cogió un libro con el lomo de color morado.

—Pues hoy el señor Fitzgerald está de suerte. Ten. Un regalo de bienvenida.

Daniel quiso pagárselo, pero su hermano alzó la mano para detenerlo.

—Ni se te ocurra.

—Pero me sabe mal, Ramón. Además, no es para mí.

—Nada, nada, solo faltaría. Haz con él lo que quieras. De todos modos, no estoy seguro de que sea una buena idea que quedes con Elena. No me malinterpretes, no tiene nada de malo, pero, como te decía, su familia es la única que, como tú, no ha podido o no ha querido superar lo que pasó. No sé, no tengo claro que sea la mejor forma de empezar.

Daniel entendía a lo que se refería su hermano, pero le parecía mal no presentarse al día siguiente en Casa Vejo, sobre todo porque era él quien había propuesto que volvieran a verse.

—Yo ya te he dado mi opinión —añadió Ramón, y le hizo un gesto para que lo siguiera hasta un par de sillones de tapicería verde que había en una esquina de la sala. Una vez instalados, lo escudriñó con semblante serio y dijo—: Bueno, y ahora cuéntame: ¿qué ha sucedido con Marta?

Daniel se pasó la mano por la cara y tomó aire. Después le habló de la ruptura y de la sanción que le habían impuesto en Aldaya Abogados. Cuando terminó la narración, Ramón no fue tan duro como lo había sido Silvia y, para alivio de Daniel, puso todo su empeño en consolarlo. Incluso se ofreció a telefonear a Marta, por si lograba hacerle cambiar de parecer.

—No, no. Eso no ayudará.

—Ya. Bueno, en cualquier caso, nosotros estamos aquí para lo que necesites, lo sabes. Y puedes quedarte todo el tiempo que quieras. Tienes que recomponerte, Dani —dijo Ramón, y le colocó la mano sobre el hombro—. No lo eches todo a perder. Olvídate de papá, por favor. Incluso de Marta. Ahora lo que importa es que estés bien.

Daniel le sonrió con gratitud y se preguntó si sería prudente confiarle lo que Roberto Gutiérrez le había contado en la estación. Sabía que, al lanzarse a investigar, había traicionado la confianza de Silvia y que, si lo reconocía, corría el riesgo de echar por tierra ese cálido recibimiento, pero también consideraba que Ramón tenía derecho a estar al corriente de cualquier dato referente a su padre. Tras debatirse durante unos segundos, entendió que por el momento lo mejor era seguir indagando con discreción. No aspiraba a exculpar a su padre ni a compadecerlo, pero necesitaba averiguar qué había ocurrido en 1975, llegar hasta el final de aquella historia. Por eso hablar con Arturo se revelaba como algo imprescindible.

—Oye, Ramón, ¿tú sabes qué ha sido de Arturo Vallejo, el amigo de nuestro padre? Antes he visto luces en el edificio de enfrente. ¿Sigue viviendo allí?

—Sí. Se jubiló hace unos meses, creo. Su mujer murió hace

cinco años de un cáncer de pulmón y al hijo lo tiene trabajando en Torrelavega, en una fábrica de plásticos. Aunque hace mucho que no hablo con él. A veces me lo cruzo cuando va al bar, pero vamos, que no tenemos relación. Se volvió un poco raro desde que pasó aquello...

A Daniel le llamó la atención que su hermano, que presumía de haber superado todo lo relacionado con el asesinato de Lorenzo Orduña, continuara refiriéndose al crimen sin nombrarlo expresamente.

—Ya. He pensado en ir a verlo.

—Bueno, seguro que eso lo anima. Está muy solo.

—También quiero visitar la tumba de mamá... Y ver a la abuela Amparo.

Los abuelos paternos habían fallecido tres años atrás y ya no hacía falta especificar a cuál de las dos abuelas se estaba refiriendo, pero era una costumbre que habían adquirido en la infancia y que no iban a perder.

—Me alegro de que vayas a verla —sonrió Ramón—, mucho. En la residencia admiten visitas hasta las nueve y yo aún tengo para rato entre cerrar la caja y demás. Si quieres, aprovecha y luego nos vemos en casa.

A Daniel le pareció una buena idea. Se despidieron con un prolongado abrazo y, mientras su hermano bajaba la cabeza y comenzaba a contar billetes, él se encaminó hacia la puerta. Cuando ya tenía la mano sobre el pomo, se volvió y dijo:

—Oye, sobre esa comida, la de los Suárez y los Orduña...

—¿Qué pasa?

—¿Crees que estará David?

Ramón lo miró con lástima.

—Supongo que sí. Se casó hace tiempo y vive en Burgos, pero me imagino que a eso no faltará. Es mejor que el domingo no pases por allí, Dani. No te busques problemas, por favor.

Daniel compuso una mueca sarcástica.

—No te preocupes, no pensaba hacerlo. Esas celebraciones me traen malos recuerdos.

16

El día de la fiesta

Mañana del domingo 31 de agosto de 1975
Treinta y nueve horas antes del crimen

Era el día de la fiesta y Daniel apenas lograba estarse quieto mientras su madre lo ayudaba a vestirse. Podría haberlo hecho él solo, pero ella temía que acudiera al evento con algo mal colocado y no le había dejado elección. No se exigía ropa de gala, aunque se daba por descontado que los invitados se presentarían arreglados y destilando elegancia.

Había sido a finales de junio cuando Lorenzo Orduña había anunciado a bombo y platillo que Héctor Suárez había pedido la mano de Laura, su primogénita, de dieciocho años recién cumplidos, y que ella había aceptado. El empresario, eufórico, había organizado aquella comida en la casona como acto oficial de compromiso, en honor a los novios, y allí se juntarían ambas familias y algunos amigos. Los padres de Daniel, al igual que la mayoría de los habitantes de Reinosa, no participarían en el festejo. Sin embargo, él, como amigo íntimo de David, sí había sido incluido en la lista de invitados y temblaba de la emoción. Corría el rumor de que incluso habría una banda de música.

—El niño no debería ir —masculló su padre, que en ese momento entró en la habitación como un vendaval y que, desde la tarde anterior, se mostraba más hosco y belicoso que nunca, con constantes salidas de tono. Llevaba el pelo muy corto y destacaba por su mandíbula cuadrada, su pecho portentoso, su mirada verdosa y afilada y su voz profunda. Hacía un par de meses que había cumplido los treinta y siete años.

Beatriz, que era cuatro años menor que su marido, estaba concentrada en abrocharle los botones de la camisa a Daniel, e hizo caso omiso del comentario.

—Aunque haga calor, no te la quites, ¿eh, Dani? —dijo—. Queda feo.

Guillermo se situó a unos centímetros de ella con aire autoritario y soltó un bufido.

—¿Es que no me has oído? —le espetó—. ¡Siempre igual, joder! Parece que estás sorda cuando te digo las cosas.

Beatriz suspiró y lo miró con expresión de hastío.

—Por favor, ya lo hemos hablado varias veces. No metas al niño en temas de política. Es amigo de David, y punto. Lo han invitado y no puede faltar.

—¡Me importa un bledo la puñetera invitación! —bramó él—. Nosotros no tenemos nada que celebrar, y aún menos que ese imbécil de Lorenzo Orduña vaya a casar a su hija con un gilipollas que busca convertirse en el futuro jefe.

—¿Qué sabes tú si es un gilipollas o no? Si nunca has hablado con él.

Guillermo profirió una carcajada desdeñosa.

—Su padre es de León, como yo, y lo conozco desde hace muchos años. Esa familia no es trigo limpio, no lo es —se reafirmó, y cruzó los brazos con prepotencia—. Hasta ahora les ha ido bien en los negocios porque son unos putos explotadores, unos manipuladores, gente sin escrúpulos. Lo único que quieren los Suárez es pescar en río revuelto. Aprovecharse de que la fábrica está mal y que los bancos les han cortado el grifo a los Orduña. Ya verás, los Suárez se meterán en la empresa por la vía rápida, la exprimirán para su negocio minero y luego, cuando la agoten, ¡hala, a tomar por el culo! Y nosotros con ella. Esa celebración de hoy no es más que una puta farsa. Te lo digo yo —exclamó al tiempo que se señalaba el pecho con el pulgar.

—Haz el favor de no hablar así delante de Dani, ¿vale? Además, ¿qué sabrás tú? Ni que fuera un matrimonio de conveniencia y hubiéramos retrocedido tres siglos, ¡por Dios! Héctor y Laura llevan saliendo más de un año, y pasaron juntos la Semana Santa, en León. No digo que los Suárez no vayan a tener una mejor posición en la fábrica gracias a la boda, pero tus amiguitos y tú estáis mezclando y confundiendo las cosas. Y mucho.

—Lo que tú quieras —replicó Guillermo desabrido—. Pero todos sabemos que el padre de la chica movió los hilos con los Suárez para cuando volviera de ese internado y, claro, qué iba a hacer ella, ¿eh? La jugada le ha salido redonda a Lorenzo. Así se evita tener que pasar por el aro de esa propuesta de los alemanes.

Beatriz frunció el ceño.

—¿Te refieres a venderles la fábrica?

—Evidentemente. Esos tipos de Stuttgart saben lo que hacen. Ernesto me ha contado que, si consiguen comprar la empresa, la dedicarán a la automoción. Son listos. Se han dado cuenta de que los pedidos están cayendo en picado en el sector naval y que, como esto siga así, todo se irá al traste. Los Orduña tienen la oferta encima de la mesa desde hace casi tres meses, pero a Lorenzo le han puesto como condición que él no siga al mando, y claro, eso no puede ser… —añadió mordaz—. Su hermano quiere desprenderse de su parte, pero los alemanes han dicho que o compran todas las acciones o ninguna, así que nada, no se puede hacer —bufó.

La madre de Daniel suspiró de nuevo.

—Bueno, pero a Dani todo eso le trae sin cuidado. Y, en el fondo, a vosotros también debería daros lo mismo. Sois empleados, no propietarios. Te lo he dicho mil veces.

Guillermo comprimió los labios.

—Somos empleados, sí, pero no imbéciles. Lorenzo y los Suárez se creen que con hacer un par de inversiones, empeorar las condiciones de los trabajadores y ganar un poco de tiempo bastará para salir adelante, y no es así. No es así en absoluto, pero no lo quieren ver. Además, Jesús falleció hace solo un mes —dijo en alusión al accidente que había sufrido el menor de los hermanos Posadas—, y encima por culpa de Lorenzo, que ni siquiera ha pedido disculpas. Y nuestro hijo allí, a reírles las gracias. ¿A ti te parece normal?

Daniel los escuchaba con desasosiego, temiendo que su padre lograra persuadir a su madre y él terminara perdiéndose un evento memorable, solo al alcance de unos pocos. Trató de componer una expresión que inspirara ternura.

—Entonces ¿puedo ir, mamá? Por favor, se lo dije a David... ¿Puedo ir?

Beatriz asintió con la cabeza y, al verla, a Guillermo se le dilataron las aletas de la nariz.

—Ya veo que te da igual lo que yo opine.

—No me da igual, pero Dani lo pasará bien. Es solo un niño. Lo otro ni le va ni le viene.

—Ah, y que Jesús haya muerto no te parece importante, ¿no? ¿No ves que mis compañeros pensarán que estoy de acuerdo con esa comilona? Además... —agregó, e hizo una pausa dramática—, la situación podría descontrolarse. Que anuncien esa celebración ostentosa en un contexto como este es una burla. Y hay que responder.

La mujer arrugó el rostro.

—¿Cómo que descontrolarse? ¿Es que habéis organizado algo?

Guillermo miró de soslayo a Daniel, que no perdía detalle de la conversación. Su padre siempre procuraba evitar que Ramón y él se enteraran de lo que se tramaba en el entorno obrero.

—Ya sabes que no debo hablar de estas cosas —musitó el hombre.

Daniel intuyó que estaba perdiendo la batalla y el labio inferior comenzó a vibrarle. No podía quedarse en casa, no podía perderse algo así. David y él habían hablado tanto de aquella fiesta...

—¿Qué vais a hacer? —insistió Beatriz.

El hombre demoró la respuesta unos segundos.

—Una concentración. Seguramente se haga una concentración.

Ella lo observó atónita.

—¿Allí? ¿Mientras comen?

—Sí, precisamente. A las puertas de la casona. Pero no podéis decir nada. ¿Está claro?

—Y tú estás involucrado, por supuesto.

Guillermo guardó un elocuente silencio.

—Me da igual lo que digas —resolvió entonces Beatriz—. A nuestro hijo le hace mucha ilusión, y estoy segura de que tus compañeros tendrán la suficiente inteligencia para ponerse en tu lugar y no comportarse como unos descerebrados. Dani irá a la fiesta.

Al escucharla hablar en esos términos, de un modo tan tajante, como si la decisión fuera irrevocable, el muchacho prorrumpió en gritos de alborozo y la abrazó con fuerza, aunque lo hizo sin dejar de observar a su padre, cuyas mandíbulas se marcaban por la presión que ejercía. ¿Y si, aun así, él se negaba a dejarlo ir?

—Prométeme que tendrás cuidado, hijo —le susurró su madre—. Y no cuentes nada de lo que hemos dicho, por favor. Si no, tendremos problemas. Ya lo sabes.

Él asintió con docilidad y, para su alivio, vio a su padre resoplar y dar media vuelta de mala gana. Por una vez se había dado por vencido.

Justo cuando el hombre se dirigía hacia la puerta, Beatriz lo llamó:

—Oye, tú no sabrás nada de los anónimos, ¿no?

El padre de Daniel se detuvo en seco, giró sobre sus talones con lentitud y la escrutó con un rictus de incomprensión.

—¿Anónimos?

Ella asintió.

—Esta mañana me he enterado de que Lorenzo está recibiendo cartas. Con amenazas de muerte. Y sin firma.

Guillermo se encogió de hombros.

—No tenía ni idea.

17
El disparo

Tarde del viernes 23 de noviembre de 2007

Mientras Ramón se quedaba en la librería, Daniel se encaminó hacia la residencia de mayores La Gloria, situada en el corazón de Reinosa, a unos metros de la iglesia parroquial de San Sebastián. Andaba con rapidez, pero sin perder la noción de cuanto lo rodeaba. Tras la conversación con su hermano, la sensación de ansiedad que lo había dominado al llegar a Reinosa ya no era tan intensa, aunque el temor a verse señalado, en una reminiscencia de su niñez, lo seguía mortificando.

Cuando puso un pie en la rampa que daba acceso al edificio, dudó. ¿Y si allí dentro se topaba con alguien como el antiguo compañero de clase al que le partió la cara en el bautizo de Isabel, o con uno de los Orduña? Pensó en Marta: «Dejar de correr; dejar de huir»... Aspiró una bocanada de aire y empujó la puerta.

En el vestíbulo lo atendió una señora que, tras tomarle los datos, lo condujo a una sala de amplios ventanales. Allí había unos veinte ancianos. Algunos charlaban o jugaban a las cartas y otros dormitaban. Ninguna cara le resultó familiar, y eso, en cierto modo, le ayudó a relajarse. La empleada apuntó con el dedo índice hacia uno de los extremos, donde una mujer sentada en una silla de ruedas, colocada de espaldas a ellos, parecía descansar.

—Tenga cuidado al despertarla. Últimamente se pasa el día así, y se asusta.

—Gracias.

Daniel se acercó despacio. En efecto, era su abuela. No dormía, puesto que cuando él llegó a su altura, quizá alertada por el sonido de los pasos, alzó los párpados. Por lo menos conservaba la audición, se consoló él. La anciana tenía la piel flácida y cuarteada, y el pelo, de un blanco inmaculado, le escaseaba por varias zonas. Estaba más delgada que nunca, con los huesos de las muñecas muy marcados, y daba la impresión de que su menudo cuerpo se había reducido, devorado por el paso del tiempo. Ella le sonrió al verlo.

—¿Julián? —carraspeó.

A Daniel los ojos se le empañaron. Se acuclilló.

—Abuela, soy Daniel, tu nieto. Ya... ya estoy aquí.

Su abuela le dio la mano. La tenía muy fría, a pesar de que la calefacción estaba a pleno rendimiento.

—¿La niña está bien, Julián? ¿Ya ha cenado?

Daniel no se atrevió a repetirle quién era. Tampoco a recordarle que el abuelo Julián y «la niña», como ella llamaba a su propia hija, habían muerto hacía muchísimo tiempo en un accidente de tráfico.

—Ay, tengo mucho sueño, cielo. Perdona... —murmuró la anciana mientras echaba la cabeza hacia atrás.

Daniel se clavó los incisivos en el labio inferior para contener el impulso de echarse a llorar. No esperaba verla así, tan deteriorada.

—La enfermedad avanza, hijo...

Daniel levantó la vista. Quien había pronunciado esas palabras era una mujer muy delgada, de unos setenta y cinco años, que se aproximaba a él apoyándose torpemente en un andador. Llevaba el pelo cortado a la altura de las orejas y sobre su nariz ganchuda y arrugada descansaban unas gafas ovaladas de montura gris tras las que se parapetaban unos ojos grandes y saltones de color azul. A Daniel sus rasgos le resultaron vagamente familiares y tardó varios segundos en ubicarla en los recovecos de su memoria. Cuando lo logró, la observó con desconfianza. Era Mercedes Alonso, la antigua cocinera de los Orduña. Coincidió con ella en la época en que David y él habían sido inseparables. Sin embargo, desde la pelea con el sobrino del empresario apenas la había vuelto a ver. No estaba seguro de si, como María Güemes, ella también hizo todo lo posible por evitarlo o se trataba simplemente de una casualidad.

—Siento mucho lo que le sucedió a tu familia, hijo —murmuró Mercedes con voz cavernosa, como si hubiera adivinado lo que él estaba pensando—. Sé lo que has sufrido y lo lamento.

Daniel se dijo que aquella mujer no tenía la menor idea de lo que había sufrido; nadie la tenía. Pero no contestó.

—Cuando entró aquí, nos hicimos amigas, ¿sabes? —prosiguió, señalando a Amparo—. Hasta hace poco estaba bien, pero ahora... Bueno, ya la ves. Ha ido todo muy rápido. Te quiere mucho, hijo, aunque ya no sea capaz de expresarlo.

Daniel contempló a su abuela, que ya se había quedado dormida y respiraba de forma acompasada. Le acarició la mano con suavidad. Se arrepentía de no haberla visitado mucho antes.

Suspiró y, con la cabeza gacha, fue a coger dos sillas que había en torno a una mesa vacía. Colocó una al lado de su abuela y ayudó a Mercedes a que se acomodara en ella. Luego tomó la otra y se sentó frente a las dos mujeres. A su izquierda quedaba un gran ventanal a través del cual se vislumbraba un patio arbolado alumbrado por varios farolillos.

—Entonces ¿ella le ha hablado de mí? —le preguntó Daniel.

Mercedes tosió un par de veces antes de responder.

—A todas horas, hijo, y no exagero. Me lo ha contado todo de ti. —Se detuvo para ajustarse las gafas al puente de la nariz. Luego lo miró a los ojos—. Ella siempre ha tenido la esperanza de volver a verte. Cuando aún estaba en sus cabales, me dijo que algún día vendrías. Que asimilarías lo ocurrido y lo dejarías estar. Que esta era tu casa.

Él se removió en el asiento y cruzó las manos sobre el regazo, irritado.

—Lo que ocurrió lo asimilé hace mucho tiempo. Otra cosa es vivir con ello.

La mujer cabeceó.

—Sí, entiendo lo que quieres decir.

—¿Cómo fue? —inquirió de pronto Daniel, asaltado por una idea.

Ella enarcó las cejas.

—¿Cómo fue qué, hijo?

—Aquella noche, la del asesinato.

—Ay, muchacho, no creo que hablar de eso te haga ningún bien... —respondió ella, abriendo los brazos.

—Sí, sí lo hace, créame. Decidí irme de Reinosa para dejar todo esto atrás, y ya ve usted para lo que me ha servido. ¿No dice que mi abuela se lo ha contado?

Ella echó un vistazo a Amparo, que seguía con los ojos cerrados.

—Me gustaría ayudarte, hijo, pero así... No sé.

—Así me ayuda. Mucho. Necesito comprender, ¿entiende?

—¿Comprender? No hay nada que comprender —masculló escamada—. Fue un crimen.

Daniel le aclaró que no buscaba un pretexto con el que justificar los actos de su padre; solo saber lo que había pasado, aproximarse a la verdad.

—Por favor.

La mujer pareció relajarse ante las explicaciones recibidas y alzó la vista hacia el techo, como si buscara allí el rastro del pasado.

—Bueno, no sé. Hacía algo más de dos horas que nos habíamos acostado —dijo con voz tenue—. Recuerdo que nos dieron las tantas limpiando y fregando. Las doce o por ahí. Cuando nos fuimos a la cama, el único que seguía en pie era don Lorenzo, que se había metido en su despacho. Eso me imagino que ya lo habrás oído.

—No, no lo sabía.

—Pues sí, nos comentó que tenía trabajo pendiente. Pero, si te digo la verdad, yo creo que más bien era que, desde el domingo, con lo de la concentración y demás, estaba muy nervioso y no podía dormir. ¿Cómo iba a tener cosas que hacer de madrugada? Además, en teoría esa semana libraba. Los Suárez iban a estar unos días en la casona y quería atenderlos lo mejor posible. De hecho, esa tarde la habían pasado de excursión. Habían ido a visitar el nacimiento del Ebro, en Fontibre. Solo se había quedado en casa doña Ángeles, que se sentía indispuesta.

—Cuando habla del despacho, se refiere al que estaba en la parte oeste, ¿verdad? —preguntó Daniel, que de niño llegó a conocer al dedillo los recovecos de la casona—. El que era enorme.

—Sí. La última vez que lo vi, estaba allí, bajo la luz del flexo.

Daniel movió la cabeza. Se hacía una composición del momento.

—No sé si llegó a irse a la cama —continuó Mercedes—. Lo que sí puedo decirte es que, a las dos y media o así, mi compañera María oyó un ruido fuera, como de un estallido... En los jardines.

—¿Se refiere a María Güemes?

—Sí, la criada. La recordarás. Dormíamos en la misma habitación, en el ala oeste de la planta baja, cerca de la cocina. Vicente tenía su cuarto pegado al nuestro.

Daniel se acordaba de Vicente, un señor calvo, de gesto imperturbable y pocas palabras, que lo mismo se ocupaba de los jardines que de hacer de chófer, recibir huéspedes o mantener la casa en perfectas condiciones; lo que se terciara. Según se decía, era el hombre de confianza de Lorenzo Orduña.

—Yo dormía como un tronco —admitió la mujer—, pero María, según me dijo, aún estaba despierta y por eso lo oyó.

—¿Seguía despierta a esas horas? —se extrañó Daniel.

—Eso parece, y empezó a darme sacudidas para que me levantara. Yo al principio pensé que no había sido nada, no te voy a engañar. Desde última hora de la tarde hacía un viento horrible, ya lo habían avisado en el parte, y supuse que el ruido del que me hablaba habría sido eso. Últimamente María estaba muy nerviosa, muy rara, y a saber. Pero al final me convenció. —El rostro se le ensombreció—. Siempre me he preguntado qué habría ocurrido si hubiésemos salido a los jardines antes, si habríamos podido salvarlo... —Tragó saliva—. Es cierto que la Guardia Civil nos dijo que el señor Orduña había muerto en el acto, pero...

—¿Y qué hicieron ustedes?

—Yo fui corriendo a avisar a Vicente, y mientras tanto María se acercó a la ventana por si descubría algo.

—Pero esa habitación no daba a los jardines, ¿no? —apuntó Daniel, haciendo memoria—. Desde la ventana no se vería nada.

—Bueno, se podía ver una pequeña zona, la del extremo. Pero la central y el portón no, claro. De todos modos, salimos a los jardines enseguida, en cuanto Vicente se puso algo encima. No nos atrevíamos a hacerlo solas, y yo no quería alarmar a los señores por si solo habían sido imaginaciones de María. Pero ella tenía razón... —musitó—. Había algo en el sendero, cerca del portón. Nos acercamos agarradas a Vicente, y entonces... —se estremeció— entonces vimos el cuerpo de don Lorenzo...

La mujer bajó la mirada a la falda de su vestido de flores y tironeó de la tela con un ademán nervioso. Aunque había transcurrido mucho tiempo, se notaba que aquel episodio aún la impresionaba.

—Fue horrible —añadió con un hilo de voz—. Nos agachamos para intentar socorrerlo, pero ya estaba muerto. Tenía un disparo en el pecho... Y de pronto, cuando no sabíamos qué hacer, oímos aquel grito...

—Mi padre.

—Sí... Lo vimos en la hierba retorciéndose de dolor. Junto al muro. Parece que había intentado trepar por ahí para huir, pero resbaló.

Daniel suspiró y después se hizo un incómodo silencio.

—Vicente fue el único que tuvo agallas para acercarse a él —repuso Mercedes—. Tu padre no paraba de gemir. Y se agarraba la pierna.

—Y tenía un revólver, ¿no?

Ella asintió al tiempo que se quitaba las gafas, sacaba una gamuza de un bolsillo de su chaqueta de punto y comenzaba a limpiar los cristales.

—Sí. Se estiró para cogerlo del césped en cuanto Vicente fue hacia él.

Daniel entornó los ojos.

—O sea, que no lo llevaba encima en ese momento, ¿no?

Ella levantó la vista y lo escrutó.

—No, pero lo tenía justo al lado. Se le habría caído.

Él hizo un gesto de ambigüedad.

—Es una posibilidad, sí.

Mercedes se encogió de hombros y, tras recolocarse las gafas, retomó la narración donde la había dejado.

—Cuando Vicente lo vio con el revólver se quedó de piedra, claro. Yo estaba más alejada, pero aun así levanté las manos y le supliqué que no disparara. Aunque, si he de serte sincera, hijo, te diré que jamás nos apuntó. Fue un poco raro... —murmuró, e hizo una mueca de extrañeza para reforzar sus palabras—. Se quedó mirando al infinito, hacia la casa, como si estuviera ido o drogado... Entonces se me ocurrió que, si echaba a correr, quizá podría llegar hasta el recibidor y dar la voz de alarma. Todavía no sé ni cómo lo hice... En el fondo siempre he sido una cagueta, pero ya ves... Por suerte, no pasó nada.

Daniel se interesó a continuación por la conducta de María.

—Ah, ella no me siguió —aclaró la mujer—. No sé si fue por miedo o porque no se atrevía a dejar a Vicente solo con tu padre, pero María se quedó allí, junto al cadáver de don Lorenzo.

—¿Y nadie más oyó el disparo?

Mercedes negó con la cabeza y le explicó que, además de la distancia que había entre la casona y el punto de los jardines donde se había producido el tiro, con las fuertes ráfagas de viento habría sido muy difícil que una persona dormida advirtiese el ruido y fuese capaz de intuir su origen. Ella misma no se enteró de nada. Según precisó, a lo sumo se habría podido oír con más nitidez en el dormitorio de don Lorenzo y doña Ángeles por ser el primero del ala este y el único que daba a la fachada principal. Desde los otros, situados más atrás, resultaba complicado, aunque no imposible.

—Y Ángeles no se dio cuenta de nada, ¿no?

—No. También es cierto que había tomado somníferos antes de irse a la cama. Yo misma se los preparé y se los subí a la habitación disueltos en agua. Llevaba varios días muy alterada, supongo que por esos anónimos que estaban llegando.

—¿Y Marcos, el hermano de Lorenzo? Su habitación era la primera del ala oeste, creo recordar, y también daba a la fachada principal.

—Ah, sí, sí, es verdad —respondió ella, y se llevó el dedo índice a los labios—. Como casi siempre dormía en su casa de Santander, me había olvidado de su dormitorio, claro. No le gustaba pasar la noche en Reinosa, ¿sabes? Venía poco, solo cuando había celebraciones o le tocaba hacer algún trabajo en la fábrica, y enseguida cogía la carretera. A él lo que le atraía era visitar a clientes y proveedores e irse de comilonas. Tenía una pequeña oficina de la empresa en el centro de Santander.

—¿Y no oyó nada? —insistió Daniel.

—No. Dijo que entre el sueño y el viento... Como todos.

—¿Y Laura? Su cuarto estaba junto al de sus padres.

—Nada.

—¿Quién más había en la casa, aparte de ellos?

La mujer se acarició el mentón meditabunda.

—Mmm... Pues estaba Lucía, la hermana pequeña de Laura, que en aquella época tenía doce años; Héctor y sus padres, que se alojaban en las habitaciones de invitados, en la parte trasera... Ah, y también durmieron en la casona David y sus padres, al fondo. Ellos y los Suárez iban a quedarse varios días. De hecho, al día siguiente todos los hombres tenían previsto salir temprano para participar en una batida de caza. En la zona de Palencia, me parece.

—Ya. ¿Y qué ocurrió después, cuando usted entró en la casona?

Tras recolocarse en la silla, Mercedes le contó que lo primero que hizo fue llamar a la Guardia Civil. Acto seguido, subió al primer piso gritando para despertarlos a todos. No tardaron en bajar las escaleras. En tromba, en dirección a los jardines.

—Don Marcos hizo amago de saltar sobre Guillermo —le explicó la antigua cocinera de los Orduña con tono lúgubre—, pero tu padre estaba armado y con un gesto lo convenció de que no hiciera tonterías. Hubo momentos muy tensos. Menos mal que los guardias aparecieron enseguida... Cuando lo detuvieron, Guillermo se quedó callado y blanco como un muerto. Más que el asesino, casi parecía la víctima. Era como si no se creyera lo que estaba pasando. No sé si me entiendes.

Sí la entendía. Su narración coincidía más o menos con la versión que él conocía.

Decidió dar un paso más y se llevó la mano al bolsillo. Cogió el billete de tren y se lo mostró.

—¿Qué es eso, hijo? ¿Del ferrocarril? Parece muy antiguo.

—Lo es —dijo Daniel al tiempo que se lo tendía—. Del año setenta y cinco, concretamente.

La mujer lo tomó con cuidado, como si se tratara de una reliquia, y se lo aproximó al rostro. De pronto palideció.

—Pero si es...

—Para el día del asesinato, sí. —Después de sopesarlo durante unos instantes, Daniel añadió—: Estaba entre las cosas de mi padre. Iba a viajar a Santander, pero no sé para qué. Nunca iba allí. Compró dos unas horas antes del crimen y...

—¿Dos? —exclamó la mujer abriendo los ojos desmesuradamente.

—Sí. ¿Ocurre algo?

Mercedes comenzó a mover el cuerpo hacia delante y hacia atrás.

—Ay, Dios mío. Uno tenía que ser para el otro hombre.

Daniel la contempló estupefacto.

—¿Qué otro hombre? ¿De qué está hablando?

Ella se tapó la cara con las manos y soltó un gemido.

—¡No me hicieron caso! ¡Yo se lo dije a los guardias! Esa gente...

—¿Gente? ¿Qué gente?

La mujer lo miró con incredulidad, como si la respuesta le pareciera evidente.

18

El hombre tras el muro

—Habla de los de la concentración, ¿verdad? De los compañeros de mi padre —preguntó Daniel, que acababa de intuir a qué se refería la antigua cocinera de los Orduña.

Ella asintió con la cabeza de forma enérgica y le devolvió el billete de tren.

—Esa noche vi algo, hijo, pero nadie me tomó en serio. Y esto —precisó Mercedes apuntando con el dedo índice al pasaje que Daniel sostenía entre los dedos—, esto lo confirma.

Él la miró fijamente y, con un ademán, la instó a proseguir.

—Fue solo un segundo, nada más. Se escondió al instante, pero yo lo vi, hijo. Había alguien más fuera, al otro lado del portón, mirando. No lo soñé. Y no estoy loca.

—Entonces, usted piensa…

—Que tu padre no actuó solo, sí. Siempre lo pensé —recalcó, y agitó la mano en el aire—. Los trabajadores de la fábrica le tenían ganas a don Lorenzo. No todos, claro, pero sí muchos. Sobre todo desde la muerte de Jesús Posadas. Era algo que se sabía.

Daniel abandonó la silla y se colocó frente al ventanal, que le devolvió su reflejo. Se acordó de la conversación que había tenido con Roberto Gutiérrez, el empleado de la estación, esa misma tarde; de lo que les escuchó decir a su padre y a Arturo varias horas antes del crimen. Se giró hacia la mujer.

—¿Reconoció usted a esa persona? A la que vio, quiero decir.

—No, claro que no. De lo contrario, se lo habría contado a los guardias, por supuesto. Fue todo muy rápido. Pero era un hombre. Grande. Corpulento. De eso sí estoy segura.

—Y sus compañeros, María y Vicente, ¿no vieron nada?

—No. No se fijaron en el portón. Solo en el cadáver de don Lorenzo. Y luego en tu padre. Eso fue lo que declararon. Creo que por eso la Guardia Civil no me hizo mucho caso —murmuró con resignación, más sosegada.

—¿Y no lo investigaron?

Mercedes le explicó que, según supo después, interrogaron al hermano de Jesús Posadas, Ernesto, y a algún otro empleado de Aceros Campoo, pero no pudieron demostrar la presencia de ninguno de ellos en el lugar de los hechos.

—Todos dijeron que estaban en su casa, durmiendo. Pudieron salir de la cama a escondidas sin que se notara, pero claro, demuestra eso. Así que, como tu padre había confesado y luego se suicidó, pues, en fin, caso cerrado, como dicen en las películas, ¿no? Ni siquiera tenía la intención de comentarte lo de ese hombre, pero como has sacado esto... —aclaró, y lanzó una mirada al billete.

—No, no, usted no se guarde nada. Una cosa: supongo que, cuando los agentes llegaron, ese hombre ya no estaba allí, ¿verdad?

—Obviamente. No se iba a quedar esperando a que lo pillaran. De todas formas, lo que ocurrió aquella madrugada no fue algo que nos cogiera del todo por sorpresa. Como te he dicho antes, don Lorenzo había recibido algunas cartas las semanas anteriores, con amenazas y sin firma. Anónimos. Ángeles y Laura estaban muy preocupadas.

Daniel asintió para sí. Recordaba que su madre le había preguntado a su padre por la autoría de aquellos anónimos el día de la fiesta, cuando estaban discutiendo, y que él aseguró no tener ni idea. Volvió a sentarse.

—¿Sabe cuándo empezaron a llegar? Las cartas.

Ella se pasó la lengua por los labios mientras cavilaba. Unos instantes después, respondió que la primera fue a los pocos días del accidente de Jesús Posadas, que había tenido lugar el 30 de julio de 1975.

—¿Y leyó usted alguna?

Mercedes contestó con un asentimiento. Según dijo, el último anónimo llegó la tarde del 1 de septiembre, unas horas antes de que don Lorenzo fuera asesinado. Las cartas siempre eran una cuartilla mecanografiada, metida en un sobre sin remitente ni matasellos, que alguien dejaba directamente en el buzón, y el mensaje tenía un contenido similar, con pequeñas variaciones: «Recibirás tu merecido», «Pagarás por lo que has hecho», «Justicia». La mujer añadió que la Guardia Civil había analizado varias de ellas ante la insistencia de don Lorenzo, pero que no se encontró ninguna huella dactilar.

—Entonces ¿usted cree que esos anónimos los escribieron algunos de los que estuvieron en la concentración?

—¿Es que no te acuerdas de lo que ponía en esas pancartas que llevaban? ¡Si los mensajes eran casi idénticos!

Daniel inclinó la cabeza. No, no había olvidado aquellas pancartas. Por más que lo intentara, jamás podría borrar de su mente lo que vivió aquel día.

Examinó el billete de tren una vez más. ¿Para qué habría querido viajar su padre a Santander? ¿Qué era lo que buscaba allí? ¿Y para quién era el otro pasaje? ¿Podía dar credibilidad a lo que afirmaba Mercedes sobre ese hombre detrás del muro? La mujer parecía en sus cabales, pero no era descabellado suponer que aquella madrugada la vista, en mitad de la oscuridad y con la tensión propia de la situación, le hubiera jugado una mala pasada.

Como si le hubiera leído la mente, ella murmuró:

—Si compró dos, digo yo que alguien más estaría metido en el asunto, ¿no?

Daniel juntó las yemas de los dedos. ¿Y si aquella mujer estaba en lo cierto? ¿Y si su padre no actuó solo? Pero, en tal caso, ¿por qué no incriminó a sus compañeros? ¿Y por qué demonios se suicidó?

—Si los anónimos empezaron a llegar después de la muerte de Jesús, tal vez podría hablar con Ernesto, su hermano... —comentó Daniel meditabundo.

—Todavía vive en Reinosa, aunque si hay algo que le comprometa, se callará, eso dalo por sentado. No tiene un pelo de tonto. Por poder, también podrías hablar con mi antigua compañera, María, aunque, sinceramente, no sé si conviene remover esas cosas, hijo. A veces es mejor olvidar. Tu abuela también me lo decía.

Él no respondió y, tras unos segundos de silencio, Mercedes suspiró y lo miró a los ojos.

—Mira, te lo voy a decir todo. Igual no fue más que una sensación mía, pero las semanas anteriores a la muerte de don Lorenzo me pareció que María estuvo rarísima. De hecho, la descubrí varias veces llorando como una magdalena a escondidas, y se le caían las cosas cada dos por tres. No digo que una no pueda tener sus momentos malos, pero no sé, me llamó la atención. A ver, entiéndeme, no es que quiera malmeter, ¿eh? Pero es que estuvo extrañísima, y después del crimen, también. Lo digo por si al final vas a verla... A mí nunca me quiso contar nada.

En ese momento, una empleada de la residencia se aproximó a ellos dando golpecitos con el dedo índice a la esfera de su reloj de pulsera.

—Señor, se le ha pasado la hora. Tiene que marcharse, lo siento. A las señoras les toca cenar y acostarse, ¿verdad que sí? —dijo, y miró cariñosamente a Mercedes.

Daniel se guardó el billete, besó con suavidad a su abuela, que seguía mecida en una dulce duermevela, y a continuación le agradeció a Mercedes su ayuda.

—Que descanse. Pronto vendré a verlas.

—Aquí estaremos, hijo —contestó ella con una sonrisa tensa, quizá arrepentida por haber hablado de más.

Daniel enfiló hacia la salida de la residencia y descendió los peldaños con el ceño fruncido. Pensaba en los anónimos y en la concentración de hacía treinta y dos años. ¿Acaso pudo ser aquello el origen de todo lo que vino después?

19

La fiesta

Mediodía del domingo 31 de agosto de 1975
Treinta y ocho horas antes del crimen

Aunque la fiesta no comenzaba hasta las dos de la tarde, Daniel llegó a la casona con casi dos horas de antelación para jugar con su amigo David antes de que se presentaran los invitados.

Quien solía acompañarlo hasta el portón era su padre, siempre que no se encontrara en el trabajo u ocupado en algún otro menester. Era algo que empezó haciendo a regañadientes, visiblemente contrariado por aquella amistad que su hijo había forjado con el sobrino de Lorenzo Orduña, pero que, con el tiempo, a medida que avanzaba el verano, parecía haber asumido y normalizado. Desde hacía ya varias semanas, Daniel había observado que lo llevaba sin protestar, de buena gana, e incluso intercambiaba bromas y reía a carcajadas con Laura, que a finales de junio había regresado del famoso internado de Madrid en el que estudiaba y a veces salía a recibirlos con una sonrisa radiante junto a un entusiasmado David. Daniel apreciaba a la muchacha y se alegraba cada vez que la divisaba atravesando la explanada con su amigo. Menos entusiasmo le despertaban Ángeles, la madre de Laura, que le resultaba más seria y formal, aunque también fuera agradable y lo recibiera siempre con los brazos abiertos, y Vicente, que siempre tenía el mismo gesto adusto y apenas daba pie a conversación alguna. Con ellos todo era menos divertido.

Esa mañana, aunque su padre habría podido llevarlo sin ningún problema, su madre se empeñó en hacerlo ella, y durante el trayecto a Daniel le pareció que caminaba preocupada. Supuso que sería por aquella concentración que había mencionado su padre, pero no dijo nada.

Quien acudió a abrirles la puerta, para desilusión del niño, fue Vicente, que se encontraba en los jardines podando unas flores. Su calva refulgió bajo el sol cuando introdujo la llave y lo invitó a pasar con un ademán rápido.

—Pórtate bien, Dani —le dijo Beatriz mientras le daba un beso de despedida—. Y disfruta.

Él sonrió y siguió al hombre por el sendero mientras contemplaba con fascinación, una vez más, aquella casa en la que había tenido el privilegio de pasar buena parte del verano.

Al subir las escaleras que conducían a la primera planta, se cruzó con María, que lo informó de que David estaba en la ducha. Daniel asintió, se metió en la habitación de su amigo y se puso a jugar a las canicas sobre la alfombra mientras lo esperaba.

No había pasado ni un minuto cuando oyó a alguien hablar al otro lado del pasillo. Le dio la impresión de que se trataba de Laura y, animado, decidió ir a saludarla. Sin embargo, cuando salió al pasillo percibió varias voces exaltadas que procedían de un pequeño despacho pegado al cuarto de David, y se detuvo.

—No puedo seguir, papá —escuchó gemir a la joven—. Esta fiesta, este compromiso... —Su voz tembló y, por un momento, a Daniel le pareció que iba a echarse a llorar—. Todo... todo ha sido demasiado precipitado. No puedo...

La puerta estaba entornada, y Daniel, movido por la curiosidad, decidió asomarse con cautela. Vio a Laura de perfil. Menuda y desgarbada, de tez clara y con el cabello cortado a la altura de las mandíbulas y flequillo recto, parecía excitada, y el pecho le subía y le bajaba sin parar. A su lado se encontraba Ángeles, que secundó al instante a su hija:

—Tendrías que haberlo cancelado ayer, Lorenzo, cuando la niña te lo pidió. Ya te lo expliqué. Tiene demasiadas dudas. No pasaba nada por posponer el acto.

Lorenzo Orduña estaba a un par de metros de las dos mujeres, pegado a la ventana, e hizo un aspaviento. Era un hombre de cuarenta y cuatro años que llamaba la atención por su altura y su corpulencia. Tenía el rostro rubicundo, los ojos claros y la nariz afilada, y lucía un bigote que parecía cortado al milímetro. El pelo, engominado y peinado con una raya impecable, brillaba con la luz que entraba a raudales del exterior.

—¡Pero si en junio me dijiste que querías casarte con él! ¡Que te parecía bien celebrar una fiesta de compromiso! —le espetó a su hija—. ¿Así tomas tú las decisiones? ¿Eso es lo que te hemos enseñado?

Laura se retorció las manos.

—Ya te lo dije ayer —insistió su padre—: es normal que estés nerviosa. Es el momento. ¿Verdad que es normal, Ángeles?

La mujer meneó la cabeza.

—La niña tiene razón, Lorenzo. Quizá todo haya ido demasiado rápido.

—¿Y qué quieres que yo le haga si Héctor decidió pedirle matrimonio? Es un buen chico.

—Sí, pero bien que te están apretando con todo el tema económico y de la empresa —reconvino Ángeles—. ¿Cómo puedes dejar que Héctor vaya a tener un puesto tan importante en la fábrica? ¿Y tu hermano? ¿Cómo queda él?

El hombre dio un respingo.

—¿Qué tendrá eso que ver? La fiesta es dentro de una hora y pico y no la vamos a cancelar. No pienso hacer el ridículo delante de todos. Tú aceptaste casarte con Héctor, hija, nadie te obligó. Aun así, si en unos días no lo tienes claro, me lo dices y vemos si es posible echarse atrás. Pero ahora no, ahora no —recalcó—. De todos modos mañana habrás cambiado de opinión, estoy convencido. Son los nervios. Tú disfruta de la fiesta, hazme caso. Y en cuanto a las exigencias de los Suárez —añadió, y posó los ojos en su esposa—, rectificarán. Es el típico pulso en una negociación. Lo que sucede es que vosotras jamás habéis estado en una, y claro... A ellos no les interesa que todo se vaya al garete. Conseguirán sinergias con su empresa minera, y Héctor está loco por ti, hija. Todo se solucionará.

Ángeles chasqueó la lengua.

—No sé, Lorenzo, encima con lo de ese hombre... Podríamos haberlo dejado para más tarde.

El empresario tensó aún más el gesto.

—Estás hablando de lo de Jesús Posadas, ¿no? ¿Qué pasa con él?

—Pues qué va a pasar... Que la plantilla está furiosa y ya hay quien ha pedido tu cabeza. Como si no lo supieras. Mira esos anónimos. ¿Has pensado que igual no se toman bien que estemos aquí de celebración mientras ellos casi acaban de enterrarlo?

—Ese accidente no ha sido culpa mía, por mucho que sus compañeros intenten echármela. Ha sido mala suerte, y también una temeridad por parte del trabajador. Estaban avisados de que no debían apoyarse en la barandilla hasta que se sustituyera. ¿Qué querías que hiciera? ¿Que cerrara esa parte hasta que llegara la nueva? Pues no, no era posible. No, si encima querrán meterme en la cárcel, ya verás.

Daniel no pudo escuchar más. En ese momento, David dobló la esquina del pasillo, ya vestido y con el pelo mojado, y al verlo junto al despacho lo saludó a voces. La discusión que se había desatado en el interior de la estancia cesó de golpe y Daniel tuvo que disimular. Exclamó que acababa de llegar y que lo estaba buscando, y corrió hacia él para chocarle la mano y animarle a jugar con las canicas.

—Hoy me apetece un puzle —dijo David al tiempo que ponían rumbo hacia su habitación.

—Pues un puzle entonces.

Las protestas de Laura no llegaron a buen puerto, puesto que, a la hora prevista, la fiesta comenzó en los jardines con total normalidad. Lorenzo inauguró el convite con solemnidad y ordenó a los camareros contratados para la ocasión que sirvieran el primer plato a los Suárez. Justo entonces el grupo de música jazz se arrancó a tocar. Por lo que David le había contado a Daniel, la pedida de mano tendría lugar después de los postres.

Se fijó en los comensales. Había veinticuatro personas dispuestas a lo largo de una mesa en forma de U. Héctor Suárez estaba sentado a la izquierda de Laura, exultante y triunfal. Los ojos, de color azul cielo, le brillaban intensamente, y los cabellos negros y rizados le caían por la frente. A su lado, Laura esbozaba sonrisas forzadas y apenas conseguía disimular la turbación de la que Daniel había sido testigo. A la derecha de ella se encontraban sus padres, la pequeña Lucía, a la que le habían colocado una bonita diadema, y la mejor amiga de Laura, Patricia Cartagena, hija de los propietarios de la cafetería Casa Vejo. Junto a Héctor estaban su padre, de nombre Joaquín, y a continuación su madre, Julia, ambos sentados con la espalda muy recta, derrochando elegancia y amabilidad.

Lorenzo parecía disfrutar del momento y, si las exigencias de los Suárez que había mencionado Ángeles lo inquietaban, no lo demostraba en absoluto. Ella tenía la mirada perdida, como si su mente se hallara en otro lugar. A quien no le importaba revelar su malestar era a Marcos Orduña, que apenas había saludado a Héctor y evitaba prodigarse en palabras. Había cumplido hacía poco treinta y ocho años y, a diferencia de su hermano, era muy delgado y llevaba el rostro rasurado, sin bigote. Por su parte, Daniel se había sentado en uno de los extremos de la mesa con David y los padres de este, Susana y Enrique, que ya lo consideraban uno más de la familia.

El sonido de los cubiertos se unía al tañido de los instrumentos, y las carcajadas flotaban en el aire. Todo parecía marchar según lo esperado, hasta que sucedió: de pronto, cuando iban a dar las tres de la tarde, más de un centenar de personas aparecieron como una exhalación al otro lado del portón y comenzaron a sacudir los barrotes con violencia.

—¡Justiciaaa! ¡Justiciaaa! —gritaron varios hombres al tiempo que desplegaban pancartas con las caras de Jesús Posadas y Lorenzo Orduña y mensajes en contra de este—. ¡Fueraaa! ¡Fuera criminales!

Los invitados saltaron de sus asientos y dirigieron a su anfitrión miradas de desasosiego. Lorenzo, confuso, se esforzó por tranquilizarlos a todos y fingir que la protesta carecía de importancia, pero le fue imposible; las proclamas iban en aumento y se hizo evidente que, en esas circunstancias, no podrían continuar con la comida. De repente, el hombre dio un fuerte puñetazo en la mesa que hizo temblar los cubiertos y se lanzó hacia el portón con paso furibundo, lo que provocó que la multitud incrementara el volumen de sus rugidos como respuesta, retándolo. No pudo acercarse demasiado, pues enseguida empezaron a lloverle todo tipo de objetos y numerosos escupitajos. Él hizo aspavientos, fuera de control, y Daniel, que solo podía verlo de espaldas, se imaginó que estaría insultando a la gente con mirada desafiante. El ruido era ensordecedor y la música hacía tiempo que había dejado de sonar.

Ángeles, que hasta entonces había permanecido junto a la mesa con gesto de estupefacción, echó a correr hacia su marido y, cuando llegó a su altura, le tiró del brazo para intentar llevárselo de allí. Sin embargo, Lorenzo no parecía dispuesto a esconderse en su propia casa. Se soltó con agresividad y se mantuvo firme ante los manifestantes. Ella, que debía saber cómo se las gastaba su esposo, no insistió y dio media vuelta, aunque no volvió a la mesa, sino que fue a la entrada principal de la casona. Daniel supuso que se disponía a llamar a la Guardia Civil.

En todo ese rato, Daniel había evitado fijarse en los que estaban fuera por miedo a descubrir entre ellos a su padre. Tuvo la certeza de que se encontraba allí cuando, de pronto, David extendió la mano y dijo:

—Pero si es...

A quien Daniel divisó en primer lugar fue al hermano del fallecido Jesús, Ernesto Posadas, un hombre alto, de pelo encrespado, barba negra y nariz ganchuda. Según había oído alguna vez en casa, era el auténtico líder de los trabajadores. En aquel momento tenía el rostro inflamado por la cólera y alzaba el puño con fiereza.

Lo flanqueaba Federico Setién, un abogado laboralista que también era amigo del padre de Daniel. Era espigado y bien parecido, con las facciones angulosas y el pelo corto, muy liso y de color castaño. Aunque era de Reinosa y pasaba allí todo el tiempo que podía, vivía en Santander, donde tenía su despacho. En ese momento el letrado agitaba una pancarta que rezaba: «Justicia para los muertos».

Varias filas más atrás, Daniel vislumbró a su padre, en actitud discreta, sin moverse ni gritar, situado junto a Arturo, que también se mantenía en segundo plano, como si los dos quisieran pasar desapercibidos. Pero daba igual: allí estaba, a la vista de todos.

La tensión a su alrededor seguía creciendo, y Héctor y el padre de este se atrevieron a aproximarse al punto donde se encontraba Lorenzo. Como respuesta recibieron la correspondiente lluvia de objetos, escupitajos e improperios.

Daniel tragó saliva, asustado, y miró al otro lado de la mesa. Le sorprendió descubrir que Marcos, aunque se había levantado de su asiento, observaba lo que sucedía en el portón con desapasionamiento, casi se diría que aburrido, como si aquello no le importara en absoluto o lo considerara natural, inexorable. No pudo detenerse a estudiar la reacción del hermano de Lorenzo mucho más, puesto que en ese instante David, que estaba tan espantado como él, lo cogió del brazo y lo condujo hacia la casona. Daniel se dejó arrastrar, y cuando llegaron a la habitación de David, imitó a su amigo y se agachó para retomar el puzle que habían dejado a medias ese mediodía. David se entregó a la tarea taciturno y en silencio, lo que permitió a Daniel sumirse en sus pensamientos. Pese a que desde el dormitorio no se oían los gritos de la gente, estaba convencido de que la concentración proseguía y tenía miedo de lo que le pudiera suceder a su padre cuando llegara la Guardia Civil.

Al cabo de tres minutos, no pudo soportar más la incertidumbre y salió corriendo.

—Pero ¿qué haces? —exclamó David.

Daniel no respondió y fue directo a la biblioteca, que disponía de una buena panorámica de los jardines. Con un nudo en la garganta, atravesó la estancia y pegó el rostro a la ventana justo a tiempo de presenciar cómo decenas de personas rompían filas y se desperdigaban por las calles aledañas a toda velocidad, perseguidas por varios miembros de la Benemérita que blandían sus porras con aire amenazante.

Un rato después, todo quedó en calma. No había rastro de los manifestantes, que habían conseguido huir, y los agentes se retiraron. Desde el ventanal, Daniel vio que Lorenzo, rojo de cólera, se reunía de nuevo con sus invitados. Sin embargo, nadie tenía ánimos para retomar el banquete y poco a poco casi todos se fueron marchando. Ya no habría fiesta, concluyó.

Alicaído, giró sobre sus talones y regresó a la habitación de David, que continuaba arrodillado delante del puzle. No había colocado ni una sola pieza más. Se miraron, pero ninguno de los dos habló, y las pocas veces que lo hicieron en adelante fue con monosílabos y en relación con el juego. Algo se había roto entre ellos.

Una hora más tarde, Ángeles se asomó y dijo con tono seco:

—Daniel, han venido a recogerte.

Él asintió con cierta desazón y se dispuso a despedirse de su amigo con un apretón de manos, como los mayores, a quienes les divertía imitar. Se le cayó el alma a los pies cuando advirtió que David se limitaba a alzar el mentón y desviaba la vista. De pronto, una idea terrible se abrió paso en su mente: ¿y si ya no quería volver a verle por culpa de su padre? Parpadeó todo lo rápido que pudo para retener las lágrimas. Intentó decir adiós, pero no fue capaz, y al final salió al pasillo de forma atropellada.

Al otro lado del portón, los esperaba Guillermo. Andaba en círculos, con las manos entrelazadas y ancladas a la espalda.

En cuanto se acercaron, el padre de Daniel se aferró a los barrotes.

—Apártate —le espetó Ángeles mientras hacía girar la llave con brusquedad.

Guillermo bajó los brazos y dio un paso atrás. Parecía dolido. No había rastro de la bravura que había exhibido esa mañana en casa.

—Ángeles, yo…

—No vuelvas jamás, ¿me has entendido? ¡Jamás!

Aquellas palabras terminantes se clavaron como alfileres en el corazón del niño; aunque estuviera dirigida a su padre, tuvo la terrible impresión de que la frase también lo incluía a él. Guillermo fue a decir algo, pero al final se mordió el labio y no llegó a replicar.

La mujer abrió el portón en silencio y, a continuación, instó a Daniel a cruzar al otro lado.

—Mañana no vengas. Ya irá David a verte. Si quiere.

20

Humo

Noche del viernes 23 de noviembre de 2007

La cena transcurrió envuelta en una agradable sensación de reencuentro y placidez. Isabel no dejaba de parlotear y todos la escuchaban embelesados. Al subir las escaleras del edificio, Daniel se había hecho el firme propósito de alejar de su mente los acontecimientos más recientes y no comentar nada de lo que había averiguado esa tarde. Estaba decidido a seguir investigando, pero solo les hablaría de sus hallazgos cuando alcanzara una conclusión, si es que lo conseguía. Carecía de sentido arriesgarse a provocar un conflicto por meras sospechas y conjeturas.

Durante la velada ninguno se refirió a Guillermo, y el bienestar que se respiraba solo se vio brevemente empañado cuando Isabel preguntó por la tía Marta. Daniel sintió una punzada en la boca del estómago que trató de disimular. Supuso que Silvia y Ramón se habrían inventado alguna excusa para explicar su ausencia y, por miedo a contradecir su versión, no profundizó demasiado en el asunto, aunque le garantizó a la niña que su tía se encontraba bien y que la próxima vez lo acompañaría. Para sus adentros, se dijo que ojalá fuera así, que ojalá lograra recuperarla, aunque lo cierto era que había perdido toda esperanza. Se acordó de la última discusión que tuvieron, del modo en que ella cerró la puerta a todo atisbo de reconciliación. Era altamente improbable que Isabel volviera a verla, pero ¿cómo iba a decirle la verdad? Ella la adoraba. Se tragó un suspiro y se obligó a sonreír a su sobrina con convicción. Esta asintió, aparentemente satisfecha con la respuesta, y luego se limitó a apuntar con cierto desánimo que hacía mucho que no hablaban; la última vez fue por teléfono, cuando la tía Marta la llamó para felicitarle el cumpleaños, dijo.

Tras recoger la mesa, Isabel y sus padres se acostaron. Daniel permaneció en la cocina durante un rato, cavilando, y después se dirigió a su habitación. Se sentó al borde de la cama, inquieto, asediado por el recuerdo de Marta. Le habría gustado que estuviera allí en ese momento, siendo testigo de su retorno. Sin embargo, era plenamente consciente de que, si Marta no hubiera roto la relación, él jamás habría emprendido el camino a Reinosa. Dejar de huir, desasirse de las bridas del pasado... Pero ¿cuál era realmente ese pasado? ¿Qué fue lo que ocurrió en 1975? Cada vez estaba menos seguro.

Las palabras de Mercedes en la residencia penetraron en su mente, y Daniel tuvo la sensación de que el billete de tren le quemaba en el bolsillo. Lo sacó y lo sostuvo en el aire. Acarició su tacto rugoso. Más allá, a un par de metros, iluminados por la luz del cuarto, vio centellear los carriles metálicos del armario empotrado en el cual descansaban las cajas con las cosas de su padre. Tanto el ferroviario, Roberto Gutiérrez, como Mercedes y la propia Silvia le habían insistido en que se olvidara de los tiempos pretéritos, que dejara de hurgar, pero le resultaba imposible. Necesitaba saber.

Con cuidado de no hacer ruido, empujó la puerta corredera hacia un lado, se agachó y sacó una a una las cajas con el nombre de su padre. Volcó su contenido sobre el edredón. Tenía que existir una explicación para todo lo que había descubierto en las últimas horas. Tal vez estuviera entre esos objetos personales, delante de sus narices.

Una fotografía que quedó boca arriba captó su atención. La imagen, en blanco y negro, había sido tomada en la plaza de España de Reinosa, y en ella aparecían sus padres, su hermano y él, todavía muy niño. Todos estaban sonrientes y agarrados entre sí, y saludaban a la cámara con la mano que les quedaba libre. Era la perfecta estampa familiar. Conmovido, Daniel le dio la vuelta y leyó: «Reinosa, marzo de 1973». Por aquel entonces las discusiones todavía no habían comenzado. No fue hasta 1975 cuando todo se quebró.

Intentó no pensar en ello y siguió analizando las pertenencias de su padre con ahínco. Entre ellas, se fijó en una carpeta azul de tapas desgastadas. La abrió. Casi todo lo que había eran recortes de prensa que, por algún motivo, debieron de tener importancia para él y quiso conservar. Su carácter político saltaba a la vista: publicaciones sobre la Segunda República española y la Guerra Civil; artículos sobre el fortalecimiento del entorno de la lucha obrera y el mundo sindical clandestino, que cada vez protagonizaba más protestas y huelgas; una columna sobre el descrédito en que iba cayendo el Régimen franquista en el marco europeo; una noticia sobre una ley de mayo de 1975 que confería más libertades y derechos a las mujeres casadas, que ya podrían abrir cuentas bancarias y firmar documentos en notarías, entre otras cosas; un reportaje del 19 de agosto de 1975 sobre la imparable evolución legislativa en países vecinos como Francia, que acababa de aprobar la despenalización de delitos añejos como el adulterio, el cual, en España, pese a lo que demostraba la realidad social, aún estaba castigado, al igual que el denominado «amancebamiento»... Era evidente que su padre no había simpatizado en absoluto con la dictadura, tal y como dejó caer el cabo Losada durante el interrogatorio a su madre tras el asesinato de Lorenzo Orduña.

Daniel continuó rebuscando, pero, para su decepción, pronto concluyó que nada le servía para avanzar en esa especie de investigación que había emprendido. Comenzó a recogerlo todo y, mientras lo hacía, se preguntó si en aquellos días, que ahora recordaba cubiertos por una pátina de oscuridad, él podría haber intervenido de algún modo para evitar lo que terminó sucediendo, si estuvo en su mano detener la caída de toda su familia en el abismo. Una voz insidiosa le respondió que tal vez sí; que, en el fondo, si no se hubiera hecho tan amigo de David y no hubiera estrechado lazos con los Orduña, quizá Lorenzo no se habría tomado tan mal la participación de su padre en aquella concentración y no lo habría echado al día siguiente. O, aunque lo hubiera hecho, probablemente su padre no se habría sentido tan humillado y habría logrado refrenar la cólera que, según su confesión, lo invadió la madrugada del 2 de septiembre de 1975 y, en plena discusión, lo llevó a descerrajarle un tiro al empresario.

Porque, a fin de cuentas, ese fue el móvil oficial del homicidio.

Nadie consiguió hilvanar una teoría alternativa ni tampoco aducir un motivo que justificara que el asesino confeso hubiera mentido en un asunto como aquel, de la máxima importancia. Sin embargo, aquella tesis resultaba incompatible con la existencia de un cómplice o un colaborador, y Mercedes había sido tajante a la hora de afirmar que aquella madrugada vio a un hombre tras el portón. En realidad, las palabras de la mujer daban pie a una posibilidad remota y quizá ingenua, pero factible: ¿y si todo ocurrió a la inversa? ¿Y si su padre jugó el papel de cooperador, no el de ejecutor? ¿Y si quien apretó el gatillo fue otra persona que después saltó la tapia y esperó a que él lo siguiera?

Por unos instantes, Daniel se dejó seducir por esa hipótesis que lo liberaba del odioso peso de ser hijo de un asesino, aunque el espejismo fue efímero: enseguida se dio cuenta de que entonces quedaría sin explicación qué hacía su padre con el revólver a unos centímetros de su posición, en la hierba, cuando lo descubrieron. Se dijo que tal vez se le hubiera caído a aquel tipo al trepar. Pero, en ese caso, ¿por qué su padre asumió en exclusiva la responsabilidad de la muerte? ¿Por qué cargó él solo con toda la culpa?

Daniel depositó la última caja en el armario y volvió la vista a la cama. Comprendió que en ese estado de agitación no iba a pegar ojo, así que decidió ponerse la cazadora y salir a dar un paseo al abrigo de la luna.

En la calle no llovía, pero el frío arreciaba y arremetía a dentelladas contra los transeúntes. Daniel sintió que la mano derecha se le congelaba cuando sacó el teléfono del bolsillo. Tenía una llamada perdida. Durante una fracción de segundo se dejó envolver por la ilusión de que se tratara de Marta. Sin embargo, aquella ensoñación se desvaneció en cuanto vio que había sido Álex, su compañero del despacho.

Daniel apretó el botón verde y aguardó.

Su amigo contestó enseguida.

—Dani, ¿cómo estás? No quería llamarte para no molestarte, pero estaba preocupado.

Daniel le pidió disculpas por no haberle mantenido informado y, a continuación, le contó que al final había decidido regresar a Reinosa, tras tanto tiempo evitándolo.

—No sabes cuánto me alegra oírlo, tío. De verdad.

—Lo sé, Álex, lo sé...

—¿Y cómo ha sido?

Tras respirar hondo, Daniel le resumió el reencuentro con su familia. Le habló de lo feliz que se había sentido con ellos, de la amabilidad y el apoyo que le habían transmitido, de lo cómodo que estaba con los suyos, pese a esos fantasmas que seguían revoloteando en su mente en forma de recuerdos.

—Olvídate de los Orduña, de lo que pasó en la iglesia y de toda esa mierda, Dani. Necesitas olvidar.

Por un momento, Daniel sopesó si debía serle completamente franco y referirse a las pesquisas que había estado realizando sobre el caso Orduña y el extraño billete de tren aparecido en la caja con las cosas de su padre. Tras una vacilación inicial, optó por la prudencia; no deseaba que Álex tuviera la impresión de que había ido hasta allí con el objetivo de negar o cuestionar el pasado, en lugar de dejarlo a un lado.

—Lo haré —prometió, y después, con voz tenue, añadió—: Aldaya... ¿Aldaya te ha dicho algo?

—Sí... Hemos hablado antes. No sé qué decirte, Dani. Está muy decepcionado. Quiero pensar que podrás darle la vuelta a esto, pero... Bueno, no me atrevo a asegurártelo...

Daniel se pasó la mano por el pelo. Era lo que se imaginaba, pero, por un instante, se había ilusionado con recibir una respuesta diferente.

—Lo entiendo... —acertó a decir—. Y tú... ¿tú cómo vas?

—Hago lo que puedo. De momento, los dueños de la tecnológica no han movido ficha. Aún no sabemos si se irán a otro despacho, sinceramente —admitió con desánimo.

—Ya... Lo siento mucho, Álex.

—Bueno, tú cuídate y estate con tu familia. Ya me las arreglaré.

—Gracias. De todos modos, si necesitas cualquier cosa, aunque esté suspendido...

—Ni hablar. Nada de trabajo. Adiós, Dani. Y ya sabes que estoy para lo que quieras.

Daniel se despidió de él y se guardó el teléfono en el bolsillo trasero del pantalón. Luego miró a su alrededor con abatimiento. A pesar de ser viernes, a esas horas y en pleno noviembre apenas había gente en la calle. Se figuró que los pocos que se hubieran aventurado a tomar algo estarían resguardados en los bares del centro. Por eso decidió evitar la zona y se desvió para tomar el camino que llevaba al puente que atravesaba el río Híjar y que luego discurría en paralelo al polígono industrial.

Sin saber muy bien qué pretendía, se descubrió en las inmediaciones de La Naval y de Aceros Campoo. Ambas se hallaban muy próximas, separadas tan solo por unos cientos de metros. El edificio que albergaba la factoría de los Orduña era una mole, alargado y de color grisáceo. En su techumbre destacaban cuatro grandes chimeneas que se elevaban hacia el cielo. La entrada había cambiado a lo largo de los años, y ahora disponía de una barrera que impedía el acceso rodado. Detrás se apreciaba un amplio aparcamiento, una cuidada zona ajardinada y una enorme puerta metálica. Había luces encendidas y el humo de los hornos se fundía con la oscuridad. Supuso que los días laborables aún se mantenía el turno de noche, a pesar de la escasez de trabajo que había motivado la venta a ese grupo de empresarios brasileños, el mismo que se había hecho con La Naval en 2005.

En realidad, él no había estado más que una vez en el interior de Aceros Campoo. Lo recordaba bien: fue un domingo de mayo de 1975. David estaba pasando el fin de semana en la casona, y los dos se encontraban jugando al fútbol cerca del portón cuando vieron que Lorenzo Orduña regresaba de la oficina. Ambos le preguntaron por qué había ido a trabajar un día festivo si era el dueño, y él les sonrió con condescendencia. Les habló del amor a la empresa que había creado su padre, de lo feliz que era en aquel lugar y del esfuerzo que había que realizar cada día para que el negocio funcionara. No todo era tan sencillo, ni las cosas se hacían solas, apuntó. Ellos se encogieron de hombros con indiferencia antes de seguir dando patadas al balón, y fue entonces cuando, quizá un tanto decepcionado por su reacción, les propuso llevarlos a hacer una visita; los tres solos, con total libertad. Aceptaron de inmediato espoleados por la curiosidad.

Ya en la nave, corretearon entre carcajadas y no pararon de enredar. En algún momento, Daniel evocó allí a su padre enfundado en uno de los monos que utilizaba. Se sintió orgulloso, aunque admiró aún más al señor Orduña cuando les enseñó el inmenso y opulento despacho del que disponía. El hombre debió de percatarse de la devoción que despertaba en los niños, porque a continuación accedió a mostrarles todos los secretos de la fábrica. Los condujo a los talleres, donde, con tono de fascinación, les fue explicando lo que allí hacían con los metales y cómo los preparaban para que en un futuro formaran parte de los barcos. También pasaron por los almacenes donde guardaban las piezas que se entregarían después a La Naval, a alguna otra factoría o directamente a las navieras. El único límite que les puso fue que no entraran en una sala cerrada y con un cartel de prohibido el paso donde se almacenaban productos y sustancias peligrosas, que podían resultar mortales si no se ponía el cuidado oportuno. Aquello, en lugar de disuadir a los muchachos, sirvió para aumentar su interés, sobre todo el de David, que insistió una y otra vez en inspeccionar aquella sala y los tóxicos que había. Al final, tras la enésima negativa, se dio por vencido y los dos siguieron explorando la fábrica mientras fabulaban sobre los enormes buques que les había descrito el empresario. A pesar de que vivía a unos setenta kilómetros de la costa cantábrica, Daniel nunca había visto el mar, tampoco ningún barco, y al llegar a casa le hizo prometer a su padre que, tan pronto como fuera posible, lo llevaría a Santander a sentarse frente a la famosa bahía. Este asintió con una sonrisa, pero nunca llegó a cumplir su promesa.

Al pensar en ello, Daniel apretó los puños y suspiró prolongadamente. Su aliento bailoteó en el aire gélido de la noche y se alzó hacia la negrura del cielo, al encuentro del humo que escupían las chimeneas de Aceros Campoo.

—Me jodiste la vida… —murmuró.

Iracundo, se dio la vuelta y se contrajo para protegerse del frío.

A varios metros, agazapado tras el puente que cruzaba el río Híjar, Arturo Vallejo se ajustó al cuello su bufanda y le vio alejarse por el puente.

21

Una advertencia

Mañana del sábado 24 de noviembre de 2007

Al día siguiente, el despertar no fue suave ni pausado. La puerta de la habitación se abrió de golpe y Ramón entró como una exhalación. Daniel, sobresaltado, levantó la cabeza de la almohada.

—¿Qué pasa? —carraspeó mientras aguzaba la vista e intentaba distinguir la expresión de su hermano.

—¿Qué coño hiciste ayer? —masculló Ramón al tiempo que se acercaba a la ventana, subía las persianas con brusquedad y le lanzaba una mirada cortante.

Daniel, todavía adormilado, no lograba salir de su confusión.

—¿Ayer?

—Sí, ¡ayer!

—Pues venir a Reinosa...

Ramón puso los brazos en jarras y frunció los labios.

—Te lo repito: ¿qué coño hiciste ayer?

Daniel intuyó que debía de estar relacionado con las indagaciones que él había hecho en la Renfe y en la residencia, pero prefirió esquivar el asunto mientras fuera posible. No quería dar un paso en falso.

—Ya lo sabes: fui a verte a la librería. Y después visité a la abuela Amparo.

—Ya. ¿Y nada más?

—Bueno, cuando os acostasteis salí a dar un paseo... Y después leí un rato el libro que me diste para Elena Suárez. ¿Por qué lo dices? ¿Ha ocurrido algo?

—Lo digo por eso —respondió Ramón enfatizando la última palabra, y señaló hacia la calle a través del cristal.

Daniel apartó las sábanas y se acercó a la ventana. No necesitó abrirla ni asomarse a ella para darse cuenta de lo que había asustado a Ramón. El mensaje sobre el capó de su Audi era lo suficientemente grande para que se leyera sin dificultad desde esa distancia: «LARGO DE AQUÍ».

Al lado del vehículo vio a dos guardias civiles que tomaban fotografías y rellenaban unos documentos.

—Anoche alguien te rayó el coche y escribió eso —musitó Ramón con marcada desconfianza—. Y hay otro mensaje parecido en el maletero. Desde aquí no se ve bien. «Deja de husmear». Eso dice.

Daniel se frotó la cara y murmuró un exabrupto. Caviló sobre el segundo mensaje, el que más lo inquietaba: «Deja de husmear». ¿Podía referirse a las preguntas que había formulado en la estación de tren y en la residencia la tarde anterior? Tuvo la impresión de que alguien le estaba advirtiendo que dejara de hurgar en el pasado, pero ¿cómo había podido enterarse tan rápido? ¿Se habrían ido de la lengua Roberto Gutiérrez o Mercedes?

Se enfrentó a la mirada admonitoria de su hermano con fingida inocencia.

—No sé por qué lo han hecho.

—Ya. Pues entonces no entiendo a qué viene eso de «Deja de husmear». ¿Se lo han inventado? Silvia me ha contado que ayer encontraste el billete de tren de papá... —apuntó Ramón con un deje acusador.

—¿Papá? No lo llames así, por favor.

—Puedo llamarlo como me dé la gana. Fue nuestro padre, aunque a ninguno nos guste. Tú eres libre de hacer lo que quieras con tu vida, pero a nosotros no nos destroces la nuestra, ¿de acuerdo? Creo que ayer Silvia fue muy clara contigo y que te comprometiste a no ir por ahí removiendo las cosas, ¿no es así?

—Yo no he tenido nada que ver, de verdad... Será algún loco o alguien que me la tiene jurada.

Ramón insistió una última vez y, ante la ratificación de Daniel, pareció darse por satisfecho. Destensó los músculos.

—Bueno, eso espero. En cualquier caso, la gente del pueblo no es así. No me gustaría que tuvieras una impresión errónea. —Echó un vistazo al reloj, que marcaba las nueve de la mañana, y agregó—: Los guardias están levantando el atestado y me han dicho que quieren hacerte unas preguntas. ¿Bajas a atenderlos? Yo me marcho a la librería. Silvia e Isabel me están esperando allí.

—Sí, ahora mismo.

Unos minutos después, Daniel se presentó ante los agentes. El más joven, que dijo ser el guardia López, lo saludó cortésmente y continuó rellenando el documento que sostenía en la mano. Fue el de más edad el que entabló conversación con él. Se llamaba Rodrigo Blanco y tenía la graduación de sargento. Era un hombre robusto, alto, de nariz aguileña y barba y cabellos veteados de canas. Rondaría los cincuenta. Con voz de barítono, le anticipó que aún no disponían de ninguna pista. Uno de sus compañeros estaba llamando puerta por puerta en busca de testigos, pero de momento no habían dado con ninguno y, para ser sinceros, le confesó, consideraban improbable que aparecieran. Trabajaban con la hipótesis de que la fechoría se había cometido de madrugada, cuando el autor podía pasar desapercibido. Daniel sugirió que buscaran huellas dactilares, pero el sargento negó con la cabeza.

—En delitos de esta naturaleza no intervienen los de criminalística. Tendremos que apañarnos con lo que se aprecia a simple vista y con la información que usted pueda proporcionarnos. Parece hecho con una llave o algo similar. ¿Tiene idea de quién puede haber sido?

—No, no lo sé.

El guardia civil lo escrutó.

—¿Está seguro?

Él repitió su respuesta, y Blanco desvió la vista al coche.

—¿Entiende esos mensajes? ¿Por qué cree que le han escrito que deje de husmear?

Daniel se mantuvo callado, sopesando si debía ser franco con aquel hombre. No quería que se supiera que había estado indagando sobre lo sucedido en 1975, y mucho menos que llegara a oídos de su hermano y de Silvia, pero, al mismo tiempo, no podía obviar el riesgo que aquellos rayones representaban. Eran una advertencia, una amenaza, no cabía duda.

Como si le hubiera leído la mente, el sargento dijo:

—¿Podría tener relación con lo que sucedió entonces?

La pregunta provocó que el guardia López levantara la vista de sus papeles y los observara de reojo.

—¿Qué sabe usted de eso? —murmuró Daniel, a la defensiva.

—Algunas cosas. Solo llevo seis años aquí, pero he oído hablar de ello. Y de usted. Mi esposa es Patricia Cartagena —añadió el sargento, como si eso lo explicara todo—. Nos casamos el año pasado. ¿Se acuerda de ella?

Por supuesto que se acordaba. Aquella chica, además de ser la hija de los dueños de Casa Vejo, había sido una de las mejores amigas de Laura Orduña, y estuvo presente en el famoso banquete de agosto de 1975.

—¿Ella le ha hablado de mí?

—Sí, aunque no fue la primera en hacerlo. ¿Le dice algo el nombre de Francisco Alcalá?

Daniel trató de hacer memoria. Francisco Alcalá... Aquel nombre le resultaba familiar. Al fin, lo asoció con el guardia civil joven, rechoncho y pelirrojo que, en compañía del cabo Losada, interrogó a su madre treinta y dos años antes, tras la muerte de Lorenzo Orduña.

Al verle asentir, Blanco agregó:

—Bueno, pues durante una época coincidimos en un cuartel de Asturias y nos hicimos amigos. Fue hace bastante tiempo. Luego él se marchó a la comandancia de Santander, como teniente, y yo me vine a Reinosa —aclaró—. Cuando lo llamé para anunciarle mi traslado, me contó lo de aquel crimen —murmuró con tono sombrío—. Por eso sé lo que vivieron usted y su familia, y las extrañas circunstancias de aquel caso.

Daniel lo miró con expresión de incomprensión.

—¿Y qué importa eso?

—Mire, yo solo quiero hacer mi trabajo. Lo que trato de decirle es que estoy al tanto de ese asunto, y me gustaría saber si estos rayones pueden estar relacionados o no. Va a ser difícil encontrar al culpable, ya se lo he adelantado, pero por algo tenemos que empezar. Y si usted no me ayuda... —Hizo una pausa y lo observó fijamente—. Dígame: ¿ha hecho algo que haya podido provocar esos rayones? ¿Ha molestado a alguien?

Daniel titubeó durante unos instantes y acabó concluyendo que no tenía sentido esconderle información alguna a la Guardia Civil. Mantenerse en silencio no arreglaría nada; al contrario, le procuraría al autor de los hechos una peligrosa sensación de seguridad, de que aquello no se estaba investigando y podía campar a sus anchas. Tomó aire y comenzó a hablar de sus indagaciones. El sargento pareció escucharlo con atención, sin perder detalle, al igual que su subordinado, que había dejado de rellenar el atestado. Justo cuando se acercaba al final de la narración, el teléfono de Blanco emitió una melodía estridente.

—Disculpe —dijo, y se alejó unos metros para atender la llamada.

Por el modo en que el sargento gesticulaba, Daniel tuvo la impresión de que se trataba de algo urgente, y no se equivocó: en menos de un minuto el hombre regresó y anunció que tenían que irse. Acto seguido, con el rostro ensombrecido, agregó:

—Mire, necesitaremos tomarle declaración para el atestado, y además hay una cosa que quiero comentarle. ¿Le importaría pasarse por el cuartel a eso de las cinco?

Daniel frunció el entrecejo.

—¿Qué cosa?

—Es sobre el caso Orduña —respondió Blanco al tiempo que se giraba—. Se lo contaré por la tarde, con más calma.

Daniel no tuvo más remedio que inclinar la cabeza y contemplar cómo los agentes se marchaban.

Cuando se perdieron en el horizonte, volvió a entrar en el portal y comenzó a subir las escaleras sumido en sus pensamientos. ¿Qué querría comentarle aquel sargento sobre el caso Orduña, si ni siquiera había formado parte del equipo que investigó el crimen? ¿Podría ser algo que le hubiera confiado Francisco Alcalá? Se mordió el carrillo. Cuanto más se sumergía en el pasado, más lo embargaba la sensación de que en aquel caso habían quedado demasiados puntos por aclarar, demasiadas incógnitas.

22

Asuntos urgentes

Tarde del domingo 31 de agosto de 1975
Treinta y cuatro horas antes del crimen

Daniel daba amplias zancadas, pero aun así le costaba seguirlo; su padre caminaba a buen ritmo, con ansiedad, y solo echaba un vistazo por encima del hombro de vez en cuando, como para constatar que no los separaba demasiada distancia. Desde que había ido a buscarlo a la casona tras la concentración, no habían cruzado palabra alguna, más allá de un breve saludo, y Daniel apenas podía contener la angustia tras la fría despedida que le había dedicado David.

Subieron los peldaños de la escalera envueltos en un completo silencio y, nada más alcanzar el rellano, la puerta del piso se abrió. En el umbral apareció Beatriz, vestida de calle y visiblemente enojada. Se agachó para pellizcar con ternura a Daniel en la mejilla y después le lanzó a su marido una mirada helada.

—Te han visto allí. Y también me han contado que os habéis cargado la celebración. ¿Es que os habéis vuelto locos? ¿Y si se venga? ¿Habéis pensado en eso?

Guillermo no respondió. Ella, tras dar un respingo de exasperación, cogió de la mano a Daniel y lo hizo entrar.

En ese momento, el padre del niño se giró de nuevo hacia las escaleras y Beatriz le espetó:

—¿Se puede saber qué haces?

—Tengo que irme —contestó él con voz agitada—. Hay una reunión y...

—¿Irte? No me lo puedo creer. ¡Si acabas de llegar! ¿Es que esos no saben hacer nada sin ti o qué?

Daniel maldijo para sus adentros. Otra discusión. Hacía ya un tiempo que su padre se ausentaba de casa repentinamente alegando que tenía una reunión. Eludía las preguntas acogiéndose a motivos de seguridad, algo de un deber de secreto que no podía quebrantar bajo ningún concepto.

—Hay asuntos urgentes —adujo Guillermo críptico.

—Siempre lo mismo.

—Sabes de sobra que este verano no está siendo normal. El futuro de la fábrica, la muerte de Jesús...

—¿Y cuándo estarás conmigo? ¿Es que ya te doy igual?

El hombre pasó por alto el reproche y se limitó a hacer un gesto rápido de despedida. Luego comenzó a bajar los escalones. Desapareció en un recodo de la escalera y durante unos segundos solo se oyó el eco de sus pisadas. Después la puerta del portal se cerró con estrépito y todo quedó en silencio. Fue entonces cuando Daniel pensó en todo el daño que les estaba provocando, en que quizá ya no podría volver a jugar con David, y el labio inferior empezó a vibrarle.

—¿Estás bien, cariño? —le preguntó su madre mientras se agachaba y le acariciaba el pelo.

El niño asintió despacio con la cabeza y luchó por mantener a raya las lágrimas. No quería llorar delante de ella ni revelarle lo que había sucedido. Sabía que, si lo hacía, solo incrementaría su sufrimiento, y bastante tenía ella.

—¿Y Ramón? —acertó a balbucear. Necesitaba a su hermano más que nunca. Con él sí podría ser sincero.

Beatriz le besó en la frente.

—Está con los abuelos, mi amor. Vendrá luego. ¿Por qué?

Daniel sintió que las fuerzas le flaqueaban y que aquel dolor inabarcable se le derramaba por todo el cuerpo y lo ahogaba. No pudo contenerse y, tras dejar escapar un gemido, estalló en sollozos.

—David... No sé si volveré a verlo, mamá...

Ella lo miró con preocupación.

—¿Por qué dices eso, Dani?

—Porque... porque...

Entre lágrimas e hipidos, acabó contándole lo que había ocurrido esa tarde, y después se echó a sus brazos y hundió el rostro en su pecho.

—Cariño... —susurró ella con voz entrecortada—. No llores, por favor, no llores. Hablaré con tu padre. Encontraremos una solución...

Su madre se pasó toda la tarde intentando consolarlo. Le aseguró una y otra vez que todo se arreglaría. Según ella, eso eran cosas de mayores, no de niños. Además, ¿cómo iba a dejar David de ser amigo suyo por algo así?

Al final, él la creyó y logró calmarse. Cuando Ramón volvió, jugaron juntos en la alfombra de la habitación de este mientras esperaban a que su padre regresara. Sin embargo, dieron las ocho y media, la hora a la que solían cenar, y aún no había aparecido. Después de aguardarlo durante un cuarto de hora, empezaron sin él.

A las nueve oyeron que la puerta principal se abría.

—¿Se puede saber dónde estabas? —masculló Beatriz sin levantarse de la silla de la cocina.

Guillermo avanzó con rapidez por el pasillo y pasó de largo en dirección al dormitorio.

—¿No piensas venir o qué? —le gritó ella.

—Voy a cambiarme.

Al cabo de un par de minutos, Guillermo entró en la cocina. Se había puesto el pijama y, al sentarse, dirigió una mirada hosca hacia su plato, que estaba vacío.

—¿Hay algo de cenar?

Beatriz resopló con amargura.

—Ah, algo para cenar. Eso es todo lo que te preocupa, ¿no?

—Estaba con los de... Bueno, ya lo sabes.

—¡Pues mira lo que has conseguido gracias a ellos! Ahora tu hijo no puede volver a la casona. ¿Estás contento?

Guillermo no contestó y Daniel, que había clavado las pupilas en los cuadrados rojos y blancos del mantel, intuyó que su padre lo estaba mirando.

—Te recuerdo que tienes trabajo gracias a los Orduña —prosiguió ella—. Y si Lorenzo se cabrea y os despide, ¿qué, eh? ¿Lo has pensado?

—No puede echarnos a todos. Y Jesús...

—Ya, y si te echa a ti, ¿qué haremos? ¿Eh? ¿Qué haremos? —le cortó Beatriz—. ¡Me importan un bledo los demás! No digo que tengáis que pasar por alto la muerte de Jesús, pero las cosas no se hacen así. Os estáis pasando. Y mira al pobre Dani. ¿Te parece bien esto? Espero que vayas a hablar con él.

Guillermo entrecerró los ojos.

—¿Hablar con quién?

—¿Con quién va a ser? Con Lorenzo. Para disculparte.

—¿Disculparme? ¿Te has vuelto loca? Además, aunque quisiera, mañana no irá a trabajar. Nos lo dijo el otro día: estará con los Suárez. Y el martes tampoco, tienen una cacería por ahí. Cosas de ricos.

—Pues si hace falta te presentas en su casa, que ya sabes por dónde se va. Lo solucionarás por el bien de tu hijo. Esto no se puede quedar así. No pienso consentirlo.

Guillermo soltó un gruñido y fue hacia la nevera.

En ese momento, mientras él les daba la espalda, Beatriz les hizo un gesto a los niños para que fueran a acostarse. Ellos la obedecieron y salieron al pasillo.

Cuando se estaban alejando, Daniel oyó la respuesta de su padre.

—No sé. Veré lo que puedo hacer.

23

Arturo

Mañana del sábado 24 de noviembre de 2007

Daniel estaba desayunando en aquella misma cocina, con la mente atrapada en otro tiempo. Recordaba con nitidez que la noche del 31 de agosto de 1975 su padre fue tajante al afirmar que al día siguiente Lorenzo no acudiría a la fábrica. Sin embargo, al final el empresario sí se presentó allí y, hasta donde él tenía entendido, básicamente hizo dos cosas: en primer lugar, encerrarse con su padre en el despacho para comunicarle su despido; y, acto seguido, echar también a Ernesto Posadas, el hombre que, según se rumoreaba, había orquestado aquella bochornosa concentración a las puertas de la casona para honrar la memoria de su hermano. Después Lorenzo abandonó la nave con paso firme y se marchó a Fontibre a pasar el día con los Suárez y con su familia, a excepción de Ángeles, que se quedó en casa por una indisposición estomacal, o al menos eso era lo que había dicho Mercedes en la residencia.

Daniel apuró el café. No podía demorar más su visita a Arturo Vallejo, el compañero de fatigas de su padre; necesitaba explicaciones. Era difícil anticipar el modo en que aquel hombre lo recibiría, si es que accedía a verlo, pero debía intentar hablar con él.

Media hora más tarde, cruzó la calle y se detuvo en el portal del edificio de enfrente. Se acordaba del piso: 2.º A. Tras un instante de vacilación, hundió el botón del interfono y esperó. Medio minuto sin recibir respuesta. Lo intentó por segunda vez. Nada.

Ya se disponía a marcharse cuando una voz masculina, profunda y que arrastraba las palabras, brotó del altavoz:

—¿Quién es?

—Buenos días. Soy Daniel Somoza. ¿Es usted Arturo?

El hombre tardó en responder más de la cuenta, como si le costara asimilar lo que había escuchado.

—Sí, soy yo —dijo al fin, y se activó el mecanismo de apertura.

En la segunda planta, Daniel encontró cerrada la puerta que buscaba. Tuvo que llamar al timbre. Percibió algunos ruidos en el interior, como de alguien que caminara con pesadez, y al cabo de treinta segundos le abrió un hombre grande y orondo que estaba encorvado, con la espalda dibujando una pequeña chepa. En la frente tenía una brillante película de sudor y los ojos se apreciaban enrojecidos. Vestía una gruesa bata marrón repleta de bolas que lo cubría hasta la altura de las rodillas, y en la mano derecha sostenía un cigarrillo a medio consumir con el que, después de murmurar un sombrío «Buenos días», señaló el interior del piso para invitarlo a que lo siguiera. No parecía entusiasmado por la visita, y Daniel tuvo la sensación de que estaba enfermo. En realidad, su hermano ya le había advertido que Arturo se había vuelto un poco raro, y no le faltaba razón.

Como si fueran un cortejo fúnebre, recorrieron envueltos en un denso silencio el largo pasillo que conducía a un salón con muebles muy antiguos y una llamativa capa de polvo. Se sentaron en dos sillones de tapicería gris que estaban enfrentados y separados por una pequeña mesa de centro de madera con algún resto de comida.

—Perdona, no me ha dado tiempo a...

—Descuide, solo faltaría.

Daniel no se quitó la cazadora. Aunque había radiadores, no parecían estar en funcionamiento, y en la casa hacía un frío helador.

A Arturo las piernas le temblaban y aferraba la tela de la bata con la punta de los dedos. Más que respirar, jadeaba, y boqueaba como si intentara decir algo y no pudiera.

—¿Está usted bien?

Arturo carraspeó.

—Sí, sí. Yo...

—¿Quiere que llame a un médico?

—No —respondió entre toses—. No hace falta.

Daniel no supo qué decir y aguardó. Teniendo en cuenta el estado del hombre, le daba miedo abordar de forma directa el asunto que lo había llevado hasta allí y provocarle un ataque de nervios. No parecía buena idea sacarle el tema de su padre. Aún no.

En ese momento, Arturo se llevó el cigarrillo a los labios y aspiró con fruición, como si esperara encontrar oxígeno en el humo. Daniel decidió imitarlo y, tras sacar su cajetilla de tabaco, encendió un pitillo con excesiva ceremonia, demorándose en el ritual hasta que su anfitrión tomara la iniciativa o se calmara. Pero ninguna de las dos cosas sucedió y, después de la primera calada, no tuvo más remedio que romper aquel espeso silencio.

—Me alegro de verlo, Arturo. Mi hermano me ha contado lo de su mujer. Lo siento.

El hombre cabeceó y susurró un agradecimiento casi inaudible.

—Lamento no haber venido al funeral —añadió Daniel—. Yo... no pude.

Sus miradas se cruzaron por primera vez.

—Sé que en esa época ya no venías por aquí. No te preocupes.

Los dos fumaron al mismo tiempo y el silencio volvió a reinar en aquel salón fantasmagórico.

—Me han comentado que se ha jubilado de la fábrica —continuó Daniel, resuelto a encontrar el modo de orientar la conversación hacia lo ocurrido en 1975.

—Sí, hace unos meses...

—Mi padre habría estado orgulloso de usted. Una gran trayectoria. Toda una vida, prácticamente.

—Sí, supongo que sí. —El antiguo obrero lo escrutó con desconfianza, como si intuyera sus intenciones.

—Se ha retirado usted en el mejor momento —apuntó Daniel, intentando mostrar cordialidad—. He oído que los Orduña acaban de vendérsela a unos brasileños. Seguro que habrá cambios.

El hombre se encogió de hombros.

—Puede.

—Hace treinta y dos años la fábrica ya estuvo a punto de cambiar de manos. ¿Lo recuerda?

Arturo cruzó las piernas con visible incomodidad y, tras llevarse de nuevo el pitillo a la boca, farfulló unas palabras atropelladas. Daniel solo entendió algo de unos alemanes, pero fue suficiente.

—Los alemanes de Stuttgart, sí —corroboró—. Mi padre estaba convencido de que traerían prosperidad a la empresa. No como los Suárez. A ellos los detestaba.

Arturo entrecerró los ojos, pero no hizo ningún comentario.

—Entre los dos hermanos —prosiguió Daniel—, él prefería a Marcos. Como todos los demás del mundillo sindical, ¿no?

El hombre hizo girar el filtro del cigarrillo entre los dedos pulgar e índice. La brasa estaba a punto de extinguirse.

—No era una cuestión de predilecciones.

—Ah, ¿no? ¿Qué quiere decir?

En el rostro de Arturo se dibujó una mueca de desagrado.

—Lorenzo era un retrógrado y un terco. Un engreído. Antes muerto que perder su empresa, eso era lo que aplicaba. Marcos era más práctico. Tenía los pies en la tierra y sabía lo que había. Además, tampoco es que hubiera que ser un lince: los pedidos iban a la baja desde hacía tiempo y, aunque en La Naval aún había bastante trabajo por los contratos de principios de la década, era obvio que la situación cambiaría pronto, y nosotros ya estábamos teniendo problemas graves. De hecho, los Orduña no podían pagar a algunos proveedores. —Hizo una pausa, y luego sentenció—: Aunque algunos no lo quisieran ver, el sector estaba cayendo.

—Pues bien que ha aguantado la fábrica hasta ahora, ¿no? —replicó Daniel.

Vio que su interlocutor no terminaba de contestar. Tras meditarlo unos instantes, decidió ir al grano para presionarlo:

—Por eso se hizo aquella concentración, ¿verdad? Para intentar echar por tierra lo de los Suárez. No me diga que mi padre no tuvo nada que ver, porque sé que estuvo implicado.

Arturo se limpió el sudor de la frente con la palma de la mano.

—Fue por Jesús —musitó—. Sobre todo fue por Jesús Posadas...

—¿Y por eso mi padre asesinó a Lorenzo? ¿Para hacer justicia a Jesús? ¿O fue para vengarse por su despido? ¿Cuál es la verdad?

Daniel lo miró con fijeza. Arturo estaba lívido y las piernas seguían temblándole como si alguien jugara a moverlas con un hilo invisible. El antiguo trabajador de Aceros Campoo apagó el cigarrillo, respiró hondo y, al fin, murmuró con voz cavernosa:

—No remuevas la mierda, chico. El pasado nunca trae nada bueno. Márchate, por favor.

Arturo se apoyó en los brazos del sillón como si se dispusiera a levantarse, pero Daniel no se movió del sitio y endureció el gesto.

—Dígame lo que sabe. Es lo menos que merezco. Usted lo conocía, necesito entender lo que pasó.

Durante una fracción de segundo tuvo la impresión de que el hombre vacilaba y un enorme dolor le inundaba los ojos.

—No puedo decirte más. No hay nada más.

Daniel lo estudió y pensó en subir la apuesta. Se incorporó unos centímetros y extrajo de su bolsillo trasero el billete de tren, que posó en la mesa de centro.

—¿Para qué era esto?

Al ver el pasaje, Arturo palideció de golpe. Acto seguido, se llevó la mano al cuello, a la altura de la nuez, como si sintiera que se ahogaba.

—No sé..., no sé de qué me hablas.

—¡No me mienta! ¿Qué iban a hacer en Santander? ¿Formaba parte del plan?

Arturo abrió los ojos de manera desmesurada y sacudió la cabeza.

—¿Plan? ¿Qué plan?

Daniel lo apuntó con el dedo índice.

—Sé que usted fue a comprarlos con mi padre. Me lo ha contado Roberto, el de la estación. Sé que estuvieron allí y que discutieron. No me mienta —repitió con vehemencia—. ¿Para qué demonios querían los billetes?

El hombre trató de humedecerse los labios con la punta de la lengua.

—Eran... eran para ver a un abogado —dijo con brusquedad—. Por su despido.

—¿Por el despido de mi padre?

—Sí, sí...

Daniel frunció el ceño.

—Para eso ya tenía aquí a Federico Setién, el abogado laboralista. No le creo.

Arturo pareció azorarse.

—Tu padre quería una segunda opinión. Por si acaso...

—¿Y usted iba a acompañarlo?

—Sí. Yo esa semana no trabajaba. Ya sabes que la fábrica no cerraba en verano, por los hornos, y que los obreros nos íbamos alternando las vacaciones durante el año.

Daniel torció la boca. Aquello le resultaba muy extraño. Hasta donde él sabía, su padre siempre estuvo muy unido a Federico y confiaba plenamente en su criterio profesional, igual que el resto de los trabajadores de la fábrica. El letrado, originario de Reinosa, llegó a ser toda una institución allí y estaba muy involucrado en todo lo relativo a la lucha obrera. De hecho, Federico fue uno de los que se colocaron al frente de la famosa concentración ante la casona de los Orduña, sujetando una pancarta de protesta con su amigo Ernesto Posadas.

—¿Y quién era ese abogado de Santander? ¿Cómo se llamaba, si se puede saber? —preguntó Daniel, sin ocultar su escepticismo.

Arturo bajó la vista y se tomó unos segundos antes de contestar.

—Cayón. Carlos Cayón —terminó diciendo—. Teníamos una cita para esa mañana.

Daniel trató de memorizar el nombre. Si el abogado no había muerto, quizá podría hablar con él y contrastar esa información.

Llegados a ese punto, Arturo se puso en pie y, con gesto de cansancio, extendió el brazo en dirección a la puerta.

—Y ahora, si no te importa, me gustaría estar solo.

Daniel fue consciente de que quizá la próxima vez ya no sería recibido por las buenas —sobre todo si la supuesta cita con el letrado resultaba ser un engaño—, y decidió no guardarse nada para una visita posterior. Se levantó del sillón y, colocado frente a frente con el antiguo compañero de su padre, dijo:

—Solo una cosa más. Esa madrugada, la del dos de septiembre del setenta y cinco, usted estuvo allí, ¿verdad? En la casona. —Hizo una pausa y lo miró de arriba abajo—. Usted era el hombre alto y corpulento al que vio la cocinera, ¿me equivoco?

Arturo ni siquiera respondió; soltó una corriente de aire por la nariz y a continuación se adentró en el pasillo. A lo lejos, Daniel oyó el crujido de la puerta principal al abrirse y no tuvo otra opción que seguirlo hasta allí. En el umbral, con la chepa aún más pronunciada y los brazos cruzados, Arturo murmuró un adiós apagado y, antes de cerrar, repitió:

—No remuevas la mierda, chico. No la remuevas.

24

Poder

Daniel volvió a cruzar la calle sin perder un segundo y, en cuanto estuvo en su habitación, encendió el viejo ordenador de sobremesa que había sobre el escritorio. Vio que no pedía contraseña, así que no hacía falta llamar a su hermano. Tras abrir el buscador, tecleó: «Carlos Cayón abogado Santander», y comenzó a bucear en los resultados. Por lo que pudo averiguar, el letrado debía de haber superado la barrera de la jubilación, pero pertenecía a esa estirpe de profesionales que mueren con las botas puestas. Mantenía su despacho en el entresuelo del número 7 de la calle Lope de Vega, en Santander, y en varias páginas web se referenciaba un número de teléfono fijo. Sabía que sería difícil localizarlo un sábado, pero se dijo que no perdía nada por intentarlo. Estaba convencido de que, si era cierto que su padre tuvo concertada una cita en aquel despacho en 1975, el abogado lo recordaría. Que un cliente no se presentara a una reunión podía ser algo normal, pero que el motivo fuera su detención como sospechoso de asesinato no. Eso era algo que no se olvidaba.

Sonaron cuatro tonos, y al quinto Daniel comprendió que nadie atendería la llamada. Colgó y decidió posponerlo al lunes.

Acto seguido, miró su reloj de pulsera. Las diez y veinte. Aún faltaba más de hora y media para su encuentro con Elena Suárez. Pensó que podría aprovechar ese tiempo para visitar de nuevo a su abuela y puso rumbo hacia la residencia.

Al llegar a La Gloria, un joven empleado lo condujo al salón donde había estado la tarde anterior. Allí encontró de nuevo a su abuela, sentada junto a Mercedes. Cuando se aproximó, Amparo alzó la mirada y de pronto su rostro se iluminó.

—¡Ay, Daniel, cielo! —exclamó con alborozo desde la silla de ruedas.

Él, desbordado por las emociones, se agachó y la abrazó con fuerza.

—Abuela, por fin estoy contigo.

—Sí, sí, cariño.

Permanecieron así, el uno en los brazos del otro, durante casi un minuto.

—Te lo dije, Merche: algún día vendría —celebró Amparo cuando se separaron.

Mercedes le sonrió con dulzura.

—Me alegro muchísimo. Te lo merecías.

Amparo extendió una de sus huesudas manos hacia Daniel y le acarició la mejilla.

—Qué bien que hayas vuelto, cielo. Por cierto, ¿cómo está tu hija?

Al escuchar la referencia a una hija que nunca había existido, Daniel cerró los ojos y trató de serenarse.

—Eh..., bien, muy bien, abuela —consiguió contestar.

—Estupendo. A ver si viene de visita, ¿eh?

Mercedes miró a Daniel con desconsuelo, pero no dijo nada.

Él estuvo conversando con su abuela y abrazándola durante más de media hora. Amparo alternaba frases que revelaban cierta lucidez con otras que carecían de sentido. Su semblante, a pesar de lo temprano que era, daba muestras de agotamiento, como si apenas le quedaran energías.

En determinado momento, los párpados comenzaron a cerrársele y, con voz queda, dijo:

—Cielo, si no te importa, voy a descansar un poco...

—Claro, no te preocupes.

Daniel la besó en la frente mientras ella dejaba caer el cuello hacia atrás con suavidad.

—Se cansa enseguida, la pobre... —murmuró Mercedes, que la observaba con arrobo—. Lo bueno es que tiene a gente que la quiere. Y eso, aunque se confunda un poco al hablar, lo sabe, créeme, hijo. Le hace una ilusión tremenda que estés aquí.

—Me quedaré con ella todo lo que pueda.

—Se alegrará, y yo también. —Se detuvo y pareció dudar—. Una cosa, hijo: sobre lo que te dije ayer de María, he estado pensando y, bueno..., ¿has hablado con ella?

Daniel creyó entender lo que la inquietaba.

—Mercedes, no se preocupe: aún no he podido, pero no la mencionaré a usted cuando lo haga.

—Gracias. Es que...

—De verdad, no se preocupe, me hago cargo. Por cierto, ¿sabe si sigue viviendo en la casona?

—Sí, es la única que todavía está interna, y aún le falta un tiempo para jubilarse.

—¿Y cómo podría hablar con ella? Quiero decir, sin ir a la casona... Preferiría no pisar aquello.

—Mmm..., si no recuerdo mal, libra los viernes y sábados por la tarde. A veces, a eso de las seis y media, va con unas amigas de su quinta a tomar un chocolate con churros a Casa Vejo. Sabes dónde está, ¿no?

Daniel contestó afirmativamente y prefirió no mencionarle que en apenas una hora él mismo se sentaría en esa cafetería con la nieta de Lorenzo Orduña.

—Entonces iré esta tarde. Aunque no sé si ella querrá verme —pensó en voz alta.

—María es buena chica —respondió Mercedes al tiempo que hacía girar el botón de su chaqueta de lana—. No creo que se niegue. Pero es cierto que ese tema siempre le ha afectado mucho... Ya te lo dije ayer.

A continuación, Mercedes le contó que María, natural de Burgos, se quedó huérfana a los cuatro años y creció en un orfanato de la ciudad. Después, una vez cumplida la mayoría de edad, sobrevivió a duras penas hasta que logró entrar a trabajar como criada de los Orduña.

—Don Lorenzo tenía muchas dudas porque a María le faltaba experiencia, pero a Ángeles le gustó y la cogieron.

—Y no se equivocó —concluyó Daniel.

La mujer sonrió y le dijo que no, que María se reveló enseguida como una empleada muy competente, y no solo a la hora de limpiar; también ayudaba todo lo que podía en el cuidado de Laura y Lucía; sobre todo, en el de la primera, que mostró su carácter rebelde desde muy joven. Según le aseguró Mercedes, su reiterado fracaso escolar fue motivo de más de una discusión entre sus padres.

—Don Lorenzo se enfadaba a menudo porque la niña no estudiaba y era muy desobediente. Como él siempre estaba ocupado con las cosas de la empresa, decía que era culpa de doña Ángeles, que la había convertido en una consentida. —Puso los ojos en blanco—. En realidad, lo que pasaba era que a Laura no le gustaba estudiar, y punto. En cambio a Lucía, a ella no hizo falta que la mandaran a ese internado de Madrid.

Daniel comprendió a qué se refería. Durante su infancia, en alguna ocasión había oído a sus padres comentar que Lorenzo quería que sus hijas tuvieran una educación, que no fueran unas incultas. No es que aspirara a que llegaran a lo más alto, pero sí a que sacaran el bachillerato. Por eso, ante las evidentes dificultades académicas de Laura, insistió en mandarla a estudiar los últimos años a un internado de Madrid con fama de aplicar la máxima exigencia y al que acudían un sinfín de alumnos de familias ricas de todo el país. Había repetido un curso, pero aquel mes de junio, con dieciocho años recién cumplidos, consiguió finalmente concluir el bachillerato.

—Menos mal que logró acabar entonces y no se dejó nada para septiembre —murmuró Mercedes—, porque después de lo que le pasó a su padre... En fin, como para ponerse a estudiar. Doña Ángeles estuvo muy mal, pero Laura y Lucía... ¿qué te voy a contar? A mí se me rompía el corazón al verlas —afirmó, y se llevó una mano al pecho para enfatizar sus palabras—. Los dos primeros días ni querían levantarse de la cama para comer. La mañana del martes, por lo menos Laura salió un poco para ver a su amiga Patricia, pero luego volvió a la cama con su hermanita y costó un mundo sacarlas de ahí. Pobrecillas... Después de aquello empezaron a dormir juntas. Lucía tenía mucho miedo y sufría un montón de pesadillas. Tampoco era de extrañar. Entre los anónimos, la concentración del día del banquete y el asesinato... Fue demasiado para ella.

A Daniel no le resultó difícil ponerse en el lugar de aquellas muchachas hechas jirones. La reacción que Mercedes le acababa de describir no distaba mucho de la que tuvieron Ramón y él ante la noticia de la implicación de su padre en el asesinato; en los dos casos, el vínculo fraternal fue el mejor refugio, el vehículo para descargar todo el dolor a base de sollozos compartidos.

—Por lo menos fue un consuelo que el pueblo rechazara el crimen y se volcara con ellas —musitó la mujer—. Yo estuve en el funeral, y acudió muchísima gente.

—¿Vio allí a los compañeros de mi padre? —se interesó Daniel.

—Bueno, hubo algunos, pero Ernesto y Arturo no estuvieron. Tampoco ese abogado que pasaba tanto tiempo con ellos, Federico. La ausencia de Ernesto se comentó bastante, claro, porque su hermano había muerto poco antes en ese accidente en la fábrica y ya sabes que él culpaba a don Lorenzo de la desgracia...

—Ya. ¿Y Héctor? ¿Cómo se comportó con todo aquello?

—Ah, Héctor se desvivió por Laura —respondió Mercedes con contundencia—. Estuvo pendiente de ella a todas horas, para que no sufriera. No dejó de consolarla, y la verdad es que ella se lo agradeció mucho. Él se quedó a vivir en la casona y fue un gran apoyo para las tres.

—Y luego se casaron...

—Sí, unos meses después. Cuando Laura estuvo un poco mejor. Dentro de lo posible, claro.

—Y gracias a ello, Héctor entró en Aceros Campoo, ¿no? —añadió Daniel, que no había olvidado lo que escuchó a escondidas el día de la fiesta mientras esperaba a que David terminara de ducharse—. Y consiguió más poder del que Lorenzo quería darle.

La mujer meneó la cabeza.

—Yo no sé lo que don Lorenzo pensaba darle o no darle. Pero

sí sé que en esos momentos ellas no estaban para ponerse a dirigir una fábrica o negociar con los Suárez su papel en la empresa, y que Héctor quería a Laura. Muchísimo.

De repente, una trabajadora de La Gloria se les acercó con una sonrisa en los labios.

—Señora, tiene visita —le anunció a Mercedes—. Sus sobrinos acaban de llegar.

—Ah, sí, sí, Natalia. ¡Que pasen, que pasen!

Daniel, que no quería molestar, le dio las gracias a la mujer por su tiempo y se dispuso a despedirse de su abuela, que seguía dormida. La besó con ternura en la frente y después se dirigió hacia la salida.

Al bajar la rampa, pensó en María Güemes. Con un poco de suerte, esa tarde podría hablar con ella en Casa Vejo. Le intrigaba lo que, según Mercedes, la tuvo tan preocupada los días previos al asesinato. ¿Podría estar relacionado con la muerte de Lorenzo Orduña? En principio, Daniel no tenía esa sensación. Sin embargo, no dejaba de resultar llamativo que María, precisamente María, fuera la que oyó el disparo en los jardines aquel 2 de septiembre de 1975.

Fue entonces, al cavilar sobre ello, cuando una sucesión de imágenes que el paso del tiempo había relegado al fondo de su memoria emergió sin previo aviso.

25

El abrazo

Mañana del lunes 1 de septiembre de 1975
Quince horas antes del crimen

El día después de la concentración Daniel se despertó tarde, alrededor de las once. Por la noche apenas había logrado deslizarse al mundo de los sueños; la airada reprimenda que su madre le había lanzado a su padre se había extendido hasta altas horas de la madrugada y, por más que lo había intentado, le había sido imposible obviarla. En casa tan solo encontró a su abuela, que se hallaba en el sofá entregada a la costura.

—Venga, dormilón. Desayuna y nos vamos a dar un paseo —le sugirió ella al tiempo que le daba un achuchón—. He llegado hace un rato, pero estabas como un tronco.

Daniel, cabizbajo, fue con ella a la cocina y se tomó unas galletas y un tazón de leche. Se percató de que su abuela lo contemplaba con desazón, pero no le importó. No había necesidad de disimular: lo que él quería era ir a la casona para jugar con David, y no a dar un paseo con ella. Por culpa de su padre, por culpa de aquella estúpida concentración, ya no podía hacerlo. Deseaba que, al menos, David lo estuviera echando en falta.

A eso de las doce su abuela le propuso ir a comprar la prensa. Lo de la prensa, en realidad, encerraba mucho más, puesto que allí también vendían gominolas, y Daniel no podía resistirse a ellas. No obstante, en esa ocasión aceptó ir no porque le apetecieran, sino porque se hizo la ilusión de que tal vez pudiera toparse con su amigo. A veces David iba a esa tienda a comprar chucherías y, si tenían la suerte de encontrarse, estaba convencido de que su amigo lo invitaría a pasar el resto de la mañana con él. Se irían juntos a la casona, o al parque de Cupido o a cualquier otro lugar dando saltos y riendo, ajenos a los conflictos que enfrentaban a los mayores.

En la calle los recibió un día desapacible, nublado y gris. En teoría, las fuertes rachas de viento de poniente que llevaban un par de días anunciando en la radio no llegarían hasta última hora de la tarde. Daniel siguió a su abuela pendiente de cualquier niño de cabellos rubios que atisbara a lo lejos, pero, a medida que se acercaban al comercio, su desaliento fue creciendo; nada, ni rastro. En la tienda tampoco coincidieron con él, y ya de regreso a casa perdió toda esperanza.

Caminaba con la cabeza gacha y el ánimo a rastras cuando el chirrido de una puerta captó su atención. Al erguir el mentón, vio a unos metros a María Güemes, que salía de un portal próximo con los ojos llorosos. Tenía el rostro demudado y en ese momento se detuvo para introducir unos guantes en el bolso, del cual asomaba lo que parecía un trozo de papel doblado. Justo entonces apareció por detrás, saliendo del mismo edificio, Ernesto Posadas, que se acercó a María con gesto de preocupación. Al notar que el hombre le tocaba el hombro, ella se dio la vuelta y, tras titubear durante unos instantes, se fundió con él en un intenso abrazo. Daniel, que desconocía que la criada de los Orduña y el hermano del fallecido Jesús Posadas fueran amigos, aminoró el paso mientras contemplaba la escena. Por el modo en que se le contraía el cuerpo a la mujer, supuso que había roto a llorar y sintió lástima.

De repente, una mano lo agarró del brazo. Era su abuela, que tiraba de él para arrastrarlo calle abajo.

—No seas cotilla —lo reprendió ella con un susurro—. Vamos.

—Pero...

—Deja de meter las narices en líos ajenos. Venga.

—Pero ¿qué líos, abuela?

—Los que sean.

26

Una eternidad

Mañana del sábado 24 de noviembre de 2007

La secuencia de aquel abrazo giró en su mente mientras se aproximaba a Casa Vejo. ¿Era una mera casualidad que, unas horas antes del asesinato de Lorenzo, Ernesto hubiera salido del mismo portal que María y ella se hubiera echado a llorar en sus brazos? Apenas pudo meditarlo; se encontraba a un par de pasos de la cafetería y llegaba tres minutos tarde.

La idea de tomar un café con la nieta de Lorenzo no le desagradaba, aunque sí le preocupaban las reacciones que aquel encuentro pudiera provocar. ¿Cómo se lo tomarían los Orduña si llegaba a sus oídos? ¿Y cómo responderían los clientes de la cafetería? Procuró tranquilizarse, pero al abrir ligeramente la puerta del local la incertidumbre que lo embargaba se acrecentó: se dio cuenta de que estaba lleno y se lamentó para sus adentros. El sitio lo había propuesto Elena, y él no había tenido la lucidez de sugerir otro menos conocido. Pero ya no podía dar marcha atrás. Suponía que ella ya habría llegado y no estaba dispuesto a dejarla plantada. Se acordó de Marta. No podía seguir dominado por sus miedos y sus obsesiones, huyendo de sus fantasmas. Suspiró y entró.

Para su desánimo, tuvo la impresión de que el alboroto que había percibido inicialmente se reducía de golpe, como si algunos lo hubieran reconocido y se hubieran callado. Pero no, aquello era imposible, no eran más que imaginaciones suyas, el producto de su mente jugueteando con su ansiedad. Su cara no resultaba tan conocida. Además, ya no quedaban tantos que hubieran vivido lo acontecido en 1975. Treinta y dos años eran muchos. Algunos vecinos habrían fallecido y otros habrían emigrado ante la imparable caída del empleo. La ciudad llevaba demasiados años apagándose. Sin guerras en el horizonte ni grandes contratos que permitieran impulsar el sector del acero en el que tanto habían destacado La Naval y Aceros Campoo, y con las limitaciones impuestas por la Unión Europea, la bonanza de la que había gozado Reinosa comenzaba a ser un recuerdo lejano, casi etéreo. Pese a los esfuerzos estatales, desde la crisis del petróleo de 1973 todo había ido cuesta abajo, y no parecía que la situación fuera a revertirse o, al menos, no completamente. De hecho, otras empresas de la zona llevaban tiempo coqueteando con el concurso de acreedores, y por eso la venta que los Orduña y los Suárez habían sellado con los brasileños constituía una gran operación y todo un éxito para ambas familias.

De repente, le llegó la voz de Elena:

—Daniel, aquí.

La vio en una mesa próxima y se acercó a ella al tiempo que intentaba abstraerse de cuanto los rodeaba.

—¿Qué tal? ¿Un café con leche? —propuso la chica.

No le quedó más remedio que aceptar. Habría parecido un perturbado si le hubiera deslizado la posibilidad de cambiar de establecimiento nada más llegar.

Enseguida los atendió Patricia Cartagena, la amiga de toda la vida de Laura Orduña y, además, según había descubierto Daniel esa misma mañana, la esposa del sargento Rodrigo Blanco. Era la dueña del negocio y ya estaría a las puertas de la cincuentena, al igual que Laura.

—Hola, Daniel. —Para su sorpresa, la mujer esbozó una sonrisa que parecía genuina—. Cuánto tiempo. He oído que viniste ayer. ¿Cómo estás?

Daniel pensó que daba igual cuántos años pasasen; los chismorreos seguían resultando tan atractivos como siempre y viajaban a la velocidad de la luz. Se encogió de hombros con indolencia y le contestó con unas cuantas generalidades.

Si a la mujer le extrañó verlo con Elena, no lo demostró. Al contrario, dio la impresión de que lo consideraba lo más normal del mundo. Aun así, cuando ella se retiró a preparar los cafés, Daniel no pudo evitar mirar a su alrededor. Comprobó que nadie parecía observarlo ni hablar de él, pero no podía sacudirse la sensación de ser el centro de atención, el objeto del morbo.

—No deberíamos estar aquí —acabó musitando, más para sí que para Elena.

La joven lo escrutó.

—Bueno, ayer no tenía ni idea de quién eras, y no me ha parecido bien no presentarme —replicó ella—. Pero si quieres nos vamos, ¿eh?

—Creo que ya es tarde para eso...

A continuación, Daniel se metió la mano en el bolsillo del abrigo y, envuelta en una bolsa de plástico, le tendió la novela de Scott Fitzgerald. Elena sacó el volumen con delicadeza y lo hojeó con deleite.

—Está perfecto. Gracias por el detalle, de verdad. Supongo que ha salido de la librería de tu hermano, ¿no? —Ante el asentimiento de Daniel, agregó—: Me paso las horas allí.

—Me lo ha dicho Ramón, sí. Te tiene mucho aprecio. Por cierto, ¿cómo te has enterado de quién soy?

En ese momento, Patricia apareció con las tazas de café y las depositó en la mesa. Después, la mujer regresó a la barra.

—Ayer no me costó mucho —respondió Elena mientras rasgaba un sobre de azúcar—. Eres conocido. Y la gente habla.

Él la interrogó con la mirada y la chica, después de dar un sorbo a su café, le aclaró que fue gracias a su abuela. Durante la cena, ella comentó con fastidio que su amiga Ana, la mujer de Roberto Gutiérrez, el de la Renfe, la acababa de llamar por teléfono: tras varios años de ausencia, Daniel Somoza había vuelto al pueblo.

—Pensé en lo que me habías dicho cuando nos chocamos y até cabos —añadió.

—¿Y le contaste a tu familia que hoy habías quedado conmigo? —inquirió Daniel mientras pensaba que, a ese ritmo, Ramón o Silvia no tardarían en enterarse de que había estado haciendo preguntas sobre el billete de su padre.

Elena movió la cabeza de lado a lado. Según le explicó, se imaginó que sus padres se opondrían y que, si ella insistía, se desataría una fuerte discusión. Además, Marcos acababa de llegar para pasar el fin de semana con ellos, aprovechando que el domingo tendría lugar la celebración por la venta de la fábrica, y no quería estropear la velada, así que se mantuvo en silencio.

—No me gustaría meterte en problemas —dijo Daniel—. Si lo prefieres, me voy. Ya te he dado el libro.

Ella hizo una mueca de indiferencia.

—Bah, que se enfaden. Solo faltaría que no pueda tomar un café con quien me dé la gana, ¿no? Además, de todo eso hace una eternidad.

Daniel le dio la razón y, en cierto modo, admiró la determinación de la chica.

—He oído que eres escritora.

Elena sonrió con timidez.

—Bueno, soy alguien que escribe. Lo de escritora ya se verá. Ojalá. Estoy trabajando en una novela de misterio. Mi madre y mi tío David son los que más me animan. A ellos les encanta leer. Me dan buenos consejos.

Al oír que mencionaba a David, Daniel sintió que se le secaba la garganta. Se giró hacia la barra para pedir un vaso de agua y, al hacerlo, reparó en que un hombre los estaba mirando de soslayo.

—Elena, ¿te importa que nos marchemos? Este ambiente me está ahogando.

Ella asintió muy seria y apuró su café. Daniel fue a la barra, pagó la cuenta y, acto seguido, los dos salieron a la calle.

—Perdona, yo...

—No te preocupes, lo entiendo. Leeré *El gran Gatsby* con atención. Ya te contaré.

Daniel se esforzó por sonreír.

—¿Hacia dónde vas? —se interesó ella.

—Al cementerio. Quiero visitar la tumba de mi madre. Y la de mi abuelo.

Elena lo observó durante unos instantes y se ofreció a acompañarlo, siempre que no le importara. Adujo que apenas habían podido charlar y que, además, allí nadie los molestaría. Daniel dudó, consciente de que la presencia de esa chica a su lado, a cada minuto que pasara, incrementaría sus problemas. Al final, inspirado por la tranquilidad que mostraba ella, accedió. Ya era hora de dejar de huir. Visitar el lugar donde reposaban los restos de su familia en compañía de la nieta de Lorenzo Orduña en cierto modo tendría algo de simbólico, de catarsis, de reconciliación con su historia. Pensó que Marta lo habría apoyado.

Se introdujo las manos en los bolsillos y se dirigieron juntos a las afueras de Reinosa.

Al cabo de diez minutos, empujaron la puerta enrejada del antiguo cementerio. Sobre la lápida de Beatriz Marqués, en el lado derecho del camposanto, descansaba un ramo de flores.

27

Manchas de barro

Daniel se agachó y acarició la inscripción con el nombre de su madre. Su recuerdo seguía fresco, tanto como el primer día de ausencia, quizá porque nunca tuvieron oportunidad de despedirse; ni siquiera de figurarse el adiós. El hombre que estrelló su coche contra el que conducía el abuelo acabó con ellos en el acto. El criminal —porque no se le podía dar otro nombre a quien se echaba a la carretera en semejante estado de drogadicción y embriaguez— se salvó e incluso salió de la cárcel unos años después. Hubo una época en la que a Daniel el odio lo envenenó y lo empujó a imaginar diversas formas de matarlo, de cobrarse la venganza que el sistema le negaba. Pero siempre desterraba de su mente todas aquellas ideaciones homicidas repitiéndose que él no era como su padre. Él no era un asesino.

Cogió el ramo, que supuso que habría colocado Ramón, y lo olió. La fragancia que desprendían las flores transmitía serenidad. A unos centímetros se encontraba el sepulcro del abuelo, con la misma fecha de defunción grabada en la piedra. A él también le habían dejado unas flores similares, de color crema. De la tumba de Guillermo no había ni rastro, pues nunca se llegó a cavar. Tras su suicidio fue incinerado y sus cenizas se las llevó el viento.

Después de unos minutos de silencio, Daniel se giró y entabló conversación con Elena, que se había mantenido a cierta distancia para dejarle intimidad. Ella le contestó en voz baja, como si temiera molestar a los que allí descansaban.

Quizá movido por aquel entorno en el que se respiraba paz y

verdad, en un momento dado se atrevió a hablarle de su vida y sus miserias, sin apenas ahorrarse detalles. No le costó demasiado encontrar las palabras adecuadas. Al fin y al cabo, era la tercera vez en dos días que trenzaba un discurso semejante: primero lo hizo con el camarero de aquel desvencijado bar de Malasaña y después con Silvia y Ramón. Elena escuchó con atención el reverso de la historia que, según dijo, tantas veces había oído en casa, y luego se interesó por lo que Daniel había hecho en las horas que llevaba en Cantabria. Él se abrió por completo y le reveló que había estado investigando y lo que había descubierto. Necesitaba desahogarse, vaciar lo que le bullía dentro, y, por algún motivo, Elena le inspiraba confianza. Sin necesidad de habérselo pedido, abrigaba la seguridad de que sería discreta.

La chica siguió la narración sin ocultar su perplejidad. Daniel la supuso inmersa en todo tipo de cábalas y comparaciones con los datos que su familia le habría facilitado a lo largo de su vida. De pronto tuvo la esperanza de que ella, al confrontar ambos relatos, pudiera dar con la explicación al misterio que en apariencia aún encerraban aquellos días del verano de 1975, pero Elena simplemente le trasladó su estupor y se ofreció a ayudarlo en cuanto estuviera en su mano.

Estaban hablando de ello cuando, de pronto, una voz estentórea gritó el apellido de Daniel y la calma que reinaba en el cementerio se desvaneció. Era Héctor Suárez, que acababa de entrar en el recinto a toda velocidad y, con el ímpetu, había estrellado la puerta de hierro contra el muro. Lo seguían a la carrera, con un gesto de alarma, el sargento Blanco y el agente que había tomado las fotos del coche de Daniel esa mañana.

—¡Qué cojones haces con mi hija! —rugió Héctor.

Daniel retrocedió unos pasos, se puso rígido y apretó los músculos. Fue esa tensión la que evitó que perdiera el equilibrio cuando el padre de Elena llegó a su altura y lo empujó con violencia, ante el asombro de los agentes.

—¡Héctor! —chilló Laura al tiempo que penetraba jadeando en el camposanto.

En ese instante, Blanco agarró al empresario y, con el apoyo de su compañero, lo desplazó unos metros para alejarlo de Daniel.

—Papá, ¿qué haces? Pero ¿qué haces? —gimió Elena, retorciéndose las manos.

—¡Evitar que este hijo de puta se acerque a ti! ¡A mi familia! —bramó él, rojo de ira, mientras forcejeaba con el sargento para intentar liberarse—. ¡Suélteme, Blanco! ¡Suélteme, joder!

Elena dio un paso al frente y se enfrentó a él:

—¡Déjale en paz, papá! He venido con él porque he querido.

—¿Pero tú sabes quién es este tío? ¿Sabes quién es? —vociferó Héctor, que resoplaba como un toro embravecido.

—Perfectamente.

—¿Y te da igual? Aquí también está enterrado tu abuelo. ¡Le debes un respeto!

Daniel contemplaba la escena en silencio y en guardia. Había hecho un enorme esfuerzo para no golpear a ese imbécil en la cara. Si Blanco no hubiera estado allí, lo habría hecho pedazos, no tenía duda.

—Héctor, por favor… —le suplicó Laura en apenas un susurro—. Esto es una locura.

La mujer mantenía su apariencia menuda y aniñada de siempre, pese a haber cumplido ya la cincuentena y tener el rostro contraído por el pavor, o quizá por la vergüenza que le provocaba la reacción desmedida de su marido. Se aproximó a él con cautela para pedirle que entrara en razón y no causara un problema mayor, y con la ayuda de Elena logró convencerlo de que lo mejor era marcharse de allí.

Tras lanzar una última mirada colérica, de advertencia, Héctor se alejó seguido por ambas. Daniel respondió irguiendo la barbilla unos centímetros con aire desafiante, pero el empresario, ya de espaldas, no lo vio. La última en salir del cementerio fue Elena, que rebasó la puerta cabizbaja y arrastrando los pies.

Daniel respiró aliviado y miró a su alrededor. Las flores que hacía unos minutos reposaban en la tumba de su madre se habían caído al suelo y, sin darse cuenta, las había pisado. Algunas estaban manchadas de barro.

28

Cierre en falso

Había sido un cliente de Casa Vejo quien había puesto a Héctor sobre aviso. Eso fue lo que el sargento Blanco le dijo a Daniel cuando el cementerio quedó en calma, y él no pudo sino acordarse del tipo que lo había mirado de soslayo desde la barra de la cafetería. Según Blanco, el hombre, que era amigo íntimo de Héctor, los había visto salir juntos de la cafetería y los había seguido hasta allí. Después había ido a la casona a informar al padre de la chica, y Héctor, acompañado de Laura, se había dirigido a toda prisa al cementerio.

—Suerte que estábamos de patrulla y los vimos venir corriendo.

Daniel cabeceó y le dio las gracias por su intervención.

—Cuanto menos se trate con esa gente, mejor —le recomendó Blanco—. Para evitar problemas. Bueno, nosotros tenemos que irnos. No se olvide de lo de esta tarde, por favor.

—Sí, no se preocupe. Adiós.

Una vez solo, Daniel terminó de tranquilizarse y recolocó las flores sobre la tumba de su madre. Se estaba levantando un viento gélido, que cortaba el aliento, y en el cielo ya no quedaba ni rastro del sol, solo un manto cárdeno que amenazaba tormenta.

Al cabo de cinco minutos, la lluvia comenzó a arreciar y a calarle los huesos. No llevaba paraguas, pero no le importó; recibió el aguacero con apatía, casi como una consecuencia lógica de su estado de ánimo, y le rondó por la mente la absurda idea de que aquellas gotas que impactaban contra las tumbas de su madre y de su abuelo representaban el dolor de su familia, que, desde el cielo, sufría lo indecible ante el enésimo incidente derivado de aquel pasado que se resistía a caer en el olvido. Treinta y dos años: una eternidad y, al mismo tiempo, nada.

Un cuarto de hora después llegó a casa chorreando y, tras saludar, se fue directo a la ducha.

Durante la comida se centró en disfrutar de los suyos y no se refirió al episodio del cementerio hasta que, terminados los postres, Isabel se retiró a su cuarto entre bostezos. Ramón y Silvia, que no estaban enterados de lo ocurrido, recibieron la noticia con indignación. Aunque Ramón ya le había advertido de que esa gente no se tomaría bien que se relacionara con Elena, reconoció que no esperaba una reacción así, tan desproporcionada, y Silvia lo secundó.

—Al menos la hija no es como ellos... —apuntó ella mientras revolvía el café—. Bueno, a decir verdad, Laura nunca ha sido tan agresiva como su madre y su marido. Ellos... en fin.

Daniel asintió y consultó la hora.

—¿Tienes prisa? —le preguntó Ramón.

—He quedado con el sargento Blanco. Por el tema de los rayones en el coche.

—Nosotros iremos a visitar a la abuela Amparo. Nos vemos luego, entonces.

Media hora más tarde, cuando ya había parado de llover, Daniel atravesó el aparcamiento del cuartel y saludó al agente que estaba a la entrada.

—Tengo una reunión con el sargento Blanco.

El hombre inclinó la cabeza y lo guio hasta una puerta de madera desgastada.

—Sargento, ¿se puede?

—Pase.

Blanco estaba sentado al otro lado de un pequeño escritorio atestado de carpetas y papeles. Tenía el auricular de un teléfono fijo pegado a la oreja.

—Puede irse, González —le indicó a su compañero para, a continuación, despedirse de la persona que estaba al otro lado de la línea.

Tras colgar, el sargento entrelazó los dedos y miró a Daniel.

—Siéntese, por favor. Precisamente estaba hablando de usted.

Daniel alzó las cejas mientras tomaba asiento en una silla de color gris.

—Con el teniente Francisco Alcalá —aclaró Blanco—. Esta mañana usted me dijo que se acordaba de él, ¿no?

—Sí. Fue uno de los que investigaron la muerte de Lorenzo Orduña.

—Exactamente.

Se hizo un breve silencio mientras el sargento se recolocaba en su butaca.

—Verá, estoy preocupado por esos rayones en su coche y lo que me ha dicho esta mañana —reconoció con semblante serio—. Puede que no sea nada, pero siempre me ha gustado ser precavido y...

—¿Qué era lo que tenía que contarme? —lo interrumpió Daniel impaciente.

El sargento le dedicó un gesto de irritación antes de contestar.

—Esta mañana ya le expliqué que, hace seis años, cuando supe que me iban a trasladar a Reinosa, llamé a Alcalá. Ese fin de semana fuimos a cenar para celebrar mi ascenso, y entonces me habló de un caso que había investigado aquí en los años setenta. Yo no tenía ni idea de a qué se refería, claro.

—El de mi padre...

—Correcto. Me comentó que en aquella época él trabajaba en el Servicio de Información de Santander, lo que entonces se conocía como «la brigadilla». Una especie de antecedente de la policía judicial actual, para que me entienda. En principio, lo que dijo tampoco era especialmente relevante. Ya ve, un asesinato... No era algo tan extraño, y menos en aquellos tiempos. El problema fue cómo lo dijo.

Daniel frunció el ceño.

—¿A qué se refiere?

—Lo dijo..., no sé, sombrío. Sí, esa es la palabra. Le pregunté por el asunto un par de veces más y, cuando ya llevaba encima unas cuantas cervezas, me acabó confesando sus dudas sobre aquella investigación.

—¿Sus dudas? ¿Qué quiere decir?

Blanco chasqueó la lengua.

—Alcalá creía que lo habían cerrado en falso —murmuró.

Daniel se levantó como un resorte y apoyó las manos en el escritorio.

—¿Cómo que en falso?

—Haga el favor de sentarse.

Intimidado por el tono autoritario del guardia civil, Daniel obedeció y aguardó la respuesta del hombre.

—El teniente Alcalá se lo podrá explicar todo mucho mejor que yo. Después de lo de esta mañana, intenté contactar con él, pero no conseguí localizarlo. Y hace un momento me ha devuelto la llamada.

—¿Y qué es lo que le ha dicho? —preguntó Daniel, sin alcanzar a comprender por qué el sargento estaba siendo tan directo y sincero con él sin apenas conocerlo.

Blanco torció el gesto.

—Verá, aquella vez, en la taberna, el teniente Alcalá fue muy claro: siempre pensó que se les había escapado alguien, un segundo implicado, o incluso más gente. Que habían sucedido más cosas de las que supieron ver. —Se detuvo y lo escrutó—. No sé si eso será cierto, pero me inquieta que lo sea y que ahora pueda traer problemas, cuando yo soy el responsable en Reinosa, ¿entiende?

Daniel, alterado por la revelación del sargento, no pudo contenerse y masculló:

—¿Y Losada? ¿Por qué no hizo nada el jefe de Alcalá si su segundo creía que se les estaba pasando algo? ¿Dónde está ahora?

Blanco bajó los ojos.

—El cabo Losada falleció en el setenta y seis durante un tiroteo. Un asunto de drogas, nada que ver con esto.

Se hizo un silencio incómodo que el propio sargento rompió segundos después.

—Espero que no le moleste, pero le he pedido al teniente que lo reciba mañana en la comandancia, en Santander. Para hablar del asunto. Quiero que se lo repita usted todo, sin dejarse ningún detalle. Lo espera a las doce. ¿Le viene bien?

Daniel lo miró desconcertado.

—Sí, pero... ¿ustedes creen que el responsable de los rayones puede ser alguien que estuvo implicado en el caso?

Blanco se encogió de hombros y se reclinó en el asiento.

—Puede que no haya motivo para alarmarse. De hecho, es lo más probable. Pero ya le he dicho que me gusta ser precavido, y si usted no tiene inconveniente...

—Allí estaré —se comprometió Daniel tras sopesarlo unos segundos.

—Perfecto. Yo no podré acompañarlo, pero estoy a su disposición si necesita cualquier cosa. Y no comente con nadie lo que le he contado. Es confidencial —le advirtió el teniente.

Daniel asintió y, acto seguido, Blanco cogió una carpeta de cartón.

—Bueno, vamos con el atestado de esta mañana. ¿Ha traído la póliza?

29

Encender la mecha

Arturo acababa de encender la mecha. Ya no había vuelta atrás. A pesar de habérselo propuesto, la noche anterior no había sido capaz de hacerlo, y esa misma mañana tampoco. Sin embargo, esa tarde al fin había reunido el valor suficiente y lo había logrado. La suerte estaba echada y él no pensaba acobardarse. Solo tenía que esperar unas horas más. El plazo terminaba a la una de la tarde del día siguiente. Después no tendría piedad, no se detendría. Estaba decidido. Esta vez sí.

Caminaba tan absorto en sus pensamientos que, hasta que no lo tuvo delante de sus narices, no reparó en ello. Frente al edificio en el que vivían los Somoza había un coche con unos enormes rayones en el capó. Era un Audi A8. Leyó lo que habían escrito y el vello de la nuca se le erizó. Rodeó el vehículo, ansioso. En la parte trasera había otro mensaje.

Pensó a toda velocidad. Aquello no podía ser reciente. Nadie se habría atrevido a cometer semejante imprudencia a plena luz del día. Tuvo que ser durante la noche, de madrugada, cuando él ya se había retirado después de seguir a Daniel Somoza durante un rato y se había metido en la cama.

Probablemente en la cafetería lo supieran desde primera hora de la mañana. Allí las noticias llegaban antes que los periódicos. Si hubiese ido a hacer sus crucigramas en lugar de quedarse en casa debatiéndose hasta las tantas sobre cómo actuar…

Quizá conviniera adelantarse, no respetar el plazo.

No estaba seguro del terreno que pisaba.

30

María Güemes

Después de la reunión con el sargento Blanco, Daniel abandonó el cuartel de la Guardia Civil y echó un vistazo a su reloj. Las seis y media. Si lo que le había dicho Mercedes era correcto, María Güemes ya estaría con sus amigas en Casa Vejo disfrutando de un rato de ocio. Aceleró el paso; el testimonio de la criada de los Orduña podía ser importante.

Nada más asomarse, sintió el calor y el bullicio que había en el interior. Sin embargo, en cuanto entró tuvo la impresión de que los parroquianos bajaban el tono, lo mismo que por la mañana. Con un resoplido, intentó ahuyentar aquellos pensamientos de su mente y buscó el rostro de la mujer entre las mesas. No tardó en distinguirla al fondo: esbelta, con la mandíbula pronunciada y los ojos negros y ligeramente hundidos entre la maraña de arrugas que había crecido a su alrededor. Llevaba el pelo recogido en un moño grisáceo y en las manos sostenía un churro que acababa de mojar en una taza de chocolate caliente. Tenía desplegada ante sí una revista, pero María no observaba las páginas; lo observaba a él, como el resto de las amigas que la acompañaban.

Resultaba difícil descifrar su expresión. Daniel se habría atrevido a afirmar que en sus pupilas se adivinaba cierta turbación, como la de un animal que intuye el peligro.

Avanzó con decisión hacia ella.

De repente, María desplazó la silla hacia atrás y se levantó con precipitación.

—Perdona, tengo que irme —oyó Daniel que les decía a sus amigas.

Él, que no quería perder la oportunidad de hablar con la mujer, se colocó en su trayectoria y simuló una sonrisa cordial.

—Buenas tardes, María.

La criada de los Orduña, visiblemente incómoda, apartó la vista y lo esquivó sin decirle nada.

—María, por favor, soy Daniel. Necesito hablar contigo —insistió mientras la seguía hacia la salida y notaba los ojos vigilantes de toda la cafetería sobre la espalda.

Ella se apresuró a abrir la puerta. Cuando ya estaba saliendo, se dio la vuelta un instante y lo fulminó con la mirada.

—Déjame, por favor. Déjame.

Ni siquiera le dio la ocasión de replicar; sin perder un segundo, María se ciñó la bufanda al cuello y echó a andar calle abajo.

31

Cuentas pendientes

Daniel vagó por Reinosa el resto de la tarde sumido en una espiral de pensamientos en la que se mezclaban sin orden ni concierto la voz de una decepcionada Marta, la reprimenda del iracundo Javier Aldaya, el eco de los chillidos infantiles de David, los rugidos de Héctor Suárez esa mañana en el cementerio, las palabras de las personas con las que había hablado a lo largo de las últimas horas... Había hecho las paces con Ramón, y solo por eso el retorno había merecido la pena. Sin embargo, al mismo tiempo, sentía que aquel viaje, en lugar de ayudarle a olvidar, lo estaba hundiendo aún más en el fango del pasado, que se abría a sus pies como una boca negra e infinita.

A última hora, su paseo sin rumbo lo condujo hasta las afueras, donde se alzaba la casona de los Orduña. Vio varios coches de alta gama aparcados en una hilera delante del portón y supuso que pertenecerían a miembros de la familia y a algunos amigos que ya se habrían desplazado a Reinosa para asistir a la comida que se iba a celebrar al día siguiente. Con una punzada de añoranza se preguntó si alguno sería el de David y si él ya estaría allí, tras esos muros. Ni siquiera sabía qué aspecto tendría ahora; tampoco si, tras lo ocurrido el 2 de septiembre de 1975, se habría convertido en una persona diferente, como él.

Se sobresaltó cuando una luz se encendió en lo alto de la casona, en la biblioteca. Una sombra pasó por delante de la cortina. ¿Y si era él? ¿Y si era David?

Se fijó en la silueta que se proyectaba. No paraba de moverse por la estancia y le pareció que era Héctor. Suspiró. Era mejor marcharse. No tenía ganas de toparse con ninguno de ellos y provocar otro conflicto.

De repente, la vibración de su teléfono móvil interrumpió sus cavilaciones. Era Álex.

Se alejó unos pasos antes de atender la llamada.

—Hola, Dani. ¿Cómo estás?

El tono con el que Daniel pronunció un lacónico «Tirando» no dejó indiferente a Álex, que de inmediato lo inundó a preguntas. Esta vez Daniel decidió ser completamente sincero y, sin dejar de andar para poner distancia con la casona, comenzó a hablarle a su amigo de todo lo que le había sucedido. La conversación se convirtió pronto en un monólogo que se extendió por espacio de casi una hora.

—El lunes llamaré a ese abogado de Santander, con el que se supone que estaban citados mi padre y Arturo —remató Daniel cuando terminó la narración—. Es todo muy raro.

Su compañero respiró hondo.

—No sé qué decirte, pero ve con cuidado y no te metas en líos, por favor. No puedes seguir como antes.

—Ya, ya lo sé, Álex. Pero necesito saber, necesito entender. No puedo quedarme así. No después de lo que he oído.

—Lo entiendo, pero esos rayones... Además, si Ramón se entera de lo que estás haciendo... No sé, Dani, me preocupa. ¿De verdad crees que hubo alguien más involucrado en lo de tu padre?

—Hay varias cosas que no cuadran. Quizá ese teniente pueda ayudarme mañana en Santander.

—Bueno, en cualquier caso, ándate con ojo.

Daniel se lo prometió y se despidieron. Después, se dirigió hacia la casa de su hermano.

Pasó por delante de la estación de tren y, al mirarla de soslayo, dejó que su mente viajara de nuevo al verano de 1975, a las horas que precedieron al asesinato.

32

Una salida inesperada

Mañana del lunes 1 de septiembre de 1975
Catorce horas antes del crimen

Después de haber visto a Ernesto y a María abrazándose en aquel portal, la abuela Amparo y Daniel reanudaron el camino a casa, ella sosteniendo el periódico y él comiendo con desgana una gominola, resignado a pasar el resto de la mañana en su habitación, sin su amigo David.

Estaban cruzando una bocacalle cuando, de pronto, la mujer alzó la mano y señaló algo con el dedo índice.

—Pero ¿ese no es Guillermo?

Daniel siguió la trayectoria que indicaba su abuela. Por una calle perpendicular, un hombre caminaba de espaldas a ellos y a grandes zancadas. Parecía llevar un papel en la mano derecha y cargaba una mochila azul marino al hombro. Sí, era él, se dijo Daniel. Se hallaba a bastante distancia y, si no echaban a correr, jamás lo alcanzarían. Se preparó para hacerlo, pero su abuela lo frenó.

—Para, para. Estará ocupado, no le molestes.

—Pero si hoy trabajaba toda la mañana en la fábrica, ¿no?

—Bueno, será algo urgente, no sé —murmuró ella, y consultó su reloj—. Oye, ¿te apetece que vayamos un rato a la librería? Así saludamos. Todavía es pronto para hacer la comida.

Daniel, con la mirada aún fija en aquel hombre, que sin duda era su padre, se mostró indiferente en un principio. Sin embargo, enseguida cayó en la cuenta de que la librería no estaba muy lejos de la casona de los Orduña y que el paseo hasta allí supondría una nueva oportunidad de encontrarse con David, y se apresuró a asentir. No obstante, una vez más, no tuvo suerte, y al cabo de unos quince minutos rebasaron la puerta de cristal del negocio sin haberlo visto.

—¿Qué tal, hija? ¿Cómo vais? ¿Necesitáis que os echemos una mano? —preguntó Amparo cuando entraron.

Beatriz negó con la cabeza sin dejar de teclear en la máquina de escribir que había sobre el mostrador.

—Por cierto, cielo, ¿tu marido hoy no trabajaba de mañana?

La madre de Daniel levantó los ojos del papel.

—¿Mi marido? Sí, claro. Se marchó a las seis menos cuarto. ¿Por qué?

—Es que lo acabamos de ver por la calle. Parecía ir con prisa.

—¿Seguro que era Guillermo, mamá? ¿No te habrás confundido?

—Bueno, estaba de espaldas, pero los dos lo hemos pensado, ¿verdad, Daniel?

Él corroboró las palabras de su abuela.

—Pues no sé —dijo Beatriz—. En teoría hoy era un día normal, y nunca salen del recinto. Espero que no haya pasado nada...

Amparo se encogió de hombros fingiendo despreocupación, pero Daniel advirtió en su rostro la misma huella de desasosiego que leyó en la cara de su madre.

33

Mentiras

Noche del sábado 24 de noviembre de 2007

Mientras subía las escaleras que conducían al piso de su hermano, Daniel acarició la idea de compartir con él lo que había averiguado en las últimas horas y, sobre todo, los detalles que le había confiado el sargento sobre la resolución del caso Orduña. No se había olvidado de la advertencia de Blanco respecto al carácter confidencial de la información, pero las novedades eran demasiado relevantes como para quedárselas para sí. Sin embargo, aquello le obligaría a reconocer que llevaba escarbando en el pasado desde el día anterior, y temía la reacción de Ramón al comprender que les había mentido.

Cuando alcanzó el rellano, aún no había tomado una decisión. No obstante, nada más abrir la puerta se percató de que no sería necesario: Ramón y Silvia lo estaban esperando en el pasillo y, por la mirada adusta que le dedicaron, no le cupo la menor duda de que lo habían descubierto. La expresión de ambos le recordó a la de Marta la noche que se marchó.

Isabel, que correteaba por allí, recibió la orden terminante de irse a su cuarto a jugar, y la sonrisa con la que había recibido a su tío se le borró en el acto. Una vez que la niña se hubo retirado, comenzaron los reproches.

—¡Nos mentiste! ¡Todo eran mentiras! —gritó Ramón, enardecido—. Has estado preguntando por ahí, ¿verdad? Mercedes nos lo ha contado. ¡Estuviste con ella en la residencia hablando de aquello!

—Ramón, yo...

—Has hablado con más gente, ¿a que sí? ¡Por eso te pusieron esos mensajes en el coche! —bramó, y dio un puñetazo en el aire—. ¡Te lo dijimos, joder! ¿Es que no lo entiendes? ¿Es que no ves lo que va a pasar? ¡Silvia te lo explicó!

Daniel bajó la vista al suelo.

—Tú y yo lo habíamos discutido —intervino entonces su cuñada. Su tono no era tanto de ira como de decepción—. Me diste tu palabra.

—Lo siento... Yo... hablé con Roberto, el de la Renfe, y...

Su hermano no lo dejó terminar. De pronto, dio media vuelta y se perdió por el pasillo con la fuerza de un huracán. Segundos después, oyeron el ruido de una puerta corredera que se abría y se golpeaba sin control contra el marco del armario. A continuación, les llegó un sonido seco, como de algo que chocaba con el suelo, y después el silbido de unas ruedas que giraban.

Al cabo de unos instantes, Ramón reapareció. Arrastraba la maleta de Daniel.

—Te vas —anunció con hosquedad—. Fuera de aquí.

Daniel palideció.

—Por favor, Ramón...

—¡Venga! ¡Fuera! No voy a consentir que nos mientas y hagas lo que te dé la gana.

Silvia miró a su marido y le puso una mano en el pecho.

—Cariño, cálmate.

Pero Ramón estaba muy lejos de calmarse.

—Recógelo todo y lárgate —rugió al tiempo que daba un tirón a la maleta y esta caía con estrépito.

Daniel contuvo el aliento y se dijo que ya no tenía nada que perder, que debía intentarlo.

—Ramón, he averiguado...

—¡Cállate! ¡Ni se te ocurra ir por ahí! Dejé atrás todo eso hace mucho tiempo. Nosotros vamos a cenar ahora. Mete tus cosas y, en cuanto acabes, te vas. ¿Lo has entendido?

Era evidente que no habían planeado aquello, pues Silvia asistía a la discusión con manifiesta estupefacción. Aun así, Daniel comprendió que, por mucho que lo intentara, no lograría ponerla de su parte. Se mantuvo en silencio y, unos instantes después, contempló con impotencia cómo su hermano le daba la espalda y se introducía en la cocina seguido por su esposa.

Tras suspirar, se giró hacia su habitación.

En ese momento, casi al fondo del pasillo, una puerta se abrió ligeramente y el fulgor que desprendía una lámpara dibujó un arco de luz en el suelo. Isabel se asomó y lo observó con ojos acuosos. Sin duda, había oído la diatriba de su padre.

Daniel fue hacia la niña con la intención de fundirse con ella en un abrazo, pero, cuando estaba a mitad de camino, alguien empezó a aporrear la puerta principal.

34

Temblor

El presentimiento de que todo se le volvía en contra a cada minuto que pasaba lo estaba asfixiando. Arturo había tratado de distraerse primero con una novela policiaca y después con un absurdo programa de televisión, pero no era capaz de concentrarse en nada que no fuera el plan trazado, un plan que, a medida que transcurría la tarde, más arriesgado e ingenuo consideraba y más le costaba respetar. No estaba seguro de tener el control de la situación, y sacar aquel papel amarillento del cajón donde llevaba guardado más de tres décadas no había sido una buena idea; lo había trasladado de forma aún más vívida al pasado, y ahora dudaba de todo.

Jadeaba como si le faltara el aire y ni siquiera el humo del cigarrillo conseguía calmarlo. Probó a tomarse un par copas de whisky para adormecer el ánimo, pero fue en vano. Desesperado, salió a la calle y avanzó febrilmente bajo un cielo negro y húmedo que amenazaba de nuevo tormenta. Había olvidado coger el paraguas, pero no le importó en absoluto mojarse cuando, unos minutos después, una espesa cortina de agua se desplegó desde el cielo con contundencia. Caminó deprisa y sin rumbo definido, engullido por la noche e indiferente al torrente que empezó a repiquetear en las aceras y a anegarlo todo.

La cabeza le daba vueltas, mecida en una espiral interminable. Pensaba en aquel juramento que hizo treinta y dos años atrás y que lo había encadenado, en su hijo, en Daniel Somoza y en el resto de su familia...

Se pasó la mano por la cara para sacudirse las gotas y exhaló un suspiro que le vació los pulmones. Su aliento se contoneó en el aire gélido.

Concluyó que no tenía ningún sentido esperar hasta el día siguiente. ¿Por qué iba a hacerlo? No le debía nada a nadie. Al diablo con todo. Ya no tenía nada que perder, y confiaba en que su hijo supiera entenderlo.

Cambió de rumbo y se dirigió a la avenida La Naval, hacia un portal que conocía bien. Los charcos explotaban a su paso, como si los apuñalara con sus botas. Cuando llegó, vio que alguien había dejado la puerta mal cerrada, así que, sin necesidad de llamar al interfono, entró y comenzó a subir las escaleras.

En el descansillo de la segunda planta oyó gritos que procedían de la casa de los Somoza. Se aproximó con cautela. Reconoció a Ramón, su voz era inconfundible. Parecía discutir con Daniel.

Mientras se debatía sobre cómo proceder, los rugidos del librero cesaron, y Arturo solo acertó a distinguir el sonido de unos pasos que se alejaban.

Inspiró profundamente y apretó el puño para infundirse vigor.

No iba a dar marcha atrás. No podía hacerlo.

Asintió con la cabeza para sí, extendió la mano derecha y llamó a la puerta con los nudillos, a la vieja usanza.

Los pasos que había oído cambiaron de dirección y se acercaron.

Aguantó la respiración, agitado.

Las manos comenzaron a sudarle y un temblor incontrolable se apoderó de su cuerpo.

Antes de que la puerta se abriera, echó a correr escaleras abajo.

35

La huida

Cuando Daniel abrió la puerta, se encontró con un rellano vacío y el sonido de las pisadas de alguien que descendía las escaleras con celeridad. En las baldosas, iluminadas por los focos del techo, brillaban las huellas que habían dejado lo que parecían ser unas botas de gran tamaño. El rastro de esas pisadas y un grueso reguero de gotas confirmaba el camino que había seguido la persona que acababa de esfumarse.

Aquella huida no tenía ningún sentido, y eso lo puso en alerta. No era normal que alguien se presentase allí a esas horas en una noche tan desapacible, llamara a la puerta y, sin previo aviso, desapareciese a la carrera. Entonces se acordó de los rayones del coche. Aquello tampoco había sido normal. ¿Y si era la misma persona?

Sin tiempo para meditarlo más, se lanzó hacia las escaleras.

—¡Tío Dani! —chilló Isabel, que lo había seguido hasta el descansillo.

Al girar el cuello con intención de calmarla y pedirle que no fuera tras él, Daniel perdió de vista los escalones que tenía delante, pisó uno de los charcos que el misterioso visitante había formado a su paso y resbaló.

En lugar de trazar la curva hacia la derecha que describían los peldaños, salió despedido hacia adelante e impactó con brutalidad contra la pared.

36

Pisadas

Se despertó con la sensación de que la cabeza se le había partido en dos. Las sienes le palpitaban con viveza y el dolor en la frente era insoportable.

El mundo apareció ante él desenfocado y cubierto por una especie de bruma.

Hizo ademán de moverse, pero una mano lo detuvo y el arrugado rostro de Carmelo, un médico jubilado que vivía en el primero, se materializó ante él, a escasos centímetros.

—Se ha dado un buen golpe, joven. ¿Puede moverse o llamo a una ambulancia?

—¿Una ambulancia?

—Hay que ir a Urgencias, Dani. —Era la voz de Ramón, que se hallaba fuera de su campo visual. Su tono sonaba afligido, sin rastro de la ira que lo había embargado antes.

—Sí —corroboró Carmelo al tiempo que le palpaba la cabeza con cuidado—. Parece que no tiene brechas, pero hay que asegurarse de que no haya una hemorragia interna. ¿Cree que puede levantarse?

—Tío Dani, ¿estás bien? —preguntó entonces Isabel desde el rellano.

—Espera aquí, hija —le pidió Silvia a la niña mientras Ramón y ella se apresuraban a ayudar al doctor a levantar a Daniel.

Entre los tres consiguieron llevarlo a la cocina, donde Carmelo terminó de examinarlo. Ramón y Silvia lo miraban con los labios fruncidos e Isabel no paraba de retorcerse las manos.

—¿Viste quién era, tío Dani? —preguntó de pronto la pequeña.

Ramón irguió el mentón de manera casi imperceptible y Daniel entendió el mensaje: no era el momento de hablar de eso; no delante de un vecino con el que no tenían mucha confianza. No contestó a su sobrina y, por fortuna, esta no insistió.

Cinco minutos más tarde, cuando Carmelo anunció que ya no podía hacer nada más y se retiró, Ramón llevó a Daniel al Hospital Campoo.

Apenas intercambiaron un par de palabras durante el trayecto, uno con los ojos fijos en la carretera y el otro con la mirada extraviada en los edificios que se sucedían a su paso y en el manto de agua que caía sin piedad sobre ellos, como si el cielo fuera a venirse abajo.

Encontraron las instalaciones prácticamente desiertas, y los atendieron enseguida. Tras haberle realizado las oportunas pruebas y haberle administrado un calmante, el personal de enfermería dejó a Daniel en el box de Urgencias, a la espera de los resultados.

Ramón, que había salido a hablar por teléfono con su mujer, regresó poco después y se colocó junto a la camilla.

—¿Cómo estás? —le preguntó tras unos instantes de silencio.

—Mucho mejor, gracias. Ramón, yo...

—La Guardia Civil acaba de irse de casa. Han medido las pisadas que había junto a la puerta. Era un número grande. Un cuarenta y cuatro o cuarenta y cinco. —Se quedó callado, como si meditara sus siguientes palabras—. ¿Qué quería ese hombre, Dani? ¿Por qué demonios hizo eso?

—¿Cómo sabes que era un hombre?

—Por el tamaño del pie podría esperarse, ¿no?

—Mmm..., sí, supongo que sí. —Daniel se humedeció los labios—. No lo sé, Ramón, no sé qué quería ni por qué actuó así. Todo es culpa mía...

Cruzaron una mirada titubeante, la de dos personas que están deseando reconciliarse y no saben cómo hacerlo sin echarlo todo a perder.

—Lo siento mucho —dijo Daniel en apenas un susurro—. No quería causaros problemas. De verdad. Yo...

Ramón aspiró una bocanada de aire.

—Ya lo sé, Dani, pero... —Se interrumpió y lo escrutó—. Mira, en su día, cuando vi ese billete de tren a mí también me costó dejarlo a un lado, y eso que yo no estaba en tu situación. No sé, quizá debimos estar más pendientes de ti. Aunque eso no justifica que nos mintieras.

Daniel agachó la cabeza y repitió su disculpa.

—Había cosas que no encajaban, pero tendría que haberlo hecho de otro modo...

Ramón clavó la vista en la camilla y retorció un trozo de sábana con aire ausente; probablemente dudaba si le convenía sumergirse en el terreno pantanoso que se adivinaba tras las palabras de su hermano.

—Mamá también estuvo haciendo preguntas, ¿lo sabías? —apuntó Daniel, que detectó una oportunidad en aquel silencio—. En la estación de tren. Roberto Gutiérrez me lo dijo.

La referencia a su madre terminó por derribar la resistencia del mayor de los Somoza, que dejó caer los hombros con desazón, soltó la sábana y, tras sentarse en el borde de la camilla, le pidió a Daniel que hablara, que le contara todo.

El médico de guardia apareció en el box veinte minutos después. Les comunicó que los resultados de las pruebas eran correctos y le concedió el alta al enfermo, aunque le recomendó reposo y control de la evolución del golpe. Ambos asintieron y, tras darle las gracias, abandonaron el hospital.

Una vez en el coche, retomaron la conversación en el punto en que la habían dejado. Daniel necesitó cinco minutos para concluir su relato y, cuando lo hizo, Ramón se mordió el labio, como si ya se estuviera arrepintiendo de lo que iba a decir.

—Creo que mañana deberías ir a Santander a ver a ese guardia civil, Dani —murmuró a modo de claudicación—. Todo esto es muy extraño... Hablaré con Silvia para explicárselo, pero te pido una cosa: sé discreto, por favor, y no hagas tonterías. No sé si corremos peligro, pero entre lo de esta mañana y lo de ahora... Me da miedo, sobre todo por Isabel. ¿Me has entendido?

Daniel inclinó la cabeza.

—Gracias. Te prometo que tendré cuidado.

Ramón extendió el brazo con lentitud y cerró la mano derecha en torno a la de su hermano. Se la apretó, sellando la reconciliación.

—Siento lo de antes. Lo de la maleta —dijo con voz tenue.

Daniel sonrió de manera conciliadora, consciente de que el enfado había estado más que justificado, y ambos se mantuvieron callados durante un largo rato, atrapados en sus pensamientos.

—¿De veras crees que Arturo puede estar involucrado en todo esto? —inquirió Ramón de pronto, mientras tomaba una curva—. Llevo cruzándome con él media vida y nunca... Recuerdo que mamá tuvo alguna discusión con él después de lo papá y que luego dejaron de tratarse, pero...

Daniel sintió una punzada en la boca del estómago al oír que su hermano seguía refiriéndose a su padre como «papá», pero omitió cualquier comentario al respecto y, en su lugar, respondió:

—¿Te acuerdas de aquel lunes al mediodía? El del uno de septiembre, cuando volvió a casa. Nos dijo que lo habían despedido y luego, que se marchaba con Arturo. Ni siquiera se quedó a comer. ¿Te acuerdas de eso?

—Sí.

—¿Y si lo planearon todo entonces?

Ramón barrió la parte superior del volante con los dedos.

—No lo sé, Dani. No sé qué pensar.

37

El despido

Mediodía del lunes 1 de septiembre de 1975
Once horas antes del crimen

Los Somoza tenían la costumbre de almorzar casi todos los días en casa de los abuelos, donde los esperaba la comida que Amparo preparaba con esmero. Solían hacerlo alrededor de las dos y media, con la librería ya cerrada y Guillermo de regreso de Aceros Campoo; cuando tenía turno de tarde, él comía antes, solo, y ya no volvía hasta las diez y media de la noche. Durante el verano también mantenían esa rutina; únicamente la habían suspendido durante unos pocos días de agosto, cuando Beatriz y Guillermo cogieron unas breves vacaciones y se fueron con los niños a visitar a los abuelos paternos en León. Desde entonces, ella se había dedicado a trabajar con ahínco en la librería, intentando sacarla adelante, y él había retomado su jornada en la empresa de los Orduña, pues hasta mediados de septiembre no tendría más días libres.

Ese mediodía, el padre de Daniel apareció más tarde de lo habitual, y lo hizo con un aspecto espantoso. En su rostro, macilento, sobresalían unas ojeras pronunciadas, y el párpado del ojo izquierdo le subía y le bajaba en una especie de tic.

—¿Dónde te habías metido? —lo interpeló Beatriz con sequedad cuando él entró en el comedor, donde estaban sentados a la mesa—. Mi madre te ha visto esta mañana por la calle. ¿No tenías que estar en la fábrica?

Guillermo le lanzó a su suegra una mirada aviesa.

—Me han echado —contestó entre dientes mientras dejaba su mochila en una silla y sacaba el papel en el que se le comunicaba el despido.

—¿Cómo? —exclamó Beatriz, perpleja, al tiempo que se levantaba y le arrancaba el documento de las manos. Se detuvo unos instantes para leerlo y luego pateó el suelo—. ¡Dios, Dios...! Ha sido por la maldita concentración, ¿verdad?

Guillermo no respondió, aunque su silencio resultó esclarecedor.

—¡Te lo dije! —estalló ella, y lo golpeó en el pecho con el dedo índice—. ¡Te lo dije! ¡Estabais jugando con fuego! ¿Y ahora qué? ¿Eh? ¿Qué hacemos?

El hombre agachó la cabeza y comenzó a revolverse el pelo con nerviosismo. Luego, como si pudiera servir de consuelo, murmuró con tono sombrío:

—También han despedido a Ernesto...

Pero aquello a Beatriz, según dijo, le traía sin cuidado.

En ese momento, los abuelos se pusieron de pie y se colocaron al lado de su hija.

—Hablad con Federico Setién —le dijo Julián a su yerno con voz metálica—. Él sabrá qué hacer.

Guillermo torció los labios y en su rostro se dibujó una expresión de desdén.

—Esto no va de derecho, sino de respeto. Y eso no se gana en los tribunales.

—Déjate de bobadas. Que Federico presente una demanda. Así es como se hacen las cosas.

El padre de Daniel soltó un gruñido y acabó reconociendo que esa tarde habían quedado con el abogado para comentar el asunto.

—Entonces ¿tenéis reunión del sindicato? —inquirió Beatriz—. Si es así, quiero ir —agregó con firmeza.

—Ya estamos... Es secreto, ¿entiendes? Se-cre-to. No sé cuántas veces tengo que repetirlo.

Las mejillas de la mujer se encendieron.

—Os sentís muy hombretones e importantes yendo todos juntos a escondidas a esas reuniones, ¿verdad? Pues dais pena. Dais pena. Y no solo es tu vida lo que está en juego. Piensa en tus hijos. Además, si ya habéis quedado por la tarde, ¿se puede saber qué hacías esta mañana por ahí? ¿Por qué no viniste a verme?

—Porque teníamos otras reuniones. Nos habían despedido a Ernesto y a mí, ¿qué querías?

Julián le hizo un gesto apaciguador a su hija, que había enrojecido por completo y parecía a punto de emprenderla a golpes con Guillermo.

—Venga, Bea, vamos a comer. Cuando la cosa se calme un poco, puede que Lorenzo rectifique. No sería el primer empresario que lo hace. De momento tendremos que tirar todos de la librería. Mañana he quedado en Palencia con un proveedor de material de oficina. Con este panorama y lo poco que vendemos últimamente, ya no hay alternativa, hija: tenemos que dedicar una parte a papelería.

El tono afligido de Julián revelaba que aquello representaba una auténtica catástrofe para él; remodelar el negocio implicaría desprenderse de una gran porción de los volúmenes que atesoraba, el principal motivo de orgullo del librero. Había estado resistiéndose a ese cambio durante meses, trabajando incluso las tardes de verano, pero ya se había rendido a la evidencia.

Ella asintió con aire de lástima y se sentó. Daniel, que esperaba que su padre hiciera lo mismo, se sorprendió al ver que este recuperaba su mochila y se la colgaba al hombro, como si no fuera a quedarse a comer, a pesar de que acababa de llegar.

—Papá, ¿te marchas? —se atrevió a preguntarle confuso.

—Voy con Arturo. Necesito pensar.

38

Niebla negra

Madrugada del domingo 25 de noviembre de 2007

No había manera de que Arturo consiguiera dormir, estremecido por los temores que, como espectros alados, acudían a robarle el sueño en cuanto bajaba los párpados. El despertador marcaba las cinco y media y el segundero reptaba con parsimonia por la esfera acristalada.

Estaba dando la enésima vuelta en la cama cuando el sonido del interfono lo sobresaltó. Fue un toque breve, tímido, casi un bisbiseo que reverberó en la quietud de las tinieblas, pero resultó más que suficiente para ponerlo en guardia. Se sentó en el borde de la cama y auscultó en la oscuridad. ¿Y si se lo había imaginado?

Un silencio fantasmal se esparció por el piso hasta que, unos segundos más tarde, se produjo otro timbrazo, esta vez más prolongado, como si su visitante estuviera perdiendo la paciencia o alguna urgencia lo apremiara. Se levantó de un salto y tuvo la impresión de que el corazón, desbocado, iba a estallarle en el pecho.

Fue de puntillas hasta la ventana y levantó ligeramente la persiana. Después se agachó y pegó el rostro al hueco que se había abierto, por el cual se colaba la luz anaranjada y ajada de las farolas. La noche era cerrada y una espesa niebla lo envolvía todo. No se atisbaban ni la acera ni la carretera, aunque, en cualquier caso, pensó Arturo, quien había llamado se encontraría junto al portal, de modo que, por razones de pura perspectiva, habría sido imposible ver nada.

Dubitativo, acabó retirándose del cristal y fue a encender la luz. Después, tras un recorrido que le pareció interminable, llegó a la altura del telefonillo. Con dedos temblorosos, descolgó el auricular y se lo llevó a la oreja.

—¿Sí?

Nadie contestó, pero Arturo percibió el rumor de una respiración.

—¿Sí? —insistió.

Una voz apagada pronunció un rápido «Yo», y eso le bastó para reconocer a su propietario. Tragó saliva. Era lo que se había supuesto al oír el timbre, pero ¿qué diablos hacía allí? No tenían nada más que hablar...

Lamentó no haber sido más valiente unas horas atrás frente al piso de los Somoza y apretó el botón del portero automático.

Acto seguido, abrió la puerta y se asomó al umbral.

Aguzó el oído. La persona que había llamado ya estaba dentro del portal y subía las escaleras despacio, como si le costara un mundo.

Al cabo de un minuto, su rostro apareció tras el último recodo de la escalera. Se le ocurrió que podía negarse a que entrara en casa, pedirle que se marchara y lo dejara en paz. Sin embargo, no lo hizo y, tras intercambiar un saludo silencioso, se echó a un lado. Se dijo que no había nada que temer, que simplemente querría comunicarle la decisión que había tomado tras el ultimátum que él le había dado esa tarde.

Una vez en el interior del piso, recordó que aún conservaba algo de café que le había sobrado del día anterior. Creyó que sería buena idea servir un poco para destensar los ánimos, y se lo ofreció a la otra persona, que aceptó. Sí, venía en son de paz, estaba claro.

Un cuarto de hora después, en el salón, la taza que Arturo sostenía se le resbaló entre los dedos y rodó por la alfombra. Una mancha negruzca oscureció el tejido. Disgustado, quiso agacharse para ver mejor el estropicio.

Entonces se dio cuenta de que la vista se le estaba nublando y le faltaba el aire.

La cintura se le dobló al sentir un dolor insoportable en el estómago, como si se lo estuvieran abriendo con un estilete, y empezó a convulsionar. Cayó de la silla y se retorció en el suelo.

Entre estertores, quiso pedir auxilio a la persona que seguía sentada a la mesa. Intentó hablarle, pero de la boca solo le salieron unos espumarajos. La mano con la que fue a agarrarle la pierna no le respondió y, despavorido, notó que se ahogaba, que los pulmones habían dejado de funcionarle.

Fue en ese momento cuando la niebla que se había desplomado sobre Reinosa le llegó a los ojos y todo se apagó para siempre.

SEGUNDA PARTE

39

Luces

Mañana del domingo 25 de noviembre de 2007

Daniel se calzó las deportivas, comprobó que había metido las llaves en el bolsillo de la sudadera y salió de casa.

Se había despertado hacía casi una hora, a las seis y media. Harto de rodar de un lado para otro de la cama, había decidido ir a pasear tras tomarse una taza de café. Después del golpe sufrido la noche anterior en la cabeza, resultaba obvio que no podía plantearse correr como si nada hubiera sucedido, tal y como solía hacer en Madrid, pero estaba convencido de que caminar un poco a primera hora de la mañana le vendría bien y no supondría contravenir el consejo médico ni asumir ningún riesgo. Hacer ejercicio siempre le había ayudado a pensar con mayor nitidez, como si el movimiento del cuerpo estimulara el de las neuronas.

El frío y la oscuridad aún reinaban en la calle, y una densa niebla que se fundía con el resplandor de las farolas pintaba los alrededores de negro, gris y naranja. Contuvo un escalofrío y, mientras cruzaba el paso de cebra esquivando un charco, se subió la cremallera de la cazadora hasta la nuez. Al erguir el mentón para no pillarse la piel, posó la vista en el bloque de enfrente y advirtió que una luz brillaba en el piso de Arturo. Daniel se figuró que, como él, el hombre se habría desvelado y habría sido incapaz de permanecer en la cama, a pesar de ser domingo. Pensó que era una lástima que hasta el lunes no pudiera contrastar con aquel abogado de Santander, Carlos Cayón, la versión que Arturo le había dado sobre la cita que su padre y él supuestamente concertaron en su bufete. Estaba seguro de que el antiguo obrero le había mentido, y en poco más de veinticuatro horas esperaba estar en condiciones de demostrarlo para, a continuación, visitarlo de nuevo, arrinconarlo y sonsacarle la verdad. Además, ahora contaba con el beneplácito de Ramón, y quizá también con el de Silvia. La noche anterior, al llegar a casa, Daniel se había ido directamente a su habitación siguiendo el consejo de su hermano, y no sabía si ella también habría cambiado de opinión respecto a las investigaciones que él estaba realizando. Confiaba en que así fuera.

No tardó mucho en reparar en que no era el único que había salido de casa antes de que amaneciera. En cuanto hubo recorrido unos metros, se topó con Federico Setién, el veterano abogado laboralista, que estaba agachado en la acera atándose los cordones de las zapatillas. La luz de una farola le caía sobre el rostro y le iluminaba las facciones. Los años no habían pasado en balde para aquel hombre: el pelo le escaseaba por diversos puntos, las patas de gallo le asolaban los ojos y su cuello era ahora una larga papada. Aunque se hallaba en cuclillas, en su impermeable se adivinaba una curva pronunciada a la altura del vientre. Poco quedaba del abogado enjuto y bien parecido que, en 1975, con apenas treinta y tres años, había sido el más joven del grupo de amigos que formaba con Guillermo, Arturo y Ernesto.

El letrado terminó la última lazada y se puso de pie. Daniel tuvo la impresión de que a Federico le costaba ubicarlo en la memoria, puesto que lo examinó más tiempo de la cuenta antes de saludarlo con cierta indiferencia.

—Daniel —le dijo finalmente con voz pastosa.

No hizo ademán de estrecharle la mano y Daniel tampoco lo intentó; hacía años que no tenía relación con aquel hombre, ni buena ni mala, y se limitó a corresponder el saludo. Como ninguno añadía nada, se desplegó entre ellos un extraño silencio que se fundió con la humedad de las últimas horas de oscuridad.

—Me alegro de verte —acabó murmurando Federico, visiblemente incómodo, al tiempo que se metía las manos en los bolsillos del pantalón de chándal.

—Sí, yo también.

Por cortesía, Daniel le preguntó cómo estaba, a lo que el abogado contestó sin entusiasmo que se había jubilado unos meses atrás y que se había trasladado definitivamente a Reinosa hacía unas semanas; ya no limitaba sus estancias a la época estival como antaño, apuntó.

—En Santander siempre salía a correr temprano, pero aquí... Bueno, ya empieza a hacer demasiado frío. A veces hay hasta placas de hielo. Creo que pronto lo dejaré —agregó, y echó una ojeada a la indumentaria deportiva de Daniel, como si quisiera advertirle de que no se confiara a la hora de hacer ejercicio por aquella gélida localidad—. En fin, sigo, que en un rato vienen mis hijos con los nietos. Hasta luego.

En realidad, a Daniel le habría gustado hablar con él del verano de 1975, recabar su versión sobre lo ocurrido, pero entendió que, a las siete y media de la mañana de un domingo, seguramente no era el mejor momento. Se despidió de él y estuvo caminando durante casi dos horas a lo largo y ancho de Reinosa sin apenas cruzarse con nadie.

Cuando el sol ya escalaba el horizonte y la niebla casi se había desvanecido, enfiló la avenida Castilla y se dejó caer por las inmediaciones de la casona de los Orduña. Ese día iba a celebrarse la comida por la venta de la fábrica, según le había comentado Ramón la tarde anterior, y aunque encontrarse con David o alguno de los miembros de esa familia era lo último que deseaba, una fuerza interior nacida de lo más hondo de su ser lo arrastraba hacia allí como un imán.

Se acercó con cautela, escudriñando los ventanales en busca de movimiento.

—¿Qué coño haces?

Daniel dio un bote, sobresaltado, y buscó con la mirada al propietario de aquella voz.

Descubrió que se trataba de Marcos Orduña, que se hallaba en los jardines de la casona, a unos cinco metros del portón y algo escorado. Por eso no lo había visto. Iba vestido de calle, con unos vaqueros grises y una cazadora gruesa y acolchada del mismo color, y un cigarrillo encendido le colgaba de los labios. Pese a haber entrado en la setentena, Daniel comprobó que no había perdido ese punto atractivo de galán que siempre lo había caracterizado; conservaba intacta su tupida mata de pelo, aunque ahora muy encanecida, y mantenía el porte enhiesto y elegante, con el rostro impecablemente afeitado.

—Nada, paseo —le respondió, desafiante.

Marcos entrecerró los ojos y en ese momento, a su lado, apareció su cuñada, Ángeles, que echó a andar hacia el portón con zancadas decididas. La mujer, que parecía menos alta que en su juventud por caminar ligeramente encorvada, debía de rondar ya los setenta y cuatro años, pero en sus ademanes coléricos no se advertía signo alguno de senectud. En ese momento llevaba el pelo corto, por encima de las orejas, y mantenía el color negro azabache, a todas luces producto de un tinte. Iba ataviada con un pantalón de pijama de franela y un plumífero azul que le cubría un poco más abajo de la cintura y la protegía del frío que aún congelaba Reinosa. Daniel no pudo estudiarla mucho más, puesto que ella se aproximó a los barrotes con paso furibundo y le espetó:

—¡Lárgate y pasea en otra parte! —Hizo un aspaviento—. Aquí no eres bienvenido.

Él sintió el impulso de agarrarse al portón, que estaba cerrado, y plantarles cara, pero en el último instante desistió; bien sabía que sería absurdo y que nada bueno obtendría buscando pelea.

Ya se disponía a proseguir su camino cuando, al echar un último vistazo a la casona, percibió en lo alto la silueta de alguien que se asomaba al ventanal de la biblioteca, que tenía las cortinas descorridas. Pese a la lejanía, le pareció que se trataba de la versión adulta de David, y el vello se le erizó. Durante un segundo tuvo la sensación de que su antiguo amigo lo había visto frente al portón y que sus miradas se cruzaban, como hacía treinta y dos años. Pero fue solo eso, un segundo, quizá una mera ilusión, pues la figura desapareció de inmediato.

Veinte minutos más tarde, Daniel se adentró en la avenida La Naval con paso lánguido. Cuando ya encaraba el último tramo, distinguió una vez más los rayones de su coche y profirió un improperio. ¿Quién demonios podía estar detrás de aquello? ¿Y qué pretendía? ¿Sería la misma persona que la noche anterior había huido por las escaleras tras llamar a la puerta del piso de su hermano?

Como por instinto, elevó la vista hacia la vivienda de Arturo. Advirtió que las persianas estaban a la misma altura que hacía dos horas, y que, aunque ya era de día, las luces seguían encendidas. Le extrañó que el antiguo amigo de su padre no las hubiera apagado y, al recordar el estado en el que lo encontró la mañana anterior, se preguntó si no le habría ocurrido algo. Se planteó la posibilidad de llamar al timbre para asegurarse de que estaba bien. Consultó su reloj. Aún era muy temprano y, a fin de cuentas, no podía descartar que el hombre, tras desvelarse, simplemente se hubiera quedado dormido, o que incluso todavía estuviera en la cama y se hubiera dejado las luces dadas al acostarse. Se convenció de que no había motivos para alarmarse y siguió su camino.

En casa solo encontró a Ramón. Estaba sentado en la cocina, con una taza de café humeante en las manos, y parecía enojado.

—¿Dónde estabas?

—Dando una vuelta, ¿por?

—¿A estas horas?

—Bueno, no podía dormir y…

—La próxima vez deja una nota, por favor. Después de lo de ayer…

—Ya. Tienes razón, perdona.

Daniel fue a su habitación a dejar el abrigo. Después tomó asiento frente a su hermano.

—¿Y Silvia e Isabel? ¿No están?

No las había visto en el breve trayecto que había hecho hasta el dormitorio.

Ramón dio un sorbo a la taza de café. Luego, alicaído, respondió:

—Se han marchado. Hace quince minutos.

—¿Tan pronto? ¿Adónde?

—Ayer discutimos, Silvia y yo. No entiende que ahora esté de tu parte, que te apoye en todo esto. No quiere que sigas enredando.

—No estoy enredando, Ramón —replicó Daniel—. Esto nos incumbe a todos. No es un capricho, y tú lo sabes.

Por la expresión de desconsuelo que apareció en el rostro de su hermano, Daniel comprendió que no era necesario insistir, y que lo que realmente le preocupaba era la posibilidad de que aquello, de un modo u otro, afectara a su matrimonio. De hecho, ya había comenzado a hacerlo, a juzgar por sus palabras.

—Creo que lo acabará entendiendo, pero... —Resopló—. Se ha ido a Suances a ver a su hermana. Con la niña. Me imagino que para desahogarse.

Daniel lo miró con lástima y se colocó los dedos en las sienes, meditabundo.

—Yo no quiero causaros problemas, de verdad. Todo esto... No sé, tal vez sea mejor que no vaya a Santander... —se oyó murmurar, como si quien hubiera pronunciado aquellas palabras fuera otra persona.

Pero Ramón sacudió la cabeza.

—No, nada de eso. Lo que me contaste ayer... Es mejor que hables con ese guardia civil. Además, fue Blanco quien te lo pidió, ¿no? No es algo que eligieras tú.

—Sí, pero...

—Que ese hombre te cuente lo que sea y luego ya veremos qué hacer —zanjó Ramón—. En un rato, cuando hayan llegado a Suances, llamaré a Silvia por teléfono. Intentaré explicárselo otra vez. Si sigue sin estar de acuerdo, bueno, quizá lo dejemos estar, como dices. Y en ese caso, esta vez cumplirás tu palabra —añadió con tono terminante.

Daniel, que confiaba en que aquella situación no llegara a darse, se vio obligado a asentir y no dijo nada. Después, aparentemente satisfecho, Ramón se levantó y le ofreció una taza de café y un par de magdalenas.

Al filo de las diez y media, cuando ya habían desayunado y se había dado una ducha, Daniel se preparó para viajar a Santander. Antes de marcharse, pasó de nuevo por la cocina para despedirse.

—Espero que vaya bien con Silvia —le deseó a su hermano desde el umbral de la puerta.

Ramón, que seguía allí con aire alicaído, forzó una sonrisa.

—Gracias. Que tengas suerte con ese teniente.

—Sí, luego hablamos.

Ya en la calle, Daniel se aproximó a su coche, cuya carrocería rayada centelleaba bajo el sol. Antes de subirse, miró hacia el piso de Arturo. Las luces todavía estaban encendidas. Pensó una vez más en aquel hombre y en lo que podía estar escondiendo. ¿Habría estado involucrado en el asesinato de Lorenzo Orduña? ¿Y otras personas del sindicato, como le había deslizado Mercedes en la residencia?

Se acordó entonces de la conversación que la abuela Amparo mantuvo con Ernesto Posadas en el parque la tarde previa al asesinato, el 1 de septiembre de 1975. En su día, con poco más de ocho años y un desconocimiento casi total de los hechos que se estaban produciendo a su alrededor, fue incapaz de entender el significado de las crípticas palabras que había pronunciado el hermano del fallecido Jesús.

Ahora, después de todas las averiguaciones que había hecho, dudaba sobre lo que aquel hombre quiso decir.

40

Presión

Tarde del lunes 1 de septiembre de 1975
Ocho horas antes del crimen

Acababan de dar las seis y media de la tarde, y ya hacía más de dos horas que Beatriz y el abuelo Julián se habían marchado a la librería. Daniel y Ramón se habían quedado en casa con la abuela Amparo y trataban de distraerse jugando a las chapas, pero los últimos acontecimientos lo hacían muy difícil. Daniel no dejaba de pensar en su padre, que al mediodía les había anunciado de forma abrupta su despido de la fábrica y después había salido corriendo a reunirse con su amigo Arturo sin ni siquiera comer algo. Desde entonces no habían tenido noticias de él.

—Venga, os preparo unos bocadillos y vamos al parque —propuso Amparo—. No podemos estar así todo el día.

Ellos no mostraron entusiasmo, a diferencia de lo que habría ocurrido en una situación normal, pero tampoco se negaron. Al cabo de veinte minutos llegaron al parque. Allí se toparon con Ernesto, que estaba sentado en un banco con aire ausente. Al verlo, Amparo indicó a los niños que se divirtieran un rato y se apresuró a tomar asiento junto al hombre. Daniel y Ramón la obedecieron, pero la proximidad de los columpios y el escaso ímpetu que pusieron en impulsarse les permitió escuchar gran parte de la conversación que la mujer inició enseguida con el obrero.

Primero oyeron que ella se interesaba por el reciente despido de Ernesto y la situación en que lo dejaba. El hombre le restó importancia con un gesto y vino a decir que ya contaba con ello desde hacía tiempo. A fin de cuentas, adujo con amargura, el papel que había asumido en el sindicato tenía sus riesgos y contrapartidas. Aun así, con la ayuda de su abogado, Federico Setién, tenía la esperanza de poner remedio a la drástica decisión que había tomado el empresario y recuperar su puesto de trabajo. Lo que le había cogido por sorpresa, reconoció, era que Lorenzo hubiera echado también a Guillermo, pues no era este quien llevaba la voz cantante en la lucha por los derechos de la clase obrera; en realidad, tan solo se trataba de un trabajador afiliado más que arrimaba el hombro y colaboraba con sus compañeros en la persecución de ese objetivo común. Era cierto que, en ocasiones, durante las reuniones, dejaba entrever ciertos delirios de grandeza y que tenía ocurrencias un poco extravagantes y demasiado peligrosas para todos, muy arriesgadas, añadió, pero eso Lorenzo no podía saberlo.

Si a su abuela Amparo le chocó que el hombre le hablara tan a las claras de la existencia de aquella organización clandestina y del rol que su yerno desempeñaba en ella, no lo demostró en absoluto. Se mantuvo impertérrita, y luego preguntó:

—¿Delirios de grandeza?

Ernesto agitó la mano en el aire.

—Bah, nada importante. Ya sabe usted que le tengo aprecio, pero a veces se cree que es el más listo de todos, se piensa que sus ideas cambiarán el mundo. Por ejemplo, un día me aseguró que estaba cerca de lograr que la fábrica se vendiera a los alemanes, que tenía un plan para conseguirlo. —Puso los ojos en blanco—. Menuda gilipollez. Hará casi dos meses de eso. Menos mal que dejó de decirlo, porque no soporto cuando se hace el interesante sin ningún sentido. En fin...

Daniel, que lo observaba todo con atención, vio que su abuela asentía con la cabeza, como si aquel comportamiento no le extrañara en absoluto.

—Pero ¿qué es lo que ha sucedido? —inquirió ella.

El obrero se pasó la mano por la frente y le contó que, aunque Lorenzo había anunciado que esa semana ni Marcos ni él irían a la empresa, lo cierto era que esa mañana el empresario se había presentado en la fábrica. Según Ernesto, lo vieron llegar sobre las diez, solo, sin su hermano y destilando una cólera que asustaba, como si la hubiera estado acumulando durante toda la noche y se hallara a punto de implosionar. Nada más irrumpir en la nave, el empresario buscó a Guillermo por las instalaciones y, en cuanto dio con él, le ordenó que lo acompañara a su despacho. Ante la estupefacción de los demás, este echó a andar muy ufano, demasiado quizá, con la espalda recta y la mirada desafiante, y Lorenzo se encerró con él dando un portazo. Guillermo salió de allí al cabo de un par de minutos con el rostro inflamado y una carta arrugada en la mano. En ella se le comunicaba el despido.

El siguiente en desfilar por ese despacho, según explicó Ernesto, había sido él mismo, a requerimiento del empresario y en calidad de presunto organizador de la concentración del domingo. En cuanto la puerta se cerró, Lorenzo Orduña comenzó a lanzarle todo tipo de improperios, pero él no se dejó pisotear y le hizo frente; agarró a aquel imbécil de la pechera y, cansado de sus bravuconadas, lo amenazó con pasarlo a cuchillo o guillotinarlo, como en la Revolución francesa. Lorenzo forcejeó y consiguió soltarse. Después, este dio un paso atrás y, temblando de ira, cogió la carta de despido que tenía sobre la mesa y se la arrojó a la cara con desprecio.

Ernesto soltó una risotada metálica.

—Me marché de allí sin más. Igual el hijo de puta de él pensaba que iba a arrodillarme y a besarle los pies, no te jode. El muy cretino aún no se ha dado cuenta de que sin nosotros no es nada. Pero ya verá, ya. Federico va a recurrir el despido y le reclamará todos los daños y perjuicios habidos y por haber. Y también está pendiente lo que le pasó a mi hermano. El juzgado ya está investigándolo. Este tío se va a enterar. Va a tener lo que se merece.

Amparo lo miró con escepticismo.

—¿Tú crees que irá a la cárcel por lo de Jesús?

Daniel redujo aún más el ritmo de su balanceo en el columpio para no perder detalle de la respuesta del hombre, que escrutó a la mujer con semblante torvo.

—No tengo demasiadas esperanzas, no te voy a mentir —reconoció este pasando al tuteo—. Un obrero muerto no es tan importante, al parecer. Pero sí espero darle guerra y complicarle la vida. Jodérsela para siempre, a ser posible. Por mi hermano. Y en la fábrica tampoco lo tendrá fácil: organizaremos huelgas y manifestaciones, una tras otra. Ya verás: pronto aprenderá que con nosotros no se juega.

Amparo se estremeció, probablemente consciente de que, con toda seguridad, su yerno se vería envuelto en ese siniestro panorama que pronosticaba Ernesto.

—También recurriremos el despido de Guillermo, por supuesto —repuso él—. Ya me ha dicho que está de acuerdo. —Hizo una pausa y se levantó—. Tened paciencia, Amparo. Si todo va bien, en unos meses habremos sacado al gilipollas ese del tablero y nosotros estaremos dentro, y encima con una buena pasta en el bolsillo. Ah, y si Franco la palma por el camino, pues tanto mejor. Es el consuelo que me queda después de la muerte de Jesús.

41

Francisco Alcalá

Santander, mañana del domingo 25 de noviembre de 2007

Si ya en 1975 no destacaba por ser delgado, ahora el teniente Francisco Alcalá lucía un corpachón más que notable, que debía de rondar los cien kilos. Se había dejado una barba poblada y encrespada como una enredadera, tal vez como forma de compensar los cuatro pelos que le quedaban en la cabeza, y el rostro, grande y sonrosado, daba la impresión de haberle crecido sobre un cuello que, por sus dimensiones, recordaba al de un toro. Una mata de vello le asomaba, rebelde, por encima del último botón abrochado de la camisa azul que vestía, y el hombre la tomaba entre los dedos y la retorcía a la menor oportunidad que tenía, sobre todo cuando reflexionaba, como pudo comprobar Daniel enseguida con cierta sensación de repulsión. El teniente no llevaba uniforme y lo había recibido en su despacho de la comandancia de Santander hacía cinco minutos. Tras un saludo formal, le había pedido que tomara asiento al otro lado del escritorio y había comenzado a perorar sobre sí mismo y sobre su periplo en la Benemérita a modo de introducción. Ya no era ese joven apocado y ensombrecido por la presencia de su superior que había visitado la casa de los Somoza treinta y dos años atrás.

Después del circunloquio sobre sus diferentes destinos en la Guardia Civil, Alcalá se centró en el motivo que los había reunido en aquel gran edificio de fachada marrón situado a las afueras de la capital cántabra.

—El caso de Lorenzo Orduña fue uno de los últimos que tuve por esta zona. Antes de pedir el traslado a Asturias, quiero decir. Aunque por aquel entonces tampoco es que llevara muchos a mis espaldas. Era un novato —le explicó mientras jugueteaba, distraído, con uno de los mechones del pecho. Luego, más serio, agregó—: Todavía me acuerdo de la última vez que estuve en el piso de sus padres. No era usted más que un niño, y en unas circunstancias terribles...

Daniel, que hasta entonces había escuchado el monólogo tirando de paciencia e incluso había acusado cierto adormecimiento, se retrepó en la silla y focalizó su atención en el hombretón.

—Lamento lo de su madre —dijo el teniente, y movió su manaza para acompañar sus palabras—. Me enteré de su fallecimiento un tiempo después, cuando yo ya no estaba aquí.

Daniel inclinó levemente la cabeza en señal de agradecimiento y murmuró:

—Disculpe, si no le importa, me gustaría...

Alcalá cabeceó.

—Que fuese al grano, ¿no? Sí, sí, claro. Suelen decírmelo. —Se detuvo unos instantes y paseó la mirada por el despacho, evocador—. Ya sé que ayer Blanco le adelantó algo. En efecto, siempre creí que quedaron cabos sueltos, cosas que no fuimos capaces de aclarar, y eso fue lo que le comenté a él en su día, sí, para que tuviera los ojos bien abiertos cuando llegara a Reinosa. —Se encogió de hombros—. La verdad es que esas marcas que le han hecho a usted en el coche dan que pensar, no se lo voy a negar, pero vamos, que no tienen por qué estar relacionadas con el caso. En mi opinión, el sargento se está preocupando demasiado. Además, nunca pudimos probar que hubiera un cómplice. Es mucho suponer que se trate de alguien que se nos escapara, tanto tiempo después, ¿no le parece?

Daniel no respondió y aguardó a que Alcalá prosiguiera.

—En realidad, quien le hizo esos rayones pudo ser cualquiera, sin ningún tipo de vínculo con lo de Orduña —recalcó el teniente—. Y lo mismo ocurre con el hombre que llamó anoche a su puerta y salió corriendo. Blanco ya me ha hablado de ello —aclaró, y señaló el teléfono significativamente—. Además, hay algo que tal vez el sargento no haya tenido en cuenta.

—¿A qué se refiere?

—A que todo lo relativo a ese crimen ha prescrito, así que ¿por qué iba a temer alguien que usted indagara sobre ello? ¿Por qué iba a querer asustarlo, como sugiere el sargento?

Daniel se removió en la silla.

—Y entonces ¿qué hago aquí? —dijo, sin disimular su contrariedad por la actitud del hombre.

—Ya se lo he dicho: mi compañero está preocupado y, para quedarse tranquilo, quiere que usted me cuente todo lo que le ha sucedido durante estos días, todo lo que sabe, por si fuera aconsejable tomar alguna precaución. Así que adelante. Aunque ya se puede imaginar mi parecer al respecto. —Se calló durante unos segundos y lo estudió con curiosidad—. Él me ha dicho que usted está haciendo una especie de reconstrucción de los hechos. También que es abogado.

—Sí, aunque no llevo esta clase de temas.

—Ya lo sabrá, supongo, pero como familiar de Guillermo Somoza tiene derecho a acceder a los autos y a obtener copia de todo. Es un buen mamotreto. Lo encontrará en los archivos judiciales.

Daniel asintió y anotó mentalmente pedir una copia del procedimiento en cuanto pudiera. Por muy voluminoso que fuera el expediente, no tenía nada que perder. Además, a juzgar por la indolencia que denotaba el teniente, aquella reunión no parecía que fuera a depararle grandes avances.

—¿Sabe qué? —continuó Alcalá, frunciendo el ceño—. Durante muchos meses seguí dándole vueltas al caso de su padre, una y otra vez. Para mí se convirtió casi en una obsesión, y mi jefe, el cabo Losada, se dio cuenta. Me dijo que lo dejara estar, que teníamos al asesino y que, aunque Guillermo se hubiera suicidado en su celda, habíamos logrado que se hiciera justicia. Pero la posibilidad de que hubiéramos dejado escapar a alguien culpable, o de que hubiéramos cometido un error, me amargaba la existencia. No sabe usted cuánto. —Sus ojos se oscurecieron—. A Losada lo mataron unos meses después en un tiroteo y, cuando lo enterramos, me prometí que me olvidaría del asesinato de Lorenzo Orduña, para cumplir uno de sus últimos deseos, y así lo hice. —Extendió los brazos sobre el escritorio e inclinó el cuerpo—. Lo que quiero hacerle ver es que más empeño que yo no puso nadie en ese caso. De modo que no me mire con esa cara de decepción. ¿Me ha entendido?

Daniel notó que se ruborizaba.

—Bien —dijo Alcalá—. Y ahora cuénteme.

Daniel suspiró y, tras arrellanarse en la silla, comenzó a hablar. Repitió punto por punto lo que le había referido a Blanco el día anterior y, cuando terminó, el teniente balanceó la cabeza y dejó escapar un sonido gutural de difícil interpretación.

—¿Tiene aquí ese billete de tren?

Como respuesta, Daniel se llevó la mano al bolsillo y depositó el pasaje sobre el escritorio. Al verlo, Alcalá sacó unas gafas de lectura de la cajonera y se las ajustó al puente de la nariz. Después cogió el billete y lo palpó con detenimiento, como si quisiera cerciorarse de que era auténtico.

—El otro se lo quedó Arturo Vallejo, creo —le aclaró Daniel—, porque entre las cosas de mi padre no ha aparecido. Ya le he comentado que había dos, o eso me dijo Roberto Gutiérrez.

El teniente se quitó las gafas, las dejó en la mesa y miró a Daniel con cierto aire de condescendencia.

—No se vuelva loco buscando el otro.

—¿Cómo dice?

—El billete que en teoría era para Arturo.

—¿Por qué?

—Porque no es importante. Lo que Arturo le explicó ayer, lo de aquel viaje a Santander que tenían programado para verse con ese abogado, Carlos Cayón, es cierto.

Daniel entornó los ojos.

—Y usted ¿cómo lo sabe?

—Lo sé porque, cuando su padre se suicidó, Carlos Cayón se puso en contacto con nosotros. —Alcalá alzó una de sus manazas para contener la siguiente pregunta de su interlocutor, que ya había abierto la boca—. Nos dijo que estuvo a punto de llamarnos el día que se enteró del asesinato de Lorenzo Orduña y de la detención de Guillermo, pero que no se atrevió por aquello del deber de secreto profesional de los abogados. Sin embargo, unos días después, cuando oyó que Guillermo se había suicidado, consideró que su obligación era colaborar en la investigación. Además, en puridad, Guillermo no había llegado a ser su cliente.

Daniel le hizo un gesto para que prosiguiera.

—Se presentó aquí una tarde, sin avisar, y nos dijo que tenía cierta información que podía sernos de utilidad. En realidad, tampoco nos pareció gran cosa, ya se lo adelanto, aunque ahora nos sirve para contestar a sus preguntas. Fíjese: según el abogado, la tarde del lunes uno de septiembre, es decir, unas horas antes del crimen, Guillermo Somoza llamó por teléfono a su despacho y le pidió a su secretaria una cita para el día siguiente, a las doce y media de la mañana, en Santander. Una consulta laboral, en teoría.

—Por su despido de la fábrica...

—Exacto, eso dedujimos. Al parecer, Guillermo anunció que acudiría acompañado, que serían dos personas. Así que ahí lo tiene: Guillermo y Arturo. Dos billetes de tren y un viaje a Santander —remató el guardia civil.

Daniel inspiró hondo, rendido a la evidencia.

—A nosotros no se nos ocurrió ir a la estación de tren a comprobar si Guillermo había comprado unos billetes para el viaje, sinceramente —admitió Alcalá—. De hecho, ni siquiera nos planteamos qué medio de transporte tenía previsto utilizar, aunque tampoco creo que fuera relevante. En fin, esa es la explicación, que encaja con la versión de Arturo. Lo que le decía: no se vuelva loco.

Daniel no encontró forma de replicar a las palabras de aquel hombre, que no dejaban espacio a la duda.

—Eso sí, le reconozco una cosa —apuntó entonces el teniente—: lo que me ha dicho usted, lo que oyó ese empleado de la estación... ¿Cómo era?

—«Tenemos que ser valientes. Es ahora o nunca».

—Eso. Me resulta extraño, la verdad. —Alcalá entrelazó las manos con aire ceremonioso y, sin estar seguro del motivo, Daniel sintió que una chispa de esperanza prendía en su interior—. Me hace pensar si no… —Se detuvo unos instantes, como si quisiera medir sus siguientes palabras—. Bueno, ya le he comentado antes que hubo algunos cabos sueltos. ¿Tiene media hora?

42

La tercera huella

Desde el principio tuvieron claro quién había matado a Lorenzo Orduña; eso fue lo primero que afirmó Alcalá. Todos los indicios, dijo, apuntaban en la misma dirección, y la confesión de Guillermo, sumada al posterior suicidio y a la nota de despedida en la que reconocía que había cometido un error, lo confirmaron.

Aunque la mecánica criminal descrita por el sospechoso en su declaración podía resultar difícil de asumir por las coincidencias que se habían dado en el tiempo, lo cierto era que casaba con los elementos que ellos manejaban. Proporcionaba una solución rápida y eficaz al caso, lo que siempre era del agrado de la sociedad y, por lo tanto, de los altos mandos. Era verdad que, aun así, quedaban algunos aspectos sin explicar, pero, con un asesino confeso que incluso se había suicidado y mucho trabajo por delante en otros asuntos, el cabo Losada resolvió que no procedía alargar las pesquisas. Así se lo trasladó al juez, que no dudó en dar carpetazo a la causa.

—Una de las cosas que no conseguimos aclarar fue lo que nos había contado Mercedes Alonso, la cocinera de los Orduña —carraspeó el teniente—. Ella también nos habló de ese hombre al otro lado del portón..., lo mismo que a usted. —Alcalá ladeó la cabeza—. Yo estaba convencido de que decía la verdad, si he de serle sincero. No tenía sentido que se inventara algo así, pero, según Losada, a esa distancia y de noche, con los barrotes del portón de por medio y en esas circunstancias, la señora pudo ver cualquier cosa, e incluso imaginarla. —Hizo una breve pausa y compuso una mueca de desaliento—. No digo que la opinión de Losada fuera un disparate, ni mucho menos, pero enseguida encontramos algo que corroboraba el testimonio de la mujer. O eso interpreté yo, por lo menos.

—El qué —lo espoleó Daniel.

—En el revólver aparecieron las huellas de tres personas —murmuró el teniente, y se inclinó como si estuviera compartiendo una confidencia—. No una ni dos, sino tres.

—¿Tres? —repitió Daniel atónito.

—Sí. El dato quedó recogido en el atestado, pero el sumario se había declarado secreto y, además, el informe dactiloscópico oficial tardó bastante en llegar. Para cuando se hizo público todo el contenido del procedimiento, Guillermo ya se había suicidado, y la opinión pública tenía a su culpable. Muy pocos prestaron atención a la documentación judicial, y si lo hicieron no fue con el debido detalle. Siempre pasa igual: al principio mucho bombo y luego nada, directo al olvido —farfulló, e hizo un aspaviento—. Aunque la madre de usted sí se dio cuenta de ello. El abogado le había facilitado una copia de los autos y, en cuanto leyó el informe del laboratorio, vino a pedirnos que se reabriera la investigación. Pero nosotros ya no podíamos hacer más, como le he dicho.

Daniel se manoseó el mentón mientras cavilaba. Eso explicaba la resistencia de su madre a admitir la verdad, a asumir que su marido era un criminal.

—¿Y no comprobaron a quiénes correspondían las huellas?

Alcalá asintió y le respondió que unas eran de Lorenzo y otras, de Guillermo; las del tercer individuo se quedaron sin identificar. Todas ellas, las de las tres personas, estaban dispersas a lo largo del revólver, en diversos puntos.

—Esa tercera persona pudo ser el hombre que vio Mercedes, ¿no? —apuntó Daniel, pensando a toda velocidad—. Quizá llegó a coger el arma y luego saltó el muro...

—Es posible, sí —concedió el teniente—. Aunque su padre nos ofreció una explicación alternativa. Él nos dijo que el revólver se lo había conseguido un conocido en el mercado negro unas semanas atrás. Para protegerse. Según él, las huellas eran de ese tipo.

Al escucharlo, Daniel recordó que Losada y Alcalá ya le preguntaron a su madre por aquello en 1975, cuando se presentaron en su casa tras la confesión. No había olvidado su respuesta: ella aseveró con contundencia que su esposo jamás había tenido un arma y les garantizó que, por algún motivo que no alcanzaba a comprender, su marido les estaba mintiendo.

—Guillermo se negó a darnos más información, incluida la identidad de ese supuesto conocido —repuso el teniente—, y el número de serie del revólver estaba destrozado, así que, en esas condiciones y con los medios de aquellos tiempos, nos fue imposible comprobar su origen.

Daniel movió la cabeza con recelo y Alcalá sonrió con desgana.

—Sí, ya sé lo que está pensando —dijo—. Suena extraño, ¿verdad? Lo primero que hace cualquier persona que trafica con armas es asegurarse de no dejar ningún rastro. Por si acaso. En cambio aquí...

—¿Y no se plantearon que el revólver fuera de Lorenzo Orduña? También encontraron sus huellas, ¿no?

—Por supuesto que nos lo planteamos, pero había dos problemas —contestó el teniente, y fue alzando los dedos índice y corazón a medida que los enumeraba.

El primero, adujo, era que no tenía sentido que Guillermo les hubiera mentido sobre eso. ¿Por qué iba a atribuirse la propiedad de un revólver que no era suyo? ¿Qué ganaba con eso? El segundo era que Ángeles Miranda también había declarado que su esposo carecía de revólveres o armas similares.

Daniel dejó escapar un resoplido.

—De modo que, ante esa encrucijada, ustedes concluyeron que el revólver era de mi padre, y el juez también, ¿no? —recapituló.

En esta ocasión, Alcalá lo miró con acritud.

—Lógicamente. ¿Cómo íbamos a ponerlo en duda si el principal sospechoso lo había reconocido? Aunque no le voy a negar que más adelante, cuando estábamos a punto de cerrar el expediente, surgió algo que nos descolocó.

El guardia civil se tomó un momento para dar un trago a una botella de agua que había en un extremo de la mesa. Después, se aclaró la garganta y explicó que, al inicio de la investigación, su jefe había pedido a la Dirección General de Seguridad un informe sobre las licencias de armas que el detenido y la víctima pudieran tener concedidas. Ese informe lo recibieron con cierto retraso, justo después de que Guillermo se hubiera quitado la vida. En él se indicaba que, diez días antes de su muerte, Lorenzo había solicitado una licencia para la tenencia y manejo de armas de fuego. El motivo que había alegado por escrito era la inseguridad que sentía desde la muerte de un trabajador en la fábrica. Aducía que la plantilla estaba muy revuelta e incluso aportaba varios anónimos que le habían dejado en su domicilio.

—¿Y le concedieron la licencia? —quiso saber Daniel.

—No, la petición aún no se había tramitado cuando fue asesinado. Aunque eso no significa que no pudiera coger atajos, claro. Por el sector al que se dedicaba, seguro que tenía amigos en empresas armamentísticas, en el ejército y en la policía, gente que lo tuviera en buena estima o le debiera algún favor. Después simplemente sería cuestión de legalizar el asunto. Era algo habitual en aquellos tiempos. En cualquier caso, nosotros no encontramos evidencias que llevaran a pensar que ese revólver era suyo, pese a esa solicitud.

Daniel se presionó las sienes con los dedos, concentrado.

—Ya, pero antes ha dicho que había huellas de los dos, ¿no? ¿Cómo puede ser?

El teniente no dudó a la hora de responder. Le aclaró que, desde el principio de la investigación, todo había apuntado a una violenta pelea entre ambos. Cuando detuvieron a Guillermo, este presentaba un estado lamentable, con magulladuras y sangre por toda la ropa. Además se había roto una pierna, aunque eso, al parecer, se lo hizo después de la discusión con el empresario, al caer del muro cuando trataba de huir. El cadáver de Lorenzo, por su parte, también tenía algunas heridas y arañazos, aunque menos, y una fuerte contusión en la zona de la nuca, que parecía obedecer a un golpe propinado con la culata del revólver.

—Y un disparo en el pecho —añadió Alcalá con gesto de gravedad—. A la altura del corazón.

—Entonces ¿ustedes interpretaron que durante la pelea Lorenzo llegó a tocar el arma?

Alcalá asintió y se acarició la barba. Acto seguido, remarcó que aquella no solo fue la interpretación que él realizó de los hechos, sino también lo que el detenido confesó poco después. Según la versión que les dio Guillermo, en el momento en que él sacó el revólver la discusión ya estaba descontrolada y Lorenzo había comenzado a empujarlo. Al ver el arma, el empresario dio un grito y arremetió contra él para intentar arrebatársela. Durante el forcejeo, consiguió agarrarla durante unos instantes, antes de que saliera despedida y cayera a varios metros de donde se encontraban. Los dos se lanzaron a intercambiar una lluvia de puñetazos y patadas que se prolongó varios segundos, hasta que Lorenzo le ganó la posición y, colocado encima de él, lo inmovilizó y lo golpeó sin piedad con los puños. Él braceó y agitó las piernas en un intento desesperado por sacudírselo. Cuando el aliento empezaba a faltarle, logró escurrirse ligeramente y de un codazo lo derribó hacia un lado. Después echó a correr en dirección al revólver. Se agachó, lo cogió a toda velocidad y, al darse la vuelta, vio que Lorenzo ya se había puesto en pie e iba hacia él con el puño en alto y el rostro desencajado. Y fue entonces cuando, dominado por la ira y el dolor, apretó el gatillo.

43

La visita

La secuencia narrada por el teniente se desplegó en la mente de Daniel de forma tan vívida como si la hubiera presenciado en directo, como si tuviera ante sí el rostro de su padre, sanguinolento y deformado por la cólera. Se lo imaginó con los ojos desorbitados contemplando el cadáver de Lorenzo y pensando que debía escapar de allí cuanto antes, por si alguien, a pesar del vendaval, había oído el disparo. En su cabeza, le vio correr hacia el muro, y entonces se acordó del hombre que, en teoría, debía de estar esperándolo en la calle para huir juntos. El tipo alto y corpulento al que se había referido Mercedes. ¿Habría sido real? Y en caso de que sí, ¿se trataba de un cómplice o quizá simplemente de un testigo casual? Eso último resultaba difícil de creer, teniendo en cuenta la hora a la que se había producido el crimen.

Como si el teniente pudiera seguir sus pensamientos, dijo:

—Hubo un tiempo en que sospechamos de Arturo. Creímos que él podía ser el hombre que había visto la cocinera, y también quien había dejado sus huellas en el revólver. Se ajustaba a la descripción que nos había dado la mujer, y, además, unas horas antes del crimen Héctor Suárez lo había visto por los alrededores de la casona.

—¿A Arturo? —repitió Daniel, aunque lo había oído perfectamente. No entendía qué podía haber llevado al amigo de su padre a aquel lugar tan apartado, y menos en aquel contexto, con sus compañeros Guillermo y Ernesto recién despedidos y los ánimos más enardecidos que nunca.

—Sí, sobre las siete. Los Suárez y los Orduña volvían en coche de una excursión que habían hecho a Fontibre, y Héctor se fijó en él, lo vio a unos metros de la casa.

—¿Cree que estaba preparando algo, que ayudó a mi padre?

—No lo sé, pero el modo en que se produjo la confesión de Guillermo nos hizo recelar aún más de él. ¿Está usted al tanto de lo que pasó?

Daniel movió la cabeza hacia ambos lados y Alcalá comenzó a rememorar el episodio en voz alta mientras hundía el dedo índice en el vello de su pecho y se entretenía dibujando círculos. Todo había ocurrido a los tres días de la detención. Hasta entonces, Guillermo se había negado a hablar, y tampoco había abierto la boca en la comparecencia ante el juez, quien no dudó a la hora de decretar la prisión provisional. Ese viernes, a primera hora de la mañana, Guillermo le dijo a uno de los funcionarios de la cárcel de Santander que necesitaba reunirse urgentemente con Arturo Vallejo y le insistió en que hiciera llegar su solicitud a los guardias civiles a cargo de la investigación. El cabo Losada, informado de ello, debería haber rechazado de plano aquella petición, puesto que era muy pronto para que el reo recibiera visitas, recién ingresado el día anterior, pero detectó una oportunidad en aquella petición y ambos se presentaron en la celda. Lo encontraron desbordado por los nervios.

—Jugamos un poco con él —admitió el teniente—. Le explicamos que Arturo no era familiar suyo y que, por tanto, no había causa legal para admitir esa visita, y menos en ese momento. En realidad, por una parte pensábamos aprovechar la situación para obtener alguna pista sobre la participación de Arturo en el asesinato, pero por otra temíamos que utilizaran la reunión para intercambiar algún mensaje sin que nos diéramos cuenta, o incluso que todo fuera una pérdida de tiempo. Pero Guillermo nos sorprendió.

—¿En qué sentido? —preguntó Daniel, acelerado por aquellas revelaciones.

—Nos aseguró que, si le permitíamos hablar con Arturo a solas durante cinco minutos, confesaría el crimen. Lo confesaría todo.

Daniel lo miró con estupefacción.

—¿Y lo hicieron? ¿Les dejaron hablar a solas?

Alcalá sacudió la cabeza.

—No, de ninguna manera. Es más, aunque hubiéramos querido, no habríamos podido hacerlo.

De manera somera, el teniente lo informó de que en 1975 era obligatorio que todas las comunicaciones orales, sin excepción, se llevaran a cabo en el locutorio de la cárcel y en presencia de un funcionario. La privacidad que Guillermo exigía vulneraba lo establecido en el Reglamento de los Servicios de Prisiones, que no fue modificado hasta después de la muerte del general Franco para legalizar los vis a vis y las conversaciones privadas, sin vigilancia alguna.

—Una cosa era que quisiéramos agilizar el asunto y otra saltarnos la legalidad del Régimen —remató Alcalá, que dejó entrever su orgullo por el rigor aplicado—. Por suerte, Guillermo acabó comprendiendo que por ahí no íbamos a pasar y se avino a que estuviera delante un funcionario, y también nosotros, por si acaso. Lo comentamos con el director de la prisión de Santander y no puso pegas, así que organizamos el encuentro enseguida. Arturo fue a verlo ese mismo mediodía, justo después de comer, pero la conversación no duró mucho.

—¿Por qué? ¿Qué fue lo que se dijeron?

—Arturo, nada. Solo asentir desde el otro lado del cristal. Pero Guillermo…

Alcalá lo miró con lástima y, acto seguido, le resumió la visita. Según el teniente, nada más sentarse en el locutorio, Guillermo balbuceó que todo había sido por su culpa y que lo sentía mucho. Sin dejar siquiera que Arturo le contestara, manifestó que no quería perjudicar a nadie y que él contaría toda la verdad, solo él, para no causar más dolor. A toda prisa, le recalcó a su amigo que la responsabilidad de lo ocurrido era suya, exclusivamente suya, que todo había sido una insensatez, y le pidió que le jurara por su familia que respetaría su decisión, que no haría nada. Fue en ese instante cuando el cabo Losada tuvo la impresión de que Guillermo estaba impartiendo algún tipo de instrucción, proporcionando una pauta de actuación dirigida no solo a su compañero, sino a una pluralidad de personas, y decidió poner fin a la visita de forma abrupta. Antes de verse obligado a salir de allí a empujones, Arturo solo tuvo tiempo de hacerle a su amigo un rápido asentimiento con la cabeza.

—Lo recuerdo todo bien —apostilló el teniente—, porque tanto a Losada como a mí nos pareció que se trataba de un mensaje en clave.

Daniel cruzó los brazos, meditabundo. ¿Qué significaban aquellas palabras? ¿Qué demonios quiso decirle su padre a Arturo?

—Y después de eso, ¿confesó? —acabó preguntando.

—Sí, lo hizo, tal y como había prometido. En los términos que le he trasladado hace un momento. Y luego... Bueno, ya sabe usted lo que pasó luego, esa noche.

Daniel suspiró. No había olvidado la vez que Francisco Alcalá y el cabo Losada fueron a su casa para comunicarle a su madre la noticia del suicidio. Los plañidos desgarradores de ella aún le resonaban en los oídos.

Se frotó los ojos y se obligó a centrarse en lo que le ocupaba en ese momento.

—¿Y no tomaron ninguna medida contra Arturo? ¿No hicieron nada?

—Sí. Quisimos tomarle las huellas y él, aunque habría podido negarse, accedió. Cuando las contrastamos con las del revólver, vimos que no coincidían —dijo con tono de derrota—. Por eso le decía antes que hubo un tiempo en que sospechamos de él, pero aquello, como comprenderá, nos dejó sin argumentos. Además, él defendía que había sido una estupidez que cortáramos la visita, que no se estaban pasando ningún mensaje. Según él, Guillermo simplemente estaba reconociendo que se había equivocado al matar a Lorenzo y que iba a confesar para que no se especulara con la implicación de otros trabajadores. Nada más.

Daniel torció el gesto mientras pensaba que esa lectura de la conversación, en el fondo, no era descabellada.

—O sea, que él no era el hombre que estaba detrás del portón... —musitó, sintiéndose cada vez más perdido.

—Bueno, o sí, pero no fue quien tocó el arma —replicó el teniente, que recolocó su corpachón en la butaca—. Yo quería detenerlo y presionarlo más. Estaba convencido de que nos ocultaba información, pero, a decir verdad, habíamos llegado a un punto muerto y debíamos administrar nuestros recursos. Además, una cosa era innegable: el caso estaba resuelto, con un asesino confeso y al que apuntaban prácticamente todos los indicios. En opinión de Losada, que se nos escapara un cómplice era un mal aceptable, y en realidad ni siquiera teníamos la certeza de que existiera —se excusó, y levantó las palmas de las manos de forma elocuente—. También teníamos nuestras sospechas sobre Ernesto Posadas, pero no veíamos la manera de echarle el guante, y lo único que íbamos a conseguir era sembrar dudas e inseguridad en la gente, así que..., ya se lo he dicho: el juez dio carpetazo al asunto.

Daniel agachó la cabeza con desánimo, aunque no tuvo tiempo de verbalizar su desazón. De pronto, el teléfono del despacho de Alcalá comenzó a sonar con estridencia y este alargó su grueso brazo para descolgar.

—¿Diga?

Una voz agitada brotó del auricular. Daniel no pudo distinguir lo que decía, pero, a juzgar por la expresión de estupor y alarma que apareció en el rostro del teniente, se trataba de malas noticias.

—¡Acordonad la zona y no dejéis entrar a nadie! —bramó Alcalá de repente—. ¿Me has oído? ¡A nadie! Y avisad ahora mismo a la jueza y a la forense. Vamos para allá.

Cortó la comunicación y miró a Daniel.

—Arturo ha muerto. Su hijo lo acaba de encontrar en su casa.

44

La punta del iceberg

Alcalá salió de su despacho a toda prisa y volvió dos minutos después junto a una joven de unos veinticinco años que llamaba la atención por su esbeltez y la resolución que emanaba de sus grandes ojos color azul cielo. Llevaba el pelo recogido en una larga cola de caballo rubia que se bamboleó cuando entró en la estancia.

—Mi compañera, la cabo Nuria Herrera —se la presentó el teniente.

—Encantado —se apresuró a decir Daniel al tiempo que le ofrecía la mano para estrechársela.

Tras coger un grueso expediente y meterlo en una mochila negra que se colgó al hombro, Alcalá los apremió para que lo siguieran a la calle. La cabo y él saldrían de inmediato hacia Reinosa, anunció.

—Usted váyase a casa, Daniel. Y le ruego que sea discreto.

—Pero ¿qué ha pasado? Dígame algo. ¿Lo han matado? —inquirió él con el corazón desbocado cuando franqueaban la puerta que daba al aparcamiento exterior. Había estacionado su coche fuera del perímetro de la comandancia, en un lateral de la carretera general que discurría más allá del edificio, pero no tenía la menor intención de separarse de ellos, que se dirigían raudos hacia un Nissan Primera gris metalizado que había a unos metros, en batería.

—Ahora no tenemos tiempo —replicó Alcalá, y lanzó un manotazo al aire—. Haga el favor de marcharse, ya nos veremos. Conduzco yo, Nuria.

El teniente y la cabo se subieron al vehículo y lo dejaron allí plantado sin posibilidad de discutir. Tuvo que resignarse a contemplar cómo el Nissan se ponía en marcha y se perdía en la carretera mientras él se decía que el fallecimiento de Arturo no podía tratarse de una mera casualidad: no le parecía probable que, justo en ese momento, cuando él había comenzado a indagar en los sucesos del verano de 1975, el amigo de su padre muriese por causas naturales. Además, el aviso que el hijo de aquel hombre había dado a la Guardia Civil al encontrar el cadáver resultaba más que significativo. Se preguntaba qué habría ocurrido.

Se disponía a abandonar el recinto de la comandancia cuando oyó unas voces a su espalda y giró el cuello. Quienes hablaban eran cuatro agentes de mediana edad que cruzaban el aparcamiento cargados con sendos maletines. Iban uniformados y se dirigían a un Renault Megane blanco y verde con el logotipo de la Guardia Civil. Daniel intuyó que eran los de criminalística, los que siempre aparecían en la televisión vestidos con monos inmaculados. Aquello confirmaba que no se había equivocado: alguien había matado a Arturo o, cuando menos, existían indicios de criminalidad, lo que exigía la presencia de esa gente. Se metieron en el vehículo y se esfumaron de allí.

Daniel, decidido a enterarse de lo que había sucedido, se dio prisa en franquear la barrera. Tras despedirse del agente sentado en la garita, se encaminó hacia su coche. Debía apresurarse si no quería llegar demasiado tarde al piso de Arturo, donde se suponía que había perdido la vida. De repente, se acordó de las luces que había visto esa mañana en las ventanas de la casa. ¿Llevaría muerto desde entonces?

Al cabo de unos minutos ya estaba sentado en su Audi. Como era de esperar, en el horizonte, al fondo de la carretera, ya no había ni rastro de los miembros de la policía judicial. Encendió el contacto y comenzó a maniobrar para incorporarse al tráfico. Desde los altavoces, Bill Evans Trio intentó mecerlo con uno de sus temas, aunque él tenía la mente en ebullición y apenas escuchaba.

Quiso pisar el acelerador para adelantar a tres camiones que circulaban en fila, pero el tráfico era denso y él no disponía de una sirena que le despejara el camino de obstáculos. Golpeó el volante con frustración y se abandonó al parsimonioso avance de la caravana mientras cavilaba. Se le ocurrió entonces que tal vez su padre y Arturo no hubieran sido más que la punta del iceberg, la cara visible de una organización que recurría al crimen como medio para cambiar las cosas. Algo parecido había insinuado Mercedes en la residencia, y Alcalá tampoco lo había negado categóricamente. Sin embargo, a él eso le parecía demasiado extremo, demasiado radical incluso para su padre. Le costaba creer que se hubiera prestado a participar en una conjura de esas dimensiones.

Al reflexionar sobre ello, cayó en la cuenta de que, antes de que el teléfono los interrumpiera, el teniente había admitido que en aquella época también llegaron a sospechar de Ernesto Posadas, pero ¿qué había ganado ese hombre con la muerte del empresario? Hasta donde él tenía entendido, nada; a lo sumo, la consumación de la venganza que ansiaba por la muerte de su hermano, pero, en lo referente al futuro de Aceros Campoo, el asesinato no desvió ni un ápice la ejecución de los planes que Lorenzo Orduña había trazado para la fábrica. Los alemanes no pudieron hacerse con ella y, en su lugar, Héctor Suárez y su padre tomaron el poder, aunque accediendo en cierto modo a compartirlo con Marcos Orduña para no provocar un cisma. ¿A quién había beneficiado, por tanto, aquel crimen? Daniel no lograba verlo con claridad; tampoco el motivo por el que su padre había insistido en reunirse con Arturo en la prisión para murmurarle aquellas ambiguas palabras antes de confesar el crimen.

No era capaz de hallar respuestas, pero sí tenía la sospecha de que en Reinosa había alguien desesperado, alguien dispuesto a cualquier cosa, incluso a matar.

45

La escena del crimen

Cuando se adentró en la avenida La Naval, vio el Renault Megane de los agentes de criminalística aparcado al lado izquierdo de la calzada, casi pegado al portal de la casa de Ramón, detrás de otros dos coches con el distintivo de la Guardia Civil. Le sorprendió que no estuviera allí el Nissan Primera del teniente Alcalá y la cabo Herrera.

Al otro extremo de la calle, una masa de gente se apelotonaba frente al cordón policial que impedía la entrada al edificio en cuyo interior reposaba el cadáver de Arturo Vallejo. Entre los curiosos, distinguió a Ernesto Posadas, al abogado Federico Setién y a dos de las amigas de María Güemes. No vio a la propia María; tampoco a los Suárez ni a los Orduña. Según su reloj, ya pasaban de las dos de la tarde. Se figuró que todos ellos estarían en la casona, inmersos en la celebración de la exitosa venta de Aceros Campoo, ajenos al mal que azotaba de nuevo la localidad treinta y dos años después.

Mientras giraba el volante para estacionar, se percató de que algunas personas que se agolpaban junto al cordón policial sostenían cámaras con el logotipo de una cadena de televisión local. Los medios no habían tardado en enterarse. Supuso que pronto llegarían los provinciales y, si el asesinato había sido muy escabroso o el asunto estaba tocado de cierto halo de misterio, los nacionales harían su aparición en breve.

Cerró la puerta del coche y se acercó. Algunas caras se volvieron hacia él. En más de una detectó recelo. Comprendió que, al ser hijo de Guillermo Somoza, imaginárselo como sospechoso no resultaba difícil. Además, en Reinosa ya había mostrado en más de una ocasión su carácter violento. Por otro lado, pensó, se daba la inusitada casualidad de que los hechos se habían producido justo cuando él había regresado, tras un montón de años sin dejarse ver por esos parajes. La conclusión, para algunos, sería evidente: el vástago había seguido la tortuosa senda del padre. La historia, desde el punto de vista periodístico, no podía ser más atractiva. Daniel esperaba que la mente del teniente se apartara de aquellos razonamientos tendenciosos y discurriera por otros derroteros. Pese a que a Alcalá le pagaban por no dar nada por sentado, era obvio que sospechar de él carecía de sentido, o eso quería creer.

Se puso de puntillas para intentar ver lo que sucedía en el portal. Dos guardias civiles custodiaban la entrada. Uno de ellos era Rodrigo Blanco. Sin apenas meditarlo, se abrió paso entre la gente, se agachó para rebasar la cinta policial y se aproximó al sargento con paso firme.

—¿Qué está haciendo? —lo amonestó Blanco al tiempo que agitaba las manos—. No puede pasar. Váyase.

—Lo han matado, ¿no? —le preguntó Daniel ignorando la orden—. Yo estaba con el teniente cuando le llamaron.

—Ya lo sé, me lo ha dicho —respondió el sargento con tono cortante—. Haga el favor de marcharse.

A la espalda de Daniel se oía un murmullo que, conforme transcurrían los segundos, crecía en intensidad. Nadie parecía comprender qué hacía el hijo pequeño de Guillermo Somoza ahí plantado, más allá del cordón.

—¿A qué hora murió? —insistió.

—Váyase. ¡Es una orden!

Pero él no estaba dispuesto a ceder.

—Sargento, por favor, es importante: esta mañana salí a correr a las siete y media y vi luz en el piso de Arturo. Y cuando volví seguía igual. Y eso que ya había amanecido. Seguro que ya estaba muerto...

Blanco torció la boca y a continuación echó un rápido vistazo a la multitud.

—No se mueva de aquí —resopló antes de darse la vuelta y perderse en las entrañas del edificio.

Daniel lo aguardó durante un par de minutos que se le hicieron eternos, sometido a la atenta mirada del otro guardia civil y con toda esa gente detrás compartiendo rumores y comentarios.

A su regreso, y desde el portal, Blanco le hizo un gesto apremiante con la mano. Él captó el significado al vuelo y entró dejando atrás una nube de cuchicheos.

—Póngase esto —le pidió el sargento, y le tendió unos guantes y unas calzas de color blanco—. Los de criminalística están buscando huellas y no quiero cargármela si usted desvirtúa algo. Tenga cuidado, por favor.

En el rellano casi se dieron de bruces con el corpachón de Alcalá, que paseaba de un lado a otro con las manos a la espalda y ligeramente encorvado.

—Ya veo que no me ha hecho ni puñetero caso, Daniel. Mal empezamos.

—Bueno, la casa de mi hermano está enfrente y...

—Usted lo ha dicho: enfrente. Se ha desviado un poco, ¿no? —Meneó la cabeza en señal de desaprobación—. A ver, el sargento me ha comentado que tiene usted información relevante. Parece predestinado a estar en los sitios menos oportunos...

Daniel hizo caso omiso de su sarcasmo y repitió lo que le había contado a Blanco sobre el episodio de esa mañana.

—Vale. ¿Y vio a alguien por la zona? —quiso saber el teniente.

—¿Al salir a la calle? Mmm..., no. Solo un poco después.

—¿A quién?

—A Federico Setién.

—¿Y qué hacía a esas horas?

—Ejercicio. Estaba atándose los cordones de las zapatillas a unos metros de aquí, al final de la avenida.

En ese momento, Blanco intervino para aclarar que era habitual que Federico saliera a hacer deporte temprano.

—Me lo he cruzado varias veces cuando estaba de servicio —apostilló.

—Bueno, hablaremos con él, por si acaso —resolvió Alcalá al

tiempo que cruzaba los brazos y miraba a Daniel—. Ese es el abogado que asesoraba a su padre, ¿no?

—Sí. En realidad, a la mayoría de los trabajadores de las fábricas de la zona. Ahora está jubilado, según me dijo.

El teniente asintió con la cabeza.

—Entiendo. Cambiando de tema: usted estuvo ayer en este piso, ¿verdad? Me lo ha comentado antes en la comandancia. No sé si se acuerda —agregó, observándolo sin pestañear.

—Sí, estuve con Arturo por la mañana. Pero desde entonces no he vuelto por aquí, que quede claro —contestó mientras se preguntaba si el interrogatorio de Alcalá era tan inocente como parecía. ¿Y si sospechaba de él?

—Nadie ha insinuado lo contrario —repuso el guardia civil.

—Ya.

—Mire, la forense aún está examinando el cadáver, pero todo indica que la muerte se produjo de madrugada. Es decir, antes de que usted saliera a darse una vuelta —precisó Alcalá, y desvió los ojos hacia la entrada de la vivienda—. Ya que ha subido, quiero que pase conmigo. Pero tenga cuidado de no tocar nada, ¿de acuerdo? Me gustaría que me dijera cómo estaba el salón y si ve algo fuera de lugar o echa en falta algún objeto. Puede que usted fuera el último en estar aquí, aparte de su asesino.

Daniel contuvo un estremecimiento.

—Entonces lo han matado, ¿no?

Alcalá no respondió y, en su lugar, se dirigió al sargento:

—Blanco, vuelva abajo y asegúrese de que no entre nadie más. Salvo la jueza, claro. No sé dónde se ha metido esa mujer. ¿No se supone que estaba de guardia?

—Mi teniente, aquí solo hay un juzgado, así que lo de las guardias... Son de localización. Con que no se haya ido muy lejos...

—Gracias, sargento.

Alcalá y Daniel se internaron en el piso. Varios agentes vestidos con monos blancos y repartidos por todas partes se afanaban en la búsqueda de restos lofoscópicos y otros vestigios, con ayuda de geles, gelatinas, bastoncillos, pinceles, luces, bolsitas para pruebas y cámaras fotográficas de alta gama. Trabajaban en completo mutismo. La forense era una mujer de unos sesenta años, delgada, con el pelo corto y blanco y una sonrisa afable que no terminaba de encajar en aquel ambiente funesto. Estaba en el salón, inclinada sobre el cuerpo exánime de Arturo. Cuando los vio llegar, alzó la mirada y se presentó como Celia Santos, pero no se incorporó. Daniel ni siquiera le devolvió el saludo; el cadáver, tumbado boca abajo junto a la mesa del comedor y sobre una alfombra granate, atrajo toda su atención. La postura era antinatural, con la cabeza ladeada en un ángulo extraño y los brazos y las piernas apuntando en direcciones opuestas. Tenía la piel llamativamente roja, y daba la sensación de que Arturo se había retorcido de dolor hasta exhalar su último aliento. En la comisura de los labios se apreciaban restos resecos de una saliva espumosa, y tenía los ojos muy abiertos, con las pupilas dilatadas. A unos centímetros de su posición había una taza de loza que parecía haber rodado por la alfombra dejando una mancha oscura.

—No lo toque —le advirtió la forense cuando, aturdido, amagó con aproximarse al cuerpo. No podía creer que el antiguo amigo de su padre, el hombre con el que había estado conversando hacía algo más de veinticuatro horas, estuviese muerto.

—¿Lo... lo han envenenado?

La forense miró de soslayo al teniente, que hizo un gesto de aquiescencia.

—Sí —confirmó entonces la mujer—. Parece que con el café.

—¿Le echaron algo? —inquirió Daniel, y sintió que un escalofrío le escalaba por la espalda.

Alcalá dio un paso al frente y evitó que Celia Santos contestara.

—Eso aún tenemos que investigarlo —dijo el teniente—, pero lo que sí sabemos es que lleva unas horas muerto. Debieron de matarlo durante la noche. Observe a su alrededor, por favor. ¿Hay algo que le llame la atención, algo que ayer estuviera colocado de forma diferente?

Daniel no insistió y paseó la vista por el salón. Se fijó en la mesa del comedor. Era amplia y de madera, y a lo largo de ella había sillas dispuestas a cada lado. Dos estaban desplazadas hacia atrás. Se imaginó que una la habría ocupado Arturo, y la otra, su asesino. Sobre el mantel descansaban una taza llena de café y un álbum de fotos abierto de par en par. Por cómo había sido colocado, la mejor perspectiva para apreciar las imágenes la habría tenido la persona ubicada de espaldas a la puerta del salón; la misma que parecía no haber probado el café.

Continuó revisando la estancia y miró hacia las estanterías, las cuales se intercalaban entre sí formando un amplio mueble en el que se hallaba incrustado un viejo televisor. En la parte derecha, a media altura, se apreciaba una sucesión de unos veinte álbumes. Entre dos de ellos se advertía un pequeño hueco que, por las etiquetas que tenían los demás, debía de corresponder a un volumen del periodo 1972/1973.

—Cuando usted visitó a Arturo, ¿recuerda si ese álbum estaba sobre la mesa? —preguntó Alcalá.

Daniel cerró los ojos e intentó hacer memoria.

—Yo no me senté con él aquí, sino en esos sillones, pero no, no había ningún álbum. Me habría dado cuenta.

El hombretón asintió, en apariencia satisfecho con la respuesta de Daniel, y se acarició la barba.

—Aún tenemos que buscar huellas y demás, pero fíjese en las fotos. ¿No le sugieren nada?

Daniel examinó el álbum a media distancia, sin tocarlo, mientras reflexionaba sobre la actitud del teniente. No tenía claro hasta qué punto ese hombre se fiaba de él o si lo estaba utilizando de algún modo.

El álbum no era muy grande y estaba abierto más o menos por la mitad. En cada página cabían dos fotografías de tamaño estándar. La primera instantánea que vio, en el lado izquierdo, lo dejó sin habla. En ella aparecían su padre y Arturo sonriendo a la entrada de Aceros Campoo. Guillermo le pasaba el brazo a su amigo por encima de los hombros, y los ojos de ambos brillaban ante la cámara. Debajo había otra tomada en una larga extensión de césped. En esa ocasión los dos jóvenes estaban acompañados por sus respectivas esposas, todos aparentemente felices. En la página de la derecha había una sola fotografía, más grande que las otras, revestida de cierto halo de oficialidad. Toda la plantilla de la fábrica posaba como si fuera un equipo de fútbol y, en el centro, de pie, a modo de entrenadores o presidentes, dos hombres trajeados miraban a la cámara. Lorenzo Orduña lo hacía con gesto serio, un tanto altanero. En cambio, su hermano, Marcos, lo hacía con aire desenfadado, esbozando una sonrisa traviesa, y saludaba con la mano.

—Todo apunta a que la muerte de Arturo está relacionada de algún modo con su padre, ¿no le parece? —dijo el teniente.

Daniel dejó de estudiar las imágenes y, con cuidado, dio un paso atrás. Aún impactado, se volvió hacia Alcalá, quien manifestó que, a su juicio, encontrar un álbum abierto con fotografías en las que aparecían juntos Arturo y Guillermo no podía ser producto del azar.

—Analizaremos las tazas, pero trabajamos con la hipótesis de que solo había veneno en una de ellas, la que se cayó. Parece obvio que la víctima conocía a su asesino y por eso le abrió la puerta y le dejó entrar. Hemos echado un vistazo a la casa y no hay indicios de que nadie pasara la noche con él, por si se lo está preguntando. No, el asesino vino de la calle, y Arturo lo condujo al salón y le ofreció café. Después fue a la cocina a servir el que tenía del día anterior.

—Espere. ¿Cómo sabe que era del día anterior?

—Porque en la cafetera hay restos de grano molido como para un regimiento y, sin embargo, en el depósito apenas queda café. Las tazas que utilizaron, como ve, eran pequeñas, no cabe tanta cantidad, de modo que lo que faltaba se lo debía de haber bebido Arturo previamente, quizá a lo largo de varios días.

—Si es eléctrica, pudo meter mucho grano y, en cambio, no hacer apenas café si la apagó pronto, ¿no? —objetó Daniel, meditabundo—. Yo tengo una en casa, y puede pasar.

—Es eléctrica, sí —le confirmó Alcalá—, pero la marca de café en el depósito está muy arriba. Ya le digo yo que había hecho una barbaridad de café mucho antes.

—Bueno, en cualquier caso, ¿qué importancia tiene eso?

—Mucha. Si el café ya estaba hecho, el veneno no podía hallarse en la cafetera, sino en la taza de la que Arturo bebió antes de caer fulminado al suelo, y para eso el asesino tuvo que provocar una situación que le permitiera echárselo sin ser visto —dijo, y miró de reojo a la forense—. Esa situación, creo, la generó con el álbum. Puede que le pidiera directamente a Arturo que lo cogiera de la balda y se lo enseñara, o puede que sacara el tema del pasado para ponerlo nostálgico y sembrarle el deseo de echar un vistazo a esas fotos antiguas. En todo caso, recurrió a alguna treta para conseguir que Arturo fuera a la estantería y le diera la espalda. Entonces, aprovechó para echarle el veneno en la taza. Una buena dosis, ¿no, Celia?

La forense ladeó ligeramente la cabeza.

—Teniente, hasta que no hagamos la autopsia y tengamos los resultados del laboratorio ya sabe que es difícil pronunciarse.

Daniel, que había ido reconstruyendo en su mente la escena del crimen de acuerdo con la narración de Alcalá, concluyó que la hipótesis podía ser acertada.

—Y de haber sido así, ¿por qué el asesino no devolvió el álbum a su sitio? —preguntó al caer en la cuenta de aquella torpeza—. De ese modo habría evitado que los casos quedaran relacionados, ¿no?

—Bueno, habría sido más inteligente, sí —admitió Alcalá—. Yo diría que, después de ver morir a Arturo, se marchó a toda prisa por miedo a que alguien pudiera descubrirlo saliendo del edificio. Cuanto más tarde se le hiciera, más riesgo habría, y no se preocupó de guardar el álbum, o lo olvidó. Todo esto indicaría que no se trata de un asesino frío, metódico, sino de alguien que no está habituado a matar y que, por algún motivo, se ha visto obligado a actuar así, a la desesperada. Pero no es más que una suposición, claro.

—En la comandancia usted dijo que el cadáver lo encontró el hijo, ¿no?

—Sí, hace una hora y media. Sufrió un ataque de ansiedad al ver el cuerpo de su padre. La cabo Herrera está con él en el hospital. Parece ser que anoche su padre lo llamó por teléfono muy alterado, y que repetía una y otra vez, como si se hubiera vuelto loco, que al día siguiente se sabría la verdad, que rompería su juramento —dijo Alcalá, y frunció el ceño—. Esta mañana el chico ha intentado contactar con él un par de veces para asegurarse de que estaba bien y, como no respondía, se ha acercado hasta aquí. Y ya ve lo que le estaba esperando...

Daniel clavó la mirada en el muerto.

—Ya le he dicho que ayer, cuando estuve con él, parecía muy nervioso, como si algo lo atormentara. No sé, era como si quisiera confesar algo y no se atreviera... —musitó, preguntándose a qué demonios se habría referido Arturo con eso de que al día siguiente «rompería su juramento».

—Lo sé, por eso le cuento esto. ¿A usted Arturo le comentó algo parecido?

—No, no mencionó nada así. Lo único que me dijo fue que no removiera la mierda, que el pasado no me traería nada bueno. —Suspiró sombrío—. Todo esto demuestra que Blanco tenía razón.

—¿En qué sentido?

—Desde que he vuelto, están sucediendo cosas que no son normales. Los rayones en mi coche, la llamada a la puerta de ese hombre que luego salió corriendo, ahora la muerte de Arturo...

Alcalá hizo un asentimiento y lo informó de que en breve contrastarían las suelas de todo el calzado de Arturo por si alguna se correspondía con la huella de pisada que sus compañeros habían fotografiado la noche anterior en el rellano del piso de su hermano.

—Por lo que veo, la víctima tenía un buen pie —apuntó la forense, que, sin interrumpir su trabajo, parecía no perder detalle de la conversación.

—Quizá con una comparación podamos sacar algo —se ratificó el teniente—. Además, ya he hablado con Blanco para que mande las fotos a Madrid. Desde allí nos echarán una mano para averiguar cuál es el modelo de calzado al que pertenece esa suela. No deberían tardar mucho. Usted vaya con su familia y cuídelos, Daniel. Y aléjese de los focos. Si hay algo que deba saber, lo llamaré. Gracias por su ayuda.

46

Alguien está matando

Fuera del edificio todo se mantenía igual. A pesar de que ya eran más de las tres de la tarde, Blanco y su compañero permanecían delante del portal, imperturbables, y, más allá, el friso de curiosos y periodistas no había perdido un ápice de grosor. Daniel se despidió del sargento y trató de atravesar el muro humano. Sin embargo, enseguida algunos reporteros se abrieron paso hasta él y le tendieron varios micrófonos, como si de pronto se hubiera convertido en alguien famoso o tuviera algo importante que decir. Los apartó sin miramientos y después subió al piso familiar.

Fue directo a la cocina, donde encontró a Silvia, Ramón e Isabel asomados a la ventana, que daba a la calle. Los tres se volvieron y lo observaron con preocupación. Daniel le acarició la mejilla a Isabel para tranquilizarla y reconoció en sus facciones la confusión que él había sentido hacía tres décadas. Pensó que, por suerte para ella, en esa ocasión ninguna persona cercana estaba involucrada en el crimen.

Cuando, siguiendo las instrucciones de su madre, Isabel se hubo retirado a su habitación, abordaron el asunto. Ramón se mostró enormemente turbado por la muerte de Arturo, de la que, por supuesto, estaban enterados, y mientras expresaba sus inquietudes de manera atropellada no paró de deambular de una punta a otra de la estancia, lo que acrecentó el nerviosismo de Daniel. Por su parte, Silvia se mantuvo en el mismo sitio, con las mandíbulas apretadas.

—¿Dónde estabas esta mañana cuando nos despertamos?

—soltó ella de repente con tono desabrido—. ¿Fuiste con él? —Señaló con el dedo índice hacia la ventana.

Daniel se percató al instante de lo que su cuñada estaba insinuando.

—¿De verdad crees que lo maté? ¿En serio?

—¡Cuando nos levantamos no estabas aquí! —exclamó ella.

Ramón, con semblante de incredulidad, se aproximó a su esposa y amagó con colocarle una mano en el hombro para calmarla, pero la mujer retrocedió, se derrumbó sobre la silla y se echó a llorar, al igual que hizo la madre de ellos treinta y dos años atrás.

—Antes he puesto la radio —gimió—. Ya está en las noticias…

—Pero, Silvia —le susurró Ramón—, ¿no ves que Dani tenía razón? ¿No ves que aquel verano pasó algo más? Hay alguien que está matando…

Ella se incorporó de golpe, dio con la rodilla en la parte inferior de la mesa y volcó dos vasos. El labio inferior le temblaba.

—Aquel verano… Aquel verano… ¡Estoy harta de aquel puto verano! ¿Me oís? ¡Harta! —estalló mientras el agua se derramaba y empezaba a gotear del mantel—. Esta puta familia, este puto pueblo… ¡Y tus complejos de mierda y tus putas mentiras…! —gritó fulminando a Daniel con la mirada.

La cara de Ramón se tiñó de rojo.

—Dani, por favor, vete a dar una vuelta —dijo con voz grave—. Silvia y yo tenemos que hablar a solas.

Daniel quiso protestar; deseaba ayudar a aplacar la furia de su cuñada, pero el semblante de su hermano y sus ademanes eran terminantes. No tuvo otro remedio que asentir y retirarse.

Nada más salir al pasillo, se percató de que la puerta del cuarto de Isabel estaba entornada. Debía de estar oyéndolo todo. Rehízo sus pasos y, asomándose de nuevo a la cocina, musitó:

—Hablad en voz baja. Por la niña.

47

Recuerdo de Jesús Posadas

Decidió tomar algo en Casa Vejo. Pese a lo que había presenciado en el piso de Arturo, el estómago le rugía sin piedad y a esas alturas ya le daba igual exponerse al vilipendio o a que murmuraran a sus espaldas. No iba a esconderse. No tenía nada que ocultar. Además, a esas horas y en domingo sabía que allí apenas habría gente, pues el momento de mayor afluencia era a mitad de la tarde, cuando comenzaban a servirse las meriendas.

Entró en el local y desde la barra lo saludó un chico al que no había visto nunca. Se figuró que Patricia, la propietaria, debía de estar en casa, probablemente sola o con los hijos que pudiera tener. A su marido, el sargento Blanco, aún debía de esperarle un largo día por delante. Suponía que, aunque él no fuera policía judicial, como jefe de la zona de Reinosa tendría que colaborar con el teniente Alcalá y la cabo Herrera en todo lo que estuviera en su mano.

Pidió un pincho de tortilla de patata y una Coca-Cola y echó una ojeada a su alrededor mientras aguardaba a que el joven se lo sirviera. En una mesa del fondo alguien alzó la mano y captó su atención. Era Ernesto Posadas, el antiguo sindicalista. Desde la distancia, Daniel pudo apreciar que las arrugas se le habían multiplicado en el rostro, cuarteándole la piel, y que ahora llevaba el pelo muy corto. Además, ya no lucía su característica barba negra, sino un afeitado apurado. A pesar de que se asomaba a la setentena y estaba sentado, todavía se adivinaba en él un porte recio. El hombre apartó a un lado un libro que tenía abierto sobre la mesa y le señaló la silla de enfrente de forma elocuente. Daniel no supo cómo negarse, así que fue hasta allí y se acomodó en ella.

Al principio ninguno habló, y Ernesto dejó escapar un largo suspiro que daba cuenta del desconsuelo que lo atravesaba.

—Aún no puedo creerlo... Arturo muerto...

Daniel hizo un leve asentimiento y luego le dio las gracias al camarero, que acababa de traerle el pincho y la bebida. Por respeto, no se atrevió a dar el primer bocado a la tortilla, a pesar de los embates del hambre.

—Parece increíble —insistió Ernesto, consternado—. Me ha dicho un vecino que al hijo se lo han tenido que llevar directo al hospital. Pobre chico. Al parecer, no dejaba de llorar y gritaba que a su padre lo habían envenenado... Envenenado, parece increíble, ¿verdad? —repitió.

Daniel reparó en que el antiguo sindicalista lo observaba con intensidad, como si esperara que fuera a compartir con él lo que sabía o, al menos, el motivo por el cual le habían permitido entrar en la vivienda del fallecido. Ernesto era uno de los que habían estado fuera entre la muchedumbre, y Daniel no tenía dudas de que lo había visto adentrarse en el portal acompañado por el sargento Blanco.

Incómodo, rehuyó el contacto visual y, ahora sí, se llevó un trozo de tortilla a la boca.

—Siempre fuimos amigos —murmuró Ernesto al tiempo que apoyaba los codos en la mesa—. No tanto como tu padre y él, pero lo fuimos, sí.

Daniel dio un sorbo a la Coca-Cola y contestó con un lacónico «Ya» mientras meditaba si aprovechar esa referencia a la relación entre su padre y Arturo para orientar la conversación hacia lo sucedido en el verano de 1975. Sin embargo, no necesitó cavilar mucho sobre ello. Fue su interlocutor, cuyos pensamientos parecían haber tomado los mismos derroteros, quien aludió directamente al cambio de carácter que había experimentado Arturo a raíz del asesinato de Lorenzo Orduña. Según dijo, aquel triste episodio lo volvió más huraño y taciturno que de costumbre, y con frecuencia parecía ausente. No fueron ni una ni dos las ocasiones en las que le estaba hablando de algún asunto y descubrió que ni siquiera lo escuchaba, como si su mente se hubiera perdido en alguna parte. Pero mantuvieron la amistad, a pesar de todo.

—Arturo lo ha pasado mal. Demasiadas cosas —murmuró Ernesto sombrío—. La muerte de Orduña; la detención y el suicidio de Guillermo, que a fin de cuentas era su mejor amigo; el cáncer de su mujer... Y, antes de todo, el accidente de mi hermano, claro. Se llevaban muy bien, pero sucedió eso y...

La voz del antiguo sindicalista se apagó. A Daniel se le formó un nudo en la garganta al advertir esa pesadumbre en un hombre que siempre había percibido como un tipo férreo y belicoso. Un tipo capaz de transformarlo todo en ira, incluso la pérdida de sus seres queridos. Tuvo el impulso de trasladarle sus condolencias por el fallecimiento de Jesús, algo que no hizo cuando era un niño, pero se detuvo al apercibirse de que resultaría ridículo darle el pésame treinta y dos años después. Si alguien necesitaba recibirlo en ese momento era el hijo de Arturo, que tal vez aún siguiera en el hospital reponiéndose de la conmoción sufrida esa mañana.

Ernesto alargó la mano derecha y jugueteó nerviosamente con el borde de las páginas del libro. Daniel miró el volumen de soslayo y se acordó de Elena y la novela que le había regalado. ¿Estaría la chica al corriente del crimen que había sacudido a la localidad? Seguramente sí. Era improbable que algo así le hubiera pasado desapercibido a esa familia. Otra cosa era que lo consideraran digno de su interés o que alguno de ellos pudiera intuir la conexión que parecía existir con el caso de 1975. El detalle del álbum sobre la mesa del comedor y las fotos que dejaba a la vista aún no había trascendido, que él supiera, y quizá fuera mejor así, para no entorpecer las pesquisas ni dar lugar a todo tipo de cábalas y especulaciones.

—Tu madre y tu abuelo están enterrados muy cerca de mi hermano, ¿lo sabías? —dijo de pronto Ernesto—. Tu hermano siempre les deja flores. Es un buen hijo.

«No como yo», se reprochó Daniel, y se prometió que en cuanto le fuera posible iría a llevárselas.

—No sé si nos ven desde el cielo —susurró el sindicalista con voz ronca—. Yo no creo en esas cosas, nunca lo hice, pero... A veces me gusta pensar que quizá estoy equivocado y que Jesús nos observa y se alegra cada vez que María y yo vamos a ponerle un ramo. Por eso lo hago, supongo. Cuando lo entierren, haré lo mismo con Arturo.

—¿María? —repitió Daniel confuso.

Ernesto esbozó una sonrisa melancólica.

—María Güemes, sí. Estuvieron a punto de casarse, aunque poca gente lo supo.

—¿María y Jesús? —inquirió Daniel, sin ocultar su estupor. De pronto recordó la conversación con Mercedes en la residencia y la tristeza y la ansiedad que ella le había asegurado que percibió en la criada las semanas previas y posteriores al asesinato de Lorenzo Orduña. Daniel no dijo nada, pero pensó que ahora todo adquiría sentido.

—Habían empezado a salir el año anterior al accidente —le confirmó Ernesto con un hilo de voz—. Lo llevaban en secreto, básicamente porque María quería que fuera así. Tu padre los animó más de una vez a que lo hicieran público, pero no hubo manera. Ya sabrás que, de joven, María lo pasó bastante mal y que el trabajo en la casona fue una bendición para ella.

—Sí, algo he oído.

—Ella estaba convencida de que en cuanto anunciara el compromiso, los Orduña empezarían a buscarle una sustituta. Incluso nos decía que la despedirían. Así sin más.

—¿Despedirla? Pero ¿por qué?

—Eran otros tiempos y todo el personal de la casona era interno. María no creía que fueran a aceptar que viviera fuera y trabajara allí por horas.

—Hombre, podría haber intentado razonar con ellos, no sé.

—Eso le decíamos tu padre y yo: que no exagerara, que tampoco estábamos en la Edad Media. Pero el caso es que ella se empeñó, y le hizo jurar a mi hermano que mantendría la boca cerrada. La boda iba a ser algo pequeño, muy íntimo.

—Entonces ¿Lorenzo nunca supo que su criada estaba saliendo con uno de los trabajadores de la fábrica?

Ernesto dejó de toquetear las páginas del libro y dio un sorbo a su café.

—No, nunca lo supo. Ni siquiera cuando la barandilla de Aceros Campoo falló y Jesús se precipitó al vacío. María se lo calló todo.

—Pero todo el mundo decía que el accidente había sido por culpa de Lorenzo —deslizó Daniel—. ¿Cómo pudo María seguir trabajando allí, como si nada? No pudo darle igual...

El antiguo obrero bebió un poco más de café y le dirigió una mirada torva.

—Sufrió mucho, no te voy a engañar.

En ese momento, la imagen de Ernesto consolando a María a la entrada de un portal se coló en la mente de Daniel. Se vio a sí mismo contemplándolos de niño, y casi notó la fuerza con que la abuela Amparo tiró de él para apartarlo de allí mientras le decía que no metiera las narices en asuntos ajenos.

—Pero no cometió ninguna locura, si es lo que estás dejando caer —agregó Ernesto.

Daniel levantó las palmas de las manos con fingida inocencia, y una mueca desdeñosa se dibujó en los labios de Ernesto.

—No te hagas el tonto conmigo. Hay veces que uno tiene la tentación de tomarse la justicia por su mano, sí, es natural y muy humano. Pero María no tuvo nada que ver, eso te lo garantizo. En cambio, tu padre... Jamás entendí qué coño hacía allí, en los jardines de la casona. Era mi amigo, no lo voy a negar, pero hacía lo que le daba la gana sin contar con nadie, y eso era un problema. Actuaba como si se creyera el más inteligente, el más valiente, el que iba a cambiar el mundo, y ya ves lo que consiguió... No sé en qué estaba pensando.

—Decía que iba a lograr que los alemanes se hicieran con la fábrica, ¿no? En una ocasión oí que le contabas algo así a mi abuela mientras Ramón y yo nos columpiábamos. Fue el día en que os despidieron.

—Sí, eso me lo dijo en una reunión, a principios de julio, creo. Pero luego ya no volvió a mencionarlo. A saber qué demonios tenía en la cabeza, pero vamos, que enseguida se vio que no era más que una patraña —adujo Ernesto—, porque los Suárez acabaron entrando en el negocio. Después del crimen, ya sabes que todo se aceleró. En cierto modo, tu padre hasta se lo puso en bandeja.

—Sin embargo, también se comentó que vosotros estuvisteis involucrados en la muerte de Lorenzo. Los del sindicato...

Al contrario de lo que Daniel esperaba, el hombre no se sulfuró por sus palabras, sino que le sonrió con condescendencia.

—Déjame adivinar: has hablado con la antigua cocinera de los Orduña, ¿no? ¡Menudo coñazo de mujer! ¿A ti también te ha ido con el cuento ese del hombre que vio en la oscuridad?

Daniel no contestó, lo que Ernesto interpretó como un asentimiento.

—No deberías fiarte de todo lo que oigas. Una cosa es diferir en las opiniones y en el proyecto empresarial, o estar indignado por un despido injusto y protestar, y otra es ir matando gente, ¿comprendes? Era una época conflictiva y violenta, sí, y había que hacer presión para defender los derechos de la clase obrera, en eso también estamos de acuerdo. Pero no nos confundas con terroristas o asesinos. No somos nada de eso, y jamás lo fuimos. Uno tiene sus principios, que quede claro. Y tu padre, hasta donde yo creía, también los tenía.

Pese a la sonrisa de Ernesto, un tenso silencio se aposentó entre ambos. De fondo solo se oía el murmullo de las pocas personas que conversaban en alguna que otra mesa.

—¿Sigues en el sindicato? —preguntó Daniel, que se resistía a retroceder o a entonar una disculpa y no sabía bien cómo continuar.

—Solo como voluntario. Me jubilé hace un tiempo.

—Como Arturo, entonces.

Al escuchar el nombre de su antiguo colega, Ernesto exhaló un suspiro y un velo de amargura le cubrió el rostro. Después apuró el café, que debía de estar helado, agarró el libro y arrastró la silla hacia atrás para levantarse. Daniel apoyó las manos en la mesa y también se incorporó, sin dejar de mirarlo. Pese a que el teniente Alcalá había descartado que los billetes de tren constituyeran una pista del caso Orduña, él prefería actuar con el mayor celo posible y no dar nada por supuesto, y pensó que no debía desaprovechar la oportunidad de hablar con Ernesto de ello.

—¿Puedo hacerte una última pregunta?

El antiguo sindicalista se encogió de hombros.

—Si no es para acusarnos de algo a María, a mí o a los del sindicato, sí. No sé, igual también crees que yo maté a Arturo. Ya puestos... He visto que tienes trato con Blanco. Puedes decirle que, si quiere saber cualquier cosa, no tiene más que venir a buscarme. Estaré en casa, solo.

Daniel pasó por alto los últimos comentarios y trató de centrar el tiro. Sacó el billete de tren del bolsillo y se lo enseñó a Ernesto, que lo examinó con curiosidad.

—El dos de septiembre del setenta y cinco mi padre iba a hacer un viaje a Santander. Con Arturo, precisamente. En teoría, era para ver a un abogado laboralista por el tema de su despido, pero eso no termina de cuadrarme.

Ernesto arqueó las cejas.

—¿A un abogado laboralista? ¿Por su despido? Pero si ya se lo había consultado a Federico.

Daniel lo miró fijamente.

—No irían en realidad a una reunión secreta del sindicato fuera de Reinosa, ¿verdad? Tengo entendido que a veces las hacíais en otros lugares, para que la Guardia Civil no os siguiera la pista.

—¿En Santander? No, qué va. ¿Quién te ha dicho eso? Nosotros solo nos veíamos aquí, en Reinosa. Es cierto que cambiábamos cada dos por tres de sitio, pero siempre eran bares, trastiendas o pisos de la zona. A diferencia de ahora, no podíamos tener una sede oficial. Todo el mundo sabía que la organización existía, pero eso era una cosa, y otra que los guardias te cogieran planeando una huelga o una protesta, con las manos en la masa, como se suele decir. Por aquel entonces la represión era más fuerte que nunca. Tú ya no te acordarás.

—¿Y cuando los afectados no eran trabajadores solo de Reinosa, sino también de otros lugares de la provincia o a nivel nacional?

—Ah, entonces la reunión era en Santander, sí —matizó Ernesto—. O en Madrid, según el caso.

—¿Y quién solía ir?

—¿En representación de Reinosa? Yo. Y también un compañero de La Naval. Fernando se llamaba.

—¿Nadie más?

—Hombre, no íbamos a presentarnos seiscientos tíos de cada parte de Cantabria.

—¿Y si alguien se ponía enfermo?

—Yo nunca me puse enfermo —respondió Ernesto con evidente orgullo—. Pero, de haberlo estado, me habría sustituido Juan Carlos Girón, otro trabajador de la fábrica. Tu padre no, desde luego. Ya te he dicho que tenía ideas propias, y eso en este mundillo no es bueno. Hay que ir todos a una. Además, aquel verano faltó a varias reuniones, estaba raro. No estaba tan implicado como otros, desde luego.

Daniel contuvo un respingo. ¿Acaso a Ernesto le parecía que su padre no se había ausentado lo suficiente de casa para estar con sus compañeros? Se imaginó lo que su madre le habría contestado de estar viva. Él prefirió guardarse su opinión.

—Y ahora, si me disculpas... —dijo el antiguo obrero—. Ya nos veremos.

Daniel le estrechó la mano con resignación y se quedó observando cómo el hombre se dirigía a la puerta. Recordó la última vez que se habían dicho adiós: fue la tarde del 1 de septiembre de 1975, unos segundos después de que Ernesto le hubiera augurado a la abuela Amparo que todo saldría bien.

Su predicción estuvo muy lejos de cumplirse.

48

Marta

Ernesto se había ido hacía ya un rato de Casa Vejo. Daniel planificaba sus siguientes pasos mientras terminaba el pincho de tortilla y la Coca-Cola cuando su teléfono móvil comenzó a vibrar. Lo sacó del bolsillo y, al reparar en el nombre que mostraba la pantalla, el estómago le dio una sacudida y las manos comenzaron a temblarle. Lo miró varias veces indeciso. Temía lo que pudiera escuchar, pero, al mismo tiempo, las esperanzas comenzaban a nacer en su interior, a llenarlo de expectativas, como una llama que se hubiera encendido en su pecho.

Presionó el botón verde.

—¿Marta? —preguntó con estupefacción.

Percibió una respiración que le confirmó que sí, que era ella.

—¿Marta? —repitió, y por un momento lo atormentó la idea de que pudiera haberlo llamado por error.

Otra exhalación.

—Hola —dijo ella, al fin, a media voz. Después se detuvo unos segundos—. ¿Qué haces en Reinosa?

Él se quedó perplejo.

—¿Cómo sabes...?

—Te he visto en el periódico.

—¿En el periódico?

Con tono monocorde, Marta le explicó que a la hora de comer, al echar un vistazo a la edición online de un diario nacional, había leído una noticia sobre el presunto envenenamiento de un hombre en Reinosa, en la avenida La Naval, la calle en la que ella sabía que vivían Ramón, Silvia e Isabel. Como la publicación proporcionaba muy pocos datos, había accedido a la web del periódico regional de referencia en Cantabria, y ahí había encontrado más información y, en particular, una foto en la que aparecía él.

—Parecías estar saliendo del edificio que hay enfrente de la casa de tu hermano. ¿Se puede saber qué está pasando? Creí que... —Se interrumpió y suspiró—. En realidad, da igual.

En sus palabras, además del interés por conocer lo sucedido, se advertía una mezcla de acritud y decepción. Después de haberle oído jurar durante años que nunca volvería a Reinosa pese a su insistencia, enterarse por la prensa de que estaba allí debía de haberla pasmado tanto como defraudado.

—Es una larga historia, Marta... Yo... Cuando te fuiste tuve algunos problemas y...

—¿Problemas?

—Bueno, la cuestión es que hablé con Ramón y no sé..., vine.

El bufido que soltó Marta le llegó de forma clara y audible.

—O sea, justo lo que yo te he dicho siempre, ¿no? Me parece alucinante que haya tenido que romper contigo para que entraras en razón. Increíble.

—No ha sido tan sencillo como crees... Y las cosas no están funcionando del todo bien.

—Bueno, ahora ya me da lo mismo. Saluda a todos de mi parte, por favor. Sobre todo, a Isabel. Me hubiese gustado volver a verla.

Con una nota de desesperación en la voz, Daniel farfulló que no había motivo para que no volviera a ver a su sobrina, que no todo estaba perdido, que él se había dado cuenta de que debía cambiar y que podrían dar marcha atrás y reconciliarse, retomarlo donde lo habían dejado. Pero Marta no cedió ni un milímetro y le respondió con contundencia que no se confundiera, que no lo había llamado para recuperar o reconstruir nada, sino tan solo preocupada por lo que había leído. Desde el inicio de la conversación, las esperanzas iniciales de Daniel se habían ido resquebrajando como placas de hielo en proceso de fundición y, tras esas últimas palabras, las vio hundirse para siempre. Le costó reaccionar, abatido por el golpe demoledor que ella le acababa de asestar.

—Solo quería saber si estabais bien —remató Marta.

Alicaído, él se lo confirmó, y después el silencio envolvió la línea. Fue entonces cuando, sin que ella se lo hubiera pedido, Daniel decidió contarle la verdad. Todo lo que había vivido desde que ella se marchó. Todo lo que le había sucedido en Reinosa. Fue una narración larga que llevó a cabo en apenas un susurro, con cuidado de que ninguna de las personas que se encontraban más o menos cerca pudiera oírlo. Lo único que no mencionó fue el episodio con aquella chica que amaneció el viernes en su cama, así como la información confidencial que le había facilitado el teniente. No se guardó nada más y volcó en su relato todos sus miedos y sus sospechas, dejando que las sílabas se impregnaran de su dolor.

Si a Marta le provocó desasosiego lo que él había averiguado respecto al caso Orduña, así como el errático comportamiento de Arturo y su trágico final, no lo evidenció. No comentó nada al respecto y se centró en insistirle por enésima vez en lo que de veras importaba, según ella: la familia, la vida.

—Pensaba que habías ido allí para dejar todo atrás y recuperarte, pero ya veo que no —terminó reprochándole.

—Ya te he explicado que lo de la investigación ha sido por azar, por ese billete que encontré.

—Ya, pero eres abogado, no policía —reconvino ella—. Deja que ese teniente y su compañera hagan su trabajo. Además, aunque tu padre hubiese tenido ayuda, ¿qué más te da? Él estuvo allí y en el revólver quedaron sus huellas, ¿no? Y confesó. ¿Qué más quieres? —Soltó un resoplido—. Sigues igual, Daniel, exactamente igual, haciendo lo que te da la gana. Ese es tu problema: que siempre has sido tú; tu padre y tú. Y los demás, un cero a la izquierda.

—Yo solo quiero saber la verdad, Marta, nada más. Es importante para mí.

—Ya. ¿Y te has parado a pensar qué es importante para el resto? —masculló, y resultó evidente que hablaba de sí misma—. Además, ¿se te ha ocurrido que quizá la verdad sea peor de lo que ya conoces?

Él chasqueó la lengua. Sí, claro que se le había ocurrido, y ese escenario no dejaba de asustarlo. Pero no podía parar. No ahora.

—Hazte un favor: olvídate de tu padre, de ese vecino y de todo, y cuida a tu familia —añadió, sin esperar una respuesta a sus anteriores preguntas—. Te lo he dicho mil veces: no dejes que el pasado te destroce la vida. Bueno, no voy a seguir perdiendo el tiempo. Adiós.

49

Cerrar heridas

El pitido del móvil evidenciaba que Marta había cortado la comunicación, pero él se negaba a aceptar que la conversación hubiera concluido de forma tan abrupta, con la constatación de que su relación era irrecuperable, y seguía acariciando las últimas palabras. Al fin, despegó el teléfono de la oreja y lo miró. Nada, no había nada que hacer. Marta había colgado, y llamarla carecía de sentido. Lo posó en la mesa y enterró el rostro en las manos.

La fugaz ilusión a la que se había aferrado hacía unos minutos se había desvanecido por completo. Ya no quedaba ni el humo de la llama que había prendido en su pecho al ver el nombre de ella destellando en la pantalla; ni un solo asidero, real o figurado: sus días juntos eran historia, definitivamente, y esa sentencia, irrefutable, confirmatoria, lo desagarraba por dentro como si le estuvieran removiendo un cuchillo por los intestinos. La pérdida de Marta, la caída en Aldaya Abogados, el conflicto matrimonial que había provocado entre Ramón y Silvia, la terrible muerte de Arturo tras su visita..., todo se le antojaban partes de una enorme serpiente que, enroscada alrededor de su cuerpo, poco a poco iba estrangulándolo en aquella silla.

—¿Estás bien? —dijo de pronto una voz femenina.

Daniel dio un respingo. Era Patricia Cartagena, que al parecer había entrado a trabajar sin que él se diera cuenta. Tenía la mano apoyada en uno de los extremos de la mesa.

—Sí, sí, gracias —balbuceó, presa del desaliento. Habría querido desvanecerse en el aire si hubiera sido físicamente posible.

—Pues no tienes buena cara.

Patricia arrastró una silla, tomó asiento y lo escudriñó como si se tratara de una sustancia desconocida o poco común que hubiera que analizar en un laboratorio.

—La gente dice que has estado en el piso de Arturo —murmuró—. Con la Guardia Civil, con mi marido...

Daniel la miró en silencio. A juzgar por sus palabras, el sargento Blanco no le había confirmado ni desmentido absolutamente nada, si es que habían llegado a coincidir en algún momento. No iba a ser él quien lo hiciera.

—Ten cuidado —le advirtió Patricia—. Si te ven con ellos, todos creerán que estás relacionado... Porque no es así, ¿no?

Él apartó la vista de aquellos ojos que seguían analizándolo sin disimulo. ¿Podía ser que la mujer del sargento Blanco estuviera intentando sonsacarle información para su propio marido, que estuviera cumpliendo un encargo suyo? No le parecía probable, pero aun así...

—Yo no he tenido nada que ver —contestó con rotundidad.

Ella no insistió, y Daniel tuvo la impresión de que estaba satisfecha con la respuesta.

—Por cierto —le susurró Patricia tras unos segundos—, ayer me enteré de lo del cementerio. De ese incidente que tuviste con Héctor... Qué despropósito.

—Nada, no tiene importancia —dijo él, que no albergaba la menor intención de profundizar en ese desagradable episodio.

—No, claro que la tiene. Es inadmisible que te trate así. No se puede andar atormentando a la gente por cosas que sucedieron hace mil años.

Daniel se encogió de hombros con apatía, lo que pareció molestar a la mujer.

—Aquí lo que hace falta es cerrar viejas heridas. Hace mucho que se lo vengo diciendo a Laura, y creo que en el fondo ella está de acuerdo. Lo que pasa es que su familia... —Negó con la cabeza—. Algunos tienen el dolor muy arraigado, metido muy adentro. Sobre todo Ángeles, aunque Héctor no se queda atrás. A la vista está.

«Y Marcos Orduña, tampoco», pensó él, que mantenía muy

vivo el recuerdo del encuentro que había tenido con el hermano de Lorenzo esa misma mañana junto al portón de la casona.

—Laura y Ángeles hacen el mismo paseo todas las tardes. Ayer, cuando ya no llovía, me crucé con ellas y se lo dije.

—¿El qué?

—¿Pues qué va a ser? Que tenía que hablar con Héctor para que os dejara en paz. A ti y a Elena. Que no podía ser que mi marido tuviera que intervenir en algo así.

—¿Y qué te respondió?

—Nada, y su madre puso muy mala cara. No sé si me hará caso, pero, oye, yo lo he intentado. Es verdad que ya no estamos tan unidas como antes, pero creo que aún me tiene en cuenta.

Daniel le dirigió una mirada interrogativa y ella murmuró que, desde el verano de 1975, la relación entre ambas había cambiado. Según le explicó, aquel año, igual que el anterior, Laura había pasado el curso en aquel internado de Madrid al que sus padres la habían mandado, y, cuando regresó, a finales de junio, todas las amigas la recibieron con los brazos abiertos. Sin embargo, el alborozo por el reencuentro no duró demasiado, puesto que aquel verano Laura apenas pasó tiempo con ellas, y eso las decepcionó enormemente. Era cierto que Héctor le había pedido matrimonio y que a finales de agosto se celebraría una gran fiesta de compromiso cuyos preparativos, junto con los de la futura boda, la tenían muy ocupada, pero eso era algo inevitable y sabían que no podían culparla. Tampoco se le podía reprochar que se reservara exclusivamente para su novio cuando este acudía a Reinosa. Ellas no se molestaron por eso, no. La indignación y el distanciamiento se debieron a que, a finales de julio, Laura comenzó a visitar a una amiga de Torrelavega que, según decía, había conocido ese año en el internado, una tal Cristina, la hija de los dueños de una empresa llamada Carnes Cobo, y acabó dedicándole a esa chica buena parte del poco tiempo libre del que disponía. Con el paso de las semanas, la sensación de ninguneo fue creciendo en ellas, y a mediados de agosto explotaron.

—Me daba rabia que estuviera tan ocupada —reconoció Patricia—. Yo, que la había esperado todo el año... Y de pronto, que si tenía que hacer un recado, que si tenía que probarse no sé qué, que si tenía que ver a esa amiga... En el fondo, yo fui quien peor la trató. Siempre habíamos sido íntimas y me puse celosa, me sentí apartada por esa chica, Cristina. Quizá también me afectó saber que Laura iba a casarse y que yo ni siquiera había tenido novio... No lo sé. Fui una estúpida, una infantil, y lo pagué con ella. No te lo voy a negar.

—Pero os reconciliasteis, ¿no? Recuerdo que estuviste en el banquete de agosto. El de la pedida de mano.

—Sí, estuve allí, aunque no fue porque Laura quisiera, sino porque su madre se empeñó. En realidad, ahí no lo habíamos arreglado. Y luego..., bueno, luego sucedió lo de Lorenzo —musitó—. Supongo que entonces me di cuenta de que me había portado fatal con ella y quise apoyarla al máximo. Fui a verla a la casona el miércoles. Pensé que era mejor dejarle un día de margen y no presentarme a las pocas horas... No estoy segura de que fuera la decisión correcta, pero en cualquier caso me pareció que Laura se alegraba de verme e hicimos las paces. Aunque ya no volvió a ser lo mismo.

Daniel la miró con extrañeza y Patricia suspiró.

—Las semanas siguientes, siempre que iba a la casona, estaba él y..., bueno, yo no me sentía cómoda, no te voy a mentir —le aclaró ella.

—¿Con «él» te refieres a Héctor?

—Sí. Después del asesinato de Lorenzo se trasladó a vivir allí, y no solía dejarla sola, ni siquiera cuando yo iba a verla, como si fuera de cristal y tuviera que protegerla en todo momento. No quiero decir que lo hiciera con mala intención, ¿eh? Al contrario: nos demostró a todos que la quería muchísimo y que lo que decían las malas lenguas sobre él no era cierto —afirmó, y recalcó sus palabras dando golpecitos a la mesa con el dedo índice—. Pero entre el problema que habíamos tenido las dos, lo que le había ocurrido a su padre y la presencia de Héctor cada dos por tres..., pues no me era fácil mantener una conversación con ella como las de antes. Además, Laura estaba como ida, fría, y cada vez fui espaciando más las visitas... —admitió, y movió la cabeza de un lado a otro como si aún lo lamentara—. Lo del asesinato de Lorenzo a la pobre la dejó hecha polvo... En mi opinión, se equivocó al aislarse tanto con su familia, pero también entiendo que es fácil juzgar a la ligera cuando uno no ha pasado por lo mismo...

—¿Y a las demás les ocurrió como a ti? —preguntó Daniel, cuestionándose si la actitud de Héctor habría sido tan bienintencionada como la describía Patricia o si, en realidad, lo que buscaba desde el principio era hacerse con el control de la fábrica por la vía rápida, como le oyó asegurar a su padre horas antes de la fiesta de compromiso.

—Sí, sin quererlo, todas nos acabamos distanciando de Laura. Supongo que a esa chica le pasó un poco como a nosotras. De hecho, no la llegamos a conocer. Nunca vino a Reinosa, ni siquiera por el funeral de Lorenzo, y tampoco estuvo en la boda. Al final tan buena amiga no resultó ser, ¿no? —dijo, e hizo una mueca de desprecio—. Yo, como vivo aquí, he mantenido la relación, pero ya te he dicho que no es lo mismo. Además, la forma en que los Orduña y los Suárez os trataron a ti y a tu familia me incomodaba, y eso no ayudó, obviamente. En fin, espero que lo del cementerio no se repita —recapituló, y le palmeó el hombro antes de ponerse en pie y volver a la barra.

Daniel murmuró un agradecimiento y se dijo que ojalá fuera así.

Un rato después, cuando terminó otro pincho, salió de Casa Vejo. El cielo ya se estaba oscureciendo y el aire olía a humedad.

Se abrochó la cazadora y echó a andar calle abajo. No tenía un rumbo definido. Lo único que sabía era que, por ahora, debía caminar en cualquier dirección que no lo acercara demasiado a la casa de su hermano. No pensaba subir antes de que Ramón lo llamara y lo informara de cómo había evolucionado la situación con Silvia. Si no se resolvía pronto, se buscaría una pensión o regresaría a Madrid, para no molestar. Era consciente de que su presencia no ayudaría a calmar las aguas, y, a cada minuto que pasaba, la ausencia de noticias al respecto acrecentaba su nerviosismo.

Tras una hora de paseo que se le hizo eterna, el móvil le vibró en el bolsillo. Era un mensaje de texto. Lo leyó con ansiedad y respiró aliviado: Ramón le anunciaba que lo habían arreglado y que lo esperaban en casa. De pronto se sintió más ligero, liberado de una pesada carga, y dio media vuelta.

Cuando enfilaba el último tramo de la avenida La Naval, se detuvo a observar el portal del edificio en el que había vivido Arturo. Seguía acordonado y dos guardias a los que les castañeaban los dientes custodiaban la entrada. Ninguno era el sargento Blanco, y del Nissan Primera de Francisco Alcalá y Nuria Herrera no había ni rastro. Se le ocurrió que quizá el levantamiento del cadáver y la inspección de la escena del crimen ya habrían concluido, y decidió que si el teniente no se ponía en contacto con él en lo que quedaba de tarde lo llamaría a la comandancia para intentar enterarse de las novedades, si es que había alguna.

Nada más entrar en el piso, Silvia le salió al encuentro con paso vacilante. Daniel se fijó en que tenía el pelo revuelto y los ojos hinchados y escamados, y advirtió el curso reseco de un reguero de lágrimas; también le pareció que los labios se le habían agrietado ligeramente. Ramón apareció detrás de ella con un aspecto similar. Se lo veía exhausto, como si le hubieran caído de golpe un montón de años.

Sin apenas decirse nada, pasaron al salón.

Cuando se hubieron sentado, Silvia fue la primera en hablar. Con la mirada vidriosa, se disculpó por la reacción que había tenido y, en un tono apenas audible, juró que no estaba harta de esa familia ni de Reinosa, como había gritado horas antes, sino todo lo contrario; los nervios, la frustración y el temor al efecto que los chismorreos podrían tener en Isabel, que al día siguiente debía ir al colegio, la habían dominado y aterrorizado hasta el punto de hacerle perder los estribos. Seguía sin aprobar que Daniel hubiera actuado a sus espaldas, desentendiéndose de todo y de todos y mintiéndoles sin el menor rubor, pero eso no restaba gravedad a su comportamiento. «No es excusa», recalcó mientras se enjugaba las lágrimas.

Daniel se acercó a ella y se fundieron en un abrazo al tiempo que él también le pedía perdón. Se mantuvieron pegados durante unos segundos bajo la atenta mirada de Ramón, y, mientras apretaba a su cuñada contra sí, Daniel reflexionó sobre lo que ella acababa de decir. Podía figurarse las dudas y los miedos que la asediaban. ¿Y si la opinión pública se cebaba otra vez con ellos? ¿Y si, por culpa de los murmullos, la dulce y risueña Isabel acababa convertida en una niña problemática? ¿Y si la herencia de dolor y sangre dejada por el abuelo de la pequeña la terminaba alcanzando? Por eso él jamás había querido tener hijos.

—Por cierto, ¿dónde está Isabel? —preguntó al caer en la cuenta de que no había salido a recibirlo.

Ramón, a quien aquel acto de reconciliación genuina le había devuelto el color, le respondió que la habían llevado hacía un rato a casa de una amiga, para que no los oyera discutir.

—Iremos a recogerla enseguida —añadió, y sonrió tibiamente a su esposa, como si con ello diera por zanjada la grave disputa que habían tenido—. Por cierto, Dani, hace un momento me ha llamado Blanco. Me ha pedido tu número. Era para pasárselo al teniente que lleva el caso de Arturo. Se pondrá en contacto contigo.

Estuvieron charlando durante un cuarto de hora, hasta que el teléfono de Daniel comenzó a vibrar. En la pantalla brillaba un número muy largo.

50

Unas deportivas y una carta

—¿Daniel? ¿Es usted?

—Buenas tardes, teniente. Sí, soy yo. ¿Han averiguado algo?

La pregunta formulada a bocajarro no le debió de sentar nada bien a Alcalá, puesto que le contestó con hosquedad que no lo había telefoneado para tenerlo al tanto de las novedades, sino para recabar algunos datos adicionales. Sin embargo, con el fin de contextualizar la información que buscaba, al guardia civil no le quedó otro remedio que facilitarle ciertos detalles y, para poder hablar con total libertad, Daniel les hizo un gesto de disculpa a Ramón y a Silvia y se encerró en su habitación.

En un tono que acusaba cansancio, aunque también dejaba entrever algo de optimismo, el teniente le confirmó que, a falta de la autopsia y el análisis toxicológico, todos los indicios confirmaban la tesis del envenenamiento. En las dos tazas y en el álbum de fotos solo habían hallado huellas dactilares de Arturo, lo que dejaba dos posibilidades: o el asesino no había tocado nada, o lo había hecho utilizando guantes. Además, en la inspección ocular del piso también habían descubierto varias huellas de pisadas con restos de barro, lo que, como adujo Alcalá, no resultaba raro, puesto que el día anterior había estado lloviendo hasta bien entrada la noche.

—Parecen de zapatillas, pero están incompletas, y eso nos dificulta reconstruir el tallaje y determinar si eran de hombre o de mujer. Hemos mandado las fotos a Madrid para que nos echen una mano con el SICAR. A ver si de ahí sacamos algo.

—¿Con qué? —preguntó Daniel al tiempo que se sentaba en el borde de la cama.

—El SICAR. Es una base de datos con las suelas de miles de modelos de zapatos y zapatillas de fabricación internacional. Lo usamos para identificar el calzado utilizado por el delincuente a partir de las pisadas halladas en la escena del crimen. A veces nos ayuda a acotar el número de sospechosos, e incluso a desenmascarar al culpable.

—Ah, eso es lo que me dijo que iban a hacer con las huellas que vieron anoche en el rellano del bloque de mi hermano, ¿no?

—Exacto, aunque en ese caso no será necesario esperar a los resultados del SICAR. También de eso quería hablar con usted. Verá, en la casa de Arturo hemos encontrado unas botas muy poco comunes cuya suela y tamaño coinciden con esas pisadas. Parece que fue él quien llamó a la puerta y echó a correr —le reveló.

Daniel recibió la información con aturdimiento, sin comprender. ¿Por qué demonios había actuado así el amigo de su padre? ¿Qué pretendía? No encontraba explicación racional al errático comportamiento de aquel hombre.

—En cambio, las que han aparecido en el piso de Arturo —retomó su exposición Alcalá—, las que en teoría corresponden al presunto asesino, son muy diferentes. Más pequeñas. Todavía estamos trabajando para deducir el número de pie, pero, según nuestros cálculos, no debería ser más de un cuarenta y dos.

—No es mucho, no —apuntó Daniel, y clavó la vista en sus zapatos.

—No, y tampoco menos de un cuarenta, creemos. Pronto podremos afinar más. En cualquier caso, lo que sí es evidente es que usted, *a priori*, queda descartado. ¿Qué número gasta? Espero que no me pise nunca.

Con alivio, Daniel comprendió que aquello lo dejaba fuera de la lista de sospechosos de forma casi definitiva. Una vez que ese dato se hiciera público, todo el mundo dejaría de recelar de él y, lo que era aún más importante, Ramón y Silvia podrían respirar tranquilos.

—Un cuarenta y seis. Ya veo que esta mañana me examinó de arriba abajo...

—¿Qué quería? Soy guardia civil y teníamos a un muerto que el día anterior estuvo con usted. Además, la víctima había formado parte del entorno de su padre. Entenderá que las circunstancias obligaban a ello.

—Ya.

—Hay una cosa que quería preguntarle. Esta mañana, cuando usted vio a Federico Setién, ¿se fijó en su calzado?

Daniel mantuvo el teléfono junto a la oreja y entornó los ojos mientras trataba de reconstruir la escena en su cabeza.

—Mmm..., no sé qué decirle, teniente. Iba con ropa deportiva y abrigado, pero los pies... Es cierto que se estaba atando los cordones, pero lo miré en conjunto.

—Serían zapatillas de correr, imagino. Eso sí podrá confirmármelo, ¿no?

—Supongo, sí, pero no soy capaz de acordarme.

—¿Y sabría decirme si ese hombre podría calzar un cuarenta y dos, aproximadamente?

—No, teniente, lo siento. Por su complexión, me imagino que no tendrá los pies pequeños, pero me lo estaría inventando.

—¿Y el color de las zapatillas? A veces un modelo se puede identificar por la combinación de los tonos. Si recordara algo, nos sería útil.

Daniel se removió en el borde de la cama mientras buceaba en sus recuerdos y el viejo colchón protestó con un crujido.

—Nada, lo siento. No me viene nada.

Alcalá resopló con impaciencia.

—A ver, ¿de qué color iba vestido Setién? En general.

—Mmm..., azul marino. Sí, azul marino.

—Vale, y si las deportivas hubieran sido rojas, ¿no cree que le habrían llamado la atención?

—Bueno, sí, es posible. Ahora que lo dice, me parece que iba conjuntado.

—Bien, entonces azules o de un tono oscuro —concluyó Alcalá con evidente satisfacción—. Si hubieran sido de dos colores, o de un azul más chillón, se habría dado cuenta, ¿no?

—Quizá —respondió Daniel vacilante.

—De acuerdo, por ahora con eso me basta. Si logramos dar con el modelo, puede que vuelva a preguntarle.

—No hay problema, aunque ya le digo que...

—Otra cosa. ¿Sabe si su madre pudo cartearse con Arturo en el pasado, o si llegaron a tener una relación estrecha?

Daniel frunció el ceño, confuso por la pregunta.

—¿Cartas? ¿Para qué iba mi madre a mandarle cartas si vivía enfrente? Además, Arturo era amigo de mi padre, no de ella. No tiene sentido que se escribieran. ¿Por qué dice eso?

Alcalá demoró unos segundos la respuesta, tal vez calibrando cuánto le convenía desvelar. Al cabo de unos segundos, tomó aire y lo informó de que durante el registro de la vivienda habían encontrado un trozo de papel, en apariencia muy antiguo y con un par de líneas manuscritas, desplegado sobre el escritorio del dormitorio de Arturo. Según el teniente, la caligrafía era redonda e impersonal, y no resultaba sencillo determinar si pertenecía a un hombre o a una mujer. La nota, conforme le explicó, no estaba fechada ni firmada, y contenía un mensaje tan directo como enigmático, con unos puntos suspensivos al término de la última frase:

> Arturo:
>
> Nada de esto tendría que haber pasado. Intenta hablar con Guillermo, por favor. No sé qué hacer...

Al escucharlo, Daniel se incorporó de un salto y, agitado, comenzó a deambular por la habitación, cavilando.

—Mi madre no pudo escribirla —farfulló—. Cuando hablaba con Arturo, ella siempre se refería a mi padre como «Guille», no «Guillermo». Igual que en casa. Además, si hubiese tenido algo que decirle a Arturo le habría bastado con cruzar la calle, ¿no? —Hizo una pausa—. ¿Qué diablos cree que significa?

—Por lo amarillenta que está y el contexto en el que ha aparecido, la cabo Herrera y yo pensamos que podría ser del setenta y cinco y que quizá Arturo la estuvo leyendo poco antes de morir. Tal vez la tuvo guardada todos estos años, no sé. Podría interpretarse que quien la escribió estaba aludiendo a la muerte de Lorenzo Orduña y que pretendía comunicarse con Guillermo por medio de Arturo.

—¿Se refiere a cuando mi padre ya estaba detenido?

—Sí, aunque no es más que una hipótesis, obviamente. Por eso le preguntaba a usted por su madre.

—No, no tiene sentido —se ratificó Daniel—. De hecho, si hubiera querido hablar con mi padre de algo podría haber solicitado ella misma una visita en prisión, ¿no? No, de mi madre no puede ser —afirmó contundente.

De súbito, recordó lo que Ernesto Posadas le había contado sobre María Güemes hacía unas horas en Casa Vejo, y se apresuró a repetírselo al teniente lo más detallado que pudo. En particular, le habló de la relación amorosa que, según el sindicalista, María y Jesús llevaron en secreto en aquella época, y del matrimonio que tenían planeado contraer y que, debido al trágico accidente acaecido en Aceros Campoo, se truncó para siempre.

—¡Joder! —exclamó Alcalá, que a juzgar por su reacción era la primera vez que oía aquello—. Pero ¿qué me está diciendo?

—¿Usted cree que María...? ¿Cree que ella pudo escribir esa carta? ¿Que quizá estuvo involucrada en el crimen?

El hombretón no contestó, pero dejó escapar una fuerte corriente de aire que resultó audible al otro lado de la línea. Luego, con voz firme, anunció que a la mañana siguiente acudirían a Reinosa a tomarle declaración a la criada de los Orduña.

51
Peligro

Después de despedirse de Alcalá —que no colgó hasta que le hubo arrancado la promesa de que no actuaría por su cuenta y aguardaría pacientemente a que ellos hicieran su trabajo—, Daniel se metió el teléfono en el bolsillo del pantalón y regresó al salón.

Ramón y Silvia se levantaron del sofá en cuanto lo vieron entrar. Lo asaetearon a preguntas, pero las eludió todas, una por una. Era consciente de que no podía traicionar la confianza que Alcalá había depositado en él, por más que considerara que la información sobre el asesinato de Arturo también concernía a su hermano. Lo único que les desveló fue que la Guardia Civil lo había descartado como sospechoso. No compartió con ellos el motivo que había conducido a los investigadores a esa conclusión, pero la noticia bastó para que la tensión que los agarrotaba se desvaneciera o, cuando menos, se atenuara.

—¿Corremos peligro, Dani? —preguntó entonces Ramón.

Un doloroso sentimiento de impotencia se apoderó de Daniel. Le habría gustado explicarles que la persona que huyó tras llamar a la puerta con los nudillos era el propio Arturo, y que probablemente también él fue el responsable de los rayones en su coche, pero no debía hacerlo. No todavía. De todos modos, tal y como había dicho su hermano esa misma tarde, alguien estaba matando en Reinosa, alguien que no era el antiguo amigo de su padre. Eso proyectaba una amenaza muy real sobre todos sus habitantes y, en especial, por lo que había podido advertir él, sobre quienes hubieran tenido algo que ver con el caso Orduña.

—Por ahora, creo que es mejor que nos andemos con cuidado. No dejéis que Isabel vaya sola por ahí, por favor. Que esté vigilada.

—Siempre lo ha estado —terció Silvia.

—Bueno, pues ahora más.

Ramón se pasó la mano por el mentón, inquieto.

—Por cierto, tendríamos que ir a recogerla —dijo—. Se está haciendo tarde.

Ella asintió y ambos fueron a su habitación a ponerse los abrigos. Un par de minutos después, cuando la puerta principal se cerró y el sonido de sus pasos se perdió en las escaleras, Daniel se dejó caer en el sofá y suspiró. De pronto se sentía exhausto, como si la última gota de energía se le hubiera evaporado en el curso de aquel diálogo. Miró al frente. En uno de los muebles distinguió la colección de vinilos de su madre. Movido por la nostalgia, se estiró y los fue pasando hasta que escogió uno que creyó que lo ayudaría a relajarse y despejar la mente: un álbum de The Dave Brubeck Quarter. Sacó el disco con delicadeza, lo colocó en el tocadiscos y, después de apagar la luz, se tumbó en el sofá.

La música jazz se esparció por la estancia y lo transportó de vuelta a su niñez, cuando su madre los sentaba a Ramón y a él en ese mismo lugar y les hablaba con fascinación de la genialidad y los secretos ocultos de aquellas composiciones. A pesar de que su padre no compartía esa pasión, era habitual que las notas que desgranaban los pianos, saxos, trompetas y bajos danzaran cada día por la casa, a menudo acompañadas por la voz aterciopelada o desagarrada, según el caso, de un vocalista.

Conjuró el pasado con una mezcla de añoranza y desconsuelo mientras sus dedos adquirían vida propia y percutían en el aire teclas de piano imaginarias. En aquella época ya disfrutaba de esas melodías, pero los instrumentos representaban un auténtico misterio para él. Cuando cumplió doce años, sus abuelos le compraron un pequeño teclado para complacer sus deseos, pero, pese a que insistió muchas veces en tomar clases, no podían permitirse semejante dispendio, y se convirtió en una especie de autodidacta. Por suerte, más adelante su trabajo en Madrid le brindó un buen sueldo, y no solo aprendió a tocar en uno de los mejores conservatorios, sino que se hizo con un piano de cola que destellaba cada noche bajo las luces de su piso en la calle Príncipe de Vergara. Era su modo de rendir homenaje a su difunta madre, con piezas que interpretaba con la ventana abierta y que se llevaba el viento nocturno.

No recordaba la última vez que estuvieron los cuatro juntos en ese salón escuchando música o divirtiéndose de cualquier otra manera. Desde luego, no fue en el verano de 1975, cuando las bromas y sonrisas cómplices ya se habían tornado en discusiones y desencuentros que, pese al transcurso del tiempo, no habían dejado de dolerle.

Sí recordaba con claridad, en cambio, la última noche que compartieron. Fue la del 1 de septiembre, unas horas antes de que su padre, sin previo aviso, decidiera romperlo todo.

52

La última cena

Noche del lunes 1 de septiembre de 1975
Cinco horas antes del crimen

El reloj de la cocina marcaba las nueve y media. Los cuatro estaban sentados a la mesa y la conversación apenas fluía. Guillermo no apartaba las pupilas del plato, que casi no había tocado. Ya era la tercera vez que Beatriz le preguntaba por las gestiones que lo habían mantenido tan ocupado esa tarde, pero él se negaba a responder acogiéndose al deber de secreto que les imponían en esa organización en la que participaba. A Daniel le resultaba llamativo que, en cambio, en el parque Ernesto Posadas no hubiera mostrado el menor reparo para comentarle a la abuela todo lo que estaban planeando. Pero no se atrevió a entrometerse y mantuvo la boca cerrada.

La estancia quedó sumida en un pesado silencio solo rasgado por el ruido de los cubiertos y los platos.

—Mañana mi padre ha quedado con ese proveedor de material de oficina. Al mediodía, en Palencia —acabó diciendo Beatriz con voz lánguida, como si se hubiera dado por vencida y se resignara a cambiar de tema—. Abriré con él la librería, pero luego me quedaré sola. Ya que no tienes trabajo, podrías venir a echarme una mano.

Guillermo se llevó a la boca un trozo de carne con desapasionamiento y lo masticó despacio.

—¿Entonces tu padre necesitará la furgoneta?

El semblante de ella volvió a endurecerse.

—Claro, ya lo comentó a la hora de la comida. ¿La querías para algo?

—No, no, era solo por curiosidad —afirmó él con gesto pétreo—. Y no podré ir a la librería, lo siento.

—¿Cómo que no? ¿Se puede saber qué tienes que hacer?

Guillermo no contestó, lo que llevó a Beatriz a soltar un bufido que provocó que su flequillo bailoteara en el aire.

—¿Y los niños? ¿Estarás con ellos?

—Bueno, tu madre...

—Ya, mi madre. ¿Y por qué no puedes tú, a ver?

Fue entonces cuando sucedió algo que a Daniel lo dejó desconcertado. En lugar de responder a la pregunta, su padre posó el tenedor en el plato y los observó a Ramón y a él con una intensidad que incluso resultaba incómoda, casi como si estuviera oficiando una ceremonia o interviniendo en algún acto solemne. Después carraspeó y, con la voz afectada y los ojos extrañamente acuosos, dijo:

—No tengáis dudas de que os quiero, ¿vale? Sé que a veces no he sido mejor el padre, ni tampoco el mejor marido —agregó, mirando de soslayo a Beatriz—, y os pido perdón por ello, pero... —Volvió la vista al plato—. Yo... lo siento. De veras.

Acto seguido, desplazó la silla hacia atrás, se puso en pie y, en un barboteo casi ininteligible, anunció que se iba a la cama.

En otras circunstancias, la madre de los niños le habría censurado su falta de educación por dejarlos plantados en mitad de la cena, pero no replicó. Los tres lo contemplaron alejarse y después distinguieron el crujido de la puerta de la habitación al cerrarse.

Un cuarto de hora más tarde, cuando estaban tomándose el yogur, Daniel sintió unas ganas incontrolables de orinar y pidió permiso para ir al lavabo. Tras obtenerlo, salió de la cocina y enfiló el pasillo.

Al pasar junto al dormitorio principal, le sorprendió oír a su padre, que parecía hablar con alguien en susurros. Arrastrado por la intriga, se sobrepuso a la urgencia que lo apremiaba y aproximó la oreja a la puerta, justo a tiempo de escuchar algo de una frontera y unos compañeros. No entendió nada, y en ese momento todo quedó en silencio. Aguardó expectante y miró de reojo en dirección a la cocina, pendiente de que ni su madre ni Ramón aparecieran y lo pillaran espiando.

—¡Vamos, Jacobo, no me jodas! —exclamó de repente su padre—. Tendremos cuidado, ya te lo he dicho. —Hubo una pausa larga, y después, con un tono más suave, casi triunfal, añadió—: Venga, fenomenal, allí entonces.

Daniel dedujo que estaba hablando por teléfono con su amigo Jacobo Carranza, un leonés que se había trasladado a Bilbao años atrás para trabajar en una fábrica metalúrgica y que los había visitado en más de una ocasión. Por lo que había captado en algunas conversaciones entre ese hombre y su padre, que no debería haber escuchado, Jacobo formaba parte de algo que también era secreto. Algo llamado Partido Comunista, que estaba prohibido y que, por lo que se decía en las calles, era peligroso.

—Te lo agradezco, Jacobo. De verdad. Un abrazo.

Fue la última vez que Daniel oyó la voz de su padre.

53

Penumbra

Noche del domingo 25 de noviembre de 2007

Seguía en el sofá cavilando sobre las enigmáticas palabras de su padre, cuando Silvia y Ramón entraron en el salón acompañados de Isabel. Las notas de The Dave Brubeck Quarter continuaban deslizándose por la estancia, sumida en una penumbra solo resquebrajada por los resplandores que se filtraban de la calle.

—¡Joder, Dani! —mascULLó su hermano mientras pulsaba el interruptor—. Qué susto. ¿Se puede saber qué haces ahí tirado, a oscuras y con eso a tope?

—Estaba pensando —contestó Daniel con aire ausente mientras se levantaba y retiraba la aguja del vinilo.

Por la cabeza no dejaba de rondarle una idea: ¿estaría relacionada la carta que la Guardia Civil había encontrado en el piso de Arturo con aquella extraña conversación de su padre con Jacobo Carranza? ¿Habría tenido algo que ver aquel hombre con todo lo que sucedió entonces? ¿Y si las palabras que él escuchó a hurtadillas desde el pasillo eran una cita de los dos en Reinosa para asesinar juntos a Lorenzo Orduña, con la colaboración de Arturo? No, no parecía probable; Jacobo no habría dispuesto de margen suficiente para desplazarse hasta allí aquella misma noche. En 1975 las carreteras no eran como en la actualidad y, hasta donde tenía entendido, el trayecto entre Reinosa y Bilbao, donde vivía Jacobo, se hacía larguísimo, interminable. Además, ¿para qué demonios iba a implicarse el amigo de su padre en algo así? No, no podía ser. En todo caso, ya era demasiado tarde para preguntárselo, puesto que el hombre había fallecido dos décadas atrás mientras practicaba alpinismo, sepultado por un alud.

—Venga, ayúdanos a preparar algo —le dijo Ramón.

En la cocina no disponían de televisión, pero sí de radio, que encendieron en cuanto empezaron a cenar. En ese momento tenían sintonizada una emisora local y la locutora comenzaba el repaso a la actualidad informativa de la región. No tardó en abordar el asunto de la muerte de Arturo. Su narración no era visceral ni se recreaba en lo macabro, pero a Daniel no le pasó inadvertida la atención que Isabel prestaba a todo lo que esa voz pastosa decía. Pese a que, como la mayoría de los habitantes de Reinosa, la niña ya debía de conocer que la noche anterior se había producido un envenenamiento al otro lado de la calle, su espanto parecía crecer con cada palabra que pronunciaba la periodista. Por un instante, Daniel sintió el impulso de apagar el transistor, pero enseguida se dio cuenta de que una reacción así, además de paternalista e ingenua, sería de todo punto inadecuada, e incluso podría resultar perjudicial para Isabel. Su propia experiencia le había enseñado que si uno intenta ocultar a los niños los sinsabores de la vida, tarde o temprano estos los alcanzan y se dan a conocer por sí mismos, a menudo de forma traumática.

—Hay un hombre malo en Reinosa, ¿verdad, mamá? —dijo de pronto la pequeña. Daniel reparó en que Isabel sujetaba el tenedor con fuerza. Las yemas de los dedos se le habían tornado blancas por la presión que ejercía.

—Sí, pero la Guardia Civil lo atrapará enseguida, mi amor —balbuceó Silvia, mirando de reojo a Ramón.

Afortunadamente, Isabel no insistió en el tema y, a las once menos cuarto, se fue a la cama, puesto que al día siguiente tenía colegio. Ramón y Silvia también se acostaron y Daniel se puso la cazadora y bajó a la calle para hablar con Álex sin molestarlos. Corría un viento gélido y, al echar a andar en dirección a la calle Mayor, lamentó no haber cogido una bufanda.

Su amigo respondió enseguida. Según le dijo, en ese momento estaba saliendo del bufete —sí, aunque fuera domingo, después de pasar el día con su familia en Segovia había ido a trabajar para sacar adelante la fusión—, y tenía pensado llamarlo en breve. Hacía apenas un par de minutos, antes de apagar el ordenador, había leído en internet una noticia que lo había dejado helado: un hombre había muerto envenenado en Reinosa; la Guardia Civil lo había encontrado esa misma tarde en su domicilio, con la boca llena de espumarajos.

—Espero que no tenga nada que ver con lo que me contaste ayer...

Tras meditarlo durante unos segundos, Daniel comprendió que no tenía sentido ocultarle la verdad y procedió a resumirle las novedades, si bien obviando todo lo que le había confiado el teniente y, según creía, aún no había trascendido.

—Joder, ¿era el amigo de tu padre? —mascullo Álex—. ¿Y lo han matado justo ahora?

—Es lo que te decía: que no parece una casualidad, ni mucho menos.

—¿Y si alguien piensa que fuiste tú? A fin de cuentas, estuviste con él el sábado, ¿no? Joder, Dani, como esto te salpique...

—La Guardia Civil sabe que no fui yo, tranquilo. Enseguida se aclarará, pero no digas nada, por favor. Aún no.

—¿Y si Aldaya se entera?

—Bueno, pues le explicas que yo no he tenido nada que ver.

—¿Y ahora qué vas a hacer?

—No lo sé. Espero que todo esto se resuelva pronto.

—¿Con la familia todo en orden?

Daniel le habló de la disputa que habían tenido y de la posterior reconciliación.

—Puf, me alegra oírlo, Dani, no sabes cuánto. ¿Y Marta? ¿Alguna novedad?

—Nada... —mintió él, sin fuerzas para revivir la conversación que había mantenido con ella esa tarde.

—Ya... Supongo que era de esperar. Venga, ánimo, y mantenme informado, ¿vale? Lo siento, tengo que colgar.

54

Barcas contra la corriente

Mañana del lunes 26 de noviembre de 2007

Por la noche apenas había conseguido descansar, y a las siete y cuarto Daniel se levantó y se dirigió a la cocina. Todavía no había amanecido y el dormitorio principal y la habitación de Isabel tenían la puerta cerrada, así que supuso que todos seguirían durmiendo. Sin embargo, al entrar en la cocina encontró a Silvia sentada a la mesa, sobre la que tenía desplegado un periódico. En la estancia flotaba un penetrante aroma a café recién hecho.

—Buenos días —lo saludó ella con una sonrisa tibia. A continuación, dio un sorbo al tazón que sostenía en la mano—. ¿Te sirvo algo?

Daniel negó con la cabeza y fue a la encimera a prepararse él mismo el desayuno. Vertió un poco de café en una pequeña taza y después cogió una pieza de fruta y un par de magdalenas, que llevó a la mesa.

—Ten, lo he comprado hace un momento —dijo Silvia, y le pasó el ejemplar de *El Diario Montañés*.

Él le dio las gracias y lo ojeó en silencio. No necesitó pasar muchas páginas para toparse con la noticia del envenenamiento de Arturo. En una de las instantáneas que acompañaban al texto se descubrió a sí mismo saliendo del bloque en el que se había producido el crimen. Sin duda, esa era la imagen que Marta había visto la tarde anterior, en la edición digital.

—Sí, te han sacado... —se quejó su cuñada.

Daniel se concentró en leer lo que se había publicado. Enseguida constató que no figuraba nada de lo que él no estuviera al corriente. Ni siquiera se hacía referencia al álbum de fotos o a las huellas halladas en la escena del crimen. Daba la impresión de que, por el momento, no había habido filtraciones.

—¡Tío Dani! —exclamó de repente Isabel, que entró corriendo y lo abrazó por la cintura.

Él cerró el periódico a toda prisa y le revolvió el pelo a su sobrina. Se esforzó por sonreír. Ramón apareció segundos después con semblante somnoliento. No parecía haber pasado buena noche y se sentó con pesadez en una de las sillas.

—Venga, a desayunar —dijo Daniel, en un intento por animarlo, y se levantó a ponerle el café y algo de comer—. Tú un colacao, ¿verdad, Isabel?

—Y cereales.

A la media hora, mientras Silvia se duchaba y Daniel recogía los restos del desayuno, Ramón se dispuso a llevar a la niña al colegio.

—Dani, hoy te dejaremos solo —le anunció desde el pasillo—. Yo tengo lío en la librería, y Silvia va a hacer unas gestiones en el banco. Si necesitas algo llámame, ¿vale? Y no te metas en líos.

—No te preocupes, estaré bien. De todos modos, puede que luego me pase por la librería. ¿Tienes allí otro ejemplar de *El gran Gatsby*?

Su hermano arqueó las cejas.

—¿Otro?

—Sí, como se lo regalé a Elena, no pude acabarlo.

—Ah, entonces no hace falta que vengas. Hay uno en la estantería de mi habitación. Cógelo. Era de mamá —dijo con voz tenue, y después salió con Isabel al rellano.

En efecto, Daniel encontró allí el libro. Con un nudo en la garganta, lo acarició, consciente de que por él se habían deslizado los dedos de su madre. Una vez que Silvia se hubo marchado, buscó la página en la que se había quedado y, reclinado en el sofá, con un cigarrillo colgado de los labios y el vinilo de The Dave Brubeck Quarter girando en el tocadiscos, se entregó a la lectura.

Debía esperar a que la Guardia Civil interrogara a María Güemes, no interferir más en la investigación, tal y como le había recalcado Alcalá, y no se le ocurría una idea mejor para distraerse que sumergirse en aquella historia que tanto había fascinado a su madre. Además, sentía curiosidad por saber cómo concluía el decidido cortejo de Jay Gatsby a Daisy, su antiguo amor de juventud.

Eran más de las once de la mañana cuando finalizó el libro. Lo hizo embargado por una sensación agridulce; pese a que había disfrutado de la prosa de Fitzgerald y de la trama, el desenlace le había resultado trágico, demoledor, y lo había sacudido por dentro. Quizá no fuera más que una consecuencia del momento en que se hallaba, pero la escena en la que el dueño del taller, George Wilson, disparaba a Gatsby creyendo que así se cobraba su venganza —aunque en realidad se estuviera equivocando de víctima— le había recordado en cierto modo a lo que hizo su padre con Lorenzo Orduña al tomarse la justicia por su mano.

Releyó la última frase y sintió una nueva sacudida.

> Y así porfiamos, barcas contra la corriente, devueltos incesantemente hacia el pasado.

Puede que fuera una estupidez, pero tuvo la impresión de que, de algún modo, aquellas dos líneas habían sido escritas para él, como una especie de advertencia o recordatorio de que, por mucho que lo intentara, jamás podría escapar de su propia historia. De su pasado y el de su familia.

«Barcas contra la corriente»... Aquella metáfora era un buen resumen de su vida.

Malhumorado, apagó el cigarrillo en el cenicero y se encaminó al dormitorio principal para devolver el libro al anaquel. Justo entonces, el teléfono fijo del salón comenzó a sonar con estridencia. Meditó durante unos segundos si debía atender la llamada, pues, al fin y al cabo, él no vivía allí.

—¿Diga? —contestó tras rehacer sus pasos y descolgar.

Se oyó un jadeo al otro lado de la línea.

—¿Diga? —repitió—. ¿Quién es?

—Soy… soy María, María Güemes. ¿Es… es la casa de Ramón y Silvia?

Daniel notó que se le aceleraba el pulso.

—Sí. ¿Ocurre algo?

Más jadeos.

—¿Eres… eres Daniel?

—Sí, soy yo. ¿Qué…?

—Necesito… necesito hablar contigo. Por favor… En veinte minutos. En el cementerio.

55

Miedo

Cuando se precipitó a la calle, el corazón le palpitaba con violencia, como si le fuera a estallar. La llamada de María Güemes lo había alarmado sobremanera, y el insólito lugar en el que lo había citado no contribuía a que se tranquilizara. No sabía a qué podía deberse el extraño comportamiento de la mujer, esa repentina urgencia, la angustia de sus palabras. En teoría, el teniente y la cabo Herrera iban a reunirse con ella esa misma mañana. ¿La habrían interrogado ya? ¿Quizá por eso quería hablar con él? Intuía que no, que ese encuentro todavía no se había producido y que la explicación era otra.

Mientras atravesaba la ciudad a grandes zancadas, se planteó si debía poner a Alcalá al tanto de la situación. Enseguida descartó la idea. No lo conocía mucho, pero estaba convencido de que su primera reacción sería ordenarle que no interfiriera en la investigación y que se quedara en casa; en su lugar, mandaría a un agente del cuartel, o puede que incluso acudiera él mismo si ya se hallaba por la zona. No, era mejor no mencionarle nada. Además, María había sido muy explícita: quería verlo a él.

Al llegar al cementerio de San Esteban, descubrió que la criada de los Orduña ya se encontraba allí. Vestida con un abrigo negro que la tapaba hasta las rodillas, estaba encorvada frente a la lápida de Jesús Posadas.

Daniel dio unos pasos hacia ella.

—María...

La mujer se volvió. Tenía los ojos irritados y abultados, y el pelo le bailaba agitado por los soplos gélidos que descendían de las montañas.

—No sabía qué hacer... —gimió con voz entrecortada—. Lo de Arturo..., lo que le ha sucedido... Yo...

En ese momento, una fuerte ráfaga de viento barrió el lugar y desplazó unos centímetros la puerta del cementerio. Los goznes chirriaron y su quejido tétrico se elevó en el aire y acompañó a las hojas secas en su vuelo sobre la hierba.

—¿Qué ocurre, María?

La criada se giró ligeramente y contempló la sepultura con pesar infinito. Era como si todo su mundo se concentrara allí, en ese trozo de mármol.

—Ellos eran amigos..., Jesús y Arturo —siseó con los ojos empañados—. ¿Lo sabías?

Daniel asintió.

—Teníais una relación, ¿verdad? —deslizó él, que no vio la necesidad de ocultar lo que Ernesto le había revelado la tarde anterior—. Jesús y tú. Antes de que muriera.

Ella no contestó de inmediato, pero varias lágrimas se le descolgaron de los ojos.

—Íbamos... íbamos a casarnos —tartamudeó mientras se llevaba las manos al rostro y rompía a llorar sin consuelo—. Fue durísimo... Perderlo así, de la noche a la mañana, y de esa manera... No imaginas lo que fue. Yo... no supe manejar aquello. Y Ernesto...

—¿Ernesto?

—Sí. ¡Los dos! Los dos nos equivocamos. Por eso me callé. Tuve miedo. Y ahora...

La continuación de la frase quedó en el aire, y Daniel sintió que el corazón se le desbocaba de nuevo.

—¿Miedo? ¿A qué te refieres?

María sacó con torpeza un pañuelo del abrigo y se secó la cara. Después se sonó la nariz ruidosamente y durante unos instantes se quedó sumida en sus pensamientos, con las pupilas fijas en la punta de sus zapatos, como si ante ella se abriera un precipicio y se dispusiera a saltar al vacío. Al fin, comenzó a hablar.

Su tono era apagado, parecía que iniciase una conversación consigo misma, que fuera a contarse la historia que había truncado su vida.

Aquel verano, murmuró, el de 1975, la pérdida de Jesús la inundó de dolor, rabia y odio hasta consumirla. A la desgracia del accidente que se había llevado a su prometido se sumó lo que le dijo Ernesto unos días después, cuando ella, desolada, le preguntó si don Lorenzo pagaría por lo ocurrido. Él, sin ocultar su pesar, le respondió que era improbable que la muerte de Jesús tuviera consecuencias para el empresario, más allá de deber de abonar alguna indemnización; era cierto que ese fallo de seguridad en la fábrica resultaba inadmisible y que los trabajadores intentarían llegar lo más lejos posible, pero no creía que fuera suficiente para que acabara entre rejas.

Aquello, reconocido por Ernesto con total franqueza, terminó de destrozarla. Se apoderó de ella una insoportable sensación de desamparo, de orfandad, tan intensa como la sed de venganza que, de súbito, comenzó a corroerla por dentro. De niña ya había perdido a sus padres, y ahora, a Jesús. No podía tolerar que su muerte quedara impune. Aquello sería un ultraje a su memoria. Además, ella había sido testigo de las reacciones de don Lorenzo en la casona. Aquel hombre no solo no parecía sentir remordimiento alguno, sino que había tenido la desfachatez de culpar al propio Jesús de su caída, por apoyarse donde, supuestamente, no debía. Acabó decidiendo que si no se impartía justicia en los tribunales, ella misma se encargaría de hacerlo. En dos ocasiones planeó echarle algo en la bebida; sin embargo, no tuvo las agallas suficientes. El simple hecho de pensar en la posibilidad de que la descubrieran la paralizaba. Sabía que Jesús no habría querido que ella pasara el resto de sus días en la cárcel, pero no podía quedarse quieta, como si nada.

Hablando con Ernesto sobre ello, se les ocurrió una idea, una idea que más adelante lamentaría: le enviarían a Lorenzo Orduña cartas amenazadoras para asustarlo, para devolverle una dosis de sufrimiento, por pequeña que fuera. Ernesto las escribiría a máquina, sin firma, y ella, asegurándose de no dejar ningún rastro, se encargaría de echarlas directamente en el buzón cuando no hubiera testigos.

Daniel recordó entonces que aquel verano su madre le preguntó a su padre si él estaba detrás de aquellos anónimos y que este dijo no saber nada de ese asunto.

—Solo lo supimos Ernesto y yo —apuntó ella, como si hubiera adivinado lo que le estaba pasando por la cabeza—. No te imaginas el placer que me daba verle coger el sobre. La cara que ponía, cómo le temblaban las manos...

El tono visceral empleado por la mujer le provocó un escalofrío, y sus palabras activaron su memoria. De repente, se acordó de la escena que presenció treinta y dos años atrás, cuando, después de acompañar a su abuela a comprar el periódico, vio a María saliendo de un portal con los ojos vidriosos y a Ernesto corriendo a abrazarla. Aquello acudió a su mente con una nitidez sorprendente, y reparó en dos detalles a los que en su día no concedió ninguna importancia: el trozo de papel que le pareció que asomaba del bolso de ella y los guantes que, pese a ser aún verano, María tenía en la mano y estaba guardando.

—Entonces, esa mañana, la del uno de septiembre, cuando pasamos por delante del portal... —pensó en voz alta.

Ella asintió con aflicción.

—Ernesto me acababa de dar un anónimo, sí... Yo quería hacerlo, quería llevarlo a la casona, como las otras veces, por Jesús, pero don Lorenzo acababa de despedir a Ernesto y, si me descubrían, yo también me quedaría sin trabajo... —gimió—. Me derrumbé, me dio miedo. Sabía que estábamos actuando mal, pero ¿qué otra cosa podía hacer? Fue... fue la última carta que le dejamos.

56

La sombra

Daniel comprendió al instante por qué ya no hubo más cartas: aquella madrugada un balazo segó para siempre la vida de Lorenzo Orduña.

—¿Fuisteis vosotros? —le preguntó a bocajarro, pensando en el hombre tras el muro y en las huellas sin identificar del revólver—. ¿Vosotros ayudasteis a mi padre?

—No, no, nosotros no tuvimos nada que ver —balbuceó ella, alterada, y comenzó a estrujar el pañuelo que tenía en las manos—. Ese era mi miedo... Por eso no dije nada... —sollozó—. Sabía que todo el mundo nos echaría la culpa, pero ahora...

Daniel la miró con dureza, harto de rodeos.

—María, ¿qué demonios te callaste? ¿Tú sabes lo que pasó aquella noche? ¿Y lo que le ha sucedido a Arturo?

La criada sacudió la cabeza enérgicamente y retrocedió un par de pasos.

—Entonces ¿para qué me has hecho venir? —dijo él, resoplando—. ¿Qué es lo que quieres?

La mujer sacó otro pañuelo y se enjugó las lágrimas que le bañaban el rostro. Después, entre gimoteos, le explicó que aquella madrugada, tras la muerte de don Lorenzo, la Guardia Civil le tomó declaración, como a todos los que durmieron en la casona. Pese a que lo intentó, no tuvo el valor de decir toda la verdad; cuando los investigadores le preguntaron si había observado algo raro los días previos al asesinato, algo que pudiera justificar la presencia de Guillermo y Lorenzo en los jardines a esas horas de la noche, se acordó de lo que vio el domingo anterior, pero no lo mencionó. No quiso especular ni meterse en líos; no podía arriesgarse a llamar la atención, y tampoco quería sembrar suspicacias que, de no llegar a buen puerto, supondrían su despido fulminante.

—¿Te refieres a la concentración en la casona? —aventuró Daniel, confuso.

—No, no fue eso... Fue algo que sucedió más adelante, a la hora y media más o menos... —Los labios le bailaron—. Aquella tarde, después de haberte recogido..., tu padre volvió.

—¿Mi padre?

Al escucharla, Daniel recordó que aquel día, tras dejarlo en casa, su padre se marchó a toda prisa alegando que tenía que reunirse de manera urgente con sus compañeros; algo muy distinto de lo que, a juzgar por lo que afirmaba María, terminó haciendo.

—¿Estás segura?

La mujer asintió y le contó que, para entonces, en la casona todos se habían retirado a descansar a sus habitaciones, salvo don Lorenzo, que se metió en su despacho a trabajar, o eso dijo. Ella estaba con Vicente y Mercedes fregando y tratando de poner la casa en orden.

—Me acuerdo de que fui al salón a guardar unos cubiertos en un cajón del mueble que hay junto al ventanal —musitó—. Eché un vistazo al jardín mientras lo abría y entonces... —La voz le tembló—. Entonces los vi.

—¿A quiénes?

—A tu padre, más allá del portón, andando de un lado a otro. Y a la señora...

—¿A Ángeles?

—Sí —murmuró con un hilo de voz—. Estaba cruzando los jardines. Iba hacia él. Abrió el portón y se marcharon juntos. No sé a dónde fueron. Mercedes me estaba gritando desde la cocina y tuve que irme, pero lo que digo es cierto, lo juro.

Daniel se quedó en silencio. Intentaba comprender qué demonios habría llevado a su padre a regresar a la casona aquella tarde. Se le ocurrió entonces que quizá simplemente quiso disculparse por haber participado en la concentración, buscando reparar el daño que le había causado a él, a su hijo. Sí, debió de ser eso, se dijo. Además, esa interpretación encajaba con el hecho de que su padre hubiera acudido solo, a espaldas de sus compañeros, puesto que su conducta podría haberse interpretado por los demás como una traición al acto de protesta, como una falta de respeto al difunto Jesús. En cuanto a la actitud de Ángeles, tal vez salió a su encuentro precisamente para reprocharle que hubiera formado parte de todo aquello y pedirle, una vez más, que no volviera por allí.

Daniel acabó concluyendo que lo que vio María carecía de la relevancia, pero optó por reservarse su opinión, al menos de momento.

—¿Sabes cuándo volvió? —le preguntó, más por cortesía que por interés—. Ángeles, quiero decir.

—Mmm..., no lo sé. Un rato después. Oí su voz en el despacho de don Lorenzo, pero no sabría decir cuándo llegó. Lo que sí recuerdo es que él estaba furioso.

—¿Furioso?

—Bueno, casi no pude escuchar, pero me lo pareció, sí... Como si estuvieran discutiendo. Entonces vi a Laura bajar las escaleras y tuve que marcharme. No quería que pensara que estaba espiando a sus padres...

—Ya —suspiró él, y decidió sincerarse—. Mira, María, no veo qué importancia puede tener todo esto.

El rostro de la mujer se contrajo como si hubiera recibido un golpe. Sin embargo, en lugar de darse por vencida, le pidió a Daniel que la escuchara y, tras secarse el rostro una vez más, retomó la narración. Según dijo, la noche siguiente, en la que don Lorenzo murió, ella era incapaz de conciliar el sueño, pese a sentirse agotada. Por la mañana, en aquel portal, Ernesto le había contado que el empresario lo había despedido de forma fulminante y que, entre otras cosas, lo había acusado de estar detrás de los anónimos. Además, le había asegurado que muy pronto los desenmascararía a él y a quienes le ayudaban a dejárselos. Al parecer, no llegó a mencionar ningún nombre, pero la mera posibilidad de que don Lorenzo sospechara de ella la tenía aterrorizada. Había dejado el último anónimo al mediodía, mientras el empresario se encontraba de excursión en Fontibre, sin riesgo aparente de ser descubierta, pero aun así... No paraba de dar vueltas en la cama. ¿Y si él acababa atando cabos? Fue entonces, con la mente en ebullición y los sentidos alerta, cuando oyó un fuerte ruido que se superpuso al aullido del viento, algo así como una detonación, un disparo.

—¿Y Mercedes? ¿No se enteró de nada? —preguntó Daniel, a pesar de que ya conocía la versión de la cocinera.

—No, ella estaba dormida.

—Y la despertaste, ¿no?

—Sí. Le expliqué lo que había oído. Al principio no me creyó, pero luego me vio tan asustada que fue a avisar a Vicente.

—¿Y no fuiste con ella?

—No, no. Yo abrí las contraventanas y me acerqué al cristal. Recuerdo que todo estaba muy oscuro. A lo lejos solo se distinguía la luz del invernadero —susurró—. Pero entonces..., entonces...

La voz se le quebró y las lágrimas volvieron a correrle por las mejillas.

—¿Entonces qué, María?

Vacilante, la mujer abrió la boca un par de veces sin articular palabra y, al fin, murmuró:

—Entonces la vi...

—¿A Ángeles? —inquirió Daniel estupefacto.

—No, no. Quiero decir... ¡no lo sé! —balbuceó mientras se estremecía—. Fue solo un momento. Una sombra. Por delante de la ventana. Corriendo...

—¿Una sombra? ¿Viste una sombra?

—Sí... Era alguien... alguien que corría hacia la parte trasera.

—¿Alguien que huía hacia el patio de la casa? —preguntó él, sin ocultar su desconcierto.

—Sí, creo que sí...

—¿Y no supiste quién era?

—No, no... —musitó María al tiempo que retorcía el pañuelo.

—¿Y no dijiste nada? ¿A nadie? ¿Tampoco a Mercedes?

La mujer, temblorosa, negó con la cabeza y Daniel le sostuvo la mirada. Todo aquello, de ser cierto, daba un giro radical a la investigación, pero ¿debía creerla? ¿Y si estaba involucrada en ambas muertes y aquello no era más que una sarta de mentiras para intentar embrollarlo todo? Aunque, bien pensado, lo que le había revelado sobre los anónimos tenía sentido. Además, el sufrimiento que había descrito encajaba a la perfección con el comportamiento que, según las explicaciones de Mercedes en la residencia, la criada tuvo aquellos días de 1975. Aun así, no se atrevía a dar nada por sentado.

—María, tienes que hablar con la Guardia Civil.

Ella lo observó con un rictus de espanto.

—No quiero problemas...

—¿Y para qué me has hablado de todo esto? ¿Qué esperas que haga?

La mujer se arrebujó en su abrigo.

—No... no lo sé. Arturo ha muerto y... —Jadeó—. Sé que has estado preguntando, investigando lo de tu padre, y yo... no podía callármelo más tiempo. No después de lo que le ha pasado a Arturo.

—María, yo no puedo ocultar algo así a la Guardia Civil. Y si no vas tú al cuartel, irán ellos a buscarte a la casona, con todos delante. ¿Es eso lo que quieres?

Daniel no se detuvo a aguardar una respuesta; sin perder un segundo, sacó el teléfono del bolsillo y buscó el número de la centralita desde la que el teniente lo había llamado la tarde anterior.

Lo atendió un hombre que no tardó en pasarlo con Alcalá.

—Teniente, estoy con María Güemes en el cementerio de San Esteban —anunció sin tan siquiera saludarlo.

—¡Joder! —masculló Alcalá, y Daniel se lo imaginó dando un manotazo al aire—. ¿Que está con quién?

—Con María...

—¡Ya le he oído! Pero ¿qué coño está haciendo? ¿No le dije que se quedara en casa?

—Tienen que hablar con ella ahora mismo.

—¡Ya lo sé! A eso veníamos, ¿recuerda? No se muevan de ahí. Estamos llegando a Reinosa.

57

Una pose

Eran casi las doce cuando el Nissan Primera se orilló en la calzada que discurría en paralelo al cementerio y se detuvo. Enseguida se bajaron el teniente Alcalá y la cabo Herrera, ambos con aire adusto, y comenzaron a subir a toda prisa los escalones que conducían a la entrada del cementerio.

—Tranquila —le susurró Daniel a la criada de los Orduña, que, colocada junto a la puerta del camposanto, vigilaba los pasos de los agentes con mirada entelada, como si representaran algún tipo de amenaza.

Ella cabeceó y Daniel reparó en que se tambaleaba ligeramente.

—Buenos días —dijo el teniente, resollando, tras subir el último peldaño—. Señora Güemes, tiene que acompañarnos. Y usted también, Daniel.

La espalda de María se combó como si le hubieran propinado un puñetazo en la boca del estómago.

—¿Estoy... estoy detenida?

Nuria Herrera movió la cabeza hacia los lados y esbozó una sonrisa deslucida.

—No, no. Solo queremos hablar con usted, no se preocupe. En el cuartel estaremos más tranquilos.

—Pero tengo que volver a la casona...

—Será poco tiempo, se lo garantizo.

María no pareció muy convencida, pero debió de comprender que no disponía de alternativa y que, si se negaba, solo empeoraría la situación. De modo que agachó la cabeza y echó a andar tras ellos arrastrando los pies, seguida por Daniel.

Hicieron el trayecto en coche envueltos en un silencio impenetrable. María no dejó de estrujar el pañuelo que tenía en la mano, y Daniel se fijó en que comprimía los labios con fuerza, hasta hacerlos casi invisibles, seguramente para evitar echarse a llorar. El teniente y la cabo mantuvieron en todo momento la vista pegada a la carretera y solo abrieron la boca cuando, una vez que hubieron estacionado en el aparcamiento del cuartel, les pidieron que los acompañaran al interior del edificio.

Llevaron a la criada de los Orduña a una sala de interrogatorios, donde la invitaron a que tomara asiento y esperara unos minutos. Después se dirigieron con Daniel a otra más pequeña. Todo el mobiliario se reducía a una mesa rectangular de aglomerado y cuatro sillas de color gris.

—Siéntese —le indicó el teniente con sequedad—. ¿Me puede explicar qué hacía con María Güemes en el cementerio? ¿No fui lo bastante claro ayer?

Daniel levantó las palmas de las manos con aire inocente y, mientras Alcalá y Herrera se acomodaban al otro lado de la mesa, les detalló lo sucedido. El semblante de los guardias mudó de la crispación a la perplejidad cuando Daniel les refirió lo que la mujer aseguraba haber visto la madrugada del 2 de septiembre de 1975 desde la ventana de su habitación. Alcalá no pudo contenerse.

—¿Una sombra? ¿Dice usted que María Güemes vio una sombra?

Daniel asintió.

—Es lo que me ha contado. Ella piensa que Ángeles pudo estar involucrada. Que era ella quien corría.

El teniente intercambió con su subordinada una mirada de estupor.

—¿Insinúa usted que Ángeles Miranda, la viuda de Lorenzo Orduña...?

El hombretón no terminó la frase, quizá porque sus pensamientos avanzaban a más velocidad que sus palabras. A su lado,

Nuria Herrera fruncía el ceño como si algo no terminara de cuadrarle.

—En realidad, María no llegó a distinguirla, o eso me ha dicho —puntualizó Daniel—. Al parecer, fue todo muy rápido.

—Y entonces ¿por qué cree que era ella? —intervino la cabo—. ¿Lo comprobó luego de algún modo?

—No, no lo comprobó, y tampoco se atrevió a decir nada —contestó Daniel, que pasó a hablarles del miedo que la mujer le había descrito en el cementerio y que, en teoría, la había atenazado hasta el punto de mantenerla con los labios sellados durante treinta y dos años.

—O sea, que sus sospechas de que esa sombra era Ángeles se basan únicamente en que la tarde anterior, después de la concentración, la vio saliendo de la casona con Guillermo, ¿no? —resumió el teniente.

—Sí.

—Pero ¿por qué iba Ángeles a colaborar en la muerte de su marido? —preguntó Nuria Herrera, volviéndose hacia su jefe—. No tenían problemas, ¿no?

Alcalá se encogió de hombros.

—No, que yo sepa. De todos modos, las conclusiones de esa mujer no demuestran nada. No son más que especulaciones, ni siquiera eso. Y lo de la sombra... pudo imaginárselo, ¿no? En plena noche, con poca iluminación y con ese viento pudo ser cualquier cosa. Además, ¿adónde se dirigía, supuestamente?

Durante el viaje hasta el cuartel, Daniel no había dejado de hacer cábalas, buscando cualquier conexión entre las palabras de María Güemes y los asesinatos de Lorenzo Orduña y Arturo Vallejo, algo que estuvieran pasando por alto, algo que diera sentido a aquel galimatías. Pero sus esfuerzos habían sido inútiles, y la verdad se le seguía escurriendo entre los dedos. Cuanto más pensaba en ello, mayor era la sensación de desconcierto. Tenía la impresión de que la información que le había proporcionado la criada de los Orduña, en vez de aclarar el horizonte, lo había oscurecido todavía más.

Se detuvo a reflexionar sobre la pregunta que había formulado el teniente. ¿Adónde se dirigía la sombra que María vio aquella noche?

—Ella me dijo que hacia la parte trasera de la casona... —respondió.

—¿A esconderse? —sugirió Alcalá con escasa convicción.

Daniel no supo qué contestar. Allí, según recordaba, había un amplio patio, de donde arrancaba una escalera exterior de piedra con descansillo que conectaba con la planta superior de la casona. En más de una ocasión, cuando era pequeño, había escuchado a los Orduña referirse a ella como «el patín».

—Puede que fuera alguien de la casa —murmuró—. Alguien que quisiera ocultarse en alguna de las habitaciones. Eso encajaría con que fuera Ángeles.

Alcalá meneó la cabeza.

—Pero ¿por qué demonios iba Ángeles Miranda a confabularse en aquello? Eso no tiene sentido, Daniel.

—Quizá no estaba confabulada —rebatió él, aunque en el fondo tampoco terminaba de creerse sus propias palabras—. Quizá simplemente vio algo que no tendría que haber visto y corrió a esconderse. Aunque también pudo ser alguien de fuera, claro. Alguien que fue a refugiarse en el patio para después intentar escapar con discreción —añadió al tiempo que la imagen de Ernesto Posadas lo asaltaba.

—¿Un segundo cómplice? —dijo el teniente, alzando las cejas—. ¿El del muro y este? ¿Tres personas, entonces?

—Tal vez se lo haya inventado —apuntó Herrera, que había entornado los ojos.

Daniel y Alcalá la miraron inquisitivamente y ella entrelazó las manos.

—No podemos descartar esa línea —prosiguió la cabo—. ¿Y si María está mintiendo para desviar la atención? ¿Y si era ella, y no Ángeles u otra persona, la que formaba parte del plan que acabó con la vida de Lorenzo Orduña? Contaba con un móvil poderoso: vengar a Jesús Posadas. Eso tendría lógica, ¿no? —Sondeó a su superior, que hizo un gesto de ambigüedad—. Puede que, de algún modo, estuviera compinchada con Arturo y con Guillermo para matarlo, y que ahora Arturo, después de tantos años de silencio, hubiera decidido confesar la verdad. Tal vez cometió el error de adelantárselo a ella, y a María no le quedó otro remedio que envenenarlo. Eso explicaría también que Arturo le abriera la puerta a su asesino a esas horas. Sin duda, lo conocía.

Durante unos instantes, ninguno dijo nada. A Daniel no le había dado la impresión de que la criada de los Orduña le estuviera mintiendo en el cementerio, pero, pese a ello, no podía estar seguro de que hubiera sido sincera, y prefirió callarse.

—Quizá lo de María no sea más que una maniobra para enmarañarlo todo —insistió Nuria Herrera—, una pose para engañarnos.

El teniente se frotó el pecho antes de replicar:

—Ya, pero si formó parte de aquello, ¿por qué dio la voz de alarma la madrugada del dos de septiembre? ¿Qué ganaba despertando a Mercedes y convenciéndola de que bajaran a comprobar qué había sido ese ruido? Dejó a Guillermo sin tiempo para huir.

La cabo torció los labios y se pasó la mano por la coleta.

—No lo sé. No entiendo nada —suspiró, rindiéndose a la evidencia.

En ese momento, Alcalá desplazó la silla hacia atrás y se puso en pie.

—Vamos a interrogarla —resolvió.

Herrera, solícita, se levantó y lo siguió. Daniel amagó con hacer lo mismo, pero el teniente lo detuvo con un gesto.

—No, no, usted se queda aquí.

58

Descartes

Daniel permaneció en esa diminuta sala de interrogatorios durante más de media hora. Cuando Alcalá y Herrera regresaron con gesto de frustración, apenas le quedaban uñas que morder.

—¿Cómo ha ido? —preguntó en cuanto los vio entrar, y se levantó como un resorte.

Alcalá extendió la mano para pedirle calma.

—Siéntese, por favor —dijo, e hizo lo propio mientras depositaba en la mesa una carpeta repleta de folios con el escudo de la Guardia Civil.

—¿Qué les ha dicho? —insistió Daniel al tiempo que ocupaba su silla.

La cabo Herrera hizo una mueca.

—Lo mismo que a usted. No hemos conseguido sacarle nada más. Por supuesto, niega haber tenido nada que ver. En ambos casos.

—¿Y les parece que dice la verdad?

—Es difícil saberlo.

—¿Creen que esa sombra, esa persona que corría, pudo ser la misma que ha matado a Arturo?

Ninguno contestó, pero Alcalá abrió la carpeta y sacó un folio. A continuación, lo giró en la mesa y se lo aproximó a Daniel.

—Eche un vistazo.

Daniel hizo lo que pedía. Eran cuatro fotografías de unas deportivas, cada una hecha desde un ángulo diferente. La primera mostraba la suela: una sucesión de rayas que se entrecruzaban formando una cuadrícula, con pequeños rectángulos intercalados. Examinó los demás. Las zapatillas eran de color azul marino, con algún toque grisáceo, y parecían de montaña. De tejido impermeable.

—Son...

—Las del crimen, sí —le confirmó Alcalá—. Unas Salomon clásicas. Llevan años siendo muy populares en sitios fríos como este. Por eso nuestros compañeros de Madrid han tardado poco en dar con ellas.

—¿Y son de hombre o de mujer? —quiso saber Daniel, incapaz de discernir si ese modelo se correspondía con el que calzaba Federico Setién la mañana del domingo.

—Aún no estamos seguros. El modelo es unisex, pero en la comandancia están trabajando duro para reconstruir las huellas basándose en las medidas del fabricante que figuran en el SICAR. Siempre hay diferencias entre las tallas de hombre y de mujer, pero como las pisadas que encontramos estaban incompletas... En fin, pronto sabremos también el número de pie exacto. De momento, nuestros compañeros siguen pensando lo mismo: como mínimo, un cuarenta. Y María calza un treinta y siete —reveló—. Lo hemos comprobado con ella.

Daniel se tomó unos segundos para asimilar el dato.

—Entonces, eso significa...

—Que María no estuvo en ese piso, efectivamente, o al menos no fue quien dejó ese rastro —completó la frase el teniente—. En principio, ella no es la persona que buscamos.

—Ya... ¿Y Federico Setién? —inquirió Daniel—. ¿Van a hablar con él?

La cabo Herrera tomó la palabra.

—Las deportivas podrían coincidir en el color con las que llevaba el abogado cuando usted se cruzó con él. Sin embargo, no son las más adecuadas para hacer *footing*, y usted nos comentó que él había salido a correr, ¿no?

—Bueno, en realidad yo le vi atándose los cordones. Pero es lo que él me dijo, sí.

—Y el sargento Blanco también mencionó que era su costumbre, que se lo había encontrado haciendo ejercicio en más de una ocasión —apuntó Alcalá.

—Entonces ¿van a interrogarlo?

—Puede —respondió Herrera.

—¿Y a Ángeles? —añadió Daniel, sabiendo que ponía el dedo en la llaga.

—No, de momento, no —resolvió el teniente—. No tenemos nada contra ella. El testimonio de María Güemes no es suficiente, ni mucho menos. El día de la concentración pudo salir a hablar con Guillermo de cualquier cosa. Lo que vio esa mujer no demuestra nada. Y lo de la sombra... Ya le he dicho antes lo que pienso. Por no mencionar que lo que aquí estamos investigando no es lo que ocurrió en el año setenta y cinco, sino la muerte de Arturo Vallejo y...

La melodía que comenzó a emitir su teléfono no le dejó continuar. Se disculpó y salió al pasillo para atender la llamada.

Mientras aguardaban a que volviera, la cabo Herrera se concentró en revisar los papeles del atestado, y Daniel, por su parte, se sumergió en sus pensamientos. Se preguntó de qué modo afectarían a la investigación los últimos avances. A María, si nada cambiaba, se la podía dar por descartada, y la vía de Ángeles había quedado en punto muerto, a tenor de las palabras del teniente. En cuanto a Federico Setién, los guardias civiles parecían contemplar su interrogatorio como un mero trámite. Lo cierto es que él mismo consideraba que aquel hombre difícilmente podía estar relacionado con los asesinatos, aunque sabía que no debían dar nada por descontado. En realidad, no tenía la menor idea de cuál sería el siguiente paso de los agentes.

Estaba especulando sobre ello cuando escuchó a Alcalá a lo lejos:

—Vamos, Celia, ¡ve al grano, por Dios!

Daniel dirigió la vista a la puerta, que el teniente había dejado entornada al abandonar la sala. Por cómo había sonado su voz, dedujo que debía de encontrarse a bastante distancia; la suficiente para que nadie le oyera si hablaba en tono contenido, pero no si lo hacía de forma excitada.

«Celia...», repitió Daniel en su cabeza, pensando que ese nombre le resultaba familiar. Entonces cayó en la cuenta: Celia Santos, la forense que le presentaron el día anterior en el piso de Arturo, en la escena del crimen. Debía de ser ella.

—Ya, ya sé que no es más que una sospecha y que hay que esperar la confirmación del laboratorio, mujer —farfulló Alcalá—. Pero entonces, así, *a priori*, tú dirías que fue cianuro, ¿no? Y te ratificas en que murió de madrugada.

Daniel no pudo entender nada más y se figuró que el teniente debía de haberse alejado o había bajado la voz.

Analizó lo que acababa de oír mientras lanzaba una mirada a la cabo Herrera, que había dejado de examinar los papeles y tenía las pupilas clavadas en la puerta. Cianuro... La forense y el teniente tenían que estar refiriéndose al veneno empleado en el asesinato de Arturo, la sustancia que le había arrancado el último aliento.

Diez minutos más tarde, Alcalá regresó a la sala de interrogatorios y, mientras tomaba asiento al lado de la cabo, confirmó las suposiciones de Daniel: la forense acababa de concluir la autopsia y, por las livideces del cuerpo, el olor a almendras amargas que desprendían los órganos y otra serie de datos, su impresión era que el veneno ingerido por la víctima probablemente fuese cianuro.

—Celia me ha recalcado que es solo una hipótesis preliminar —le dijo Alcalá a su compañera, e hizo una mueca—. Ya sabes, lo de siempre: que hasta que no lleguen los resultados del análisis toxicológico no puede confirmar nada. He llamado a los compañeros de Logroño para que den prioridad a las muestras de los restos de café de la taza y de esos granos blancos que los de criminalística encontraron en la alfombra, junto a la silla que ocupaba el asesino. Según Celia, el veneno podría ser cianuro de sodio o de potasio, que precisamente son unas sales blancas.

La cabo Herrera asintió, y Daniel, que hasta entonces no había tenido noticia del hallazgo de esos granos blancos en la escena del crimen, se interesó al instante por ellos.

—Sí, había unos pocos, pero no eran fáciles de ver —le explicó Alcalá.

—¿Y cómo acabaron en la alfombra?

El teniente se encogió de hombros.

—Sospechamos que el asesino estaba nervioso, o que actuó muy rápido cuando Arturo le dio la espalda y, al destapar el bote del veneno, se le derramó un poco.

—O sea, que fue como si le echara un sobre de azúcar en el café.

—Algo así, sí. Con la dosis adecuada, la muerte se produce en cuestión de minutos, y es bastante dolorosa. De ahí la postura en la que lo encontramos…

Daniel se lamentó al imaginarse al antiguo amigo de su padre retorciéndose en la alfombra entre espumarajos mientras la vida se le escapaba con cada exhalación.

—¿Y de dónde pudo sacarlo el asesino? —preguntó. Suponía que aquel veneno no debía de ser fácil de conseguir. Al menos, él no habría sabido dónde buscarlo.

Alcalá volteó las palmas de las manos.

—De momento es difícil saberlo. Además, todavía no tenemos la seguridad de que haya sido cianuro. Por cierto, Nuria, he llamado a la comandancia. Navarro me ha confirmado que ya está cursado el requerimiento a la compañía telefónica para que mande el registro de llamadas de la víctima y los datos de conexión de su móvil a las antenas de la zona. Llegarán mañana. Le he pedido que venga aquí cuanto antes para echarnos una mano con la revisión de las cámaras.

—¿Las cámaras? —inquirió Daniel sin comprender a cuáles se refería.

—Así es, vamos a echar un vistazo a los locales próximos al lugar del crimen. Ayer era domingo y estaba todo cerrado, pero puede que alguna cámara de videovigilancia captara algo.

—Me temo que por allí no hay comercios ni cajeros. No encontrarán gran cosa.

—Sí, ya nos dimos cuenta ayer. Pero un poco más allá, en dirección al centro, vimos una ferretería y una mercería. No perdemos nada por intentarlo.

—Ya, sí —respondió Daniel, que no albergaba muchas esperanzas de que el asesino, si era de Reinosa, hubiera sido tan torpe de dejarse grabar por las cámaras de unos establecimientos tan conocidos y visibles—. ¿Van ahora hacia allí? —agregó al apreciar que los dos guardias civiles se incorporaban.

—Después. Ahora vamos al juzgado, a poner al día a la jueza y...

En ese momento, alguien llamó a la puerta con los nudillos.

—Adelante —dijo Alcalá, y frunció el ceño.

La puerta se abrió y en el umbral apareció el sargento Blanco.

—Mi teniente, es urgente. Una llamada. Necesito que venga ya.

59

Los brasileños

Alcalá no tardó más cinco minutos en regresar, pero a Daniel, presa de la ansiedad, se le hizo una eternidad.

—¡Rápido, Nuria! —exclamó el hombretón cuando empujó la puerta—. ¡Nos vamos!

Ella se levantó con premura y Daniel, atónito y sin moverse de la silla, balbuceó:

—¿Adónde? ¿Qué ha pasado?

El guardia civil le lanzó una mirada.

—Era Víctor Carballo, uno de los brasileños —informó de carrerilla—. Esta mañana han comenzado una auditoría de la seguridad de la fábrica y han visto algo.

—¿En Aceros Campoo?

El teniente hizo un asentimiento veloz y entonces Daniel recordó lo que su hermano le dijo la tarde del viernes en la librería: que, según había oído, los brasileños iban a hacer fuertes inversiones y a cambiar los sistemas de producción y seguridad, entre otras cosas, y que todas esas noticias habían sido recibidas con agrado tanto por los Orduña como por los propios trabajadores. La auditoría a la que aludía el teniente debía de estar enmarcada en ese proceso.

De forma somera y apresurada, y mientras la cabo recogía el atestado, Alcalá les contó que el brasileño había llamado muy alterado y que, en una mezcla de español y portugués, le había explicado que uno de los técnicos que habían viajado con él desde Lisboa acababa de descubrir algo que los había asustado.

—Por lo que me ha dicho, en la fábrica hay dos salas a las que solo pueden entrar determinadas personas pasando una tarjeta con banda electromagnética. Se genera un fichero electrónico con el registro de los accesos, aunque, al parecer, no lo suelen comprobar, salvo que se haya detectado algún indicio de hurto. Bueno, pues hoy, por la auditoría, los han revisado. Y hay algo que no encaja.

Daniel se puso en pie y aguardó a que Alcalá prosiguiera.

—Hay un acceso con la tarjeta de Héctor Suárez la madrugada del pasado domingo —reveló el teniente—. A las cinco y cuatro minutos, cuando la fábrica estaba cerrada. A la sala donde guardan sustancias peligrosas, tóxicas.

—Joder, ¿Héctor? —barbotó Daniel sin poder contenerse. Hasta ese momento, nunca lo habían contemplado como sospechoso de la muerte de Arturo.

—La misma noche del asesinato… —musitó la cabo Herrera.

Las palabras de los investigadores zarandearon la mente de Daniel. Sus recuerdos, de súbito, lo retrotrajeron a mayo de 1975, tal y como le había sucedido la noche del viernes cuando, tras regresar a Reinosa y cenar con su familia, salió a la calle a hablar con Álex y terminó deteniéndose frente a la fábrica. Por su cabeza desfilaron las imágenes de la visita que un caluroso domingo de primavera su amigo David y él hicieron a Aceros Campoo con Lorenzo Orduña, que quiso impresionarlos mostrándoles todos los rincones de aquella enorme instalación. Solo hubo un lugar al que no les permitió pasar, pese a la insistencia de David: una sala en la que, según se justificó, se almacenaban sustancias que se utilizaban en los procesos industriales y que resultaban muy peligrosas para la salud.

A toda prisa, Daniel les resumió el episodio a los guardias civiles, que lo escucharon con atención desde el umbral de la puerta.

—¿Creen que Héctor pudo sacar el veneno de allí? —preguntó.

—Precisamente por eso llamaba Carballo. Ayer leyó en la prensa que un antiguo empleado de la fábrica, Arturo, había sido envenenado la madrugada del domingo y, aunque lo del cianuro aún no ha trascendido, supongo que ha atado cabos, o eso piensa él. De momento, no le ha dicho nada a Héctor.

—Pero ¿usted no le ha preguntado si en la fábrica tienen cianuro? —se sorprendió Daniel.

El teniente negó con la cabeza.

—No era prudente mencionar ese dato por teléfono. En cuanto lleguemos, saldremos de dudas. Venga, Daniel, usted no puede quedarse aquí.

—Puedo acompañarlos..., guiarlos hasta esa sala —se atrevió a sugerir, para no quedarse al margen de las pesquisas.

Alcalá y Herrera sacudieron la cabeza de forma sincrónica, como si lo que había dicho fuera una aberración.

—No, usted no es policía judicial. Venga, salga y váyase a casa. Ya hablaremos.

60

Sales blancas

Daniel no tuvo más remedio que obedecer al teniente. Con la sangre todavía aporreándole las sienes, rebasó el perímetro del cuartel y observó cómo el Nissan Primera dejaba atrás el portón metálico y se lanzaba calle abajo hasta perderse en un recodo.

Lanzó un suspiro. Lamentaba no poder ir con los investigadores a la fábrica, aunque ¿qué más podía hacer? La espera se le haría larga y pesada, cargada de incertidumbre, pero intentar colarse en Aceros Campoo en contra de la voluntad del teniente se le antojaba una temeridad, una estupidez. Fue entonces, mientras echaba a andar, cuando una voz interior le susurró que, en realidad, no pasaría nada si tan solo se dejaba caer por los alrededores de la fábrica. Si se mantenía a cierta distancia, podría enterarse de lo sucedido, o intuirlo, y no molestaría a nadie; tampoco al teniente y a la cabo, que ni siquiera se darían cuenta de que estaba allí.

Apretó el paso, y un cuarto de hora después ya estaba posicionado a unos veinte metros de Aceros Campoo, en un lateral del camino que bordeaba el río Híjar, en paralelo al polígono industrial. Desde allí gozaba de una buena perspectiva y creía no llamar la atención. Se apoyó en el tronco de un pequeño árbol y aguzó la vista. El Nissan Primera estaba estacionado en una de las plazas del aparcamiento exterior, más allá de la garita y la barrera que impedía el paso. A excepción del vigilante, por esa zona no se atisbaba a nadie; Alcalá y Herrera debían de encontrarse dentro de la nave. Sacó un mechero y el paquete de tabaco del bolsillo del pantalón y prendió el extremo de un cigarrillo. Se dijo que solo era cuestión de ser paciente, aunque lo cierto era que no tenía la menor idea de cuánto tiempo debería esperar.

Al final fueron cuarenta minutos, durante los cuales no dejó de trenzar cábalas sobre la posible implicación de Héctor Suárez en el asesinato de Arturo. ¿Habría acudido en plena madrugada a la fábrica para hacerse con una dosis de cianuro y luego presentarse en casa de su antiguo trabajador? ¿Con qué pretexto? ¿Y por qué Arturo accedió a abrirle la puerta a esas horas? Además, ¿qué motivo podía tener Héctor para envenenarlo? ¿Acaso también estuvo involucrado en el crimen de Lorenzo Orduña y era la sombra que María Güemes vio desde la ventana? Pero, si hubiera sido así, ¿por qué habría ayudado a acabar con la vida de quien iba a convertirse en su suegro?

La aguja de su reloj se aproximaba a las dos en punto cuando la puerta metálica de la nave se abrió de golpe. Del interior salieron dos personas. Pese a la distancia, Daniel logró distinguir en primer lugar al teniente Alcalá, con su corpachón, la calva brillante y la barba de color pajizo. A su lado iba su segunda, la cabo Herrera, cuya coleta rubia se bamboleaba al compás de sus pasos. Caminaban hacia el aparcamiento a grandes zancadas y, aunque Daniel no era capaz de apreciar su rictus, por el modo en que se desplazaban tuvo la sensación de que habían descubierto algo importante. Detrás de ellos, moviendo los brazos, aparecieron dos hombres. A Daniel no le costó identificarlos. Eran Héctor Suárez y Marcos Orduña. Al divisarlos, recordó que el viernes anterior su hermano le comentó en la librería que ambos habían conservado su puesto de directivos en la empresa y que iban a seguir trabajando en ella. Eso explicaba su presencia en la fábrica en aquel momento.

Daniel vio que los guardias hacían caso omiso de los aspavientos de Héctor y Marcos y que, sin miramiento alguno, se metían en el Nissan Primera y arrancaban. Perplejo, soltó un exabrupto. ¿Por qué demonios se marchaban sin Héctor? ¿Acaso no iban a detenerlo? ¿Es que no habían encontrado cianuro?

Mientras el vehículo se aproximaba a la salida, Daniel sacó su teléfono, dispuesto a marcar el número del teniente. Sin embargo, enseguida cayó en la cuenta de que no disponía de él. Para ponerse en contacto con Alcalá tendría que llamar a la centralita, lo que ralentizaría el proceso una infinidad, y eso suponiendo que luego Alcalá tuviera a bien descolgar el aparato en ese momento, en plena operación.

Cambió de idea y, con el móvil aún en la mano, echó a correr en la dirección que imaginó que tomarían: hacia el puente que comunicaba el polígono de La Vega con el casco urbano de Reinosa. Cuando ya se estaba aproximando a la pasarela, oyó el motor del Nissan a su espalda y se giró. Ya estaban ahí. Hizo un ademán con la mano y el coche se detuvo junto a él. Nuria Herrera bajó la ventanilla del copiloto y lo miró con desconcierto. Alcalá, que iba al volante, se estiró hacia el asiento del copiloto.

—Pero ¿qué coño hace aquí? No debería haber venido, Daniel, se lo dije —masculló al tiempo que desviaba los ojos al retrovisor interior del vehículo, como si temiera que Héctor y Marcos pudieran aparecer por la carretera en cualquier momento.

—¿Han encontrado algo? ¿Había cianuro? —preguntó, haciendo caso omiso del reproche del teniente.

Los guardias civiles cruzaron una mirada fugaz. Luego Alcalá clavó las pupilas en Daniel e hizo un asentimiento.

—Sí, había cianuro; cianuro de sodio, en concreto. Unas sales blancas, como dijo la forense. Por lo que nos han comentado, se utilizan en algunos procesos de galvanizado, para enriquecer los metales.

—¿Y por qué no han detenido a Héctor? ¿A qué esperan?

Alcalá lo miró con semblante de gravedad.

—Porque no fue él, Daniel. Fue Ángeles.

61

Espera

—¿Ángeles? —farfulló Daniel, presa de la confusión—. Pero ¿qué...?

—Rápido, márchese de aquí —le cortó Alcalá con tono adusto, y señaló con el pulgar hacia la fábrica—. Héctor y Marcos no tardarán en aparecer y no quiero que nos vean con usted.

—Pero...

—Haga lo que le digo. Vaya al cuartel y espérenos allí.

—¿Al cuartel?

—Vamos a detenerla —respondió Nuria Herrera—. A Ángeles.

Acto seguido, la cabo subió la ventanilla y el Nissan se puso en marcha. Daniel masculló un improperio y lanzó un puntapié al suelo mientras el automóvil se alejaba. ¿Cómo podían dejarlo así? ¿Qué era lo que habían visto? ¿Por qué, de pronto, estaban tan seguros de la culpabilidad de esa mujer?

Con el pulso disparado, enfiló lo que restaba de puente y comenzó a recorrer a grandes zancadas la calle Julióbriga. Se encontraba a la altura del cruce con la avenida La Naval cuando el rugido de un coche rasgó el aire. Ni siquiera tuvo tiempo de volverse. Un enorme Mercedes negro pasó junto él a toda velocidad y levantó una ráfaga de viento que lo estremeció. No pudo ver quién viajaba dentro, pero no albergó dudas de que al volante iría Héctor y, a su vera, Marcos Orduña. Supuso que se dirigían hacia la casona para avisar a Ángeles, si es que ella era realmente la asesina, o a intentar, de algún modo, que la detención que le había anticipado la cabo Herrera no llegara a practicarse.

Maldijo entre dientes. ¿Qué diablos estaba sucediendo? ¿Estaban implicados también ellos dos? Las preguntas se le acumulaban en la cabeza y la sensación de no entender nada le oprimía la garganta como si alguien estuviera cerrando las manos en torno a su cuello, ejerciendo cada vez más presión.

Tras cruzar el paso a nivel, se planteó poner rumbo a la avenida Castilla, hacia la casona de los Orduña. Podía repetir la estrategia que había seguido en Aceros Campoo: mantenerse alejado unos metros de la entrada y tratar de enterarse de lo que ocurría en el interior. Sin embargo, el portón no era muy grande y sería difícil que su presencia al otro lado de los barrotes pasara desapercibida.

Las palabras de Alcalá al ordenarle taxativamente que los esperara en el cuartel penetraron en su mente y, tras un último momento de reflexión, resolvió hacerle caso.

Cuando llegó al cuartel de la Guardia Civil, salió a su encuentro un agente muy atento que, según dijo, tenía instrucciones de conducirlo a una sala donde debería aguardar hasta que regresaran el teniente y la cabo. Daniel asintió y lo siguió. Era la misma en la que había estado por la mañana. Se dejó caer en una de las sillas y, en cuanto el hombre hubo cerrado la puerta, encendió un cigarrillo. No ignoraba que desde hacía un par de años estaba prohibido fumar en lugares como aquel, pero en ese momento era lo que menos le importaba; necesitaba serenarse.

Consultó el reloj mientras se llevaba el pitillo a los labios con dedos temblorosos. Esperaba no tener que permanecer demasiado tiempo allí, solo en aquella estancia desangelada mientras la cabeza le daba vueltas. Aspiró el humo con fruición y fijó la vista en el suelo, meditabundo. Según los agentes, Ángeles era la asesina, lo que significaba que María había acertado en las conjeturas de las que lo había hecho partícipe esa mañana. Pero ¿por qué habría matado a Arturo? ¿Qué sentido tenía eso? La criada de los Orduña no había sido capaz de dar respuesta a esas preguntas.

Poco a poco, notó que el mundo comenzaba a difuminarse ante sus ojos tras la cortina de humo que desprendía el cigarrillo y, de pronto, fue consciente de que estaba mareándose, sacudido por el vaivén de emociones. Justo entonces los gritos infantiles de David surgieron de los confines de su cerebro, venidos de otro tiempo, y resonaron en sus oídos, como si su propio cuerpo quisiera recordarle que ambos crímenes y todas las circunstancias que los rodeaban estaban relacionados. Temiendo enloquecer en aquella vorágine, se apresuró a poner la espalda recta, apagó el pitillo y boqueó ansiosamente. Necesitaba aire. Alzó el mentón hacia el techo y cerró los ojos. Intentó no pensar en nada, pero fue incapaz. ¿Qué demonios se le estaba escapando? Sintió el impulso de abrir la puerta y salir de allí, pero el agente había sido muy claro: debía quedarse en la sala hasta nueva orden.

Un cuarto de hora más tarde oyó ruido en el pasillo. Alcanzó a distinguir la voz de Ángeles, que proclamaba su inocencia a gritos y pedía que la soltaran.

—¡Les demandaré! ¡Hablaré con mi abogado! ¡Esto es un error!

—¡Estese quieta! —escuchó que bramaba el teniente—. Ahora vendrá su abogado y le cuenta usted lo que quiera.

A lo lejos, le pareció que una puerta se abría y que poco después se cerraba con un golpe sordo. Las voces se acallaron. Daniel, cuyas rodillas no cesaban de subir y bajar, se pasó la mano por el cabello y aguzó el oído. Nada. Armándose de paciencia, se dispuso a esperar.

A los veinticinco minutos, Alcalá y Herrera entraron en la sala.

—La tenemos —le confirmó el hombretón—. Con muy mala cara, por cierto. Menudo escándalo que ha montado la señora en la casa. La hija y la nieta estaban tan blancas que parecía que se iban a caer redondas. Suerte que Héctor y Marcos han llegado un poco tarde, cuando ya la habíamos esposado. Querían impedir que nos la lleváramos. Un poco más y venimos con más detenidos de la cuenta. En fin, un espectáculo deprimente.

—¿Por qué creen que ha sido Ángeles?

—Las cámaras. Ahora se enterará de todo, no se preocupe. Sígame.

Los condujeron a otra estancia donde el sargento Blanco estaba manejando un viejo ordenador de sobremesa. El agente se volvió hacia él y lo saludó con un rictus de desasosiego.

El teniente retomó la palabra:

—Daniel, vamos a conectar la imagen y el audio de la cámara de vigilancia de la sala de interrogatorios para que usted, a través del monitor, pueda seguir lo que esa mujer nos vaya contando. Si es que acepta declarar, claro —matizó—. Usted conoce mejor que nosotros algunas de las cosas que sucedieron en el año setenta y cinco, y todo apunta a que hay un nexo entre ambos casos. Por eso quiero que esté atento, que no se le escape nada. Se quedará aquí con Blanco y, cuando terminemos, vendré a verlo. ¿Entendido?

Daniel asintió.

—Bien —celebró Alcalá—. Ya ha llegado el abogado de la detenida. Por lo que me han comentado, es un tipo duro que antes ejercía en Burgos y que ahora ha abierto despacho en Reinosa. No tenemos claro cuál será su estrategia, pero, de cualquier modo, usted esté atento a la pantalla, ¿de acuerdo?

62

El juramento

Cuando se quedaron solos, el sargento presionó una tecla del ordenador y en la pantalla apareció la imagen de la sala de interrogatorios, proyectada desde un ángulo lateral. Ángeles Miranda se encontraba sentada con los codos apoyados en una alargada mesa metálica y las manos hundidas en las mejillas. La luz le caía del techo y, aunque el vídeo no era del todo nítido, a Daniel le dio la impresión de que tenía las puntas del flequillo empapadas de sudor. Miraba fijamente a la mesa, como si pretendiera encontrar allí las respuestas a su sorpresiva detención, y se mantenía tan inmóvil que por unos segundos Daniel dudó si la imagen se había congelado. Al lado de ella se hallaba un hombre delgado, de unos cincuenta años, con la nariz ganchuda y ligeramente enrojecida, el pelo encanecido casi por completo y peinado hacia atrás, y un bigote de puntas afiladas y de un tono amarillento que, sin duda, era producto del contacto habitual con la nicotina. Daniel dedujo que era el abogado al que se había referido Alcalá, y el modo en que reaccionó cuando los guardias entraron en la sala, con aire desafiante y ajustándose el nudo de su corbata granate, como si se preparara para un combate intelectual, se lo confirmó.

Los investigadores, indiferentes a los ademanes del letrado, tomaron asiento. Después, la cabo Herrera abrió el ordenador portátil en el que, según informó, iría transcribiendo la declaración. Por su parte, Alcalá posó en la mesa la voluminosa carpeta que llevaba bajo el brazo y la abrió con ceremonia. A continuación, procedió a leerle sus derechos a la detenida.

—Mi clienta se acoge a su derecho a guardar silencio —anunció el abogado con sequedad cuando Alcalá concluyó la retahíla.

El teniente estudió a la mujer.

—¿Está usted segura, señora? —preguntó, como si le estuviera advirtiendo de que cometía un gran error.

—Oiga, ya se lo he dicho yo —se revolvió el letrado, que volvió a ajustarse el nudo de la corbata, como si el gesto le insuflara vigor.

Alcalá asintió y empezó a rebuscar algo en la carpeta. Tras unos segundos, sacó lo que parecía un DVD.

—Comprendo su postura, pero antes de dar por terminado el trámite me gustaría enseñarles algo —dijo—. Solo para que lo tengan en cuenta. Nuria, por favor.

La cabo Herrera le pasó el ordenador portátil a su jefe y este introdujo el DVD en el lector. Después de pulsar un par de teclas, lo giró hacia Ángeles y su abogado, que habían entreabierto los labios en señal de desconcierto.

—Son unas imágenes que captó la madrugada del domingo una de las cámaras de Aceros Campoo, la que está colocada a la entrada. Les he puesto la secuencia que comienza a las cinco horas y cinco minutos. —Hizo una breve pausa teatral—. ¿Ve que usted aparece ahí, señora Miranda? ¿Se reconoce?

Daniel se fijó en la reacción de la viuda de Lorenzo Orduña mientras las imágenes se sucedían. Si quiso aparentar que aquel vídeo no la estaba afectando, no lo consiguió en absoluto: la forma en que se encogió, como si le hubieran propinado un golpe en el estómago, resultó más que reveladora, casi tanto como el gesto nervioso con el que, poco después, entrelazó las manos.

—¿Para qué fue a la nave a esas horas, señora Miranda? —la presionó Alcalá—. ¿Qué era lo que buscaba? ¿Y de dónde sacó la llave que utilizó para abrir la cerradura?

Ángeles pegó la mirada a la mesa y se mantuvo callada. El teniente, tras unos segundos de espera, recuperó el ordenador y pulsó varios botones. Acto seguido, volvió a girarlo hacia la detenida y su letrado.

—Este es otro vídeo. Pertenece a una de las dos cámaras interiores que tiene la fábrica. Como verá, señora Miranda, aquí se la observa a usted cruzando la nave hasta llegar a esa puerta, la del fondo. ¿Lo ve? Luego pasa la tarjeta por el lector y, a continuación, entra en esa sala. La de tóxicos, si no me equivoco...

Se hizo otro silencio y el abogado se removió en su asiento con evidente incomodidad. Daniel se percató de que, en un determinado momento, el defensor le dirigía una mirada de inquietud a su clienta, que volvía a contemplar la mesa con aire ausente.

—Esa tarjeta, la que utilizó esa noche, no era suya, ¿verdad? —prosiguió Alcalá implacable.

La detenida no respondió y el teniente negó con la cabeza, como si lamentara su actitud.

—Por lo que nos han comentado —agregó el investigador, sin precisar quién—, usted no tenía ninguna tarjeta a su nombre. Esa, la que le permitió acceder a la sala, era de su yerno. Lo hemos comprobado, y él nos ha asegurado que hoy por la mañana la tenía en su cartera. —El teniente escudriñó a la mujer y después lanzó la acusación—: Usted se la sustrajo la madrugada del domingo, mientras él dormía, ¿me equivoco? Y también las llaves de la fábrica. Y cuando terminó la faena en casa de Arturo, lo devolvió todo a su sitio.

Ángeles siguió callada, y Alcalá volvió a poner a prueba las fuerzas de la mujer.

—Usted sabía que en la empresa no solían comprobar los registros de acceso ni las grabaciones de las cámaras, y cometió el error de confiarse —afirmó, inclinándose hacia ella en actitud intimidante—. No contaba, imagino, con que los nuevos propietarios, los brasileños, se pondrían a revisar este tipo de cosas, ¿cierto? Y tampoco tenía muchas alternativas. Por algún motivo, estaba usted desesperada...

En ese instante, Ángeles alzó la vista. Parecía haber recuperado el aplomo, si es que en algún momento lo había perdido, y observó al teniente con los ojos entornados. A Daniel le recordó a un gato acorralado que estuviera preparándose para saltar.

—Ángeles, no diga nada —intervino el abogado, a lo que ella asintió.

—Mire, señora Miranda —continuó Alcalá imperturbable—, hace un rato hemos estado en la fábrica, ¿sabe? Resulta que en esa sala en la que usted entró se almacenan determinadas sustancias de uso industrial que pueden ser letales. Una de ellas es el cianuro de sodio —añadió, y tomó de la carpeta una fotografía que le colocó delante—, unas sales que, por lo visto, se utilizan en la empresa de su familia desde hace muchos años. Usted eso lo sabía, ¿no?

—No veo a dónde quiere ir a parar, teniente —protestó el letrado, aunque su tono dejaba entrever que lo intuía perfectamente.

Alcalá se frotó el pecho durante un segundo. Después, le devolvió el portátil a la cabo Herrera.

—Arturo Vallejo murió envenenado la madrugada del domingo. Por ingesta de cianuro, en concreto —informó—. Después de beber una taza de café en compañía de alguien que lo visitó en mitad de la noche. Murió enseguida, en cuestión de minutos, entre fuertes dolores. —Observó fijamente a la detenida—. ¿No fue así, señora Miranda? ¿No se retorció de dolor en la alfombra, ante sus ojos, hasta que dejó de respirar?

El abogado dio un respingo.

—Todo eso no son más que especulaciones. Ni siquiera pueden haber recibido aún el informe de toxicología, ¡es imposible! Además, no tienen nada que sitúe a mi clienta esa noche en el domicilio de Arturo Vallejo. Exijo que la pongan en libertad inmediatamente —dijo, aunque la inflexión de su voz daba a entender que ni siquiera él tenía demasiadas esperanzas en que su petición prosperara.

Como si hubiera estado esperando ese argumento por parte del letrado, el teniente comenzó a revolver papeles en la carpeta, cogió cinco fotografías y las colocó a lo largo de la mesa. La imagen que la cámara les ofrecía a Daniel y al sargento Blanco no permitía distinguirlas con claridad, pero Alcalá, quizá consciente de ello, se encargó de explicar su contenido.

—¿Ven las huellas de pisada que aparecen en estas fotos? Bueno, pues estaban en el piso de la víctima, en la escena del crimen.

En el pasillo y en el salón, para ser precisos, los únicos lugares que debió de pisar el asesino. O, mejor dicho, la asesina —se corrigió, y lanzó una mirada hosca a Ángeles—. Las pisadas corresponden, por el dibujo de la suela, a estas zapatillas —agregó, y les tendió el folio que, según dedujo Daniel, era el que le había mostrado a él por la mañana con las imágenes del SICAR—. Usted tiene unas iguales, ¿verdad, señora Miranda? Del número cuarenta, y se las puso la noche en que mató a Arturo.

La pregunta quedó suspendida en el aire y la mujer acabó negando con la cabeza.

—No diga una palabra, Ángeles —le reiteró su abogado.

Alcalá hizo una mueca de hastío y, una vez más, echó mano del portátil, que le cedió su compañera.

—Señora Miranda, en las grabaciones se ve que esa madrugada usted llevaba unas zapatillas del mismo modelo. ¿Insiste en negarlo? ¿Quiere que le enseñe el vídeo de nuevo?

Ni la detenida ni su abogado contestaron, y el teniente volvió a reproducir las imágenes. A Daniel le dio la impresión de que la viuda de Lorenzo Orduña, al visionar por segunda vez el vídeo, entreabría la boca y comenzaba a respirar con dificultad.

—Había llovido, y tenía barro en las suelas —murmuró Alcalá—. Por eso dejó su rastro en el piso de la víctima, ¿entiende? Podemos demostrar que usted estuvo en la fábrica esa noche —afirmó rotundo, y comenzó a enumerar con los dedos—. También que entró en la sala donde se guardaba el mismo veneno que el que le causó la muerte a Arturo. Y también que en la escena del crimen había huellas de pisada de un modelo idéntico a las zapatillas que usted llevaba. Y que encima coinciden en el número de pie. ¿No se da cuenta de que le conviene colaborar?

—Teniente, con todo el respeto, si le conviene o no colaborar se lo diré yo —se revolvió el abogado.

Alcalá, que debía de haberse percatado del estado de nerviosismo que empezaba a mostrar la mujer, pasó por alto el comentario del letrado y se inclinó hacia ella.

—¿Por qué, señora Miranda? ¿Por qué se vio obligada a matarlo? Era por ese juramento, ¿verdad? El que Arturo iba a romper el domingo.

La mujer palideció de golpe.

—¿Ju... juramento? —tartamudeó con un hilo de voz.

El letrado se retrepó en el asiento.

—¡Ángeles, no diga una palabra!

—El sábado por la noche, a eso de las once —repuso Alcalá, indiferente a los aspavientos del picapleitos—, Arturo llamó por teléfono a su hijo. Estaba muy alterado y, al parecer, no paraba de repetir lo mismo. ¿Sabe qué decía?

Ella no respondió, y Daniel tuvo la impresión de que, durante unos instantes, los labios le temblaban.

—Decía que al día siguiente al fin se sabría la verdad, que rompería el juramento —desveló el teniente, escrutándola—. Se refería al juramento que le hizo a Guillermo aquella vez que lo visitó en prisión, ¿verdad?, cuando su amigo le recalcó que la culpa de lo ocurrido era tan solo suya y le hizo jurar que respetaría su decisión, que no haría nada. Yo estaba allí, ¿sabe?, y sé lo que vi. Guillermo le estaba pidiendo que mantuviera la boca cerrada, y ahora, tres décadas después, no aguantaba más e iba a contarlo todo. Por eso usted tuvo que matarlo, porque iba a involucrarla —sentenció, y se reclinó en la silla.

La mujer se pasó una mano por la frente, pero guardó silencio.

—La noche en la que falleció su marido, Arturo era el hombre al que la cocinera distinguió al otro lado del muro, ¿no es así? —prosiguió Alcalá, sin darle tregua—. Y usted, la persona a la que la criada vio corriendo hacia la parte trasera de la casa poco después de oír el disparo. Fue a refugiarse en su habitación, ¿no? A esconderse.

La viuda de Lorenzo Orduña observó al agente con espanto.

—María... ¿Ella les ha dicho que me vio? —acertó a preguntar con un gemido.

El teniente no respondió expresamente a la pregunta, pero esbozó una sonrisa triunfal que, sin duda, contribuyó a sembrar aún más confusión en la mente de Ángeles. A continuación, rebuscó de nuevo en la carpeta. Lo hizo con calma, demorándose en las maniobras, y cogió un folio amarillento y acartonado que estaba doblado por la mitad. Alcalá comenzó a desplegarlo con lentitud y Daniel pegó los ojos al monitor. Era un texto manuscrito de apenas tres líneas, con tinta azul. Intuyó que se trataba de la carta por la que el teniente le había preguntado la tarde del domingo, la carta que él había negado tajantemente que pudiera haber escrito su madre.

—«Arturo: Nada de esto tendría que haber pasado. Intenta hablar con Guillermo, por favor. No sé qué hacer...» —recitó Alcalá—. Esto lo escribió usted, ¿verdad? —inquirió, y colocó el papel en la mesa, frente a la detenida—. Lo encontramos en la habitación de la víctima, sobre su escritorio. Es evidente que tiene muchos años, probablemente sea de aquellos días del setenta y cinco, ¿me equivoco? Por algún motivo, Arturo decidió rescatarlo y volver a leerlo antes de morir.

La mujer, cuyo semblante se había ido descomponiendo a medida que Alcalá pronunciaba cada palabra de la carta, comenzó a balancearse adelante y atrás, como si estuviera perdiendo el control de sí misma.

—¿Qué fue lo que salió mal, señora Miranda? ¿Acaso no estaba previsto que Lorenzo muriera esa noche?

Ángeles permaneció callada, pero terminó escondiendo el rostro detrás de las manos, como si no soportara por más tiempo el escrutinio sostenido del teniente. Daniel la oyó proferir varios gemidos ahogados y tuvo la certeza de que la mujer se estaba debatiendo entre confesar y poner fin a aquel tormento o seguir los consejos de su abogado y no decir una palabra.

Alcalá debió de alcanzar una conclusión similar, porque suavizó el tono.

—Señora Miranda, no haga esto más difícil. Ya le he explicado que podemos demostrar que usted asesinó a Arturo, y lo otro, las circunstancias que rodearon la muerte de su marido, tarde o temprano acabaremos averiguándolo todo. Ayúdenos a comprender por qué mató a Arturo, qué relación hay entre ambos casos, y le aseguro que el tribunal valorará su colaboración. Además, aunque hubiera estado involucrada en el asesinato de su esposo, ya ha pasado demasiado tiempo, está prescrito. Eso puede confirmárselo su abogado. Llegados a este punto, no tiene nada que perder.

La mujer se destapó la cara, lanzó una mirada fugaz al papel amarillento que seguía reposando en la mesa y después, con ojos llorosos, clavó la vista en el teniente.

—Si confieso, ¿cerrarán los dos casos definitivamente? —murmuró—. ¿Dejarán de molestarnos?

—Ángeles, no diga nada —insistió el abogado—. La están engañando. Estos guardias quieren...

Alcalá alzó la mano para detener la diatriba del letrado.

—Los cerraremos, señora. Pero usted tendrá que ir a prisión por el asesinato de Arturo.

Ella dejó caer la cabeza.

Después, en apenas un susurro, anunció que ya no podía más.

63

La verdad

Ante el gesto de estupor de su abogado, la mujer reconoció que sí, que la madrugada del domingo había acabado con la vida de Arturo Vallejo, que no tuvo más remedio.

—¡Ángeles! —masculló el letrado al tiempo que se ponía en pie y, sin querer, golpeaba la mesa con la rodilla—. ¿Qué diablos está diciendo?

—Siéntese —le ordenó la cabo Herrera.

—¡Mi clienta no va a declarar! ¡Esto es un atropello!

Nuria Herrera se levantó y lo fulminó con la mirada.

—Su clienta lo ha decidido así, y usted respetará su decisión. No voy a repetirle más veces que se siente.

El hombre soltó varios resoplidos, pero acabó ocupando de nuevo su silla.

—Señora Miranda, por favor, prosiga —añadió la cabo, que posó los dedos sobre el teclado tras sentarse también ella—. ¿Por qué envenenó a Arturo?

Ángeles dejó que la mirada se le perdiera al frente.

—Me amenazó... —musitó—. Arturo me amenazó.

—¿Con qué la amenazó? —intervino Alcalá.

—Con contarlo todo si no lo hacía yo. Yo... yo sabía que desde hacía tiempo le atormentaban los remordimientos, que ya había estado a punto de hacerlo otras veces... Pero hasta el sábado... Hasta entonces había conseguido que se mantuviera callado.

—¿Y cómo lo había conseguido?

Ángeles soltó un suspiro.

—Insistiéndole en que su familia no entendería su silencio. No le perdonarían que hubiera estado ocultando algo así tanto tiempo, se quedaría solo. Al principio con eso fue suficiente, pero más adelante ya no. Tuve que advertirle que, si hablaba, me aseguraría de que lo echaran de la fábrica.

—O sea, que usted lo amenazó primero.

Ella se mordió el carillo e inclinó levemente la cabeza.

—Sí, en cierto modo. Pero ahora ya se había jubilado, su hijo tenía un trabajo y se había independizado, su mujer había fallecido... Creo que pensaba que no tenía nada que perder. Y al aparecer ese chico...

—¿Ese chico? —preguntó Alcalá, aunque, por el modo en que la estudió, era obvio que había adivinado a quién se estaba refiriendo.

—Daniel Somoza, el hijo pequeño de Guillermo —precisó la mujer con tono lúgubre—. A Arturo siempre le dolió ver cómo le había afectado lo que hizo su padre. Por eso quería confesar. Hace seis años, cuando supo lo de aquel incidente que hubo en el bautizo de la nieta de Guillermo, Isabel... Aquello lo trastornó mucho. Logré que no dijera una palabra, pero el viernes pasado... Daniel volvió, cuando yo ya pensaba que jamás lo haría, y además me enteré de que había estado en la estación de tren haciendo preguntas sobre el caso... Me lo contó la esposa de uno de los ferroviarios, Roberto Gutiérrez, que es amiga mía, y tuve miedo de que ese chico acabara yendo a hablar con Arturo.

—Y por eso la noche del viernes usted decidió rayarle el coche y dejarle esos mensajes, ¿no? Para intentar que se fuera —conjeturó el teniente.

Ángeles asintió con lentitud y aclaró que su intención inicial fue hacer los rayones en la puerta del portal. Sin embargo, al llegar allí se encontró aparcado justo delante un Audi A8 que no encajaba de ningún modo con el nivel adquisitivo de aquella zona de Reinosa. Y no solo eso; además, en la matrícula figuraban los datos de un concesionario de Madrid. Todo ello le hizo suponer que el coche era suyo, y cambió de idea.

Daniel, que no perdía detalle del interrogatorio, dejó escapar un improperio. A su lado, el sargento Blanco le pidió calma con un ademán.

—Pero aquello no surtió efecto —añadió el teniente.

Ángeles torció el gesto.

—No, el chico no se marchó a Madrid. Y visitó a Arturo.

—Pero Arturo no le contó nada.

—Así es, mintió. Pero esa tarde habló conmigo y me dijo que ya no aguantaba más, que iba a soltarlo todo. Yo intenté que entrara en razón, pero fue imposible.

El abogado se mordió los labios y negó con la cabeza, como si no pudiera creer lo que estaba oyendo.

—Y por eso lo mató —concluyó el teniente al tiempo que la miraba con fijeza.

La estancia quedó en silencio, y Ángeles inspiró hondo.

—Sí. No tuve más remedio…

Daniel vio que Alcalá asentía y se volvía hacia la cabo Herrera, que en ese momento estaba tecleando con frenesí para recoger las últimas manifestaciones de la detenida. El rostro del teniente no revelaba ninguna emoción, pero Daniel estuvo seguro de que en su interior estaba celebrando el éxito que suponía haber logrado que la mujer confesara el crimen.

—Lo hizo con cianuro, ¿verdad? —afirmó Alcalá.

—Sí… Sabía que en la fábrica había, y no tenía tiempo… No me quedaba otra salida —aclaró, y movió las manos nerviosamente—. Arturo me había dicho que si al día siguiente, antes de la una de la tarde, no me presentaba en el cuartel para confesarlo todo, lo haría él.

—Y fue a verlo en plena noche, para que no hubiera testigos.

—Sí.

—Y, una vez en el piso, usted le pidió que le sirviera un café.

—No, no hizo falta… Él mismo me lo ofreció.

—Entonces lo distrajo pidiéndole que le sacara un álbum de aquella época, ¿no? —aventuró el teniente.

Ella lo miró con desesperación.

—No, no fue así… Cuando nos sentamos, intenté convencerlo de que cambiara de idea. Yo no quería matarlo…

—Ya, pues bien que fue preparada con el cianuro —apreció Alcalá.

—No tenía elección…

El teniente asintió mecánicamente.

—¿Y qué ocurrió después?

—Bueno, yo… —Tomó una larga bocanada de aire—. Arturo se negó, me dijo que ya no había vuelta atrás.

—Y entonces fue cuando usted ejecutó su plan.

El abogado soltó un bufido.

—Ángeles, por favor, guarde silencio —siguió insistiendo—. Haga lo que le digo.

Pero la mujer, en lugar de atenerse a su consejo, chasqueó la lengua con fastidio.

—Cállese de una vez. Haré lo que me dé la gana, ¿estamos?

El abogado, que recibió aquellas palabras como una bofetada, se arrellanó en su asiento. No replicó, pero tras unos segundos le dedicó a su clienta una mirada de rencor que a Daniel, desde el otro lado, no le pasó desapercibida. Como compañero de profesión, sintió una punzada de empatía por aquel esforzado jurista que había sido humillado por su propia clienta, a quien solo intentaba poner a salvo.

—Prosiga, por favor —le indicó Herrera a Ángeles con tono aséptico al tiempo que extendía la mano para enfatizar la orden.

La mujer cabeceó.

—Arturo y yo estábamos hablando de Guillermo y… —Se interrumpió y emitió varios carraspeos, como si las palabras se le hubieran atascado en la garganta—. Necesitaba una ocasión para poder echarle el veneno, y me fijé en los álbumes que estaban un poco más allá, junto al televisor. Se me ocurrió pedirle que me enseñara una foto de Guillermo. Para cogerlo tendría que darse la vuelta y eso me daría una oportunidad. Además, hacía tanto que no veía su cara… —dijo con un susurro, y dirigió la vista al techo como si buscara allí su recuerdo—. Lo echaba tanto de menos…

Daniel, que había seguido todos y cada uno de los movimientos de la viuda de Lorenzo Orduña, se quedó helado al escuchar esas últimas palabras. Un escalofrío le escaló hasta la nuca y de pronto tuvo la sensación de que, una a una, las piezas de aquel rompecabezas comenzaban a ordenarse, a cobrar sentido y a ensamblarse con una perfección asombrosa.

Pero no podía ser, no podía ser...

Un pesado silencio se apoderó de la sala de interrogatorios y, por la expresión de sorpresa que se formó en el rostro del teniente, Daniel intuyó que los pensamientos de este discurrían por los mismos derroteros que los suyos. A su lado, la cabo Herrera había detenido la redacción del acta y escudriñaba a la detenida con los ojos entrecerrados.

—¿Se refiere a Guillermo? —preguntó Alcalá con cautela, como si quisiera asegurarse de que había interpretado correctamente sus últimas dos frases—. ¿Usted echaba de menos a Guillermo?

El semblante de la mujer se trocó en una mueca de tristeza.

—Sí —confirmó, y esbozó una sonrisa marchita—. Lo que vivimos...

Ángeles dejó las palabras flotando con aire evocador. El teniente dio un respingo y cruzó una mirada con su compañera. Después, centró toda su atención en la detenida.

—¿Insinúa usted que tenía una relación con Guillermo Somoza? ¿Que eran amantes?

Ángeles dejó caer los párpados y luego asintió con la cabeza.

64

El secreto

A Daniel le costaba respirar. Era como si de súbito la boca y la nariz se le hubieran obstruido y el aire no fluyera por su cuerpo. ¿Cómo iba a haber mantenido su padre una relación en secreto con la viuda de Orduña, engañando a su madre? Aunque desde el principio había entendido a dónde quería ir a parar la mujer, durante unos instantes se había aferrado a la esperanza de haberse equivocado, pero no: ella lo había confirmado. De repente, todo adquiría una lógica aplastante, todo encajaba: el modo en que su padre empezó a tratar a su madre aquel año, con un desapego absoluto, e incluso con desdén; sus reiteradas ausencias, cada vez más frecuentes y siempre justificadas con supuestas reuniones sindicales de las que nadie sabía nada y de las que, en teoría, él no podía dar ningún detalle... En su mente resonó el eco de las palabras pronunciadas por Ernesto el día anterior en Casa Vejo: «Además, aquel verano faltó a muchas reuniones, estaba raro. No se le veía tan implicado como a otros, desde luego». ¿Y si su padre, en lugar de acudir a aquellos encuentros clandestinos, se valió del secretismo que imperaba en el mundillo sindical para mantener una relación a escondidas sin que nadie sospechara nada?

Ángeles no tardó en confirmar lo que Daniel se estaba figurando. Con tono apagado, explicó que todo comenzó a principios del verano de 1975. Según dijo, su sobrino, David, se había hecho amigo de Daniel Somoza unos meses antes, y durante ese tiempo los dos niños se habían visto cada fin de semana que su hermana llevaba al muchacho a Reinosa. Guillermo solía acompañar a su hijo al portón, y también iba a recogerlo, y gracias a eso empezaron a hablar. Ya habían coincidido más veces por Reinosa a lo largo de los años, pero jamás se habían detenido a conversar. Luego llegaron las vacaciones de verano, que David pasó casi enteras allí, en la casona, y esos momentos compartidos junto al portón se hicieron más frecuentes.

—Yo..., bueno, no estaba bien con mi marido. Hacía ya mucho que no me prestaba atención, todo el día pendiente de los problemas de la fábrica. Y Guillermo... desde hacía unos meses se había distanciado de su mujer, por rutina, no lo sé, y tampoco me importaba, a decir verdad —murmuró Ángeles con voz queda—. El caso es que en esos encuentros en el portón los dos nos dimos cuenta de que nos sentíamos atraídos y..., bueno, quizá la tentación de lo prohibido, no sabría decirle —musitó, y se limpió el sudor de la frente con el dorso de la mano—. No estoy orgullosa de lo que hice, ¿sabe? Pero fue una espiral que...

—Espere un momento —la interrumpió el teniente mientras Nuria Herrera se afanaba en escribir—. Entonces ¿se estuvieron viendo ese verano?

—Sí, pero solo lo sabía Arturo, nadie más. Guillermo simulaba ir a reuniones con sus compañeros y yo me inventaba excusas: recados, paseos con alguna amiga... Buscábamos intimidad donde podíamos, pero no era fácil. Recuerdo que le dije varias veces que era una locura, que teníamos que ponerle fin, pero luego... —negó con la cabeza— no éramos capaces. Todo iba bien, nadie sospechaba...

—Hasta que un día todo se torció, ¿no? —deslizó Alcalá con toda la intención.

—Sí —suspiró ella, y lanzó una ojeada a su abogado, que permanecía embutido en la silla—. Fue tras aquella concentración que hubo a la entrada de casa...

—¿La que se produjo el día de la fiesta de compromiso?

Ángeles asintió con pesadumbre.

—Guillermo tuvo que estar ahí, claro, con sus compañeros, pero fue una temeridad. Él no era uno más, y no se daba cuenta de eso. Mi marido había permitido que su hijo jugara en nuestra casa con David, le había abierto las puertas, y cuando lo vio allí se lo tomó muy mal. Estaba furioso, y al día siguiente, antes de la excursión a Fontibre, fue a la fábrica a despedirlo. También echó a Ernesto, el hermano de Jesús, porque se comentaba que él lo había organizado todo, pero ese a mí me daba igual...

El teniente guardó silencio y esperó a que ella continuara.

—Yo sabía que aquello era un duro golpe para Guillermo, sabía que su familia estaba pasando dificultades económicas, que con la librería no les bastaba. Me sentí muy mal por él y no tuve fuerzas para acompañar a mi familia a Fontibre. Se me ocurrió aprovechar la ocasión para ir en busca de Guillermo, pero ya no lo encontraría en la fábrica, y no podía plantarme en su casa a preguntar así por las buenas... Al final, me metí en la cama y esperé. No tuve noticias de él hasta última hora de esa tarde.

—¿Esa tarde lo vio? ¿Estuvo con él? —preguntó Alcalá sorprendido.

—No, no lo vi. Cuando todos volvieron de la excursión, Héctor comentó que acababa de ver desde el coche a un tipo merodeando fuera, en la calle. Uno de los que habían estado en la concentración. Yo creí que se trataba de Guillermo y, en cuanto tuve la oportunidad, salí a los jardines y me acerqué. Pero no era él.

—Era Arturo, ¿no?

Ángeles suspiró.

—Sí, era Arturo. Y me dijo a toda prisa que esa noche, a las dos y media, Guillermo estaría allí, esperándome en los jardines. Que necesitaba hablar conmigo.

—Y usted acudió a la cita...

La mujer se pasó las manos por la barbilla.

—Sí, bueno, unos minutos antes. Él ya se encontraba allí. Me suplicó que le ayudara a recuperar el trabajo, que convenciera a Lorenzo. Me dijo que su familia no podía permitirse perder su sueldo, que no podíamos hacerles eso.

—¿Y usted qué le contestó? —quiso saber el teniente, que había arrugado la nariz, como si algo no terminara de encajarle.

—Al principio le respondí que poco podía hacer yo, que mi

marido no me haría caso. Pero Guillermo estaba muy nervioso, ansioso, y al final le prometí intentarlo. Le di esperanzas y él me abrazó, e incluso me dijo que me quería. Y entonces... —Bajó la mirada con semblante de consternación—. Entonces apareció Lorenzo.

65

Destaparlo todo

Entre temblores, Ángeles les relató cómo Lorenzo, que debía de haberse despertado cuando ella salió de la cama, interpretó aquellos abrazos y gestos de cariño como lo que en realidad eran, actitudes propias de amantes, y se abalanzó sobre Guillermo. Le propinó un puñetazo en la mandíbula y, a partir de ese momento, se desató una lucha encarnizada entre los dos a la que ella asistió paralizada, sin saber cómo reaccionar. En un momento determinado, con Lorenzo a horcajadas sobre él, Guillermo logró sacar del bolsillo del pantalón un pequeño revólver que empuñó y dirigió hacia el rostro de su oponente. Sin embargo, Lorenzo se movió con agilidad y lo desarmó de un manotazo. El revólver fue a parar a unos metros de ellos y se estrelló contra el suelo. Horrorizada, ella temió que Lorenzo, que no paraba de golpear a Guillermo con los puños, acabara matándolo, y suspiró aliviada cuando, de pronto, vio que Guillermo le clavaba el codo en las costillas y conseguía liberarse de él.

—Recuerdo que le grité que huyera, pero, en vez de eso, él corrió hacia el revólver. Cuando se dio la vuelta, Lorenzo se le estaba echando encima y entonces... —Ángeles profirió un gemido—. Entonces disparó.

El teniente la estudió y durante unos segundos nadie habló.

Daniel contuvo la respiración, comprendiendo que, después de todo, su padre era un asesino. Había apretado el gatillo.

El abogado de Ángeles, por su parte, no ocultaba su estupefacción, sobrecogido por un relato que sin duda se apartaba notablemente de lo que su clienta le había contado antes de la declaración.

—Y después usted huyó a su habitación, ¿no? —preguntó Alcalá.

—Guillermo me dijo que corriera a esconderme, que alguien podría haber oído el disparo, que él se marcharía y se desharía del revólver. Me aseguró que nadie sospecharía nada.

—Y usted le hizo caso —apuntó Alcalá.

—Yo... Lorenzo estaba muerto. ¿Qué podía hacer? —musitó, como si buscara la comprensión de los investigadores—. Si me descubrían con Guillermo a esas horas... La gente pensaría que lo habíamos matado entre los dos...

—Ya. ¿Y Arturo? ¿Estaba allí?

—Estaba fuera, al otro lado del portón, vigilando, y le gritó que saltara el muro ya, que no perdiera más tiempo. Yo eché a correr creyendo que Guillermo escaparía. Rodeé la casa, subí por la escalera exterior y me metí en la habitación. Y luego, bueno, el resto ya lo conocen...

—Sí, usted fingió no saber nada y dejó que lo detuviéramos. Y después, que se suicidara —respondió el teniente con desprecio—. Dígame una cosa: ¿entonces usted no llegó a tocar el arma? ¿En ningún momento?

—No, no, solo ellos. Fue como le he dicho.

—Y el revólver lo llevaba Guillermo, ¿no?

—Sí, ya se lo expliqué en su día. Era suyo.

—Ya, también me explicó otras cosas que, por lo visto, no eran ciertas.

—¡No le estoy mintiendo! Yo solo quiero que esto termine...

—Y la carta —apuntó el teniente, señalando el papel amarillento—, ¿cuándo la escribió?

La mandíbula de Ángeles comenzó a temblar ostensiblemente y ella se la sujetó con los dedos en un intento por contener esos movimientos descontrolados.

—Al día siguiente. La escribí al día siguiente —balbuceó—. No sabía qué hacer, cómo actuar... —añadió mientras fijaba la mirada en la pared—. A ratos pensaba que, si confesaba, tal vez podría ayudar a Guillermo. En realidad, él solo se había defendido del ataque de Lorenzo, y yo creía que podría salvarlo de la cárcel o por lo menos hacer que le redujeran la condena. Pero si hablaba, si todo se descubría, ¿qué sería de mí y de mis hijas? No eran más que unas niñas, sobre todo Lucía... Y ni siquiera tenía la seguridad de que el juez fuera a tener en cuenta que Lorenzo lo había atacado antes... Y tampoco podía consultar a un abogado... —Sacudió la cabeza—. Me estaba volviendo loca y me daba miedo que me vieran con Arturo.

—Y por eso le escribió la carta.

—Sí. Se la dejé en el buzón. Ese día.

—¿Y qué era lo que pretendía? ¿Qué esperaba que hiciera Arturo?

Ella se estremeció.

—No lo sé... Yo no podía ver a Guillermo, ¿entiende? Estaba perdida...

—¿Y usted llegó a hablar con Arturo tras entregarle la carta?

—Sí, pero cuando ya era tarde —respondió sombría.

—Cuando Guillermo ya se había suicidado, quiere decir, ¿no? —coligió el teniente.

Ella asintió y comprimió los párpados.

—Sí, y me lo contó todo. Que había visitado a Guillermo en la cárcel y que él le había hecho jurar que no diría nada. Y que luego confesó y se quitó la vida...

—Y entonces usted siguió como si nada hubiera pasado —recapituló Alcalá mordaz—. Decidió que era mejor dejar las cosas como estaban, ¿no? Hasta hoy.

Ángeles exhaló un suspiro como respuesta y agachó la cabeza.

En la otra sala, Daniel apretó los puños. Las entrañas le ardían, y un odio visceral le recorría todo el cuerpo como un río de fuego. Su padre... ¿cómo pudo actuar así? ¿Cómo pudo traicionarlos de ese modo, sabiendo que los hundiría para siempre? ¿Acaso su familia no le importaba lo más mínimo? ¿Acaso le dio igual el futuro envenenado que les legaba a sus hijos? Lo invadió una honda lástima por su madre, que siempre se mantuvo del lado de su marido, que defendió su honorabilidad hasta sus últimos días, que siempre creyó en él, hasta el final. Como una estúpida.

A través de la pantalla, Daniel vio que el teniente intercambiaba una mirada con la cabo, que había levantado las manos del teclado para indicar que había finalizado la transcripción.

—De acuerdo, señora Miranda, ahora debe firmar la declaración —informó Alcalá—. Después, usted y su abogado nos acompañarán al juzgado a formar un cuerpo de escritura.

Ángeles se puso rígida y palideció.

—¿A formar qué?

—Un cuerpo de escritura —repitió el teniente—. Un texto para la prueba caligráfica. Para cotejar su letra con la de la carta.

—¡Pero usted me dijo que con esto bastaría, que cerrarían los dos casos y todo terminaría! —gritó al tiempo que clavaba las uñas en la mesa—. ¡Usted me lo dijo!

—Tranquilícese, señora Miranda. Son solo algunos flecos. Para comprobar que ha dicho la verdad, que todo encaja.

—Pero ¿por qué iba a mentir? —gimió ella—. Ya les he dicho que lo maté. ¿Qué más quieren?

—Solo eso. Y que después vengan con nosotros al registro de su domicilio. Para que nos entregue las zapatillas y el frasco en el que transportó el cianuro. —A continuación, se volvió hacia su compañera—. Nuria, por favor, si puedes darle a imprimir…

66

Cabos sueltos

Una vez que Ángeles y su abogado hubieron firmado el acta, los dos guardias abandonaron la sala de interrogatorios y fueron a la estancia contigua, en la que se hallaban Daniel y Blanco. Aunque habían obtenido la confesión de la sospechosa, en el rostro de los agentes no se apreciaba alborozo o signo de festejo alguno, y en cuanto cruzaron el umbral dirigieron una mirada de consternación a Daniel, que estaba reclinado en la silla con las manos en la cabeza y los incisivos hundidos en los labios.

—Lo han escuchado todo, ¿verdad? —quiso cerciorarse Alcalá.

—Sí, sin ningún problema —confirmó el sargento Blanco al tiempo que apagaba el ordenador—. Buen trabajo, mi teniente.

Herrera y Alcalá tomaron asiento. Este último escrutó a Daniel.

—¿Le encaja lo que ha declarado Ángeles? —preguntó.

Daniel se tomó varios segundos para contestar. Desbordado por las emociones, apenas lograba pensar, y las palabras de la mujer le daban vueltas en la cabeza como un torbellino que lo arrastraba todo a su paso. Al final, su respuesta no pasó de un encogimiento de hombros.

El teniente no insistió.

—¿Os parece que ha dicho toda la verdad? —Esta vez se dirigió a todos.

Blanco fue el primero en tomar la palabra.

—No veo por qué no. A mí me ha resultado creíble.

Alcalá consultó a su compañera con la mirada. Ella ladeó los labios.

—Me llaman la atención sus prisas por que cerremos el caso, como si no quisiera que investigáramos más —reconoció Herrera.

—Exactamente, eso pienso yo —dijo Alcalá, que parecía satisfecho por no ser el único que tenía esa sensación.

Blanco dio un respingo.

—Pero su culpabilidad es evidente, mi teniente. Aquí no hay cabos sueltos, ni mucho menos. Bueno, yo no soy policía judicial, pero las cámaras, las huellas de pisada, el veneno... Todo apunta en la misma dirección, y de forma inequívoca.

—Sin embargo, Arturo era el mejor amigo de Guillermo y lo ha estado protegiendo durante todos estos años —apuntó Alcalá—. ¿Qué sentido tenía airear ahora sus trapos sucios, esa historia de infidelidad? ¿Por qué le entró a Arturo esa urgencia, esa necesidad irresistible de contarlo?

—Porque no aguantaba más la presión —respondió Blanco, y alzó ligeramente las manos—. Se sentía mal guardando ese secreto y estaba a punto de estallar. Ya lo ha explicado Ángeles... A mí me parece coherente.

—Aun así... —murmuró Herrera con aire escéptico—. Hacer público todo eso no parece que fuera a mejorar la imagen de Guillermo, ni tampoco a servir de consuelo a su familia —agregó, y miró de soslayo a Daniel.

—Entonces ¿le está dando la razón a Ángeles? —se sorprendió Blanco—. ¿Cree que era mejor que Arturo se hubiese mantenido en silencio para siempre?

—No, yo no he dicho eso —clarificó ella—. Solo digo que, al igual que al teniente, no termina de cuadrarme. Además, suponiendo que hubiera sido realmente así, como ella ha contado, ¿por qué tuvo que matarlo? ¿Por qué esa desesperación?

—Pues porque Arturo iba a destapar su aventura con Guillermo. Imagínese el escándalo.

—Pero su marido lleva muerto treinta y dos años —replicó Alcalá.

—Sí, pero su familia, sus conocidos... Les puedo asegurar que toda esa gente es muy de guardar las apariencias. Mi mujer los conoce bien.

—No sé... —murmuró el teniente meditabundo—. Además, Ángeles asumió demasiados riesgos. Aunque ese informático de la fábrica no hubiera revisado los sistemas de seguridad, tarde o temprano, al indagar sobre el origen del veneno, habríamos relacionado el cianuro con los tratamientos de galvanizado de la fábrica. Dejarse grabar así... No sé —repitió—. Creo que Nuria tiene razón. Todo parece excesivo, muy extremo.

—Matar siempre es excesivo, mi teniente. Una aberración —dijo Blanco lúgubre.

—Ya sabe a lo que me refiero. Bueno, sea como sea, tenemos que seguir. Blanco, nosotros nos vamos al juzgado con la detenida, a formar el cuerpo de escritura y a avisar a la secretaria judicial para que nos acompañe al registro de la casona. Usted quédese aquí unos minutos con Daniel. Que no salga hasta que los otros se hayan ido.

Daniel, que hasta entonces había escuchado en un completo mutismo el debate que se había formado entre los guardias civiles, miró fijamente a Alcalá.

—¿Los otros?

—Los familiares de Ángeles. Están en la puerta exigiendo explicaciones. Es mejor que no se cruce con ellos. No quiero líos. Espere aquí y, cuando Blanco se lo indique, váyase a casa. Y no diga una palabra a nadie de todo esto. Ni siquiera a su hermano. ¿Me ha entendido?

Daniel, que ya se imaginaba que le ordenaría mantener la boca cerrada, asintió.

—Y no haga ninguna tontería —añadió el teniente—. Le llamaré.

TERCERA PARTE

67

Traidor

Eran más de las cuatro cuando Daniel torció a la izquierda y se internó en la avenida La Naval. En ese momento, el rumor de una voz cantarina lo sacó de sus pensamientos. Aguzó la vista. A varios metros, al pie del edificio en el que había vivido Arturo, una reportera hablaba con tono sensacionalista a la cámara de televisión que sostenía un chico joven. Junto a ellos estaba aparcada una furgoneta blanca con el logotipo de una cadena de ámbito nacional. Daniel se figuró que la periodista estaría conectando en directo para los informativos de la tarde o algún programa especial.

Se aproximó despacio en un intento por escuchar discretamente lo que decía, pero cuando casi había llegado a su altura se percató de que ya no movía los labios, lo que indicaba que seguramente acababa de concluir la conexión.

Por un instante, sintió las pupilas de la chica sobre él y temió que fuera a abordarlo en busca de una entrevista improvisada, de esas que a menudo conceden los vecinos a pie de calle cuando se produce un suceso que sacude su entorno. Para evitarlo, agachó la cabeza y cruzó la avenida a grandes zancadas, en dirección al bloque de enfrente. Abrió la puerta del portal con precipitación al tiempo que se preguntaba hasta qué punto estarían al día los medios de comunicación. ¿Habría trascendido el dato del veneno empleado por el asesino y dónde lo había obtenido? ¿Y la inesperada detención de la viuda de Lorenzo Orduña y el nexo que parecía existir con el crimen de 1975? No lo creía. La presencia de un par de reporteros se le antojaba escasa para novedades de esa magnitud.

Mientras subía las escaleras pensó en Arturo, en la conversación que había mantenido con él dos días atrás. Ahora, muchas de las extrañas reacciones que el hombre tuvo el sábado adquirían todo su sentido, a la luz de la confesión que había realizado Ángeles. Si las palabras de esa mujer eran ciertas, el antiguo amigo de su padre debió de hallarse al borde del colapso durante el interrogatorio al que él lo sometió aquella mañana, debatiéndose entre confiarle toda la verdad o seguir guardando silencio, como llevaba haciendo durante más de tres décadas.

Se le ocurrió que tal vez esa indecisión y ese silencio que tanto tiempo llevaban torturándolo fuesen la causa del aspecto enfermizo que había presentado a lo largo del encuentro, así como del abrupto modo en que este concluyó. «No remuevas la mierda, chico. No la remuevas». Eso era lo que Arturo le murmuró antes de echarlo de allí, lo recordaba perfectamente. Aunque, por lo visto, al final el propio Arturo terminó traicionándose a sí mismo, puesto que aquella misma tarde, en teoría asfixiado por la culpa, había abordado a Ángeles y la había amenazado con que si no confesaba ella al día siguiente, lo haría él.

Sin embargo, ¿era el encubrimiento de la aventura que al parecer su padre y Ángeles tuvieron en 1975 un motivo de peso para que Arturo hubiera estado sufriendo de ese modo, con tanta intensidad? ¿Y era su revelación un móvil suficiente para que Ángeles decidiese matarlo? Para Alcalá y Herrera el asunto ofrecía serias dudas, a juzgar por sus palabras, pero ¿para qué iba a mentir Ángeles en su declaración? ¿Qué sentido tenía inventarse esa historia sobre los remordimientos que carcomían a Arturo y declararse la autora del crimen si no lo era? Uno miente para salvarse o, como mínimo, para mejorar su posición, no para condenarse. Además, había grabaciones en las que se la veía accediendo a la sala de tóxicos de la fábrica, y eso sin olvidar que las huellas de pisada encontradas en el piso de la víctima coincidían con el modelo de zapatillas que ella calzaba aquella noche.

Quizá fuera mejor hacerse a la idea de que la mujer había dicho la verdad, y que esa era la terrible y definitiva explicación a todo lo que había sucedido hacía treinta dos años: que su padre no solo fue un asesino, sino también un vil traidor. Un traidor que no tuvo el menor reparo en engañar a su madre, matar a Lorenzo Orduña y desaparecer del mundo sin dar cuenta de nada a nadie, ahorcándose en una triste celda y dejando a sus pies aquella maldita nota de despedida que, en vez de consolarlos, los llenó de dudas y terminó por hundirlos en la ciénaga de aquel verano.

Enseguida se percató de que el piso se encontraba desierto. Saludó a voces un par de veces, pero nadie contestó. En la cocina encontró una nota:

> Dani:
>
> Te he llamado, pero no lo cogías. Llámame cuando veas esto, por favor. Estaremos toda la tarde en la librería.
>
> RAMÓN

Daniel sacó el móvil del bolsillo y comprobó que, en efecto, tenía tres llamadas perdidas. Supuso que en algún momento, quizá durante el interrogatorio de Ángeles, lo había silenciado sin darse cuenta. No era extraño, se dijo, que su familia hubiera intentado contactar con él. No había avisado de que no iría a comer, y ellos desconocían los últimos avances de la investigación, esos que tan ocupado lo habían tenido.

Cuando se disponía a marcar el número de Ramón, pensó cómo iba a explicar su ausencia. El teniente había sido tajante: ni una sola palabra de lo que habían averiguado. Nada. A nadie. Ni siquiera a su hermano. Decidió posponer unos instantes la llamada y se dirigió a su habitación para consultar en el ordenador las últimas noticias publicadas sobre el caso. Antes de hablar con Ramón, quería asegurarse de qué era ya de dominio público y qué no. De ese modo le sería más fácil medir lo que podía contar y lo que debía callarse para no faltar al deber de confidencialidad que había asumido.

Le bastaron cinco minutos para concluir que, tal y como se había imaginado unos minutos antes al cruzarse con esos periodistas, la prensa aún no estaba al corriente de los acontecimientos más recientes. Se preparó para mantener una conversación incómoda con Ramón. Lamentaba no poder hablarle con franqueza, sobre todo porque la confesión de Ángeles le pesaba en el alma como una losa y ahora, más que nunca, necesitaba a los suyos para mantenerse a flote.

Su hermano descolgó enseguida el teléfono.

—Dani, por fin, ¿dónde estabas?

—Por ahí. Ya sabes...

—Ya, con los guardias, ¿no? ¿Ha pasado algo? ¿Ya saben quién fue?

—Lo siento, Ramón, no puedo decir nada...

—O sea, que sí hay novedades, ¿no?

Daniel guardó silencio e intentó no pensar en el impacto emocional que supondría para su hermano conocer todo lo que había declarado Ángeles. Por algún motivo, a Ramón todo lo referente al asesinato de Lorenzo Orduña siempre le había afectado en menor medida que a él. Sin embargo, en esa ocasión tenía la convicción de que descubrir la verdad sobre su padre y la relación que mantuvo con la viuda del empresario le arañaría el alma. A Ramón, al igual que a él, siempre le había dolido el modo en que se madre se había desgañitado por sostener la inocencia de su marido, defendiéndolo a capa y espada a pesar de su suicidio y de las pruebas recabadas en su contra. Ella creyó en él en todo momento, hasta exhalar su último aliento, y saber lo que había ocurrido a sus espaldas, la forma en que su esposo la había manipulado y engañado, eso la habría destrozado. Y por eso mismo también destrozaría a Ramón, de idéntico modo que lo estaba destrozando a él. Lo único que le ayudaba a no echarse a llorar con el teléfono pegado a la oreja era esa posibilidad de que la confesión de Ángeles no hubiera sido más que un embuste. Y esa era la razón de que aguardara con ansia la llamada que Alcalá le había prometido y, a la vez, la temiese más que a nada.

Hizo esfuerzos por serenarse y, con toda la entereza de que fue capaz, le repitió a su hermano que no podía revelarle nada. Este se resistió durante unos segundos, hasta que, con un resoplido, acabó dándose por vencido. Se le notaba defraudado, y

Daniel tuvo que morderse los carrillos para obligarse a mantenerse callado.

—Tienes puré y un filete en la nevera —le informó Ramón—. Y un poco de pan en la encimera.

—Gracias. Siento no haber comido con vosotros.

—No te preocupes. Esta noche nos vemos. Por cierto, ¿qué vas a hacer esta tarde?

—Aún no lo sé. Necesito pensar.

—Bueno, si quieres estar con nosotros, pásate por aquí. Y ten cuidado.

A Daniel esa última frase le formó un nudo en la garganta. Pensó que no podía colgar sin hacerle ver a Ramón que el peligro que en teoría se cernía sobre Reinosa ya no existía, que había sido neutralizado, pero ¿cómo decírselo sin revelarle que la asesina de Arturo y autora de los rayones amenazantes ya estaba detenida?

—Sí, vosotros también —terminó respondiendo, y a continuación se despidió.

Tras cortar la llamada, abrió la puerta del frigorífico. Pese a no haberse llevado nada a la boca desde hacía muchas horas, reparó en que no tenía ni pizca de hambre y, alicaído, cerró la puerta de la nevera sin haber cogido nada. Acto seguido, se encaminó hacia el salón con paso lento. Una vez allí, se desplomó en el sofá sin ni siquiera quitarse los zapatos. Dejó que la mirada se le prendiera del techo y el tiempo empezó a reptar ante sus ojos, trazando sombras cada vez más alargadas a medida que la negrura caía sobre Reinosa.

También sus pensamientos se volvieron más oscuros conforme avanzó la tarde, y comenzaron a asaetearle el alma sin piedad. Uno en concreto lo hería como si fuera un puñal: la certeza de que, si David y él no hubieran forjado esa amistad a la que su padre tanto se opuso al principio, este nunca se habría detenido a hablar con Ángeles o, cuando menos, no de una manera cercana, íntima, y la pasión entre ambos no habría surgido. No se habrían producido encaprichamientos, aventuras ni encuentros furtivos; tampoco disparos que cortasen el viento de la noche y se llevasen por delante la vida de nadie. Lorenzo Orduña no habría muerto aquella madrugada, y él habría escapado de las garras de aquel destino cruel que lo aguardaba a la vuelta de la esquina. Aunque, a esa edad, ¿cómo iba a imaginarse algo así? Por aquel entonces él solo era un niño feliz que disfrutaba del verano con su mejor amigo en esa enorme casona donde tan a gusto se sentía, donde lo acogían con los brazos abiertos, casi como si fuera uno más de los Orduña, uno más de la familia. Una familia que, sin embargo, pese a que él no había tenido nada que ver con el asesinato, lo expulsó de su mundo sin contemplaciones. A base de gritos y golpes. Como si él también fuera un asesino. Un traidor. Alguien como su padre. Y, en cierto modo, también alguien como la propia Ángeles, porque ¿no traicionó ella a su familia aquella madrugada? ¿No los engañó a todos con esa pose de viuda destrozada? ¿Y no lo había vuelto a hacer al envenenar a Arturo?

El rostro crispado de la mujer se proyectó en su mente, y clavó las uñas en la tela del sofá, iracundo. ¿Cómo había podido pasarse más de tres décadas culpándolos de su desgracia a ellos, a los Somoza, cuando ella conocía la verdad desde el primer día? Él siempre la había visto como una víctima, y se había sentido obligado a agachar la cabeza cada vez que se cruzaba con ella, oprimido por la vergüenza. Sin embargo, la verdad era muy diferente, y la perspectiva había cambiado por completo. Aquella mujer no tenía nada de víctima, más bien al contrario, y era cuestión de horas que su detención saltara a los periódicos. Los medios caerían en picado sobre ella y todo el mundo la despedazaría sin piedad. El blanco de los comentarios sería la viuda de Orduña, obviamente, pero sus familiares no saldrían indemnes, ni mucho menos. Él lo sabía bien, por experiencia propia. Se preguntó cómo iban a sobrellevar los Orduña y los Suárez el peso de la vida en adelante, especialmente cuando caminaran por las calles de Reinosa. ¿Qué pensarían cuando la gente los mirara? ¿Lo soportarían? ¿Se repondrían de un golpe así?

Chupeteó el filtro del cigarro y concluyó que nada volvería a ser lo mismo para esa familia, incluida Elena. Las hijas y el hermano de Lorenzo Orduña no le inspiraban un ápice de compasión, pero la chica… Con ella todo era distinto. ¿Qué le estaría pasando por la cabeza en esos instantes? Se la imaginó postrada en su lecho con la cara surcada de lágrimas, sintiendo que todo se derrumbaba a su alrededor.

En ese momento, una voz interior le recordó las palabras de los investigadores tras el interrogatorio de Ángeles. ¿Y si la detenida había mentido y toda esa familia acababa sufriendo por algo que no era cierto? Por un instante tuvo la extraña sensación de que, de algún modo, la historia de su padre se repetía: un asesinato, indicios más que evidentes en contra del principal sospechoso, una confesión aparentemente veraz... Y la misma impresión de que faltaba algo: la pieza que completaría el puzle.

68

Uñas y dientes

A lo largo de la tarde Daniel llegó a pensar que el minutero del reloj de pie se había detenido, como si el tiempo hubiera dejado de soplar su aliento. Las manecillas marcaban las siete y diez, pero para él, que ya iba por el noveno cigarrillo, era como si hubieran rebasado la medianoche. En todo ese rato no había probado bocado, y lo único que había hecho era alternar su postura en el sofá. Seguía esperando la llamada de Alcalá, y cuando sintió la vibración del teléfono en su bolsillo se apresuró a cogerlo. Necesitaba saber si el teniente y la cabo habían encontrado el frasco de cianuro y las zapatillas en la casona. Aquello confirmaría que Ángeles no había faltado a la verdad, que ella era la asesina y que, por tanto, su relato sobre lo acontecido en 1975, por fuerza, era cierto.

Sin embargo, en la pantalla no figuraba el nombre del guardia civil, sino el de Álex. A Daniel le extrañó que su amigo lo llamara a esas horas, cuando todavía no habría salido de trabajar.

—¿Álex?

—Dani, ¿cómo estás?

—Eh..., bien, gracias. Dentro de lo que cabe. ¿Tú?

—También. ¿Alguna novedad?

Daniel vaciló.

—Alguna, sí, pero...

—Ya, no te dejan hablar de ello, ¿no? —lo interrumpió su amigo, que, por algún motivo, de repente no parecía mostrar demasiado interés en el asunto, como si otra cosa lo apremiara.

—No, de momento no puedo decir nada.

—Pero ¿todo bien?

—Sí... —Hizo una breve pausa—. ¿Qué pasa, Álex?

Su compañero inspiró profundamente.

—Tengo que decirte algo.

Se hizo un silencio, y Daniel se esforzó por contener la ansiedad, a la espera de que Álex continuara. ¿Acaso lo llamaba para anunciarle que iban a despedirlo?

—He hablado con Aldaya. Le he contado la verdad.

—¿A Aldaya?

—Sí.

—¿Cómo... cómo que la verdad? —balbuceó Daniel, que no daba crédito a lo que escuchaba—. ¿Qué quieres decir?

—Lo que te está ocurriendo —le aclaró Álex con apenas un susurro, como si temiera la reacción de su amigo—. Por lo que estás pasando, Dani. Lo de Marta, lo de tu padre... Tenía que saberlo.

En una fracción de segundo, Daniel pasó de la incredulidad a la furia.

—¿Que has hecho qué?

—Dani, yo...

—No, ¡ni Dani ni hostias! —estalló—. ¡Es mi vida, Álex! No tenías derecho.

—Déjame que te lo explique. Aldaya ha venido a mi despacho y...

—¡Me da igual! —gritó— ¡Me da exactamente igual!

Pero Álex no se amilanó.

—Déjame hablar, joder. ¿Es que no lo entiendes? Aldaya me ha dicho que hay socios que no quieren que sigas, que creen que ha sido demasiado blando contigo. No quieren tener una bomba de relojería en la puerta de al lado y han pedido tu cabeza. A la próxima, tendrá que ponerte en la calle.

—¿Y qué? Sigo sin entender por qué has tenido que hacerlo.

—Dani, él ya sabía lo de tu padre, lo que te sucedió hace años. Y...

—¿Cómo que ya lo sabía? Pero si nunca...

—Pues lo sabía, y ha venido a preguntarme si tu comportamiento se debía a eso o a otra cosa, y si, en mi opinión, la situación podría reconducirse. No quiere ser injusto contigo después de todo lo que has hecho por el despacho en los últimos años, aunque…

—Pero él nunca me lo dijo —insistió Daniel.

—Se enteró hace mucho tiempo, cuando presentaste el currículum. Los de recursos humanos hicieron algunas averiguaciones por aquel entonces. Eso es lo que me ha explicado. Y ya ves que a él le dio igual, que te contrató. No a todo el mundo le importan esas cosas. Te lo he repetido mil veces.

Daniel no supo qué contestar y dejó que la vista se le extraviara en la pared de enfrente.

—Pero de lo de Marta él no tenía ni idea —prosiguió Álex—. Era la pieza que le faltaba para entender tu situación. Comprendo tu enfado, pero he tenido que hacerlo. Para que las cosas no se complicaran más, Dani. ¿Qué pensabas, estar un mes sin aparecer y luego volver tan campante? Sabes de sobra que las cosas no funcionan así. Por lo menos, aquí no.

Daniel suspiró.

—Aldaya me ha dicho que tendrías que habérselo contado —añadió su compañero—. Que habría sido tan fácil como que te pidieras la baja o unos días libres. No le entra en la cabeza que no confiaras en él.

—No podía, Álex, no podía… —replicó Daniel al tiempo que bajaba los hombros.

—Eso mismo le he dicho yo, que no era tan fácil. Y lo ha entendido, o eso creo. Pero te doy un consejo, como amigo: en cuanto termine todo lo que te mantiene en Reinosa, vuelve. Olvídate de Marta y ven a hablar con Aldaya. Demuéstrale que has pasado página, que vienes a defender a los clientes con uñas y dientes, que puedes ganarte de nuevo el respeto de los socios. No dejes que esto se eche a perder.

Daniel tragó saliva y sopesó las palabras de Álex durante unos segundos. Comprendió que no podía recriminarle nada y que, de no ser por él, todo se habría complicado. Aún más.

—Lo haré, Álex. Regresaré en cuanto pueda —murmuró al fin—. Te lo agradezco. Sin ti...

—Nada, no te preocupes. Para eso estamos. Lo otro bien, ¿entonces?

Daniel torció los labios.

—Aún no lo sé.

Se despidieron con la promesa de mantenerse al tanto de las novedades.

Cuando Daniel colgó, se quedó contemplando el teléfono, ensimismado. Pensó que seguramente Aldaya tuviera razón, que tendría que haberse sincerado con él, haberle pedido ayuda y buscado una solución, en lugar de abandonarse a sí mismo y ceder a esa angustia que la semana anterior estuvo a punto de derribarlo de modo definitivo. Se preguntó de qué manera podría compensar a Álex cuando volvieran a verse. Como mínimo, lo invitaría a cenar. Aunque, ¿cuándo regresaría a Madrid? No estaba seguro. No antes de que la investigación se hubiese cerrado por completo.

Echó un vistazo al reloj. Pese a la hora que era, Alcalá seguía sin llamar.

Encendió la televisión y luego consultó un par de periódicos digitales. Enseguida constató que los medios de comunicación no informaban de nada nuevo, ni siquiera de la detención de Ángeles. Lanzó una ojeada a la ventana y se dijo que, después de tanto tiempo tumbado en el sofá, no le vendría mal salir de casa, respirar aire fresco, estirar las piernas. Además, caminar siempre le ayudaba a pensar con mayor claridad.

Cuando franqueó el portal, reparó en que la avenida estaba desierta. Junto al bloque de enfrente ya no quedaba ningún periodista. Se subió la cremallera de la cazadora y, con las manos metidas en los bolsillos, se preguntó qué rumbo tomar. La respuesta le vino como por ensalmo, como susurrada por una voz interior. Si había alguna novedad relevante que aún no hubiera trascendido, la casona de los Orduña —además del cuartel de Reinosa y la comandancia de la Guardia Civil en Santander— era el lugar idóneo para descubrirlo, y no perdía nada por acercarse hasta allí. El sol ya se había ocultado en el horizonte y, siempre que se moviera con discreción y se mantuviera a cierta distancia del portón, pasaría inadvertido y nadie le molestaría.

Sin meditarlo más, se dirigió hacia la avenida Castilla. Solo detuvo la marcha en una ocasión, y fue cuando pasó junto al edificio de la estación de tren. Se quedó mirando la fachada y se acordó de lo que Roberto Gutiérrez le había contado tres días atrás acerca del extraño comportamiento que tuvieron su padre y Arturo allí mismo la tarde del 1 de septiembre de 1975, unas horas antes del asesinato de Lorenzo Orduña. Según el ferroviario, Arturo quería echarse atrás de algo y su padre le decía que ni hablar, que tenían que ser valientes, que era «ahora o nunca». Esas fueron las palabras que el hombre aseguraba haber oído, pero ¿qué significaban? No daba la impresión de que se refiriesen a la cita que habían concertado al día siguiente con aquel abogado de Santander, Carlos Cayón; eso no tenía nada de valiente ni de inaplazable. Debía de tratarse otra cosa, algo arriesgado, apremiante, que exigiera valor.

Al reflexionar sobre ello, planeó sobre él la sensación de que estaba pasando por alto algo importante. Por más que lo intentó, no logró identificar qué era y, resignado, reemprendió el camino a la casona.

69
Tinieblas

No tardó mucho en llegar a la casona y, cuando lo hizo, comprobó que allí no había ni un solo agente, lo que indicaba que el registro de la vivienda había concluido hacía ya tiempo. Para su sorpresa, a quien sí descubrió en los jardines, caminando sobre la hierba como un espectro, en mitad de la oscuridad e iluminada de refilón por la luz de los farolillos diseminados a lo largo el sendero, fue a Elena. Iba vestida toda de negro y andaba encorvada, con las manos hundidas en los bolsillos del pantalón y los ojos enterrados en el césped.

Daniel se aproximó al portón con cautela y la llamó con apenas un susurro. Al oírlo, la chica dio un salto hacia atrás y se llevó una mano al pecho. Luego, cuando hubo recuperado la compostura, se acercó con pasos lentos, vacilantes. Daniel pudo apreciar que su rostro presentaba una palidez cadavérica y signos evidentes de haberse pasado varias horas llorando.

—Perdona, no quería asustarte —se disculpó él.

Elena se encogió de hombros para restarle importancia. Después rebuscó con ademanes torpes en el interior de su abrigo y sacó una gran llave de latón. La introdujo en la cerradura con pulso tembloroso y acto seguido tiró de la manecilla. Los goznes crujieron con un sonido de otra época y el ruido se elevó en aquella tarde negra y gélida.

Daniel, inquieto, miró hacia la fachada de la casa a través del vaho de su aliento, que flotaba en el aire como una columna de humo. En los ventanales de la biblioteca se apreciaba un punto de luz lejano. Por fortuna, tras las cortinas no se adivinaba ninguna silueta.

—Pasa, por favor... —lo invitó ella con ojos suplicantes.

Daniel negó con la cabeza y se mantuvo en el umbral.

—Gracias, pero es mejor que me quede fuera. No quiero problemas.

La chica lo observó con semblante desencajado. La barbilla le vibraba.

Se hizo un denso silencio y, de pronto, cuando ya no pudo aguantar más, se lanzó hacia el pecho de él y se echó a llorar entre terribles convulsiones.

—Elena... —balbuceó Daniel, sin saber cómo reaccionar.

Al final la estrechó con fuerza entre sus brazos y dejó que sus lágrimas le bañaran el comienzo del cuello.

—Mi abuela... —gimió sin dejar de sollozar—. Se la han llevado... Fue ella, ¿verdad? Ella mató a Arturo...

La nieta de Ángeles alzó la vista a la espera de una confirmación, pero Daniel no fue capaz de sostener aquella mirada ajada que hacía solo unos días le había resultado resplandeciente, y desvió los ojos al cielo sin decir una palabra. A ella su actitud esquiva debió de resultarle elocuente, puesto que su llanto se redobló y, mientras hundía de nuevo la cara en el pecho de él, dejó escapar un lamento que retumbó en la quietud de la penumbra. Daniel observó a su alrededor en busca de algún curioso que los pudiera estar espiando, pero no detectó a nadie. No quería ni imaginarse cómo reaccionarían los familiares de la chica si lo sorprendían allí o si aquella escena llegaba a sus oídos. Era consciente de que, después de todo lo sucedido, no tenía motivos para avergonzarse, pero aun así algo le decía que debía poner fin a ese encuentro cuanto antes.

—Elena, es mejor que no estemos aquí... —musitó él, con menos convicción de lo que le habría gustado—. Ve adentro y...

El comentario, lejos de resolver la situación, enfureció a la chica. De repente, sin dejarle siquiera acabar la frase, se apartó de él, se secó las lágrimas con el dorso de la mano y masculló que estaba harta de obedecer, de hacer lo que se esperaba de ella, de que la trataran como a una cría, como a una idiota.

Aquel arrebato de cólera desconcertó a Daniel, que trató de justificarse.

—Perdona, yo no pretendo...

Pero ella no le dejó proseguir.

—¡Se la han llevado! Y mis padres no me han dicho una sola palabra —farfulló, y fue como si sus palabras estuvieran fundidas en bilis—. Y esta tarde...

No terminó la frase. Sin poder contenerse, rompió a llorar de nuevo mientras se llevaba las manos a la cara y todo su cuerpo comenzaba a retorcerse. Daniel la contempló consternado. No lograba explicarse cómo sus familiares habían conseguido mantenerla al margen de todo lo acontecido ese día allí, en la casona, pero tenía claro, por experiencia propia, que esa ignorancia impuesta no le sería beneficiosa en absoluto; no la protegería de nada.

—¿Tú... tú sabes algo? —le preguntó Elena—. ¿Tú sabes si mi abuela...?

Daniel, que tenía muy presente la orden de guardar silencio que había recibido del teniente, trató de sortear la pregunta. Para ganar tiempo y a la vez enterarse de lo que la chica había presenciado, le pidió que le concretara a qué se estaba refiriendo.

—¿Has visto algo? —añadió.

Elena clavó los ojos en la punta de sus zapatillas y, con voz apenas audible, le contó que ese mediodía dos guardias civiles habían llamado a la puerta y a continuación habían procedido a detener a su abuela. Ella lo había visto todo desde las escaleras, sobrecogida, y cuando les preguntó a sus padres y a su tío qué estaba ocurriendo, ninguno de los tres supo responderle con claridad. Todos aseguraron no entender nada, y su padre empezó a proferir exabruptos y maldiciones, tal y como había hecho minutos antes. Su madre, deshecha y convertida en un mar de lágrimas, se dejó caer sobre uno de los peldaños de la escalinata, se rodeó las rodillas con los brazos y comenzó a gemir. Y Marcos, que parecía haber perdido toda su vitalidad, apenas levantó la mirada del suelo, completamente aturdido. Acabaron pidiéndole que los dejara a solas y, un rato después, su padre se asomó a la puerta de su habitación para informarla de que se marchaban al cuartel. Ella quiso acompañarlos, pero no se lo permitieron, y tuvo que resignarse a quedarse allí sola, con María. No regresaron hasta casi tres horas más tarde, pero no lo hicieron solos. Por el portón aparecieron varios guardias civiles cargados con carteras y maletines.

—Y mi abuela iba con ellos. También había un hombre encorbatado, un abogado. Y una mujer del pueblo que trabaja en el juzgado, creo.

Daniel se figuró que se refería al abogado de Ángeles y a la secretaria judicial, que por ley debían estar presentes en el registro de la vivienda.

—Yo salí corriendo hacia la entrada, pero mi padre... —La voz se le quebró y Daniel le hizo un gesto para que tomara aire—. Me pidió que me encerrara en mi habitación y que no causara problemas. Estaba furioso, daba miedo, y mi madre... Ella estaba hundida. Como si fuera a desvanecerse en cualquier momento.

—¿Y Marcos? ¿Marcos volvió con ellos?

—Sí, también. A él se le veía más entero.

—Ya. ¿Y qué hiciste?

Elena bajó la vista.

—Obedecer.

—Ya —acertó a responder Daniel, que ahora comprendía en mayor medida la frustración que dominaba a la chica.

Como si quisiera justificarse, Elena le explicó que la firmeza del tono de su padre y el estado de postración de su madre le habían hecho entender que no era el momento de rebelarse y que por eso no puso objeciones. Pero antes de dirigirse a la escalera, añadió, observó a su abuela, que acababa de entrar en la casa escoltada por los guardias.

—Y ni siquiera tuvo el valor de mirarme... —musitó con pesar—. Yo quise decirle algo, pero...

Daniel le posó una mano en el hombro.

—No te preocupes. En esa situación...

Ella cabeceó.

—¿Qué sucedió luego? —se interesó él.

—Me quedé en mi habitación, con la puerta cerrada, mientras

los agentes iban y venían por la casa. Oía sus pasos, y también a mi abuela hablando. Era como si estuvieran buscando algo y ella les diera indicaciones.

—¿Y encontraron lo que buscaban? —preguntó expectante.

—No lo sé, pero cuando pasaron por delante de mi habitación murmuraban algo. Y parecían satisfechos.

70

El fin de los días felices

Elena se estremeció al pronunciar aquellas últimas palabras. Abrazada a sí misma, la chica recordaba a un pajarillo necesitado de calor y cobijo. Por eso, cuando ella le rogó que la acompañara al interior de la casona a tomar un té, Daniel dudó por primera vez.

—¿Y tus padres? —objetó, y miró de nuevo hacia las ventanas de la fachada.

—No están. Se han ido a Santander. Hace media hora. A ver a otro abogado, creo.

—¿Cómo que a ver a otro abogado?

Elena le aclaró que, después de que se marchara la Guardia Civil, el letrado que llevaba el caso se había reunido con sus padres y su tío en el salón para anunciarles que renunciaba a continuar con la defensa de su clienta.

—Por mentirle y no seguir sus instrucciones. Algo así...

A Daniel no le extrañó la drástica decisión del abogado, teniendo en cuenta el modo en que se había desarrollado la declaración de Ángeles, pero se abstuvo de manifestárselo a la chica. En su lugar, le preguntó:

—Pero ¿no se supone que estuviste todo el tiempo en tu habitación? ¿Cómo sabes eso?

Ella exhaló un suspiro y admitió que, harta de permanecer recluida allí, ajena a todo lo que estaba pasando, se había deslizado por la escalinata y se había apostado al otro de la puerta del salón para escuchar a hurtadillas.

—Oí que ese hombre les explicaba que mi abuela tendría que

nombrar un nuevo abogado y que, si no querían uno de oficio, lo mejor era que contrataran a otro lo antes posible. —Soltó un gemido—. Dijo que pasará la noche en los calabozos... Mi abuela...

Daniel pensó que, salvo que se produjera un giro de los acontecimientos, aquella no sería la única noche que la mujer dormiría tras unos barrotes.

Se hizo otro silencio, y Elena dirigió la vista a la casona.

—Entonces ¿no hay nadie dentro? —insistió Daniel.

Ella negó con la cabeza.

—Solo María. Mi madre está destrozada y no quería ir con ellos a Santander. Pero era importante, y al final la han convencido. Y a mí me han dejado aquí... Por favor, tardarán en volver, y ya hace mucho frío...

Él se debatió durante unos segundos y finalmente, arrastrado por el dolor que exudaba la chica, acabó cediendo. Al verlo asentir, en el rostro desencajado de Elena se formó una sonrisa desvaída que apenas duró un instante. Después dio media vuelta y ambos atravesaron los jardines en dirección a la arcada que precedía la puerta principal. Ella la abrió despacio, como si le costara un esfuerzo sobrehumano, y pasaron a un gran vestíbulo con las paredes de piedra y el techo artesonado. A cada lado del recibidor había un salón, ambos decorados de forma similar y provistos de amplias ventanas. Un poco más adelante nacían dos largos corredores que, según recordaba Daniel, conducían a algunas salas de estar y de juegos, al despacho que en sus tiempos utilizaba Lorenzo Orduña, a los diminutos cuartos del servicio, a las cocinas, a la despensa y al garaje. Separando ambos pasillos se alzaba una imponente escalinata de piedra que desembocaba en la parte posterior de la primera planta, donde se encontraban las habitaciones de los invitados y algún pequeño despacho. Al resto de los cuartos y a la inmensa biblioteca también se podía acceder desde la escalinata, a través de varios corredores que recorrían todo el piso, pero lo más directo, si se entraba por la puerta principal, era subir una escalera de caracol que había al lado derecho del vestíbulo y terminaba frente al dormitorio de Lorenzo y Ángeles.

Por suerte, la calefacción estaba a pleno rendimiento, pero aun así a Daniel se le erizó el vello cuando rememoró la infinidad de veces que su amigo David y él habían recorrido cada recoveco de esa casa. Incluso creyó percibir el eco de su risa infantil retumbando entre aquellas paredes. Había sido tan feliz allí... El semblante le cambió cuando vio sobre una cómoda un teléfono muy antiguo, tanto que su color blanco original se había trocado en un tono amarillento. Tuvo la intuición de que ese era el que, según los testimonios que había recabado en los últimos días, utilizó Mercedes la madrugada del 2 de septiembre de 1975 para llamar a la Guardia Civil.

—Ese teléfono...

—Tiene mil años, sí —murmuró Elena.

Daniel se estaba preguntando por la razón que habría llevado a la familia a conservar una pieza de tan sombrío recuerdo cuando algo captó su atención. Una mujer acababa de aparecer al fondo del pasillo que se abría a la izquierda de la escalinata, y se acercaba a ellos. Era María Güemes, que nada más reconocerlo se detuvo en seco y se agarró el delantal con fuerza. Daniel comprendió que la criada debía de hallarse al borde de un ataque de nervios, consciente de que en breve se sabría que ella había testificado ante la Guardia Civil en contra de Ángeles. Era obvio que, cuando llegara ese momento, su vida como empleada de los Orduña saltaría por los aires. Quizá incluso la despidieran. Aunque, a decir verdad, él no tenía ni idea de cómo reaccionaría esa familia.

—María, no te vayas —la retuvo Elena justo cuando la mujer hacía ademán de dirigirse hacia la escalinata—. Prepáranos un té, por favor.

La criada inclinó la cabeza torpemente y se alejó en dirección a la cocina.

A continuación, pasaron al salón del lado este. Era enorme y ostentoso, con una llamativa lámpara de araña que pendía del techo, mobiliario antiguo pero impoluto y varios cuadros de grandes dimensiones. Uno de ellos era un retrato de Lorenzo Orduña vestido de caza, con una escopeta al hombro y colocado de perfil en mitad de un monte. Daniel sintió un escalofrío cuando se fijó en él antes de sentarse en un sofá de color burdeos. La chica, por su parte, se dejó caer en una amplia butaca de cuero y se sumió en la contemplación del fuego que ardía en la chimenea.

—Ahora entiendo lo de ayer —siseó de repente con voz de ultratumba, como si hablara consigo misma—. Su forma de actuar.

Daniel la miró con extrañeza.

—¿De qué estás hablando?

—De mi abuela. De su actitud durante la comida.

—¿La del domingo?

—Sí. Nos enteramos de la muerte de Arturo justo antes de empezar a comer. Todos nos quedamos de piedra, horrorizados. Hasta mi padre, que nunca quiere quedar mal con los invitados, habló de suspender el evento. Pero mi abuela... Según ella, aquello no era culpa nuestra. Era una desgracia, sí, pero no podíamos hacer nada. Así que subió la música y, aunque ya no fue lo mismo, nadie se atrevió a llevarle la contraria. Pero, claro, nunca nos imaginamos que... —Las lágrimas le empañaron los ojos—. No entiendo... No entiendo lo que hizo. ¿Por qué?

Antes de que Daniel pudiera decir algo, María entró sosteniendo una bandeja de plata. En silencio, observaron cómo la mujer colocaba dos tazas en una elegante mesa de centro y servía el té a duras penas, derramando algunas gotas sobre los platillos.

—Disculpe, señorita —farfulló la criada atribulada.

—Todos estamos muy alterados. No te preocupes.

La mujer hizo un rápido asentimiento, musitó una despedida y salió con la bandeja en la mano.

Los siguientes minutos transcurrieron en una alternancia de silencios y palabras anodinas, en buena medida porque eso era precisamente lo que buscaba Daniel: distraer a Elena y tranquilizarla. Sabía que, en esa coyuntura, poco más podía hacer por ella. En un momento determinado, se le ocurrió que hablar de literatura era una de las pocas cosas que podrían aliviarla, aunque fuera durante un rato, y le contó que en esos días se había leído *El gran Gatsby*.

—Era uno de los favoritos de mi madre.

Pese a la tristeza que la embargaba, a los labios de la muchacha asomó una tenue sonrisa de complicidad que lo reconfortó.

—Yo también lo he acabado. Y creo que volveré a él más de una vez —dijo al tiempo que la sonrisa se le borraba de la cara.

—Ya. ¿Y tu libro? ¿Cómo vas?

Ella se encogió de hombros con abatimiento.

—No lo sé. Con la detención de mi abuela... No sé cuándo volveré a escribir. Si es que vuelvo a hacerlo.

Daniel dio un trago a su taza de té, que de repente le supo muy amargo.

—Claro que lo harás.

En un intento por animarla, le propuso que le enseñara el manuscrito. Ella vaciló durante unos segundos, como si no encontrara las fuerzas para hacerlo. Luego debió de reconsiderarlo y, tras lanzar un suspiro, lo condujo hacia la escalera de caracol. Justo cuando iba a poner un pie en el primer escalón lo asaltó la sensación de que alguien lo vigilaba y volvió la cabeza. Se le escapó un respingo al descubrir a María al fondo, en la boca del pasillo que desembocaba en las cocinas, observándolo en la penumbra con los ojos entornados. No tuvo tiempo de decirle nada, puesto que al verse sorprendida, se dio la vuelta y se esfumó.

—¿Ocurre algo? —le preguntó Elena desde lo alto de la escalera.

—No, no —contestó él, y fue tras ella.

La biblioteca casi no había cambiado desde la última vez que Daniel estuvo allí, y al internarse en ella los recuerdos de su infancia se abatieron sobre él. Se visualizó a sí mismo asomado a aquel ventanal la tarde en que su padre y sus compañeros se desperdigaron caóticamente por la avenida para huir de la Guardia Civil, y la tristeza que lo invadió aquel día lo golpeó de nuevo.

Trató de espantar aquellas imágenes de su mente y se giró hacia Elena, que estaba frente a una mesa de caoba y acababa de sacar de un cajón un montón de folios escritos con tinta azul y una elegante caligrafía. La chica colocó el borrador sobre el escritorio y se apartó unos centímetros para que él pudiera verlo.

—*El fin de los días felices* —murmuró Daniel, acercándose—. Un título triste.

Elena hizo un gesto impreciso y él hojeó el manuscrito con

delicadeza. Leyó para sí algunos párrafos que, dentro de su inexperiencia lectora, le parecieron buenos, y así se lo dijo. Sin embargo, sus halagos no dieron la impresión de animarla, pues apenas lograron arrancarle una mueca. Fue entonces cuando Daniel comprendió que había llegado el momento de dejarla sola, que poco más podía hacer por ella. Seguramente él no era el más indicado para consolarla en una situación así, y resultaba obvio que no lo estaba consiguiendo. Además, aunque se suponía que Héctor y los demás aún tardarían en volver, no quería correr riesgos innecesarios.

Se encontraba devolviendo uno de los folios a la pila, con intención de anunciar que se marchaba, cuando el móvil comenzó a vibrarle en el bolsillo. Lo sacó con prisa.

Era Alcalá, por fin.

—Perdona, será un segundo —le dijo a Elena antes de salir al pasillo y cerrar la puerta de la biblioteca tras de sí.

La chica ni siquiera tuvo tiempo de replicar, y Daniel se alejó unos pasos en dirección a la escalera.

—Buenas tardes, teniente. ¿Cómo ha ido?

Alcalá correspondió al saludo y luego, con tono apagado, murmuró:

—No lo sé. No estoy seguro.

—¿Cómo que no lo sabe? —preguntó Daniel con desasosiego—. ¿No han encontrado el recipiente que utilizó Ángeles y las zapatillas?

—Sí, estaban en la casa. Ella nos ha enseñado dónde los tenía.

—Entonces ya está, ¿no? Fue ella. Todo cuadra.

—Sí, todo parece encajar —concedió el guardia civil—. Salvo una cosa.

Daniel se pegó el teléfono a la oreja.

—¿Una cosa? ¿Cuál?

—La carta.

71

La carta

—¿Se refiere a la que apareció en la casa de Arturo?

—Sí.

—¿Qué pasa con ella?

—La letra —gruñó el teniente—. No parece la de Ángeles.

El estómago de Daniel dio un vuelco.

—¿Cómo que no parece la de Ángeles? —balbuceó él.

—La caligrafía es diferente. No se parece a la del texto que ha escrito en el juzgado, ante la secretaria judicial.

—Pero tiene que ser un error. Ella dijo que la carta...

—Ya, ya sé lo que dijo —lo interrumpió Alcalá con evidente frustración—. Y por eso no lo entiendo.

—Pero ¿está seguro? ¿No se supone que el juzgado tiene que utilizar ese texto para hacer una prueba caligráfica?

El guardia chasqueó la lengua.

—La prueba la ordena el juzgado, pero quienes la realizan son los especialistas en grafología de la Guardia Civil. Mis compañeros de Logroño, concretamente.

—¿Y ya la tienen? ¿Tan rápido? —se sorprendió Daniel, que se negaba a creer que todo lo que habían avanzado en las últimas horas se estuviera desdibujando.

—No, todavía no. Aún tenemos que enviarles los documentos, y hasta mañana no podrán adelantarme sus conclusiones. Pero vamos, ya le digo yo que no se parecen.

Daniel se mantuvo en silencio durante unos segundos, tratando de asimilar la información que le acababa de dar Alcalá y las implicaciones que podría tener en ambos casos.

—Pero ella cogió el cianuro —objetó—. Las cámaras la grabaron en la fábrica, y las huellas del piso se corresponden con sus zapatillas...

—Sí, todo apunta a que ella mató a Arturo —admitió el teniente.

—Y si ella lo envenenó, ¿por qué se inventó lo de la carta? ¿Qué sentido tiene que dijera que la escribió en el setenta y cinco si no lo hizo? ¿Para qué?

Alcalá soltó un suspiro de impotencia.

—Aún no tenemos una explicación para eso, pero que mintiera sobre la autoría de la carta encaja con su reacción cuando le informamos de que tendría que formar un cuerpo de escritura. ¿No recuerda lo nerviosa que se puso? ¿Las prisas que tenía por que cerráramos la investigación sin indagar más?

Daniel asintió para sí con la cabeza. A él también le había llamado la atención la actitud de Ángeles, y ese era uno de los aspectos que la cabo Herrera había mencionado en la reunión posterior a la declaración.

—Por si acaso —añadió Alcalá—, hemos cotejado sus huellas dactilares con las que se tomaron del revólver y quedaron sin identificar.

—¿Y?

—Nada, no hay coincidencia.

—Bueno, en realidad eso sí cuadra —dijo Daniel—. Se supone que las huellas pertenecían a ese amigo de mi padre que le consiguió el arma, ¿no?

—Sí, supuestamente —rezongó el teniente, que, como le había recalcado a Daniel el domingo en la comandancia, nunca había otorgado mucha credibilidad a esa historia.

En ese momento, Daniel creyó oír unos pasos a escasos metros de donde estaba. Se acordó de Elena y, de repente, se le ocurrió una idea.

—Teniente, quizá haya una forma rápida de averiguar si la letra de la carta es de Ángeles o no sin necesidad de esperar a los de grafología.

Se imaginó a Alcalá llevándose la mano al pecho y retorciéndose el vello.

—¿Cuál?

—Verá, estoy en la casona de los Orduña con la nieta y...

—¿Qué? ¿Cómo que está en la casona? —se sulfuró—. ¿Está falto de aventuras o qué? Lárguese de ahí ahora mismo.

Daniel trató de calmarlo aclarándole que los familiares de la chica estaban de camino a Santander para entrevistarse con un abogado y que no había nada que temer, pero fue en vano.

—Como se enteren de que usted ha estado allí... ¿Es que no puede quedarse un rato en casa? No hago más que decírselo, y a usted le importa un bledo.

—Yo no pretendía... Mire, da igual, es largo de explicar —atajó él—. Lo que quería decirle es que quizá Elena pueda ayudarnos a despejar la duda. Si me manda una foto de la carta, tal vez pueda decirnos si es la letra de su abuela. ¿No le parece?

Alcalá se tomó unos segundos antes de contestar y Daniel intuyó que la propuesta no había sido del agrado del teniente. A fin de cuentas, lo que le estaba pidiendo era que facilitara a un tercero ajeno a la policía judicial la imagen de una prueba, y eso no debía de ser muy reglamentario. Aunque, por lo que había podido advertir, el hombretón tampoco era de los que se atenía a pies juntillas a las reglas del procedimiento. Escuchó de fondo un bisbiseo y se figuró que lo estaría comentando con su compañera.

—Ahora se la envío. Al teléfono —murmuró al fin.

—De acuerdo. Se la enseñaré y le llamo enseguida.

Daniel cortó la comunicación y regresó a la biblioteca.

Al abrir la puerta, descubrió a la joven junto al ventanal, de espaldas a él, escrutando la oscuridad de la noche.

—Elena...

Ella se giró. Estaba más pálida que hacía unos minutos, y lo interrogó con la mirada. Daniel se dispuso a darle una explicación, pero, antes de que pudiera hacerlo, el móvil le zumbó en la mano. Se trataba de un mensaje de un número que se figuró que sería el del teniente. Pulsó el botón central del teclado y la fotografía de la misteriosa carta se desplegó en la pantalla.

Se aproximó a la chica y le mostró el teléfono.

—Necesito que me ayudes con una cosa. ¿Reconoces la letra? ¿Es la de tu abuela?

Elena se inclinó sobre la pantalla y Daniel vigiló su reacción. Vio que sus ojos se deslizaban lentamente sobre aquellas líneas escritas en tinta azul y que, de pronto, una sombra los atravesaba.

—¿Qué es... qué es esa carta? —preguntó ella, alterada, al tiempo que alzaba la mirada.

—Ahora no puedo contarte nada, pero es importante. ¿Es la letra de tu abuela o no?

La chica movió la cabeza hacia ambos lados.

Los labios le bailaron antes de responder:

—Es... es la letra de mi madre.

72

Relámpago

Daniel se quedó sin respiración, aturdido por lo que acababa de escuchar. ¿Cómo iba a ser la letra de Laura? Eso era imposible.

—¿Qué ocurre? ¿Qué significa? —preguntó Elena con ansiedad.

Él no respondió y releyó el texto una vez más.

Arturo:

Nada de esto tendría que haber pasado. Intenta hablar con Guillermo, por favor. No sé qué hacer…

Se le escapaba la lógica de todo aquello. ¿Por qué demonios iba a haber escrito Laura esa nota para Arturo?

De repente, la respuesta se le coló en la mente y lo iluminó todo como un relámpago, con una luz cegadora que lo dejó paralizado durante un segundo. No podía ser, no podía ser… Pero ¿acaso había otra manera de explicarlo? Ahogó un gemido y se pasó la mano por la frente, que se le había perlado de sudor. No, no había otra manera de explicarlo y, sin embargo, al mismo tiempo, se le antojaba inconcebible. ¿Cómo iba su padre a…?

Elena lo sacudió por los hombros.

—Daniel, ¿qué ocurre? ¿Qué ocurre? ¿Qué pinta mi madre en todo esto?

Él se negó a contestar. No podía hacerlo. Al menos, aún no. Antes debía hacer una comprobación. La última comprobación.

Se desembarazó de ella y se guardó el móvil en el bolsillo.

—Necesito un listín de teléfonos de las empresas de Cantabria.

Elena lo miró como si se hubiera vuelto loco.

—Pero ¿qué...?

—¿Dónde hay un ordenador? O unas *Páginas Amarillas* —dijo, en referencia a la guía telefónica que había gozado de tanta popularidad en España años atrás y que, superada por el avance de las nuevas tecnologías, iba cayendo en desuso.

La chica no salía de su asombro.

—Creo que hay unas abajo, en el revistero del salón en el que hemos estado antes, pero no entiendo...

Daniel echó a correr.

73

Un reportaje

No le costó demasiado dar con el directorio de color amarillo chillón.

Cuando Elena entró en el salón, él ya había localizado el número de teléfono que buscaba.

—Pero, Daniel, ¿qué...?

Él, con un gesto de la mano, le pidió que esperara y comenzó a teclear en el móvil. Pulsó el botón verde.

Después de dos tonos, una voz femenina lo saludó y le confirmó que estaba llamando a Carnes Cobo, en Torrelavega.

—¿Qué desea?

Daniel no se anduvo con rodeos: preguntó si la hija de los dueños, Cristina, trabajaba en la empresa o si, en caso de que no fuera así, había alguna forma de ponerse en contacto con ella.

—Sí, la señora Cobo trabaja aquí. Es la directora financiera.

—Necesito hablar con ella —dijo él, jadeando.

—Está a punto de irse. ¿Le dejo el recado para que le llame ella mañana?

—No, por favor, dígale que es muy urgente —suplicó, y se percató de que, a su lado, Elena lo miraba con estupor—. Necesito hablar con ella ahora.

La secretaria suspiró.

—A ver, ¿de parte de quién?

—De Borja González —improvisó él.

—¿Quién?

—Borja González. Soy periodista.

Le dio la impresión de que la mujer dudaba.

—Es para un reportaje del periódico. Saldrá en breve y nos urge un poco.

—Ya.

—Serán solo cinco minutos. Se lo prometo.

—Ahora le paso la llamada —accedió al fin.

—Se lo agradezco.

Cristina Cobo no tardó en ponerse al aparato:

—¿Diga?

Tenía la voz rasgada y hasta cierto punto desagradable, como de instrumento desafinado.

—Buenas tardes. Verá, soy Borja González, periodista de aquí, de Cantabria. Le agradezco mucho que tenga la amabilidad de atenderme a estas horas. Solo le robaré un momento.

—¿Qué quiere?

—Estoy escribiendo un reportaje y me gustaría entrevistarla.

—Sí, eso ya me lo ha dicho mi secretaria. ¿Pero sobre qué es ese reportaje? ¿Qué es lo que quiere?

Daniel se armó de paciencia. No iba a ser fácil lidiar con esa mujer. Una vez más, se lanzó a improvisar.

—Es sobre los diferentes tipos de educación en la época del franquismo. Saldrá publicado el miércoles, y alguien me ha comentado que usted estudió algún curso en un selecto internado de Madrid. ¿Es así? Estoy recopilando testimonios de cántabras como usted.

—Mmm, sí, le han informado bien —respondió con sequedad.

—Usted estuvo allí hasta el mes de junio del setenta y cinco, ¿no?

—Sí. Oiga, ¿puedo saber quién se lo ha dicho?

Daniel no desaprovechó la oportunidad que, sin saberlo, la mujer le acababa de brindar:

—Por supuesto. Ha sido Laura Orduña. ¿La recuerda? Creo que coincidieron ese año en el internado.

Los largos segundos que Cristina Cobo necesitó para hacer memoria antes de responderle le sirvieron a Daniel para confirmar que su intuición no le había fallado. Sintió que tocaba la verdad con la yema de los dedos, y la sangre le aporreó las sienes.

—Laura Orduña... —murmuró ella con parsimonia—. Mmm..., sí, creo que era una chica de Reinosa. ¿Puede ser?

—Sí.

—Ya. La recuerdo vagamente, sí. Coincidimos alguna vez.

Daniel se lanzó en picado:

—¿En Torrelavega?

—¿Cómo que en Torrelavega? No, el internado estaba en Madrid. ¿Qué está diciendo?

Fue consciente de que la mujer no tardaría en percatarse de que el supuesto reportaje sobre la educación en la época del franquismo no era más que una cortina de humo, pero, llegados a ese punto, tenía que continuar hasta el final.

—Bueno, Laura me ha contado que ustedes se hicieron muy amigas y que al terminar los estudios siguieron viéndose ese verano, el del setenta y cinco. Tengo entendido que ella fue a visitarla a usted en varias ocasiones. Por eso la he llamado, porque me interesan mucho los lazos de amistad que se forjaron en aquellos internados. Ya no tienen tanta relación, ¿no es así?

Cristina Cobo dejó escapar una corriente de aire y su voz se endureció:

—Pero ¿qué tonterías está diciendo? Tengo prisa, ¿sabe? No me haga perder el tiempo.

—Disculpe, no era mi intención. ¿Qué sucede?

Otro resoplido de exasperación cruzó la línea.

—Esa chica jamás fue mi amiga. Coincidí con ella alguna vez en el internado, sí, pero hasta ahí. Luego nunca quedé con ella. Ni en Torrelavega, ni en Reinosa ni en ninguna parte. —Se detuvo un instante—. Oiga, esto no será una broma, ¿no? Porque no veo qué interés tiene algo así para un reportaje. ¿En qué medio ha dicho que trabaja?

—Mire, yo...

—¿En qué medio trabaja? —le cortó ella sin disimular su desconfianza—. ¿Seguro que es usted periodista? ¿Es de *El Diario Montañés*?

Daniel comprendió que había llegado el momento de colgar. Ya tenía lo que quería.

74

Conmoción

—¿A qué ha venido eso? —le soltó Elena en cuanto él se retiró el teléfono de la oreja—. ¿Qué ocurre?

—Necesito hacer otra llamada —farfulló Daniel con el corazón a punto de salírsele del pecho. Debía hablar con el teniente cuanto antes.

En ese momento, su móvil emitió una sucesión de pitidos. Eran varios mensajes de llamadas perdidas, precisamente de Alcalá. Habían quedado en que lo telefonearía en cuanto le hubiera enseñado la fotografía a Elena, y debía de estar cansándose de esperar.

Justo cuando iba a devolverle la llamada, lo sobresaltaron unas voces exaltadas que provenían del exterior, de los jardines. Intercambió una mirada de zozobra con Elena y se aproximó a la ventana con precaución. Apartó unos centímetros la cortina y, con un estremecimiento, confirmó lo que se había imaginado: quienes hablaban tan alto eran Héctor y Marcos, que en ese instante estaban atravesando el sendero en dirección a la puerta de la casona. Con ellos, cabizbaja y arrastrando los pies, iba Laura.

«Ahora no, ahora no», murmuró Daniel para sus adentros. Pensó que, si se habían marchado a la hora que Elena le había dicho, era imposible que les hubiera dado tiempo a llegar a la capital cántabra, reunirse con el abogado y regresar a Reinosa. Eso, como mínimo, les habría tenido que llevar dos horas. Algo debía de haber sucedido.

Se volvió hacia Elena, que acababa de colocarse detrás de él.

—Te juro que iban a Santander… —musitó ella conmocionada.

Consciente de que no podía perder un segundo, Daniel soltó la tela de la cortina y se alejó de la ventana. Se llevó el teléfono a la oreja.

—¿Por qué coño no contestaba? —exclamó el teniente en cuanto descolgó.

—Escúcheme —resolvió Daniel, sin tiempo para diatribas—. Ángeles nos ha engañado. Aquella noche ella no se vio con mi padre. ¡Fue Laura!

—¿Cómo dice?

La puerta de la casona se abrió con un crujido y la voz de Héctor llegó desde el recibidor:

—Venga, métete en la cama.

El hombre se estaba dirigiendo a Laura, cuyos plañidos se escucharon con claridad desde el salón.

—No puedo más... —gimió la mujer entre hipidos—. Yo... siento que hayáis tenido que dar la vuelta, pero es que... mi madre... Yo... no puedo...

—Ha sido culpa nuestra —terció entonces Marcos—. No tendríamos que haberte forzado. Mañana a primera hora iremos nosotros a ver a ese abogado. Venga, ve a descansar e intenta no pensar en todo esto.

Daniel, pendiente de la conversación, había enmudecido. De fondo alcanzaba a oír los improperios que mascullaba el teniente a través del teléfono, cabreado por el repentino silencio de su interlocutor.

—¡Elena, hemos vuelto con tu madre a casa! —gritó de repente Héctor—. ¿Me escuchas? ¿Estás en el salón?

Daniel tragó saliva al darse cuenta de que, tanto desde los jardines como desde el vestíbulo, las luces del salón resultaban perfectamente visibles. Era lógico que Héctor se figurara que su hija se encontraba allí, quizá dormida, y que se acercara a comprobarlo.

Miró con ansiedad a su alrededor en busca de un escondite, pero el sonido de unas pisadas a solo unos metros le hizo comprender que ya era demasiado tarde para ocultarse. Solo quedaba esperar.

Intuyendo lo que se avecinaba, se acercó el teléfono a la boca y murmuró:

—Teniente, no cuelgue y vengan a la casona. Rápido. Los Orduña están aquí.

Después se guardó el móvil en el bolsillo con la línea abierta y observó a Elena, que parecía a punto de derrumbarse.

75

Toda la verdad

En cuanto Héctor penetró en el salón y lo vio allí, de pie junto a Elena, sus pupilas se incendiaron. Profirió un grito atroz y, acto seguido, se lanzó hacia Daniel con el puño en alto. Este tensó los músculos y se preparó para contener la embestida, pero el choque no llegó a producirse. En el último momento, Elena dio un salto y se interpuso entre ambos abriendo los brazos a modo de barrera, al tiempo que chillaba:

—¡Papá, para! ¡Para!

Héctor frenó su acometida a tan solo unos centímetros de la chica, resoplando por la nariz y por la boca, con la cara enrojecida y el cuerpo sacudido por la ira, como una bestia descontrolada.

—¿Qué haces tú aquí? —le rugió a Daniel—. Y tú, ¿por qué le has dejado entrar? —añadió, taladrando a su hija con la mirada—. ¿Qué crees que estás haciendo? ¿Es que quieres jodernos a todos?

Antes de que ella pudiera responder, Marcos y Laura entraron a la carrera.

—¡Héctor! —gimió su esposa antes de llevarse las manos a la boca, espantada por la escena—. Por favor, no hagas locuras... Deja que se vaya...

Pero el padre de Elena no dio muestras de haberla oído y, apretando los dientes, retó a Daniel con un ademán.

—¿Qué cojones quieres? A qué has venido, ¿eh? —bramó, e hinchó el pecho.

—Solo ha venido a ayudarme. Nada más —dijo Elena con

angustia mientras tomaba a Daniel del brazo, como si así se asegurara de que él no respondería a las provocaciones de su padre.

Héctor soltó una carcajada metálica y compuso una mueca de desprecio.

—¿A ayudarte? Por favor, ¿a qué va a ayudarte este?

—A descubrir la verdad —masculló Daniel con tono desafiante.

El padre de Elena enmudeció y Daniel, envalentonado, añadió:

—A descubrir una verdad que lleva treinta y dos años oculta.

Alargó las últimas sílabas a propósito y, mientras lo hacía, fijó la mirada en Laura, cuya barbilla comenzó a vibrar de forma ostensible. Daniel advirtió en sus ojos la huella del miedo, el temor a que su secreto, ese que había mantenido más de tres décadas enterrado bajo una densa capa de mentiras, saliera a la superficie y arrastrara consigo toda una vida de falsedades, de impostura.

—¿Qué verdad? ¿De qué coño hablas? —farfulló Héctor.

En ese momento, Elena comenzó a sollozar y, entre jadeos, balbuceó:

—Esa carta... Es tu letra, mamá. La he visto...

Al oír aquello, Laura palideció.

—¿Qué carta? —exclamó Héctor, cada vez más nervioso, como si fuera consciente de que la situación se le estaba escapando de las manos.

Laura no respondió. El rostro se le contrajo y las piernas le flaquearon; de pronto, cayó al suelo de rodillas y se echó a llorar de forma descontrolada.

—Laura, pero ¿qué...? —masculló Héctor sin moverse del sitio.

A su lado, Marcos también parecía haberse quedado petrificado.

—La carta era para Arturo y hablaba de ver a un hombre, de algo que no debió suceder... —gimoteó Elena, y Daniel comprendió que, aunque la chica desconocía gran parte de la investigación, había deducido que su madre escondía algo.

Se hizo un silencio asfixiante, solo roto por los plañidos de Laura, que, desplomada en el suelo, se había cubierto la cara con las manos. Daniel entendió que había llegado el momento de ejercer la máxima presión, de arrancarle toda la verdad, sin contemplaciones.

—La carta se refería a mi padre —afirmó con contundencia, dirigiéndose directamente a ella—. Querías que Arturo fuera a verlo por lo que había sucedido, ¿verdad? Por la muerte de tu padre.

Al escucharlo, Héctor se volvió hacia él con aire agresivo, y Elena, con el rostro bañado en lágrimas, abrió aún más los brazos.

—Pero ¡qué sarta de tonterías! —vociferó Héctor, temblando de furia.

Detrás de Héctor, los gemidos de Laura se redoblaron, y Daniel supo que había dado en la diana.

—No fue tu madre quien tuvo una relación con mi padre —dijo, y la señaló con el dedo a pesar de que ella, con la cara oculta bajo las manos, no podía verlo—. ¡Fuiste tú!

Laura se retorció en el suelo como si le hubieran asestado una puñalada. No dijo nada, tan solo profirió una especie de estertor, y los demás contuvieron el aliento. Héctor había perdido todo rastro de color, y Elena parecía a punto de desmayarse.

—Eras tú la que estaba ahí fuera cuando tu padre murió, ¿verdad? —la apretó Daniel—. Aquella madrugada, en los jardines. Y también fuiste tú la que después escribió esa carta a Arturo. Tu madre ha mentido para protegerte, para que nadie sospechara de ti. Pero ella no tuvo nada que ver con eso. ¡Fuiste tú!

Héctor dio varios manotazos al aire y Marcos trató de sujetarlo.

—Laura, ¡dile que es mentira! ¡Es mentira! —rugió.

Pero Laura no respondió, y Daniel contempló con lástima cómo Elena se clavaba los dedos pulgar e índice en los párpados y soltaba un alarido. Sintió el impulso de detenerse, de evitar que ella tuviera que seguir escuchando todo aquello, pero al instante se dijo que no podía dejarse arrastrar por las emociones. Debía concentrar toda su atención en Laura y tratar de obtener respuesta a todas las preguntas que se le acumulaban en la cabeza. Confiaba en que, mientras tanto, el teniente y la cabo ya estuvieran camino de Reinosa, a toda velocidad y con la línea activa, al tanto de cada palabra. Se imaginaba que, además, habrían avisado a Blanco y a su equipo y que estos no tardarían en llegar. No tenía demasiado tiempo.

Miró a Laura con semblante torvo.

—Empezaste a verte con mi padre durante las vacaciones, ¿no es así? Primero en Reinosa, y luego en Torrelavega.

Héctor soltó un exabrupto y Daniel alzó la mano para contener sus protestas.

—Nunca fuiste a visitar a esa amiga que supuestamente tenías en Torrelavega, Cristina Cobo, de la que me habló el otro día Patricia —prosiguió—. Jamás quedasteis allí, ni en ningún otro lugar, porque ni siquiera fuisteis amigas. Simplemente erais dos alumnas que habían coincidido en el mismo internado, nada más —sentenció—. Y por eso ella nunca vino a verte a Reinosa, tal y como me contó Patricia. Y tampoco apareció en el funeral de tu padre.

Laura se retiró las manos de la cara y lo escrutó con semblante desencajado.

—Con quien te encontrabas era con mi padre, ¿no? —afirmó entonces Daniel con contundencia—. Él también viajó varias veces a Torrelavega ese verano. Roberto Gutiérrez, el de la estación, me lo dijo el otro día. Me comentó que aquel año, a partir de finales de julio, le vendió varios billetes de tren para Torrelavega. Roberto creía que los del sindicato estaban organizando encuentros clandestinos fuera de Reinosa, para despistar a la Guardia Civil y evitar que los cogieran, y que por eso mi padre había empezado a viajar tanto allí. Pero ayer Ernesto Posadas me lo negó. Me aseguró que en aquellos tiempos siempre se veían aquí, y que mi padre nunca fue a las asambleas provinciales y nacionales. Cuando Ernesto me habló de ello, no me di cuenta de que esos viajes a Torrelavega se habían quedado sin explicación. Pero ahora la tienen.

Todas las miradas confluyeron en Laura, que se había sumido en un llanto hondo y agónico. Tenía la boca entreabierta y el cuerpo se le contraía espasmódicamente, como si fuera a vomitar.

—No aguanto más —gimoteó—. No puedo…

76
El plan

Laura dejó que las lágrimas corrieran por sus mejillas. Después, en apenas un bisbiseo, dijo:

—Me engañó... Él me engañó...

—Entonces ¿es verdad? —bramó Héctor, que hizo ademán de lanzarse sobre ella.

Alarmada, Elena soltó un aullido y corrió para ayudar a Marcos a sujetarlo. Por fortuna, Héctor no tenía intenciones reales de arremeter contra su mujer, y se detuvo cuando ellos lo agarraron del brazo. De haberlo pretendido, ni Elena ni Marcos, ni el propio Daniel, habrían bastado para contenerlo.

—¿Cómo que te engañó? —inquirió Daniel desconcertado—. ¿Qué quieres decir?

—Todo... todo respondía a un plan... —chilló Laura, todavía de rodillas—. Pero no lo supe hasta mucho después... Cuando ya se había suicidado...

Daniel la miró de hito en hito. ¿A qué se estaba refiriendo? ¿Acaso pretendía confundirlos?

—No lo entiendo. ¿Un plan para qué?

A duras penas, y con una lentitud exasperante, la mujer se puso en pie y trató de enjugarse las lágrimas.

—¿Qué plan? —insistió Daniel, sin darle tregua.

Laura contempló a su marido y a su hija con aire suplicante, como si les rogara por anticipado que la perdonaran por todo lo que había hecho y se disponía a admitir. Después, con voz de ultratumba, acabó reconociendo que sí, que, tal y como había dicho Daniel, en el verano de 1975 mantuvo una relación con Guillermo. Todo comenzó los primeros días de julio, cuando tras haber regresado del internado, ella empezó a acompañar a David a la entrada de la casona para recibir o despedir a su nuevo amigo.

Daniel asintió para sí. Aquello confirmaba que Ángeles había mentido en buena parte de su declaración ante la Guardia Civil. Todo apuntaba a que, quizá consciente de que los investigadores se estaban acercando demasiado a la verdad, había decidido echar mano de la historia de su hija y adaptarla a sus propias circunstancias para atraer toda la atención sobre sí. De ese modo, dejaba a Laura libre de sospecha. A salvo. Seguramente no se imaginó que, tras su confesión, los guardias se tomarían la molestia de cotejar su letra con la de aquella carta hallada en el domicilio de la víctima, y por eso, al descubrirlo, se había alterado tanto. Pero si era así, ¿cuánto había de cierto y cuánto de falso en la supuesta confesión de la madre? ¿Y cuánto pertenecía a Ángeles, cuánto a Laura y cuánto a ninguna?

—Antes de eso —continuó Laura con voz tenue—, yo ya había visto a Guillermo alguna vez por la calle, pero no era lo mismo. Nunca llegamos a hablar, y yo era más joven...

—En cambio, cuando lo viste en el portón, te atrajo —concluyó Daniel, recordando lo que Ángeles había declarado en la sala de interrogatorios.

Ella cabeceó, avergonzada, y esa vez no se atrevió a mirar a sus familiares.

—Él... No lo sé. Me hacía sentir...

—¡Pero estabas prometida! ¡Conmigo! —la interrumpió Héctor a voz en grito, y sus palabras proyectaron goterones de saliva que fueron a estrellarse en el suelo—. ¡Llevábamos más de un año juntos! ¡Y te casaste conmigo! ¡Nadie te obligó!

Ella rompió a llorar de nuevo.

—Yo te quería. De verdad... Habías sido mi primer amor, el único. Pero Guillermo... Yo... yo no era más una niña... Quise cancelar el compromiso, pero mi padre...

No pudo acabar la frase.

—Pero todo eso no explica ningún engaño de mi padre, ningún plan —objetó Daniel.

—Él... él se dio cuenta... Desde el principio. Se dio cuenta de que me atraía y... —De repente comenzó a toser, atragantada por su propia saliva—. Empezó... empezó a venir cada vez más al portón, contigo. En cuanto oía el timbre, yo dejaba los apuntes en la mesa y salía con David. Sabía que lo que sentía estaba mal, pero no podía parar, dejar de ir...

Daniel rememoró aquellos encuentros en el portón. Era verdad que aquel verano su padre pasó de acompañarlo a la casona a regañadientes a hacerlo con una actitud muy diferente. En su momento, él lo atribuyó a que con el transcurso del tiempo la situación se había ido normalizando, pero ahora entendía que detrás había mucho más. Que tras las numerosas sonrisas y carcajadas que Laura y su padre intercambiaron delante de él se escondía un lenguaje poderoso y secreto que era imposible que un niño de apenas ocho años advirtiese, y mucho menos interpretase.

—Luego él comenzó a provocar encuentros por Reinosa —continuó lamentándose ella al tiempo que se retorcía las muñecas—. No sé cómo lo conseguía. Yo salía poco de casa, pero cuando lo hacía casi siempre nos cruzábamos y... —Lanzó una mirada de temor a su marido—. Empecé a dudar del compromiso. De toda mi relación con Héctor... —admitió, y entonces una sombra le cruzó los ojos—. Un tiempo después, supe que ese había sido su plan desde el principio.

Daniel la miró perplejo.

—¿Qué quieres decir?

—Que me utilizó desde el primer momento. Su plan era seducirme, dejarse querer e intentar que me enamorara de él para que no me casara con Héctor. Se dio cuenta de que yo me sentía atraída y quiso aprovecharlo para confundirme. Sin propasarse. Haciendo lo justo para que yo, que solo tenía dieciocho años, me lo replanteara todo.

Al escuchar las palabras de Laura, Daniel recordó lo que Ernesto Posadas le había contado la tarde anterior en Casa Vejo. Fue entonces cuando le sobrevino un fogonazo de lucidez y cayó en la cuenta de que todo estaba conectado. Todo. La crisis de Aceros Campoo, la oferta de los alemanes que los Orduña habían tenido sobre la mesa desde antes del verano, la oposición de los trabajadores a que los Suárez entraran en el negocio, la tensión que se vivía por el futuro de la empresa...

—¡Joder! —masculló al tiempo que se llevaba las manos a la cabeza—. ¡Fue por los alemanes!

—¿Los alemanes? —balbuceó Marcos, quien en su día, a diferencia de su hermano, mostró interés en vender sus acciones a ese grupo extranjero vinculado al sector de la automoción.

—Ayer Ernesto me habló de ello, y también se lo dijo a mi abuela hace treinta y dos años, el mismo día que los despidieron a él y a mi padre —farfulló, presa de la excitación.

—Pero ¿el qué? ¿Qué pasa con los alemanes?

Daniel trató de recobrar el aliento.

—Ese verano mi padre le aseguró a Ernesto que tenía un plan para lograr que Lorenzo vendiese la fábrica a los alemanes. —Se volvió hacia Laura—. El plan era ese, ¿no? Seducirte para que anularas la boda. Si eso sucedía, los Suárez se sentirían heridos en su orgullo y seguramente ya no querrían entrar en ningún tipo de negocio. Y entonces la única opción sería vender a los alemanes. Y con ello salvar la empresa. Y el futuro de los trabajadores —añadió al acordarse de lo que su padre le dijo a su madre unas horas antes de que se celebrase la fiesta de pedida en la casona de los Orduña.

Laura asintió.

—Pero ¿cómo llegaste a saber que esas eran las intenciones de mi padre? —inquirió Daniel—. No creo que él te lo dijera, ¿no?

—No, fue Arturo. Tiempo después, cuando Guillermo ya se había suicidado...

—Pero si mi padre no quería propasarse, ¿por qué ibais a Torrelavega? ¿Era necesario?

Ella agachó la cabeza.

—Eso fue más adelante... Cuando él cayó en su propia trampa...

—¿En su propia trampa? —preguntó Daniel, sin disimular su perplejidad.

—Nos vimos varias veces a las afueras de Reinosa —suspiró—. Yo sentía que cada vez estábamos más unidos. Y una tarde... Bueno, nos besamos.

Héctor dio un puntapié al suelo y soltó un grito.

—¡Ya está bien! ¡Lárgate de aquí! —le espetó a Daniel—. No tengo por qué oír esto.

Pero él no estaba dispuesto a dejar aquello a medias. De ningún modo. Lo que no lograba entender era por qué el sargento Blanco y los demás agentes del cuartel estaban tardando tanto en aparecer. ¿Dónde se habían metido?

—A partir de ahí fuimos a más —dijo Laura con voz apagada—. Él me propuso buscar un sitio menos arriesgado, donde nadie pudiera descubrirnos, y entonces me acordé de esa chica de Torrelavega, Cristina. Me inventé que iba a verla, y mis padres no sospecharon nada. Ni siquiera Patricia lo hizo.

Daniel la escrutó con la mente en ebullición.

—Entonces ¿mi padre terminó enamorándose de ti? ¿Es eso lo que estás diciendo?

Ella le devolvió una mirada triste y unos segundos después inclinó la cabeza.

De nuevo, un silencio sepulcral se esparció por el salón.

Daniel apenas podía creer lo que acababa de escuchar y, al mismo tiempo, no podía negar que tenía sentido.

—¿Y cómo puedes estar tan segura de que se enamoró de ti? —dijo entonces Daniel—. ¿Cómo puedes saber que todo, absolutamente todo, no formaba parte de la estratagema de mi padre?

Laura alzó la vista y lo observó con lástima.

—Porque él quería huir. Conmigo.

77

Huir

A Daniel aquellas últimas palabras le helaron la sangre. Se quedó paralizado durante unos segundos, sin acertar a reaccionar. ¿Huir? ¿Estaba insinuando Laura que su padre pretendió abandonarlos, a Ramón y a él, con lo pequeños que eran entonces?

Un torbellino de imágenes se abatió sobre él y lo zarandeó con violencia. De pronto vio a su padre sentado a la mesa con ellos la noche del 1 de septiembre de 1975, en la que resultó ser la última cena que compartieron. Lo contempló comiendo con desgana, eludiendo cada pregunta sobre lo que había estado haciendo esa tarde y, después, mirándolos a Ramón y a él intensamente, con los ojos acuosos. Las palabras que les dirigió a continuación, cuando les dijo con voz afectada que los quería y les pidió perdón por no haber sido mejor padre, ni tampoco mejor marido, resonaron en su mente y, de repente, adquirieron un significado insospechado: de despedida, de disculpa anticipada.

Se acordó entonces de que luego su padre se levantó de la mesa alegando que no quería cenar más y que iba a acostarse. Él se quedó con su madre y con su hermano en la cocina, y, cuando se retiró un momento al baño para orinar, lo oyó hablar por teléfono en la habitación con Jacobo Carranza, un íntimo amigo suyo que trabajaba como obrero en Bilbao y que tenía vínculos con el Partido Comunista. Cerró los ojos un instante y trató de hacer memoria. Recordaba que al adentrarse en el pasillo había captado algo de una frontera y unos compañeros, y que, al pegar la oreja a la puerta, escuchó a su padre discutir con él. «¡Vamos, Jacobo, no me jodas! Tendremos cuidado, ya te lo he dicho». «Venga, fenomenal, allí entonces».

«Allí entonces»... ¿Era posible que aquella noche su padre estuviera planeando una fuga con Laura, como ella acababa de deslizar? ¿Acaso Jacobo y otra gente se mostraron dispuestos a ayudarlos?

De repente, la imagen de las cajas con las pertenencias de su padre le traspasó la mente. Dentro, en una carpeta con varios recortes de periódico, se había topado con un reportaje publicado el 19 de agosto de 1975 en el que se informaba de una ley aprobada recientemente en Francia que despenalizaba delitos como el adulterio y otros semejantes. La respiración se le aceleró. ¿Acaso su padre pretendió cruzar a Francia con Laura y empezar allí de cero, juntos?

—¿Huir? —acertó a repetir Elena, como si no diera crédito a lo que oía—. ¿Pensabas huir con él?

—¡No! ¡Yo no! —gimió Laura, que agitó los brazos para enfatizar su negativa.

La respuesta de la mujer desconcertó a Daniel.

—¿Cómo que tú no? ¿Solo quería huir mi padre?

Laura se agarró del pelo y confesó que, a medida que la fecha de la fiesta de compromiso se acercaba, su desazón fue creciendo. Había descubierto que no estaba enamorada de Héctor o, al menos, no tanto como creía cuando aceptó su propuesta de matrimonio, y estaba decidida a posponer la boda e incluso a romper el noviazgo, pero no sabía cómo hacerlo sin desatar una tormenta. Por otro lado, en su fuero interno era consciente de que la aventura con Guillermo no conducía a ninguna parte y que, más allá del morbo y de la sensación de explorar terreno prohibido, no iba a reportarle nada. Si la descubrían, todo su mundo se derrumbaría, y sabía que aquella relación, además de ser deplorable desde el punto de vista moral, era constitutiva de delito, dado que Guillermo estaba casado. Pero cada vez que él le sugería un nuevo encuentro, ella era incapaz de negarse. Los días iban pasando, y no lograba ni poner fin a la relación con Guillermo ni romper con Héctor. La última semana Guillermo le propuso que se fugaran juntos a Francia. Según él, solo tenían que cruzar la frontera y podrían ser felices, e incluso vivir juntos. Lo único que necesitaban era buscar la manera de salir de incógnito. Ella, tumbada a su lado, estuvo fantaseando con él sobre ello, y cometió el error de darle la impresión de que, llegado el caso, estaría dispuesta a hacerlo. Pero no era verdad: jamás abandonaría a sus padres y a su hermana; no se condenaría a una vida en la clandestinidad, aislada de todo el mundo. Y, en el fondo, tampoco creía que Guillermo fuera a hacer algo así.

—Pero todo terminó precipitándose —dijo con un hilo de voz.

Según contó, el día anterior a la fiesta decidió sincerarse con su madre. No aguantaba más con aquel secreto que la estaba consumiendo. Su madre la escuchó sobrecogida y, cuando finalizó la narración, le prometió que haría todo lo posible por ayudarla a cancelar el compromiso, pero, al mismo tiempo, le hizo ver que jamás podría estar con Guillermo, que aquello era una locura. Le exigió que cortara con él de inmediato, de raíz.

—¿Y lo hiciste? ¿Hablaste con mi padre? —preguntó Daniel.

—Sí, aquella misma tarde. Pero él no se lo tomó bien. Me dijo que me estaba equivocando, que me estaba dejando llevar por los intereses de mi familia y no por los míos. Mi error fue reconocerle que yo no quería terminar lo nuestro, pero que no me quedaba otro remedio. Creo que eso le permitió aferrarse a una esperanza, y por eso al día siguiente, el de la fiesta, actuó de esa manera...

—Pero tú intentaste suspender el acto, ¿no? Yo te oí. Llegué pronto a la casona y te escuché decirle a tu padre que era mejor suspender la celebración. Y que querías cancelar el compromiso.

Ella exhaló un suspiro.

—Sí. Ya lo había intentado la noche anterior con la ayuda de mi madre, después de hablar con Guillermo. Las dos le dijimos que había que anular la fiesta de pedida, que yo tenía muchas dudas, pero él se negó. Se puso hecho una furia. Dijo que no entendía nada y que aquello no eran formas, que no se podía suspender algo así de la noche a la mañana, que menudo ridículo.

—Y no le faltaba razón —masculló Héctor, con los ojos como brasas.

—Pero ¿le hablaste de lo que habías tenido con mi padre? —quiso cerciorarse Daniel.

—No, no, eso no. Mi madre me aconsejó que no lo hiciera. Me dijo que aquello lo hundiría y que, si ya lo había solucionado, era mejor no mencionarlo. Lo que no nos esperábamos ninguna de las dos fue lo que sucedió al día siguiente... Hubo esa protesta y...

—Viste a mi padre. Entre toda esa gente. Antes de que llegara la Guardia Civil.

Laura asintió con la cabeza.

—Sí, y luego apareció otra vez, cuando vino a recogerte. Quise salir al portón, pero mi madre no me lo permitió, y por eso ella te acompañó.

—Ya —contestó Daniel, que no había olvidado aquel momento, ni tampoco lo que Ángeles le espetó a su padre antes de que se marcharan: «No vuelvas jamás, ¿me has entendido? ¡Jamás!».

Comprendió que el enfado de Ángeles no se debía a la participación de su padre en la concentración, como había creído siempre, sino a la relación que había mantenido con Laura.

—Pero luego él regresó de nuevo, ¿no? —murmuró, recordando lo que María Güemes le había revelado esa misma mañana en el cementerio—. Después de haberme dejado en casa.

Laura se lo confirmó y, tras inspirar hondo, le aclaró que en realidad ella no llegó a enterarse. Según dijo, todos se habían retirado a descansar, salvo su padre, que se había metido en su despacho a trabajar, y ella estaba en su habitación, llorando en la cama. Fue su madre quien desde la ventana del dormitorio distinguió a Guillermo más allá del portón, que rondaba por la zona con andares descontrolados, dando vueltas de un lado para otro y aproximándose a la entrada a cada poco, como si hubiera enloquecido, como si de pronto le diera igual que todo quedara al descubierto.

—Y ella salió a hablar con él, ¿no?

—Sí. A pedirle que me dejara en paz y se olvidara de mí —musitó mientras varias lágrimas se le descolgaban del mentón y caían al suelo—. Pero él le respondió que ya no había marcha atrás. Y luego se fue. Sin más. Y entonces todo se torció. Definitivamente.

78
Tiempo

Con tono lúgubre, Laura explicó que, tras aquella conversación con Guillermo, su madre se alteró tanto que en cuanto entró en casa se lo contó todo a su padre.

Daniel pensó que aquello encajaba con lo que María Güemes le había dicho esa mañana: que, después de que Ángeles hubiera salido esa tarde al encuentro de Guillermo, ella la había oído hablar con su marido en el despacho.

—Y por eso Lorenzo despidió a mi padre al día siguiente, ¿no? —dedujo Daniel, cuya mente hervía de actividad—. No fue por la concentración. ¡Fue por vuestra relación!

—Sí —confirmó Laura con voz queda—. Lo hizo a primera hora, y luego yo no tuve más remedio que ir con todos a pasar el día a Fontibre. La única que no vino fue mi madre.

—Porque se sentía indispuesta.

—No. Eso fue lo que dijo, pero la verdad es que se quedó en casa por miedo a que Guillermo volviera.

—Pero no lo hizo.

—No. El que vino fue Arturo. Por la tarde. Lo vi desde el coche cuando regresábamos, cerca del muro.

—Tu madre ha declarado que salió a hablar con él, pero eso no es cierto, ¿no? —conjeturó Daniel.

—No... Salí... salí yo.

—¿Por qué?

Tragó saliva y miró de soslayo a su hija, que apenas se movía y la contemplaba con gesto descompuesto.

—No lo sé... Él era amigo de Guillermo y...

Daniel, que iba siguiendo mentalmente las explicaciones que unas horas antes había dado Ángeles en el cuartel, murmuró:

—Traía un mensaje para ti, ¿verdad? De mi padre. Para que os vierais a las dos y media en los jardines.

Laura se retorció las muñecas.

—Sí...

—Pero ¿cómo iba a pretender mi padre que lo ayudaras a conseguir su readmisión en la fábrica? —preguntó él. Esa era la razón que, según Ángeles, lo había llevado a concertar aquella cita desesperada en mitad de la noche—. Sabiendo lo vuestro —añadió—, me parece imposible que Lorenzo fuera a desdecirse.

Ella le dirigió una mirada cargada de pesar.

—Tu padre no quería ser readmitido, Daniel. Lo que quería... lo que quería era acabar con todo. Huir.

—¿Huir? —repitió él mientras sentía que aquellas palabras volvían a desgarrarlo por dentro—. ¿Esa noche?

Laura se secó el sudor de la frente con el dorso de la mano.

—No, esa noche no. Al día siguiente. Por la mañana.

Al escuchar aquello, a Daniel el corazón le dio un vuelco. Pensó en el billete de tren que había encontrado entre las cosas de su padre. «Salida Reinosa, destino Santander»...

—Me levanté unos minutos antes de esa hora. En realidad, yo no tenía ni idea de lo que quería Guillermo; Arturo no me lo había dicho, y sabía que era peligroso, que podrían descubrirnos, pero tenía que ir... No podía dejar de hacerlo —gimió con voz entrecortada—. Recuerdo que salí al pasillo y pasé por delante de la habitación de mis padres de puntillas. Tenían la puerta abierta, pero parecían dormidos. Mi madre debía de estarlo a la fuerza, porque yo misma le había visto tomar un somnífero unas horas antes, después de la cena.

Daniel ahogó un improperio. ¿Cómo no había reparado antes en ese detalle? Mercedes se lo había mencionado el viernes por la tarde. Según la cocinera, en aquella época Ángeles llevaba unos días muy nerviosa y estaba tomando somníferos para poder conciliar el sueño. Eso demostraba que la esposa de Lorenzo Orduña no pudo estar en los jardines aquella noche y que, por tanto, su declaración en el cuartel había sido desde el principio una gran mentira, al menos en lo referente a lo sucedido la madrugada del 2 de septiembre de 1975.

—Cuando llegué a los jardines, él ya estaba allí —continuó Laura en apenas un susurro que se arrastró por el aire.

—Y Arturo también, aunque al otro lado del portón, ¿no? Mercedes lo vio aquella noche —afirmó él.

—Sí, pero yo eso no lo sabía, y creo que Guillermo al principio tampoco. Por lo que descubrí un tiempo después, Arturo pensaba que lo que pretendía hacer su amigo era una locura, y se lo había dicho varias veces a lo largo de esa tarde. Esa madrugada, cuando le vio salir del portal, intentó disuadirlo por última vez.

—Pero fue inútil, ¿no? —apuntó Daniel, que conocía bien el temperamento y la tozudez de su padre.

—Sí, aunque Arturo no se marchó a casa. Lo siguió.

—Y por eso estaba al otro lado del portón...

—Así es, aunque yo no me di cuenta hasta el final. Cuando salí, vi a Guillermo en los jardines, y él me llevó hacia la zona de la entrada para que nadie nos oyera. Fue allí donde me propuso...

—¿La huida? —aventuró Daniel.

—Sí... Me dio un billete de tren a Santander y me explicó que él tenía otro igual. Dijo que la mañana siguiente era la ocasión perfecta para escaparnos juntos; quizá la única que tendríamos. Ese día, los hombres, incluido mi padre, iban a estar toda la mañana en una cacería, y a mi madre yo podría ponerle una excusa.

De pronto, a la luz de aquellas palabras, la conversación que Roberto Gutiérrez escuchó entre su padre y Arturo la tarde del 1 de septiembre de 1975 a la puerta de la estación adquirió para Daniel todo su sentido: «Tenemos que ser valientes, es ahora o nunca». Al emplear la primera persona del plural, su padre no se estaba refiriendo a Arturo, como él había creído al principio, sino a Laura, con quien pensaba fugarse.

—Entonces mi padre nunca tuvo intención de ver a ese abogado de Santander —murmuró, casi hablando consigo mismo—. Era mentira.

Laura le rehuyó la mirada.

—Eso se le ocurrió a Guillermo para ganar tiempo. Cuando tu madre empezara a extrañarse por su ausencia, Arturo le diría que él había ido a Santander a consultar a un abogado y que tardaría en volver. Aquello, en teoría, la tranquilizaría, pero, por si ella decidía hacer alguna comprobación, Guillermo dejó reservada la cita. Así, si llamaba a ese despacho, le dirían que aún no había llegado, o que se había retrasado, o que al final no se había presentado. Daba igual. Ella esperaría a que Guillermo regresara, y nosotros ganaríamos tiempo —repitió.

—Pero ¿tiempo para qué? —inquirió Daniel, y el recuerdo del recorte de periódico que estaba entre las cosas de su padre se agitó en su mente.

La mujer tardó unos segundos en responder.

—Para llegar a Francia.

—¿A Francia? —gimió entonces Elena espantada.

Laura agachó la vista.

—La idea... la idea de Guillermo era que en la estación de Reinosa yo comprara un billete a Torrelavega y que después me subiera al tren. Ese tren, en el que también iría él, tenía varias paradas, y la última era en Santander, donde nos bajaríamos. Lo que tu padre quería era que, al principio del trayecto, cuando el revisor se me acercara, yo no le enseñara el billete a Torrelavega que había comprado minutos antes, sino el que él me había dado la noche anterior, el que me permitía llegar a Santander. De ese modo, los dos conseguiríamos viajar hasta Santander, pero, cuando mis padres se preocuparan por mi desaparición y se pusieran a investigar, si iban a la estación a preguntar, lo único que podría decirles el chico de la ventanilla era que yo había comprado un billete a Torrelavega. Y allí me buscarían.

—Pero tu madre sabía que lo de Cristina Cobo era una farsa, ¿no? —objetó Daniel—. Habría adivinado fácilmente que no estabas con ella.

—Sí, pero en cualquier caso les costaría seguir mi rastro. Y, mientras tanto, ya habríamos llegado a Santander y allí nos habría recogido el amigo de Guillermo, Jacobo Carranza, que nos estaría esperando con su coche al pie de la estación. Él trabajaba en una fábrica de Bilbao en el turno de noche y salía a las ocho de la mañana, así que, en teoría, dispondría de margen suficiente: en aquella época el viaje por carretera de Bilbao a Santander duraba unas tres horas. Luego nos llevaría directamente a la zona de Irún, para cruzar la frontera con la ayuda de unos exiliados del Partido Comunista que vivían en Francia.

Daniel se clavó las uñas en las palmas de las manos.

—Entonces mi padre iba a abandonarnos... Iba a hacerlo ese día.

Laura lo miró con abatimiento, pero no contestó.

—Sin embargo, no llegasteis a coger ese tren —musitó él—. ¿Qué fue lo que pasó aquella noche?

La mujer comenzó a temblar y un rictus de sufrimiento curvó su boca.

—Yo... Él no contaba con que yo me negaría —murmuró, y sus ojos se llenaron de lágrimas—. Era una locura... ¿Qué íbamos a hacer los dos en Francia, suponiendo que no nos detuvieran en la frontera? Pero él no lo entendió. Me dijo que lo había arriesgado todo por mí y que lo había perdido todo. Me suplicó que estuviera en la estación al día siguiente. Y «de pronto» vimos a mi padre.

79

Culpable

—Tuvo que despertarse cuando pasé por delante del dormitorio, o quizá ya estaba despierto, no lo sé. Apareció de repente. Corriendo y… con un revólver. Llevaba un revólver en la mano.

—¿El del disparo? —preguntó Daniel, perplejo, recordando lo que el teniente Alcalá le había contado en la comandancia sobre el permiso de armas que Lorenzo había solicitado días atrás por los anónimos que estaba recibiendo, y que no le llegaron a conceder.

Laura hizo un asentimiento con la cabeza.

—Entonces no era de mi padre —concluyó él.

—No. Era del mío… Se lo había conseguido un amigo del ejército unos días antes, para que pudiera defenderse. Solo lo sabíamos mi madre y yo…

—Pero ella mintió sobre eso, dijo que era de mi padre. Y él también lo confesó. Y hasta aseguró que las huellas que habían aparecido eran del amigo que se lo había dado.

Cuando estaba terminando la frase, una idea lo asaltó y lo sacudió por dentro. ¿Era posible que…? No, aquello no podía ser. La respiración se le desbocó, y tuvo que colocarse la mano en el pecho para controlarse. Estudió el rostro de Laura. Vio que ella se estaba mordiendo el labio inferior con tanta fuerza que se hizo sangre, y entonces tuvo la certeza de que la verdad cada vez estaba más cerca.

—Esas huellas sin identificar… Las huellas de la tercera persona… ¿Fuiste tú? ¿Tú cogiste el revólver esa noche?

La conversación quedó suspendida en un silencio aterrador, solo interrumpido por los sollozos de la mujer. A unos metros, sus familiares la miraban estupefactos, con el rostro deformado en una mueca que mezclaba incredulidad y pánico.

—Él iba a matarlo… —gimoteó Laura al fin, y se tiró de los cabellos con desesperación—. Iba a matarlo…

—¿Quién? —la presionó Daniel—. ¿Quién iba a matarlo?

—Mi padre… ¡A Guillermo!

A continuación, entre lágrimas, les describió cómo Guillermo se había arrojado sobre Lorenzo antes de que este se decidiera a disparar, lo que provocó que el revólver saliera volando y se estrellara contra el pavimento del sendero. Después los dos rodaron por el suelo e intercambiaron patadas y puñetazos hasta que, en una de esas acometidas, Guillermo quedó boca arriba y Lorenzo se colocó a horcajadas sobre él.

—Mi padre consiguió inmovilizarlo y empezó a golpearle —murmuró Laura—. Una y otra vez… Era imposible pararlo. Iba a matarlo…

Daniel, con el pulso acelerado, le preguntó a bocajarro:

—¿Y disparaste? ¿Fuiste tú la que disparó?

—No, no… ¡Yo no! —gritó Laura, y cayó de rodillas como si un rayo la hubiera fulminado—. ¡Fue un accidente!

Él la observó con asombro.

—¿Un accidente?

—Yo… Sí, yo cogí el revólver… ¡Pero solo lo golpeé en la nuca! ¡Nada más! ¡Para que parara, para que no lo matara!

—Pero Lorenzo murió de un disparo, no de un golpe. ¿Qué pasó?

—¡Él se revolvió! —gimió, y soltó un alarido—. Él… él dejó a Guillermo en el suelo y luego… luego se abalanzó sobre mí. Para quitarme el arma… Me agarró del brazo. Me gritó que le diera el revólver, que iba a acabar con él…

—¿Y le pegaste un tiro? ¿A tu padre? —intervino Héctor lívido.

—¡No! ¡No! Pero me estaba agarrando, me estaba haciendo daño. Y yo… Apreté el gatillo sin querer… —reconoció al fin, y comenzó a convulsionar de nuevo—. Yo…

La voz se le apagó, y de pronto el salón quedó en completo silencio.

Daniel apenas podía reaccionar. Acababa de descubrir que su padre había cargado con un crimen que en realidad no había cometido.

—Entonces tú... tú lo mataste —consiguió balbucear él, sobreponiéndose al estupor.

Laura echó la cabeza hacia atrás y clavó la mirada en el techo, como si buscara allí un refugio. La lámpara proyectó de lleno su chorro de luz sobre el rostro de ella, y los mocos, mezclados con las lágrimas y el sudor, brillaron en esa tarde aciaga.

En ese momento, Elena se llevó las manos a la cara y, tal y como había hecho su madre, se precipitó al suelo.

—¿Tú mataste al abuelo? —inquirió con un hilo de voz, como si no pudiera dar crédito a lo que había escuchado—. ¿Lo mataste y dejaste que Guillermo cargara con la culpa?

—Fue sin querer... —se apresuró a contestar la mujer al tiempo que juntaba las palmas de las manos suplicando perdón—. Yo no quería... Tienes que entenderlo, cariño. ¡Fue un accidente!

Como respuesta, la chica enterró aún más el rostro en las manos y se deshizo en plañidos. Su padre, cariacontecido, fue hasta ella, se agachó y la apretó contra sí mientras le acariciaba el pelo. A la vez, miraba a su mujer igual que a un monstruo, horrorizado por un pasado que, como Daniel, jamás podría haber imaginado.

Fue precisamente Daniel quien tomó de nuevo la palabra, ya sobrepuesto a la conmoción inicial y decidido a forzar aún más a Laura.

—Y después de dispararle, te escondiste en tu habitación, ¿no? Fuiste por detrás y subiste por las escaleras exteriores.

Ella, que todavía permanecía de rodillas, se levantó despacio y, sin dejar de observar a su hija con aire lastimero, musitó:

—Sí... Guillermo me lo dijo. Yo no sabía qué hacer...

—Ya. Y mientras tanto él fue hacia el muro con el revólver. Para escapar. Con Arturo.

—Sí... —reconoció Laura mientras se pasaba los dedos por los labios para limpiarse la sangre de la herida que se había provocado minutos antes.

—Y luego, cuando los empleados de la casa llamaron a la Guardia Civil y viste que lo detenían, te quedaste callada. Dejaste que se lo llevaran —le dijo Daniel con tono gélido.

Laura se mordió el dedo índice y apretó para contener una nueva cascada de lágrimas.

—¿Y qué podía hacer? ¿Cómo iba a contar que nos estábamos viendo en secreto y que había sido un accidente? ¡Nadie se lo habría creído! ¡Y lo habría destapado todo! —Se detuvo unos instantes para recobrar el aliento—. Esa noche hablé con mi madre, cuando nos quedamos solas, y le confesé la verdad. Ella me pidió que no dijera nada y esperara.

—¿Que esperaras a qué?

—A ver qué hacía Guillermo, a ver qué versión daba. Si yo hablaba, podíamos contradecirnos. Y entonces no habría salida posible.

—Pero si solo ibas a esperar, ¿por qué le dejaste esa carta a Arturo?

—Porque él estaba al tanto de lo que había ocurrido, era el único testigo que teníamos...

—¿Y por qué no hablaste con él en persona?

—¡Porque no podía! ¡No podía arriesgarme! Mercedes le había asegurado a la Guardia Civil que esa noche había un hombre fuera, en la calle, y a poco que se informaran, sospecharían de él. Y si alguien nos veía juntos...

—¿Y se lo dijiste a tu madre? ¿Le dijiste que ibas a llevarle a Arturo esa carta?

—No, ella no sabía nada. Me inventé que había quedado con Patricia.

Daniel se mantuvo callado un instante. Acababa de reparar en que el viernes Mercedes le había contado lo mismo: que Laura había salido de casa el martes para estar con Patricia. Sin embargo, la propia Patricia le había dicho que ella no vio a Laura hasta el miércoles, cuando fue a la casona a darle el pésame.

—Pero Ángeles conocía la existencia de la carta.

—No, no. Ella no sabía nada —repitió la mujer.

—¡Claro! —dijo Daniel, pensando en voz alta—. Por eso hoy

en el cuartel, al verla y reconocer tu letra, se ha puesto tan nerviosa y ha confesado. Ha deducido cuándo la escribiste y para qué, y se ha dado cuenta de que, si la Guardia Civil seguía investigando, acabaría descubriendo la verdad. Ha querido protegerte. Igual que hizo mi padre...

Elena soltó un lamento y miró a Daniel. En sus ojos él creyó distinguir una súplica: que acabara ya, que pusiera fin a aquel tormento. Pero él no podía parar. Tenía que seguir hasta el final, recomponer los pedazos que aún faltaban de aquellos días. Formar la imagen completa. Sin cabos sueltos. Saber toda la verdad. La verdad de los Orduña. Y la verdad de su padre.

—¿Y Arturo no se puso en contacto contigo después de recibir esa carta?

Laura se arrebujó en su chaqueta.

—No, no vino ni dio ninguna señal, y yo pasé tres días horribles. No me atrevía a nada más... Tenía pánico a que alguien nos descubriera juntos, y mi madre me decía que ni se me ocurriera ir a verlo.

—Hasta que, de repente, mi padre confesó y se suicidó, ¿no?

La mujer asintió y los ojos volvieron a llenársele de lágrimas.

—La mañana del sábado mi madre vino a decírmelo y yo... Yo... Aquello me destrozó. Durante días no pude ni moverme de la cama... No entendía nada...

—Pero te callaste. No quisiste aclararlo —apuntó Daniel cortante.

—¡Yo quería confesar! No deseaba que él quedara como un asesino. Pero mi madre... Ella me convenció. Fue a hablar con Arturo, en la fábrica, donde no levantaría sospechas, y él...

—Él le reveló lo que mi padre le había hecho prometer en el locutorio, ¿no?

—Sí. Y por eso no conté la verdad... —gimió—. Mi madre me lo dijo... Me dijo que Guillermo lo había decidido así, y que tendría que vivir con ello.

Daniel le lanzó una mirada cargada de rencor.

—¿Y qué pensabas cuando todo el mundo nos pisoteaba? Qué pensabas, ¿eh? ¿Cómo pudiste tolerarlo, sabiendo la verdad? ¿No te sentías una miserable? —gritó, e hizo un aspaviento—. Y tu madre, que estaba al corriente de todo, encima se permitía tratarnos como si fuéramos escoria... ¿No te daban arcadas?

Laura cerró los ojos, como si no pudiera soportar el peso de aquellas pupilas que la taladraban.

—¡Yo os admiraba! —explotó Daniel, y, por primera vez desde que David estrelló sus puños contra él aquella mañana de 1975, sintió que se descargaba de la culpa que arrastraba, como si se hubiese abierto en su interior una compuerta y, con cada grito, el dolor saliera a borbotones—. Cada día de aquel verano, nada más despertarme, lo único que quería era venir corriendo a la casona para estar aquí con David, con vosotros, como uno más. No sabes lo que fue para mí creer que mi padre os había hecho eso, que había matado a Lorenzo... —añadió, y una nube de lágrimas le inundó las córneas—. Me he sentido como un puto desgraciado desde que tenía ocho años. He vivido más de tres décadas odiando todo esto, odiando mi apellido, este lugar, mis recuerdos, sintiéndome inferior, con una deuda que jamás podría pagar. Y ahora... ahora descubro que todo era una mentira. Una gran mentira.

80

Matar

Laura tragó saliva.

—Daniel, yo... —gimoteó.

—Ya.

—¡Es cierto! —chilló, y comenzó a bracear—. Unas semanas después estuve a punto de hacerlo, de confesarlo todo. Fui a ver a Arturo. Yo sola. Sin avisar a mi madre. Fue una tarde, a la salida de la fábrica. Le dije que no podía más. Que ese silencio me hacía sentir aún más culpable. Le propuse que confesáramos los dos, que explicásemos que había sido un accidente y así pondríamos fin a todo. Pero él tenía muy reciente la promesa que le había hecho a Guillermo y trató de disuadirme. Yo llegué a decirle que si no lo hacía él, lo haría yo, pero...

—Qué.

Ella tomó una bocanada de aire.

—Arturo me contó la verdad.

—¿Qué verdad?

—La verdad sobre las intenciones que había tenido tu padre —murmuró, y en sus ojos destelló una cólera dormida—. Su idea de manipularme, de engañarme para que los alemanes se hicieran con la empresa. Aquello... aquello fue horrible. Me hundí cuando lo supe. Por mucho que luego se hubiera enamorado de mí, lo que había hecho era tan vil, tan... —Apretó los dientes y se secó las mejillas—. Entonces cambié de idea. No tenía sentido destruir mi vida por alguien así, que había jugado conmigo. Además, si él no hubiera aparecido aquella noche...

El modo en que Laura intentaba justificarse, llegando casi hasta el extremo de presentarse como una víctima, a Daniel le resultó nauseabundo. Tuvo que esforzarse para controlar el tono y no ceder al deseo de gritar desaforadamente.

—Pero Arturo también acabó cambiando de idea, ¿no? —repuso mordaz—. Hace unos días. Y no era la primera vez que amagaba con descubrirlo todo.

Laura lo miró con espanto.

—Sí, ¡pero yo no lo maté! —se apresuró a replicar, adivinando lo que le rondaba a Daniel por la cabeza—. ¡Lo juro! ¡Yo no tuve nada que ver!

Por el modo en que lo dijo, Daniel tuvo la sensación de que en esa ocasión la hija de Lorenzo Orduña no mentía, pero ¿y si era la enésima pose, otra actuación de aquella mujer tan acostumbrada a falsear la realidad y a continuar con su vida como si nada hubiera sucedido? Era cierto que la Guardia Civil no disponía de ninguna prueba que la situara en el piso de Arturo la madrugada del crimen; tampoco de que se hubiera confabulado con su madre para envenenarlo, pero ¿cómo se explicaba que algo así hubiera sucedido sin que ella participara de algún modo, o incluso sin que lo supiera? Aquello se le antojaba imposible.

Daniel lanzó un vistazo a la familia de Laura. Todos la observaban con el semblante desencajado y jadeaban como si llevaran un buen rato corriendo o subiendo una pendiente. En realidad, pensó, aquella iba a convertirse en la pendiente más empinada de su vida; una pendiente que tal vez nunca serían capaces de superar.

—¿Pretendes que me crea que no sabías nada, que tu madre actuó por su cuenta? —le espetó entonces a Laura, tratando de disimular las dudas que lo asaltaban.

—¡Yo no lo sabía! —gritó despavorida, y buscó con la mirada a su hija—. ¡No soy una asesina! Tienes que creerme. Por favor... —gimió, y juntó de nuevo las manos a modo de súplica.

Elena apartó la vista. Todo el cuerpo le temblaba.

—¿Y qué sucedió entonces? —preguntó Daniel, dispuesto a escuchar.

Laura se pasó la mano por el pelo e inspiró profundamente.

—Fue la tarde del sábado, durante el paseo que mi madre y yo solemos dar a esas horas —murmuró, y Daniel asintió para sí, recordando que Patricia ya le había hablado de esos paseos—. Él conocía el trayecto que normalmente hacemos. En realidad, aquí lo conoce casi todo el mundo. Y nos esperó en un punto del camino.

—Y os dijo que iba a confesar, ¿no?

Ella dejó caer la cabeza con patetismo.

—Estaba muy alterado. Incluso se le formaba espuma en la boca. Parecía enfermo... No paraba de repetir que ya no podía soportar más ese silencio y que le daba igual aquel estúpido juramento: si no yo contaba la verdad al día siguiente, lo haría él.

—Y por eso tuvisteis que matarlo, ¿no? —insistió Daniel al tiempo que estudiaba la reacción de la mujer.

—¡No, no! —gimió ella mientras se llevaba las manos a las sienes y se arañaba la piel—. Yo no sabía qué hacer, pero jamás se me pasó por la cabeza matarlo. A ratos pensaba en plantarme en el cuartel esa misma tarde y otros... —Sacudió la cabeza—. No lo sé, estaba en un callejón sin salida. Además, al día siguiente teníamos una comida, y estarían aquí toda mi familia y nuestros amigos...

—Y tu madre, ¿qué te dijo?

—Que no hiciera tonterías. Que teníamos que pensarlo bien. Me pidió que por el momento aparentáramos normalidad. Hasta el domingo.

—Y le hiciste caso. Una vez más.

—Sí... En la cena aguanté como pude y al acostarnos... Bueno, acordamos reflexionar sobre ello por separado durante la noche y hablarlo por la mañana.

—Y mientras tú dormías, ella fue a solucionar el problema, ¿no? —musitó Daniel, que, por más que se esforzaba, no lograba advertir en el semblante de Laura señal alguna de que estuviera mintiendo.

—Yo la creí. Estuve toda la noche dando vueltas y cuando me levanté... Ella estaba en la cocina, desayunando. Me miró con una expresión muy rara. La noté nerviosa, pero a la vez parecía como si se hubiese quitado un peso de encima. No sé cómo describirlo... Me llevó a la biblioteca y entonces... —Se estremeció—. Entonces me dijo lo que había hecho.

81

Detención

En ese momento, la puerta principal crujió y se oyeron unos pasos apresurados. Unos segundos después, Herrera y Alcalá irrumpieron en el salón seguidos de dos agentes.

El teniente fue directo hacia Laura, y la espalda de la mujer se combó como si hubiera recibido un latigazo.

—Señora, queda usted...

—¡Yo no lo maté! ¡Yo no sabía nada! —chilló ella, y comenzó a mover los brazos descontroladamente.

El teniente le indicó con un gesto que se calmara.

—Podrá explicárnoslo en el cuartel, pero ahora tiene que...

—¡Nooo! ¡Nooo! Por favor, no...

—¡Estese quieta! No nos obligue a esposarla. ¿Es eso lo que quiere?

Las palabras y el tono empleado por Alcalá lograron su objetivo: tras un último aspaviento, Laura dejó de moverse y se encogió sobre sí misma, como un pájaro que plegara las alas.

—Yo...

El teniente alzó la mano para hacerla callar y, después, con tono monocorde, la informó de su detención y de los derechos que la ley le reconocía.

—Navarro, Gómez, llévenla al coche —agregó con aire marcial.

Los agentes, ambos hombres y de unos treinta años, se aproximaron a ella. Cada uno la cogió de un brazo, por si oponía resistencia y tenían que esposarla, pero, por fortuna, no fue necesario. Laura dejó caer la cabeza en señal de rendición y, con la vista pegada al suelo, echó a andar hacia la salida. En su camino no se volvió en ningún momento hacia sus familiares, quizá consciente de que en sus rostros solo hallaría repulsa y dolor.

La puerta principal se cerró con un golpe seco, y el teniente carraspeó. Miró a Héctor.

—Sé que es una situación difícil y que tendrán muchas preguntas, pero necesitamos que nos dejen unos minutos a solas con Daniel. Enseguida les avisaremos.

Héctor exhaló un suspiro y enfiló hacia el recibidor, cabizbajo. Marcos lo siguió de inmediato, pero Elena, con los labios exangües, se mantuvo inmóvil durante unos segundos. Le dirigió a Daniel una mirada cargada de pesar y por un instante pareció que fuera a murmurar algo. Sin embargo, al final la chica no dijo nada y acabó abandonando el salón precipitadamente.

Alcalá, con paso lento, fue a cerrar la puerta. Después se giró hacia Daniel y entrelazó las manos.

—Le pido disculpas. Aquel verano, Losada y yo nos equivocamos.

Daniel sacudió la cabeza.

—No hay nada que disculpar.

El teniente inclinó el mentón ligeramente.

—Ahora ya conoce la verdad de lo que ocurrió. Y en buena medida ha sido gracias a usted mismo. Antes ha estado brillante —dijo, y la cabo Herrera lo secundó con un asentimiento.

Daniel no supo qué contestar. No sentía que mereciera ninguna felicitación. Por lo pronto, necesitaba estar solo y pensar en todo lo que había vivido y descubierto en las últimas horas.

—¿Qué será de Laura? —preguntó.

Los dos guardias intercambiaron una mirada. Fue Alcalá el que tomó la palabra.

—De momento, vamos a interrogarla. Y luego ya veremos. Por cierto, ¿tiene a mano el billete de tren de su padre? Lo necesitaremos para el atestado.

Daniel le respondió que lo tenía en su habitación, sobre el escritorio.

—Mañana le llamaré para que nos lo traiga al cuartel, ¿de acuerdo?

—No hay problema.

—Bien. —El hombretón se levantó unos centímetros la manga de la cazadora y echó un vistazo a su reloj—. Ahora márchese a casa, con su familia. De todo lo demás ya nos encargamos nosotros. Ah, y no se pare a hablar con los periodistas que hay en la calle, por favor. No les diga nada.

—¿Periodistas?

—Hace unos minutos había varios, y calculo que ya habrán llegado más.

—Pero ¿cómo...?

—Alguien debió de vernos esperando en los jardines. Mientras Laura terminaba de confesar. Y les ha dado el chivatazo. No les haga caso, ya hablaremos nosotros con ellos. Usted vaya directamente a ver a su hermano. No sería justo que se enterara de esto por los medios, ¿no cree?

Daniel comprendió que, con esas palabras, el teniente le daba permiso para contarle toda la verdad a Ramón. Murmuró un agradecimiento, y los dos le sonrieron.

En el vestíbulo se topó con los familiares de Laura, que se hallaban de pie junto a la cómoda, esperando. Los tres seguían deshechos. Tenían la piel cetrina y los párpados abultados, y solo Elena reaccionó ante su presencia. Primero lo observó intensamente, con los ojos llorosos, y luego se acercó a él y buscó cobijo en su pecho, tal y como había hecho en los jardines hacía algo más de una hora. Daniel la abrazó con fuerza y, por un momento, mientras la chica sollozaba, le pareció ver en ella el reflejo de su propia desgracia, treinta y dos años después. Esperaba que fuese lista y no cometiera sus mismos errores.

Tras unos segundos, le enjugó varias lágrimas y se separaron. Se despidieron con una última mirada, y él salió a los jardines.

Los flases de varias cámaras de fotos destellaron en la oscuridad.

82

Caso cerrado

Mañana del martes 27 de noviembre de 2007

Daniel estaba terminando de desayunar. La noche anterior se había dormido tarde, y cuando se despertó eran ya las diez y media. Para entonces ya no quedaba nadie en el piso; su hermano y Silvia debían de estar en la librería, e Isabel, en el colegio.

Se había llevado un par de galletas y la taza de café a su habitación, y en el ordenador tenía abiertas varias pestañas con la edición digital de diversos periódicos. Sin embargo, hacía unos cuantos minutos que no les prestaba atención. No podía dejar de pensar en lo sucedido el día anterior y, en concreto, en la entereza con la que su hermano había digerido toda la verdad sobre su padre y los Orduña. Por la noche, nada más regresar de la casona, les pidió a él y a Silvia que lo siguieran al salón y allí, sentados en el sofá mientras Isabel permanecía en su habitación, les desveló todo lo acontecido. Fueron más de dos horas de narración durante las cuales el rostro de Ramón fue mudando del estupor a la ira, de la ira a un efímero abatimiento, y luego a la resignación. Durante el relato, no hizo ningún comentario, pero a Daniel no le resultó difícil adivinar lo que sentía en cada momento.

«No le dediques más pensamientos a esto. No merece la pena». Eso fue lo que Ramón le dijo cuando él dejó de hablar, como si con ello pretendiera dar por cerrado el asunto. Acto seguido, se acercó, le pasó una mano por los hombros y, apretándole la parte trasera del cuello, añadió en un susurro: «Estamos aquí. Juntos. Y eso es lo que importa».

Daniel dio un pequeño sorbo y se recordó a sí mismo asintiendo ante las palabras de su hermano. Ramón tenía razón, se dijo. No merecía la pena.

Echó otra ojeada a la prensa. Por lo que había podido comprobar, no solo los medios regionales se hacían eco de la detención de Ángeles y Laura; también los nacionales aludían a ello. Y aunque a los periodistas aún les faltaban algunos detalles, en las publicaciones se analizaban pormenorizadamente ambos casos y el nexo que supuestamente los unía: la relación secreta entre Laura Orduña y Guillermo Somoza; una historia de amor que había permanecido oculta durante décadas y que, al parecer, no solo permitía esclarecer la muerte de Arturo Vallejo, sino que también daba un vuelco al denominado «caso Orduña», en el que se había culpado a un inocente.

Esas noticias eran las que habían motivado que su amigo Álex lo hubiera llamado exaltado hacía algo más de media hora. Daniel había tardado varios minutos en calmarlo y hacerle ver que todo estaba solucionado y que se encontraba bien. Luego le había anunciado la decisión que había tomado la noche anterior, tumbado en la cama: volvería a Madrid en breve, quizá esa misma tarde, en cuanto el teniente le confirmara que la investigación estaba cerrada.

Para hablar con Aldaya.

Para recuperar lo que había estado a punto de perder para siempre.

Álex había reaccionado celebrándolo, y después se habían despedido con la promesa de verse muy pronto en aquellos pasillos enmoquetados.

Daniel estaba apurando el café cuando su teléfono comenzó a vibrar sobre la mesa. Por un instante pensó que podría ser Marta, pero en la pantalla leyó el nombre de Alcalá. Descolgó.

—Buenos días, teniente.

—¿Está en casa?

—Sí.

—Necesitamos que nos traiga el billete de tren. Pero no al cuartel.

—Ah, pues donde usted di...

—¿Puede venir al juzgado?

A Daniel aquella petición le extrañó.

—¿Al juzgado?

—Sí. Ya hemos puesto a Laura y a Ángeles a disposición judicial. Solo falta el billete para unirlo al atestado como anexo. Con eso terminamos nuestra parte.

—Deme quince minutos.

—De acuerdo.

Daniel se metió a toda prisa en la ducha y poco después se dirigió hacia el alargado edificio de color blanco que acogía la sede de los juzgados en Reinosa.

Un guardia civil apostado a la entrada, que ya estaba informado de su llegada, lo condujo directamente al fondo de un largo pasillo donde Alcalá y Herrera estaban charlando.

Daniel se les aproximó y les tendió el billete. El teniente lo cogió con cuidado y le dio las gracias.

—No se marche, por favor. Enseguida estaremos con usted —dijo, y acto seguido llamó con los nudillos a la puerta de madera que tenían enfrente.

Al otro lado se oyó una voz femenina que dijo «Pase», y los dos agentes desaparecieron en el interior de lo que a Daniel le pareció un despacho.

Unos minutos más tarde, los guardias regresaron al pasillo.

—Ya está —anunció Alcalá—. Solo falta que su señoría les tome declaración. Aunque nos ha adelantado que tiene clara la decisión.

Daniel lo miró interrogativamente.

—Prisión provisional para Ángeles —le reveló el teniente—. Y Laura quedará en libertad.

A Daniel aquello no le sorprendió.

—Porque no hay pruebas contra ella, ¿no?

—Así es. No tenemos ni un solo indicio de que estuviera involucrada en el plan para envenenar a Arturo. El crimen la benefició, sí, pero... Anoche nos negó que participara o tuviera algo que ver. Y Ángeles lo corroboró: nos aseguró que actuó por su cuenta porque sabía que su hija se opondría.

—La verdad es que ayer no me dio la impresión de que Laura mintiera —admitió Daniel.

—A nosotros tampoco nos lo parece —intervino la cabo Herrera.

Alcalá secundó la afirmación de su compañera con un gesto y luego apuntó:

—Respecto a lo ocurrido en el año setenta y cinco, como ya le comenté el domingo en la comandancia, cualquier delito de esa época ha prescrito. Da igual que el disparo que realizó Laura fuera o no un accidente. Ha pasado mucho tiempo y no se la puede juzgar por aquello. Por cierto, hemos cotejado sus huellas con las que quedaron sin identificar en el revólver. Coinciden.

—Entonces todo está aclarado, ¿no? —quiso asegurarse Daniel.

—Bueno, aún está pendiente todo el proceso judicial contra Ángeles por lo de Arturo, pero sí, entre las pruebas y la confesión..., puede dar ambos casos por cerrados —dijo Alcalá con satisfacción—. Ahora solo nos queda esperar al abogado. Nos acaba de decir que está reunido con la familia y que llegará en unos minutos.

Daniel asintió y vio que Alcalá le tendía la mano y le sonreía.

—Ha sido un placer, Daniel. De verdad. Cuídese mucho.

Comprendió que había llegado el momento de despedirse y que probablemente ya no volverían a coincidir. Intercambió con el hombre un apretón y luego hizo lo mismo con la cabo Herrera. Les devolvió la sonrisa.

—Gracias por todo. Y cuídense ustedes también.

83

Un abismo

Daniel pasó por delante del agente que custodiaba la entrada y se dispuso a abandonar el edificio. Ya estaba franqueando la puerta cuando reparó en un hombre rubio que en ese momento se dirigía hacia los juzgados.

David...

Sus rasgos habían cambiado, se le habían endurecido, pero esos ojos grises... esos ojos eran los mismos.

Al verlo, una náusea le subió por la garganta, y de pronto tuvo la sensación de que a su alrededor la temperatura caía de golpe y todo avanzaba más despacio, como si el tiempo se estuviera congelando. Sintió el impulso de apartar la vista, de desviarla al suelo para fingir que no se había fijado en él, pero, tras meditarlo, se obligó a no hacerlo.

David caminaba distraído junto a un tipo que, por su atuendo y el maletín que llevaba en la mano, a todas luces parecía abogado. Probablemente fuera el mismo al que estaban aguardando los guardias civiles y la jueza.

Daniel jamás habría esperado encontrarse con el sobrino de Lorenzo Orduña allí, al pie de los juzgados y en esas circunstancias, y se figuró que él tampoco, puesto que, en cuanto se percató de su presencia, David se sobresaltó y frenó en seco. El letrado, extrañado, giró el cuello hacia su acompañante en busca de una explicación, pero no obtuvo respuesta.

Los dos antiguos amigos se estaban mirando fijamente, como si se calibraran.

Y así permanecieron unos instantes, hasta que David bajó la cabeza.

Luego, ambos reemprendieron el camino y unos segundos después se cruzaron sin decirse nada, separados por un abismo.

84

Volver

Eran las cinco y media de la tarde cuando Daniel abrió el coche e introdujo su equipaje en el maletero.

—Antes he hablado con Marta —le dijo en un susurro a su hermano, que se encontraba a su lado—. Me ha llamado mientras echabais la siesta.

Ramón lo estudió con detenimiento.

—¿Y qué te ha dicho?

Daniel cerró el maletero y se apoyó en la carrocería rayada mientras esperaban a que Silvia e Isabel bajaran a despedirse.

—Que lo ha leído todo en la prensa. Y que estará ahí para lo que necesite. —Hizo una pausa, y a continuación aclaró—: Como amiga.

Su hermano guardó un elocuente silencio, y Daniel se metió las manos en los bolsillos.

—Dice que no puede dar marcha atrás. No después de todo.

Ramón suspiró y le palmeó el hombro con delicadeza.

Unos segundos más tarde, la puerta del portal se abrió e Isabel, que se había soltado de la mano de su madre, corrió hacia su tío. Lo abrazó por la cintura.

—¡Vuelve pronto, tío Dani!

—En unos días —prometió él.

—¡Eso, eso!

Pasaron varios minutos despidiéndose junto al vehículo, hasta que Daniel arrancó el motor y agitó la mano por última vez.

Condujo con lentitud por la avenida La Naval y, antes de torcer hacia la calle Julióbriga, se tomó un momento para encender un cigarrillo y cambiar de canción.

Las notas del piano de Bill Evans se esparcieron por el habitáculo y le trajeron el recuerdo del viaje que había hecho cuatro días antes, con la misma melodía de fondo, pero en unas circunstancias bien diferentes.

Dio una calada y miró por el retrovisor interior.

Se marchaba de allí. Pero no huía.

Agradecimientos

A Toni Hill y al equipo de profesionales de Grijalbo y Penguin Random House, por confiar en mí y en esta historia, por su cercanía, su entusiasmo, sus valiosos consejos y el cariño y el esfuerzo que han puesto para que la novela llegara a los lectores de la mejor manera posible.

A mi madre, por estar ahí en todo momento, apoyándome de manera incansable y con la mayor de las ilusiones.

A mi padre, por sus útiles observaciones y comentarios, por creer en mí y por transmitirme desde bien pequeño la pasión por la lectura.

A mi hermana, mi mayor fan, por sus ánimos y los buenos ratos que pasamos cada vez que nos vemos. Aunque últimamente nos resulta más difícil coincidir, la tengo muy presente.

A Pilar, por estar a mi lado, por su complicidad y por sus palabras de aliento que siempre me hacen avanzar. Toda mi gratitud también por acompañarme a descubrir escenarios para mis historias. Así encontramos, casi por casualidad, la avenida La Naval.

A mis abuelas, tíos y primos, por arroparme y emocionarse con esta aventura.

A mi amigo Tomás, que desde que éramos niños siempre confió en que algún día escribiría novelas.

A Diego, por su amistad y su generosidad al resolverme todas y cada una de las dudas que tenía sobre procesos químicos y siderúrgicos.

Al resto de mis amigos, fundamentales en mi vida.

A mis compañeros de despacho, con quienes es una suerte trabajar. Y, muy especialmente, a Enrique y a Luis, por sus aportaciones y sugerencias.

A Isidoro, cabo primero de la Guardia Civil, por su gentileza, una vez más, a la hora de informarme sobre protocolos policiales y asesorarme para que la trama fuese lo más realista posible.

A Iñaki, por su interés y su inestimable ayuda.

A José Luis, por todas las explicaciones que dio sobre la vida en Reinosa en 1975 y su extraordinaria disposición a echarme una mano en todo lo necesario.

A Pilar, directora del Instituto de Medicina Legal de Cantabria, por orientarme sobre varias cuestiones de carácter médicoforense y hacerlo con tanta amabilidad.

A Fernando, que, sin ni siquiera conocerme, accedió a reunirse conmigo una fría tarde de febrero en una cafetería de Reinosa para hablarme de La Naval y del movimiento sindical en los años setenta.

Y, sobre todo, a vosotros, lectores, que hacéis que estos personajes cobren vida. Gracias de corazón por formar parte de este apasionante viaje.